Maria van Daarten

Erlebnisse eines Callgirls

Liebe, Leidenschaft & viele Lügen

Maria van Daarten

Erlebnisse eines Callgirls

Teil 3

Liebe, Leidenschaft & viele Lügen

Bibliografische Information der Deutschen Nationalbibliothek:
Die Deutsche Nationalbibliothek verzeichnet diese
Publikation in der Deutschen Nationalbibliografie;
detaillierte bibliografische Daten sind im Internet
über http://dnb.dnb.de abrufbar.

© 2024 Maria van Daarten
Verlag: BoD • Books on Demand GmbH, In de Tarpen 42,
22848 Norderstedt
Druck: Libri Plureos GmbH, Friedensallee 273, 22763 Hamburg
ISBN: 978-3-7597-1540-1

Impressum
© 2024 - Maria van Daarten
Autor: Maria van Daarten
Umschlaggestaltung: Maria van Daarten
Herausgeber: Maria van Daarten
Email: maria.van.daarten@gmx.de
Maria van Daarten c/o
A.M. TerStegen
Bismarckstr 84
52066 Aachen

Für Dirk

1

Als ich fertig angekleidet aus dem Badezimmer komme, wedelt Johnny mit einem 200 € Schein.

„Der ist für dich. – Stimmt so!", sagt er zwischen zwei Zigarettenzügen. Er sitzt nackt auf dem Bett und grinst zufrieden.

„Danke, du bist ein Schatz!", entgegne ich erfreut, gehe auf ihn zu, nehme ihm den Geldschein ab und hauche ihm einen Kuss auf die Wange. Johnny ist ein Stammkunde. Ein einfacher. Das Trinkgeld bedeutet nicht, dass ich etwas Besonderes für ihn gemacht habe. Das komplizierteste an diesem Job war das Zuhaken meines Korsetts.

Johnny konnte sich an meinem schön verpackten Busen aufgeilen, hat einen Blowjob bekommen, durfte mich fingern und schließlich in der Hündchenstellung bis zu seinem Höhepunkt ficken. Ich bekomme das Trinkgeld, weil er ein großzügiger Mann ist, der gerne für seinen sexuellen Spaß bezahlt und auch weil er mich mag... Sympathie ist die Voraussetzung für eine länger anhaltende geschäftliche Beziehung zwischen einer Prostituierten und einem Freier.

Ich stecke den Geldschein ein, ziehe meine Pumps an und sage:

„Hab noch einen schönen Tag, Darling. Ich geh dann mal!"

„Klar, Anika. Bis bald!"

Als die Hotelzimmertüre ins Schloss fällt, jubele ich innerlich. 200 € für 45 Minuten Arbeit. Das nenne ich schnell verdientes Geld! Mein Geschäft läuft in diesem Sommer auf Hochtouren. – ,Sexarbeit ist wahrlich eine gute Arbeit! ', denke ich.

Da ich meinen nächsten Termin erst in 2 Stunden habe, fahre ich in eine mir bekannte Eisdiele, setze mich in den Schatten der Markise und bestelle einen Amarena-Becher. Ich habe in Athen noch keinen einzigen bekommen, der so gut schmeckt wie der meines Lieblings-Italieners in Deutschland. Es gibt definitiv Dinge, die ich in Griechenland vermisse, aber dafür bietet mir das Leben hier viele andere Sachen, die von großem Vorteil sind. Besonders den, dass ich selbstständig als Callgirl arbeiten kann, ohne Angst haben zu müssen, dass meine Freunde oder Familie erfahren, dass ich eine Prostituierte bin. – Das war der Hauptgrund für mich, von Deutschland nach Griechenland zu ziehen. Wobei die Tatsache, dass Athen in einem sonnigen Klima und am Meer liegt, ebenfalls viel wiegt.

Schon als Jugendliche wünschte ich mir dort zu leben, wo andere Urlaub machen. Diesen langersehnten Wunsch habe ich mir damit erfüllt! – Ich lebe und arbeite jetzt seit 2 Jahren hier, habe meinen bürgerlichen Vornamen Ilona gegen Anika getauscht und bin glücklich. Schließlich bin ich meine eigene Chefin und verdiene gutes Geld. Im letzten Monat waren es über 7000 €. Mein bisheriger Rekord! – Ich klaube mir eine der wenigen Amarenakirschen aus dem Eisbecher und genieße die stark gesüßte Frucht.

Während ich mein Eis esse, denke ich bereits über meinen nächsten Kunden nach. Es ist ein Neuer, ein Grieche. Er hat sich auf meine Anzeige in der englischsprachigen Wochenzeitschrift ‚Athens World' gemeldet. Dort annonciere ich in der Rubrik Escort als ‚*Pretty Woman*' aus Deutschland, die einen großzügigen Herrn für schöne Stunden sucht. Zur Kontaktaufnahme habe ich meine Telefonnummer angegeben.

Gedanklich gehe ich unsere bisherigen Telefonate noch einmal durch und suche nach Anzeichen, die ihn eventuell als

Polizisten entlarven würden. – Aber ich finde keine und das beruhigt mich fürs erste.

Seit meiner Verhaftung und Verurteilung wegen illegaler Prostitution vor etwas über einem Jahr, bin ich äußert vorsichtig geworden. – Violet, meine englische Kollegin und gute Freundin, findet meine Vorsichtsmaßnahmen übertrieben, – aber ich würde es mir nicht verzeihen, nochmals aus Leichtsinnigkeit von der Polizei gefasst zu werden. Und mit meiner fest ins Arbeitsleben eingebauten Devise: ‚Better to be Safe, than Sorry!‘ bin ich seitdem gut gefahren.

Christos hat sich als Fünfundvierzigjährigen beschrieben, groß und kräftig gebaut, der an einem Treffen mit einer schlanken, blonden Frau interessiert ist. Meinen Preis von 170 € hat er nach kurzem Zögern akzeptiert. Das kurze Zögern war für mich ein Hinweis darauf, dass er *kein* Polizist ist. – Oder kann ein Polizist so clever sein und einem Callgirl mit Feilschen um den Preis vorspielen, er sei ein ganz normaler Freier? Daran glaube ich nicht! – Angeblich hat Christos keine sexuellen Vorlieben, aber das sagen viele Männer und später stellt sich heraus, dass es nicht stimmt. Jeder hat welche. Darauf angesprochen, was sie erwarten, wünschen sich die meisten Männer einen Blowjob und Sex in verschiedenen Stellungen.

Bis zum Medousa Hotel, in dem wir verabredet sind, fahre ich eine gute halbe Stunde. Ich richte es so ein, dass ich mindestens 15 bis 20 Minuten vor unserem Termin dort ankomme, um ein paar Dinge zu prüfen. Obwohl das Hotel eine Tiefgarage hat, stelle ich mein Auto zwei Straßen weiter ab. Es hat deutsche Nummernschilder und ich will nicht, dass es mit mir als Callgirl in Verbindung gebracht wird. Als ich das Hotel durch die Eingangstüre im Erdgeschoß betrete, setze ich mich in eine Nische der klimatisierten Lobby und warte darauf, dass mein potenzieller Kunde erscheint. Wie eine Detektivin trage ich einen Sonnenhut und eine getönte Brille.

Als um 18.55 Uhr ein großer, kräftig gebauter Mann an die Rezeption tritt, halte ich schnell eine Illustrierte vor mein Gesicht und beobachte heimlich, wie er nach einem Zimmer fragt. Der Mann ist um die Vierzig, trägt eine beige Stoffhose, ein weißes Hemd und helle Lederschuhe. Die Lederschuhe beruhigen mich. Hätte er Sportschuhe getragen, wäre das ein Alarmsignal für mich gewesen. – Alle Kriminalbeamten, die ich während und nach meiner Verhaftung gesehen habe, trugen Sneakers. Wahrscheinlich deshalb, weil sie darin schnell einen Verbrecher verfolgen können. – Die Dame an der Rezeption übergibt dem Mann eine Schlüsselkarte und er geht zum Aufzug. Ein paar Minuten später piepst mein Telefon. Eine SMS ist eingegangen und darin steht:

‚Zimmer 310. Bis gleich, Christos.‘

Dieser Mann ist also tatsächlich meine Verabredung! – Ich lege das Magazin zurück auf den Tisch und nehme Sonnenbrille und Hut ab. Als ich an der Rezeption vorbeigehe, sage ich:

„Mein Freund wartet auf Zimmer Nummer 310.“

„Dritte Etage. Der Lift ist dort drüben.“, antwortet die Hotelangestellte. Ich fahre mit dem Aufzug allerdings runter in die Tiefgarage. Hier gibt es nur noch eine Sache zu überprüfen: Parkt hier ein weißer Citroën, sage ich den Termin trotz der Lederschuhe freundlich ab, weil es ein Dienstwagen der Sittenpolizei sein könnte. – Die gesamte Athener Polizei fährt nämlich Citroën! – Zum Glück ist keiner zu sehen und ich fahre sorglos hoch in die dritte Etage.

Kurz nach meinem Anklopfen öffnet Christos mir die Türe.

„Hallo Anika, komm rein!“, sagt er in einwandfreiem Englisch. Da ich kein Griechisch spreche, verabrede ich mich nur mit Kundschaft, die englisch spricht. „Hallo Christos, schön dich zu treffen.", begrüße ich ihn ebenfalls.

„Mein Vergnügen! – Bist du mit dem Taxi gekommen?"

„Ja. Und zum Glück war es eins, das die Klimaanlage eingeschaltet hatte, was leider nicht die Regel ist..."

„Ich weiß, die Taxifahrer versuchen, Benzin zu sparen und fahren lieber mit offenen Fenstern. Sie sagen sich, früher war das auch so und niemand hat sich beschwert."

„Mir hat mal einer gesagt, das gehöre zu den Sparmaßnahmen, welche die EU den Griechen auferlegt hat."

Wir lachen beide und nach diesem kurzen Gespräch ist das Eis zwischen uns gebrochen und ich gehe professionell zu meiner eigentlichen Arbeit über.

„Christos, warst du schon im Bad und hast dich frisch gemacht?"

„Nein. Aber das mache ich jetzt!"

„Danke."

Er geht ins Badezimmer und ich sehe mich in dem kleinen Zimmer um. Das Fenster ist verdunkelt und nur gedimmtes Licht beleuchtet den Raum. In solch einer Atmosphäre fühle ich mich in meinem Alter am wohlsten. Ich bin nämlich schon Vierundvierzig. Meine Kunden wissen das nicht. Am Telefon gebe ich vor, sechsunddreißig Jahre alt zu sein. Dank Botox und Hyaluronsäure zweifelt das zum Glück niemand an.

Ich lege mein Täschchen mit den Kondomen, dem Massageöl und einem kleinen Vibrator auf den Nachttisch und hänge meinen Sonnenhut an einen Haken der Garderobe. Mein Smartphone stelle ich auf Lautlos.

Als Christos mit einem Handtuch um die Hüfte gebunden aus dem Bad kommt, gehe ich hinein. Es ist winzig. Ich hänge meine Handtasche an die Türklinke und mein weißes Etuikleid an einen leeren Handtuchhaken. Wenn ich einen Kun-

13

den das erste Mal sehe, ziehe ich gerne scharfe Outfits an. Mein heutiges besteht aus einem kurzen, roten, brustfreien Korsett aus feiner Spitze, einem dazugehörigen breiten Hüftgürtel, Straps-Strümpfen und einem Höschen mit Schlitz im Schritt. Es hat eine überaus erotische Ausstrahlung und bisher hatte jeder Kunde bei diesem Anblick innerhalb von Sekunden einen Ständer und wollte sich auf mich stürzen.

Nach einem letzten Blick in den Spiegel, gehe ich zurück ins Zimmer. Christos sitzt nackt auf dem Bett und pfeift bei meinem Anblick durch die Zähne.

„Wow, das hätte ich nicht erwartet. Du siehst rattenscharf aus, Anika!"

Ich bleibe vor dem Bett stehen und zupfe provozierend an meinen Brustwarzen. Sie werden sofort hart und Christos Schwanz ebenfalls. Er steht auf und kommt auf mich zu.

„Schön, dass ich dir gefalle. Fass mich an und mach mich spitz. Ich freue mich auf den wilden Fick eines heißen Griechen."

Kaum habe ich das gesagt, beugt er sich zu mir runter, greift meine Brüste und saugt gierig wie ein hungriger Säugling an meinen Nippeln. So gefällt mir das! – Ich liebe es, wenn ich einem Kunden sogleich etwas für sein Geld bieten kann. In diesem Fall meinen Busen. Ohne jegliche Anstrengung meinerseits verstreicht die Zeit und der Termin entwickelt sich zu einem Selbstläufer.

Christos bugsiert mich aufs Bett und ebenso gierig, wie er an meinen Nippeln gesaugt hat, macht er sich nun über meine Pussy her. Er stürzt sich förmlich auf alles, was zwischen meinen Beinen und Pobacken liegt.

Schließlich kniet er sich zwischen meine weit gespreizten Beine und nimmt seinen Schwanz in die Hand.

„Oh Gott, was hast du für einen Hammer!", übertreibe ich, auf seinen Penis blickend und frage: „Soll ich ein Kondom nehmen?"

„Ich will noch nicht ficken. Bläst du mir einen?"

„Klar doch. Aber steckst du dein Prachtstück vorher ein einziges Mal so richtig tief in mich rein? – Bitte! "

„Okay. Das kann ich tun!"

Ich ziehe ihm ein Kondom über, winkle meine Beine an und lasse ihn ein paar tiefe Stöße machen.

„Das langt, sonst komme ich.", röchelt Christos.

„Das will ich natürlich nicht, Baby! Komm, ich gebe dir jetzt einen schönen Blowjob. – Willst du dich hinlegen?"

„Ich setze mich lieber auf den Stuhl vor der Kommode, wenn das für dich okay ist."

„Sicher. Mach es dir bequem."

Schnell nehme ich ein Kopfkissen, lege es auf den Boden zwischen Christos' gespreizte Beine, knie mich darauf und lecke meinen Pussyschleim von dem Kondom, bevor ich mir seinen Schwanz tief in den Mund stecke. Christos stöhnt. Zur Abwechslung lasse ich meine Zunge auch über seine Eier und um seinen Anus herum kreisen.

Es dauert nicht lange und er will ficken. Auf seinen Wunsch hin stütze ich mich leicht nach vorne gebeugt auf die Kommode. In dem Spiegel darüber können wir uns sehen. Christos schiebt mir seinen Schwanz in die Muschi und umfasst von hinten meine Möpse. Ich muss mich gut an dem Möbel festhalten, denn er rammelt los wie ein geiles Karnickel. Als er meine Brüste immer fester drückt und knetet, ahne ich, er ist seinem Orgasmus nahe.

Und genauso ist es: Mit einem kehligen „Oh mein Gott!" kommt er kurz darauf zum Höhepunkt. Immer noch japsend drückt er mich fest an sich und atmet heiß in meinen Nacken.

Ich warte, bis die letzten Wogen seines Ergusses abgeklungen sind und löse mich vorsichtig aus seiner Umarmung.

„Leg dich aufs Bett und ruh dich aus. Ich gehe kurz ins Bad und bin gleich wieder bei dir."

„Ja, okay. Das wird mir gut tun.", antwortet der große, kräftig gebaute Mann mit leiser Stimme.

Ich ziehe ihm das vollgespritzte Kondom ab und werfe es im Badezimmer in den Abfalleimer. Dann ziehe ich meine Reizwäsche aus und binde mir ein Badetuch um. Als ich zurückkomme, liegt Christos auf dem Bett und hält eine Packung Zigaretten in der Hand.

„Rauchst du Anika?"

„Nein. Aber es macht mir nichts aus, wenn du eine paffst. Ich trinke nur einen Schluck Wasser. Möchtest du auch ein Glas?"

„Gerne!"

Ich reiche ihm eins und setze mich neben ihn aufs Bett.

„Bist du Athener?", frage ich.

„Ja, ich bin hier geboren und unsere ganze Verwandtschaft lebt in der Stadt."

Wir plaudern noch ein wenig über die Vor- und Nachteile, in Athen zu wohnen und als er seine Zigarette ausdrückt, frage ich, ob er zuerst ins Bad will. Aber er lässt mir den Vortritt.

Ich dusche ausgiebig, kleide mich an, korrigiere mein Make-Up und sprühe einen Hauch ‚Must de Cartier' hinter meine Ohren. Dann drehe ich mich vor dem Spiegel und zwinkere mir zufrieden zu. Mit meiner gebräunten Haut und den langen, blonden Haaren sehe ich einfach nur bezaubernd aus in diesem enganliegenden, weißen Kleidchen. Zurück im Zimmer bemerkt auch Christos das und sagt:

„Du siehst echt gut aus, Anika! Man sieht dir dein Alter überhaupt nicht an."

Freudig bedanke ich mich für dieses Kompliment, packe meine Sachen zusammen und ziehe meine roten Pumps an.

„Anika, ich habe das Geld schon auf die Kommode gelegt. 170 € sagtest du, stimmt's?"

„So ist es. Vielen Dank, Christos!", entgegne ich und nehme die gefächerten Scheine auf.

„Meinst du, wir können uns nächste Woche noch mal hier treffen? Um die gleiche Uhrzeit?"

Ich verkneife mir ein siegessicheres Grinsen und lächele ihn stattdessen freudestrahlend an:

„Gerne, Darling! Ruf mich einfach an. – Ich würde mich freuen, dich wiederzusehen!"

Das meine ich ganz ehrlich und ihm zum Abschied eine Kusshand zuwerfend, verlasse ich das Zimmer.

Draußen vor dem Hotel glaube ich, einen Backofen zu betreten. Es ist unfassbar heiß in Athen!

2

Mit der auf 18°C eingeschalteten Klimaanlage kühlt der Innenraum meines Autos schnell ab und ich fahre nach Glyfada. Das ist ein Stadtteil im Süden Athens, der am Meer liegt und in dem ich eine kleine Wohnung in einem Mehrfamilienhaus gemietet habe. Während der Fahrt meldet sich mein Magen. Ich habe mir angewöhnt, über den Tag verteilt nur kleine Portionen zu essen. Das erfordert Selbstdisziplin und die gehört nicht zu meinen Stärken. Nur meiner Figur kommt sie zugute. Wenn es mir besonders schwer fällt, mich mit dem Essen einer leckeren Speise zurückzuhalten, sage ich mir immer:

,Sei froh, dass du kein Model bist. Die müssen noch viel strenger Diät halten!'

An der Küste Glyfada's gibt's mehrere nette Strandlokale und ich wähle das, in dem ich einen köstlichen Krabbencocktail bekomme. Es ist kurz vor Sonnenuntergang, als ich aus dem Auto steige. Für ein paar Minuten spüre ich ihre letzten heißen Strahlen.

Ich setze mich an einen kleinen Tisch in Strandnähe. Von hier aus schaue ich den wenigen Menschen zu, die noch dort sind. An diesem Teil der Küste gibt es keine kommerziell aufgestellten Sonnenschirme und Liegen, doch die Gemeinde hat ihn mit Duschen bestückt. Er wird hauptsächlich von Einheimischen besucht. Einige Kinder tollen im Wasser, junge Männer spielen Strandtennis, ein Pärchen sitzt aneinandergeschmiegt auf einer Decke und ein anderes führt einen Hund aus. – Ich mag diese Idylle kurz vor dem Dunkelwerden. Alle Menschen und Tiere atmen erleichtert auf und relaxen, wenn die Sonne nicht mehr wie durch eine Lupe brennt und sie sich wieder frei unterm Himmelszelt bewegen können.

Mein Krabbencocktail wird serviert und ich schlemme es, zwischendurch immer mal an meinem Glas Weißwein nippend.

Die Kinder kommen aus dem Wasser und ihre Mütter trocknen sie ab. Die jungen Männer packen ihre Tennissachen zusammen und mit zunehmender Dunkelheit leert sich der Strand.

Mein Smartphone vibriert und ich sehe auf das Display. Es ist Natascha, meine russische Kollegin:

„Hallo Natascha, wie geht's dir?", begrüße ich sie.

„Prima, Anika. Ich war heute Mittag am Strand von Voula und habe einen Typen kennengelernt. Einen Engländer, der auf Urlaub hier ist. Und was glaubst du? Er hat mich mitgenommen in sein Hotelzimmer und wir haben es getrieben. Ich war mutig und habe ihm 100 € abgeknüpft. Er hat nicht mit der Wimper gezuckt, als ich ihm meinen Preis genannt habe! – Das war fantastisch. Du hast Recht, Ausländer sind viel spendabler als Griechen. Ein Grieche hätte versucht, mich auf 50 € runterzuhandeln. Es hat sich bisher ausgezahlt, mein Englisch zu verbessern. Ha, ha, ha…. – Wir haben sogar Telefonnummern ausgetauscht. Er ist noch zwei Wochen hier und wer weiß, vielleicht ruft er mich nochmal an!"

„Hey, das freut mich für dich! Hat er dich angesprochen oder du ihn?"

„Er hat mich angesprochen, nachdem ich ihn mit Blicken dazu aufgefordert habe. Ich hatte nur ein winziges Oberteil an und ein ganz knappes Höschen. Ich glaube, der Bikini hat mehr von meiner Figur betont, als er verdeckt hat. – Das kommt bei Männern an!", freut Natascha sich überschwänglich.

„Bei deinen Rundungen ist es kein Kunststück, die Blicke auf dich zu ziehen. Gut gemacht, Natascha!"

„Warum ich dich anrufe: Adonis hat gefragt, ob wir uns morgen Nachmittag um 17 Uhr mit ihm im Lenny Blue Hotel treffen. Er wird einen Kollegen mitbringen, der zurzeit mit ihm zusammenarbeitet. Er will ein Zimmer mit einem großen Bett nehmen, wo wir alle vier drauf rummachen können. – Aber sag, was hältst du davon? Er will uns den gleichen Preis zahlen wie immer. Er sagt, sein Kollege sei eingeladen von ihm…"

„Eingeladen von ihm. Eben! – Dann soll er auch für ihn bezahlen! Ich sehe nicht ein, dass ich für den gleichen Preis noch einen zweiten Freier bedienen soll. Was hast du dazu gesagt, Natascha?"

„Ich habe gesagt, ich bespreche es mit dir."

„Gut! Sag ihm, wir wollen das Doppelte. Dafür gucken wir nicht so genau auf die Uhr. Ich finde, damit kommen wir ihm entgegen. Oder was meinst du dazu?"

„Damit kann ich mich anfreunden. Ich rufe ihn gleich an. Oder willst du mit ihm telefonieren?"

„Nein, mach du das! – Sollte er stur sein, muss er sehen, wo er zwei Prostituierte herbekommt, die mit seinem Angebot einverstanden sind."

„Bravo Babitschka!"

„Wir sind Unternehmerinnen und nicht nur die netten Frauen, die im Bett Freude bereiten. Das vergessen manche Männer."

„Stimmt, und dann müssen wir sie daran erinnern! – Also, ich melde mich wieder. Filaki, Anika-Mou!"

Natascha bedient sich gerne aus allen drei Sprachen, die sie kennt: Russisch, Griechisch und Englisch. *Filaki* ist das griechische Wort für *Küsschen*. Und die Silbe *Mou* am Ende eines Namens bedeutet *Mein* und ist zärtlich gemeint. Viele griechische Ausdrücke, die man beim Sex sagt, habe ich von Natascha gelernt und sie hat durch unsere regelmäßigen Gespräche ihr Englisch verbessert. Nicht nur deshalb ist unsere berufliche Freundschaft eine Win-win-Konstellation. Wir verstehen uns gut, sind ehrlich zueinander und geben ein ausgesprochen gutes Team ab. Hin und wieder bieten wir interessierten Kunden eine Lesbenshow an. Kennengelernt haben wir uns über den Kunden, der uns morgen mit seinem Arbeitskollegen sehen will. Adonis ist um die Fünfzig, groß, schlank, gutaussehend und wohlhabend. Er arbeitet für eine Reederei, ist verheiratet, hat Kinder und einen ‚Spielzeugkoffer'. Darin sind lauter Sexspielzeuge. Dieser Aktenkoffer liegt immer in seinem Auto. Adonis ist sozusagen allzeit bereit! Er ist einer meiner ersten Kunden, die ich in Athen gefischt habe. Genau genommen hat er mich gefischt und ich habe das Beste daraus gemacht! Er hat einfach mit seinem Jeep neben mir am Straßenrand angehalten und mich gefragt, ob er mich irgendwo mit hinnehmen kann. – Und ich bin eingestiegen. Leider zahlt er nur 80 €. Aber er ist ein angenehmer Stammkunde und ich verdanke ihm meine hoch geschätzte Kollegin Natascha.

Nach unserem Telefonat bin ich wieder alleine mit mir. Seit diesem Sommer vermisse ich Gesellschaft. Zumindest beim Essen in Restaurants. Zuhause komme ich ganz gut damit zurecht, alleine zu sein, weil ich dort immer etwas zu tun habe. Aber Essen ist doch so viel schöner, wenn man zu zweit oder zu mehreren ist… Ich habe Violet gefragt, ob sie Lust hat, hin und wieder mit mir zusammen in ein Restaurant zu gehen, aber bisher sind jeder Verabredung Kundentermine dazwischen gekommen. – Da ich auch diesen Restaurantbesuch so alleine am Tisch nicht weiter genießen kann, stehe ich auf, zahle und fahre nach Hause.

Meine Wohnung liegt in einer Seitenstraße der bekanntesten Einkaufmeile Athens. Die ‚Metaxa Straße' ist in Griechenland so bekannt wie in Deutschland der Kurfürstendamm oder die Düsseldorfer Königsallee. Vergleichen sollte man sie jedoch nicht. Sie hat nicht das Flair und die exklusiven Geschäfte. Aber mir macht es Freude, ihr entlang zu schlendern und in meine Lieblingsgeschäfte einzukehren. Besonders im Sommer, wenn die Hitze versucht, mir das Gehirn zu verflüssigen, ist es angenehm, bei einem Spaziergang von einem klimatisierten Geschäft ins nächste zu huschen.

Ohne lange zu suchen, finde ich einen Parkplatz direkt vor meinem Appartement. Das liegt daran, dass viele meiner Nachbarn nicht zuhause sind. Zurzeit bin ich die einzige auf der zweiten Etage. Der August ist der Monat in dem die meisten Griechen Urlaub machen. Viele Unternehmen, Fabriken und Geschäfte sind für 2 – 3 Wochen geschlossen. Das ist auch ein Grund, weshalb in diesem Monat nicht so viele Geschäftsleute aus dem Ausland hierher kommen. Ihre Gesprächs- und Verhandlungspartner liegen in der Sonne am Strand! – Dafür boomt die Touristikbranche. In keinem Monat sieht man die Altstadt rund um die Akropolis herum so voll wie im August. Familien, Paare aber zu meinem Glück auch alleinstehende Männer! Und die sind neben den Sehenswürdigkeiten natürlich auch an Sex interessiert. – Aber Griechinnen sind im Allgemeinen nicht so kontaktfreudig wie nordeuropäische Frauen und nicht so leicht zu haben. Zwar sind fast alle sexy gekleidet, geschminkt und haben die tollsten Haare, die man sich vorstellen kann, aber sie putzen sich nur so heraus, um einen Ehemann an Land zu ziehen. Und je kostspieliger ihr Outfit, desto höher die Chance, dass sich ein reicher Mann für sie interessiert! – Jedenfalls spielt mir die Tatsache, dass sich Griechinnen nicht so leicht aufreißen lassen in die Karten und ich bekomme viele Anfragen von Touristen aus aller Welt, die ihren Urlaub mit Sex bereichern wollen.

In meiner Wohnung ist es heiß und stickig. Ich öffne die Terrassentüre und schalte die Klimaanlage ein. Nach ein paar Minuten Durchlüften schließe ich die Türe wieder und rufe Violet an.

„Violet hier!", meldet sie sich mit ihrer hellen, freundlichen Stimme.

„Anika hier.", scherze ich lachend zurück.

„Oh, Darling, ich wollte dich auch anrufen. Wie war dein Tag? Hast du noch Termine? Ich liebe die Abendtermine im Sommer, wenn ich ohne zu schwitzen ein Hotel oder eine Wohnung erreichen kann. Heute habe ich zwar keinen, aber meine Kasse hat tagsüber gut geklingelt. Leonidas und Babis waren bei mir zuhause. Leonidas zahlt 120 € und Babis 150 €. Was will ich mehr?! – 270 € verdient, ohne einen Fuß aus dem Haus gesetzt zu haben. Du könntest es auch leichter haben und dir das viele Herumfahren bei dieser Hitze sparen, wenn du einen Teil deiner Kundschaft zuhause empfangen würdest!"

„Ich weiß, aber ich will mein Zuhause nur für mich. Darüber haben wir schon gesprochen, Violet! Daran ändern auch der Sommer und die Hitze nichts. – Und ja, ich habe auch gut verdient. Johnny hat mir 200 € gegeben und am frühen Abend habe ich Christos im Medousa Hotel getroffen. Das ist der neue Kunde, von dem ich dir erzählt habe. Alles war bestens und er ist ein angenehmer Herr. Ich habe ihm ordentlich eingeheizt. Er hat mir 170 € gezahlt und nächste Woche will er mich wiedersehen."

Wir reden noch über dies und jenes und als Violet meint:

„Das war's, mehr gibt's heute nicht zu erzählen.", verabschieden wir uns.

Nach unserem Gespräch schütte ich meine Handtasche auf dem Sofa aus und sortiere ihren Inhalt. Die getragenen Dessous gehen in den Wäschekorb, das Täschchen mit den Kondomen fülle ich auf und nehme zwei neue Sets Lingerie aus dem Kleiderschrank. Meinem Portemonnaie entnehme ich 300 €, schließe den Safe auf und lege sie in einen Briefumschlag zu meinen anderen Einnahmen. Auf dem Umschlag streiche die Zahl 1380 durch und schreibe 1680 darauf. Das ist mein Verdienst in Euro seit dem 1. August. Ich lege den Umschlag stolz zurück in den Safe und verschließe ihn. Dann hole ich mir ein Glas Coca Cola Zero aus dem Kühlschrank, ziehe Kleid und Schuhe aus und setze mich in den Liegestuhl auf meinem Balkon. Mein Telefon piepst. Natascha schreibt, dass Adonis damit einverstanden ist, für seinen Kollegen zu bezahlen. Gut so!

Ob ich schon Feierabend habe, weiß ich nicht. Gewöhnlich warte ich Mitternacht ab, bevor ich mich ins Bett lege. Mein Smartphone lasse ich auch in der Nacht eingeschaltet, stelle es allerdings auf Leise. Violet macht das anders. Sie schaltet ihr Telefon um 23.00 Uhr aus, schaut noch fern bevor sie schlafen geht und schaltet es erst morgens um 9.00 Uhr wieder ein. Sie sagt, sie ist zu alt, um ihre Nachtruhe aufs Spiel zu setzen. Dabei ist sie nur zwei Jahre älter als ich. Und sie sieht auf keinen Fall älter aus als Sechsunddreißig! Das liegt mitunter daran, dass ihre Haut weiß wie Schnee und ihre Haare blond wie Semmeln sind und sie die Sonne meidet wie den Teufel. – Seit sie ein paar Kilo abgenommen hat, erinnert sie mich an Nicole Kidman. Sie hat diese feine englische Art an sich und mit ihrem gut getrimmten roten Busch macht sie ihre Kunden kirre. Ich liebe Violet! Ich habe noch nie eine Freundin gehabt, mit der ich mein Leben *und* meinen Beruf teilen konnte. Sie ist die einzige! Ich schließe die Augen und lausche den Motorenge-

24

räuschen der Autos und Mopeds, die über die nahe gelegene Poseidonos Straße rasen. Für mich ist dieses Geräusch meditativ, weil es so beständig ist. Stille ist so etwas wie ein Fremdwort für mich geworden, seit ich in Athen lebe. Sogar, wenn die doppelverglasten Fenster und Türen geschlossen sind, dringen die Motorengeräusche noch in mein Appartement. Ich gebe meiner aufkommenden Müdigkeit nach und lasse die Rückenlehne meines Liegestuhls weiter runter. Entspannt schweifen meine Gedanken noch einmal durch diesen Tag. Es war ein guter Tag! Irgendwann gehe ich zu Bett.

Als mein Telefon brummt, schrecke ich aus dem Schlaf. Ich mache Licht und reibe mir die Augen. Verschlafen erkenne ich auf dem Display meines Smartphones den Namen des Anrufers: ‚Franzl – Ösi‘ und gehe ran.

„Hallo Franzl, wie geht's dir?"

„Hi Anika, ich bin in Athen. Kannst du in meine Wohnung kommen? Oder hast du schon geschlafen?"

„Nein, ich bin noch wach. Ich kann kommen.", flunkere ich und sehe auf die Uhr. Es ist 2.40 Uhr. Ob er mir wirklich glaubt, dass ich noch wach war? Wer weiß. Es spielt keine Rolle. Franzl ist Österreicher und betreibt in den Sommermonaten einige Bars auf Mykonos. Er ist ein Nachtmensch. Ich habe ihn bisher immer nur im Sommer und mitten in der Nacht gesehen, wenn er für ein paar Tage in Athen ist, um Besorgungen zu machen.

„Wann kannst du hier sein? Du hast meine Adresse doch noch, oder?"

„Klar, die habe ich. Warte kurz… Bis nach Kolonaki werde ich mindestens eine halbe Stunde fahren. Also in ungefähr 45 Minuten. Passt das, oder bist du bis dahin schon eingeschlafen?"

Franzl lacht.

„Ich verspeise dich sozusagen zu Mittag, Anika! Ich und nachts schlafen... ha! Das ist meine aktivste Zeit, Baby. – Also, mach dich auf die Strümpfe. Ich bin scharf wie Lumpi!"

„Bin schon unterwegs, Darling!", gebe ich hellwach und fröhlich zurück.

Und wirklich bin ich schon aufgestanden, habe die Kleiderschranktür geöffnet und ein rotes, kurzes, ärmelloses Stretchkleid herausgeholt. Ich stecke das Telefon in meine fertig gepackte Handtasche und gehe schnell ins Bad. Dass Termine wie aus dem Nichts auftauchen, bin ich gewohnt. Und ebenfalls mich geschwind fertig zu machen. Es dauert keine 10 Minuten und ich bin auf dem Weg zu meinem Auto. Ich habe Franzls Adresse im Navi gespeichert, rufe sie auf und fahre los. Nachts ist zum Glück kaum Verkehr auf den Straßen in die Innenstadt. Nach 20 Minuten bin ich da und finde auf Anhieb einen Parkplatz in der Nähe seiner Wohnung.

Ich nehme die drei Treppenstufen bis zur hölzernen Eingangstüre des Altbaus und klingele bei Oberberg. Kurz darauf ertönt der Summer und ich betrete den breiten Flur mit Treppenaufgang und Lift. Franzl wohnt in der dritten Etage und ich nehme den Aufzug. Ein Blick in den Spiegel beruhigt mich. Ich sehe nicht mehr verschlafen aus. Aber wie sich bald herausstellt, wäre das Franzl eh nicht aufgefallen. Er ist betrunken! – Frisch geduscht und parfümiert, nur ein Handtuch um die Hüfte geschlungen, öffnet er mir die Wohnungstüre. Aber ich merke es ihm an und sage:

„Franzl, du hast ja richtig einen sitzen! Hast du es dir zuhause besorgt, oder warst du aus?"

„Ich war in einer Bar und bin versackt. Sowas passiert mir auf Mykonos nie. Da bin ich die ganze Nacht Herr der Dinge. Aber was solls, ich habe heute und morgen frei, da darf ich mir auch mal etwas gönnen. Und als höchsten Genuss stelle ich mir einen schönen Blowjob vor! – Was sagst du, Anika?"

„Aber sicher, den bekommst du! – Ich gehe kurz ins Bad und ziehe mich um."

„Brauchst du nicht, Anika, dein Kleid ist geil! Sieh her, mein Schwanz steht schon. Lass uns aufs Bett gehen. Ich muss mich hinlegen."

„Okay, aber ich muss wirklich kurz ins Bad, um mich frisch zu machen. Bin in zwei Minuten bei dir!"

Im Badezimmer streife ich mein Kleid ab und bin darunter schon in einem knappen Bodysuit aus rotem Netz gekleidet. Der wird Franzl gefallen. Nachdem ich mir die Hände gewaschen und meinen Kulturbeutel mit den Arbeitsutensilien aus der Tasche genommen habe, gehe ich ins Schlafzimmer.

„Das ist natürlich noch sexyer! Komm her und blas' meine Latte, bis ich abspritze. Das heißt, vielleicht will ich dich auch noch ficken… – Warten wir es ab!"

Ich erwidere nichts mehr, nehme ein Kondom, reiße die Verpackung auf und stülpe es über sein *Zupferl*, wie er seinen Penis manchmal nennt. Dann beuge ich mich zu ihm runter, lecke seine *Beidl* und nehme anschließend seinen Schwanz in den Mund. Er ist nicht groß. Von daher beschreibt das Wort *Zupferl* ihn ganz gut. Franzl liegt flach auf dem Rücken und beginnt zu stöhnen. Alles läuft prima. Das Blasen und Lutschen dieses kleinen Penis fällt mir superleicht und ich bin froh, dass Franzl trotz seines Alkoholkonsums so gut darauf anspricht. Nach einer Weile sagt er:

„Stopp jetzt, Anika. Sonst komme ich. – Lass uns ficken. Ich will, dass mein Hammer sich noch so richtig in deinem Pflaumerl austobt."

Er richtet sich auf und fährt fort:

„Leg deinen Schlitz frei und zeig mir, wie ich am besten deinen G-Punkt treffe."

„Mit Vergnügen, Franzl. Ich find's schön, dass du auch an mich denkst.", sage ich, obwohl mir bei ihm noch nie danach zumute war, mir einen echten Höhepunkt zu gönnen.

Ich checke das Kondom. Es ist noch okay. Dann öffne ich die Druckknöpfe im Schritt meines Netz-Bodysuit, lege mich auf den Rücken, strecke meine Beine in die Höhe und hieve sie nach hinten. Ich weiß nicht, wie diese Stellung heißt, aber sie erlaubt Franzl, so in mich einzudringen, dass er meinen G-Punkt treffen könnte. Wichtig ist nur, dass er daran glaubt, die Stellung für ihn bequem ist und er mich rammeln kann, ohne zu ermüden. Franzl kniet sich vor mich hin, ich lege meine Hände seitlich an seine Oberschenkel und ziehe ihn nah an mich heran. Da ich klein bin und er groß ist, trifft sein Zupferl genau auf mein Pflaumerl.

„Steck ihn rein und halt dich an meinen Füßen fest, wenn du magst. Ich will, dass du dein Bestes gibst!"

Ohne ein weiteres Wort schiebt er seinen Schwanz in meine Muschi und bestimmt den Takt. Franzl beginnt langsam, schiebt die Latte immer tiefer in mich hinein, bis er endlich anstößt. – Dann steigert er sein Fick-Tempo.

„Du triffst ihn! Das ist der Wahnsinn, Franzl!", feuere ich ihn an und stöhne.

„Ich spüre ihn auch! Ich rammele wie ein Bock, stimmt's, Anika!? – Vergehen dir schon die Sinne? Ich will, dass wir gleichzeitig abspritzen. Kriegst du das hin, Baby?"

„Ja, ich bin schon kurz davor. Wie sieht es bei dir aus?"

„Ich bin auch gleich soweit. – Oh mein Gott!" überkommt es ihn und er beginnt zu zucken, als wenn er an einem elektrischen Draht hängt. Mich überrascht es immer wieder aufs Neue, wie unterschiedlich Männer kommen. – Jeder hat seine eigene Art, den Orgasmus zu erleben. Das fasziniert mich! Während ich noch darüber nachsinne, wie plötzlich er Franzl überfallen hat, sackt dieser immer mehr in sich zusammen. Ich halte eine Hand an meine Muschi und als sein Zupferl nur noch ein kleines, in Gummi verpacktes Würschtel ist, gebe ich acht, dass das Kondom nicht abrutscht. Franzl öffnet seine Augen und sieht mich verklärt an.

„Die Stellung muss ich mir merken. Für meine Frau. Vielleicht schaffe ich es ja doch noch mal, ihr Vergnügen zu bereiten. – Momentan hapert es damit. Ich glaube, sie hat einen Liebhaber. Einen Griechen."

„Versuch es! Frauen mögen es, wenn Männer sich Mühe beim Sex geben und sich mal etwas anderes einfallen lassen. Auch wenn wir gleichberechtigt behandelt werden möchten, schmeichelt uns eine Eroberung!"

„Das wird der Punkt sein..., dass ich mir nicht genug Mühe gebe. – Oder die Luft ist eh raus bei uns!"

Ich könnte ihn leicht in seiner letzten Vermutung unterstützen und sagen, dass es wahrscheinlich so ist und auch vollkommen okay, dass sie einen Liebhaber hat und er zu Prostituieren geht... Aber vor solchen Behauptungen hüte ich mich. Ich bin keine Eheberaterin. Deshalb mache ich es mir auf dem Bett bequem, lächele ihn an und frage:

„Möchtest du vielleicht noch eine entspannende Massage? Du siehst so aus, als könntest du eine gebrauchen, um danach gemütlich ein Schläfchen zu halten."

„Nein, danke Anika, das ist lieb von dir. Ich koche mir gleich einen Kaffee, schalte den Fernseher ein und wenn mich wirklich Müdigkeit überkommt, kriege ich das erst wieder mit, wenn ich aufwache.", lacht er und steht auf.

„Ist dein Preis immer noch 250 € für einen nächtlichen Besuch?"

„Genau.", antworte ich, packe meine Sachen zusammen, gehe mich duschen und anziehen und als ich aus dem Bad komme, trägt Franzl einen Bademantel und überreicht mir das Geld.

„Vielen Dank, Franzl. Hab noch einen schönen Aufenthalt in Athen. Und alles Gute für deine Geschäfte auf Mykonos!"

„Danke dir auch, Anika! Ich rufe dich wieder an. Komm gut nach Hause!"

Eine dreiviertel Stunde später schließe ich meine Haustüre auf, gehe zum Kühlschrank, nehme zwei Milchschnitten heraus, verputze sie im Stehen

und falle kurz danach müde ins Bett. Es ist kurz vor fünf. In Gedanken lasse ich diese Nacht nochmal an mir vorüberziehen. Es war eine gute Nacht!

3

Um kurz nach 11 Uhr wache ich auf. Ich habe geschlafen wie eine Tote! Schnell sehe ich auf mein Smartphone und checke, ob ich eventuell einen Anruf oder eine Nachricht verpasst habe. Aber zum Glück hat niemand versucht, mich zu erreichen.

Als ich die Balkontüre öffne und ins Freie trete, glaube ich, einen Backofen zu betreten. Wir hatten in diesem Sommer schon zwei Hitzewellen, was bedeutet, dass es mindestens 3 Tage lang über 40°C heiß ist. Die aktuelle Wettervorhersage kündigt fürs Wochenende eine weitere Hitzewelle an. Was ich den ganzen Sommer schon mache, um nicht zu verweichlichen, ist, ich schalte morgens die Klimaanlage aus und lasse die Balkontüre bis mittags offen. Ich glaube, das hilft!

Nachdem ich im Bad war und mich so zurecht gemacht habe, dass ich jederzeit zu einem Kunden fahren könnte, frühstücke ich draußen auf dem Balkon. Von der zweiten Etage aus schaue ich auf den Bürgersteig der anderen Straßenseite und beobachte die Leute, die in den kleinen Geschäften dieser Straße ein- und ausgehen. Am Unterhaltsamsten finde ich die Menschen, die in den Friseursalon gehen. Ich versuche mir einzuprägen, wie sie aussehen, wenn sie hineingehen und beurteile ihre Frisuren, wenn sie wieder herauskommen. Ich selbst gehe nur alle halbe Jahre zum Friseur, um die Spitzen schneiden zu lassen. Meine Frisur ist eine Löwenmähne und die bändige ich selbst!

Nach drei Tassen Kaffee und einem Toast fahre ich mein Notebook hoch. Das gehört zu meiner morgendlichen Routine und damit beginnt mein Arbeitstag.

Ich annonciere nicht nur in einer Wochenzeitschrift und bei einer weltweit geschalteten Escort-Website im Internet, sondern gebe mich auf der Erotikplattform ADuLT als gelangweilte Ehefrau aus, die ausgefallene sexuelle Abenteuer mit großzügigen Herren sucht. Dort nenne ich mich Aleksandra. Natürlich darf dort niemand wissen, dass ich eine Professionelle bin! Über diese Seite angle ich mir Kunden, die an ungewöhnlichen sexuellen Praktiken interessiert sind. Und von denen gibt es unzählige! – Ich versuche, eine ganze Reihe von Fetischen abzudecken, lehne manche jedoch strikt ab. Zum Beispiel möchte ich nichts mit Kot zu tun haben. Weder eine lebende Toilette spielen noch eine lebende Toilette benutzen. Auch biete ich mich selbst nicht als Sklavin an. Zwar kann ich die Rolle gut spielen, mag aber keine Schmerzen. – Ich bin eine dominante Frau und kann das gut verkörpern.

Jeden Tag bekomme ich haufenweise Nachrichten. Über diese Plattform habe ich einen Richter aus Thessaloniki kennengelernt, der von mir nichts weiter wollte, als ihn in seinem Hotelzimmer an den Heizkörper zu fesseln und ihn stundenlang immer wieder mal kräftig zu treten und zu beschimpfen. Zwischendurch habe ich das Hotelzimmer verlassen, war Essen oder habe einen kleinen Spaziergang gemacht. Er wusste nie, wann ich zurückkehre. Das war Teil seines Wunsches. Nach 5 Stunden habe ich ihn losgebunden. Er konnte sich kaum bewegen und war steif wie ein Brett. In diesem Zustand habe ich ihm einen gerubbelt. Das ist seine liebste Art, einen Orgasmus zu bekommen. Und damit kann ich umgehen!

,Pussylover' hat mir ein Foto geschickt. Darauf ist ein Mann zu sehen, der flach auf dem Bett liegt und eine attraktive Frau, die nackt auf seinem Gesicht sitzt. Pussylovers richtiger Name ist Babis. Ich habe ihn schon einige Male gesehen und er zahlt mir 200 € für ein Treffen. In seiner Nachricht fragt er, ob wir uns morgen gegen 14 Uhr im 6 X Hotel sehen können. Ich antworte ihm, dass es für mich passt. Babis schickt mir gerne Fotos von anderen Pussy-Leckern über die ADuLT Plattform, was bei der Ausübung meines Jobs hilfreich ist und mich schon auf neue Ideen gebracht hat.

Ich freue mich und trage einen weiteren Termin in meinen Kalender ein!

Eine andere interessante Nachricht ist von einem Ex-Soldaten. Er ist Amerikaner, wohnt in Athen und fragt mich, ob ich ihn als Erziehungsmaßnahme anpinkeln würde. Ich sehe mir sein Profil genau an und besonders aufmerksam die Fotos, die er von sich gepostet hat. Willy ist sehr groß und kräftig gebaut. Das kann ich auf einem Bild erkennen, auf dem er nackt auf einem Stuhl sitzt und eine Hand an seinen Ständer gelegt hat. Sein Gesicht ist auf dem Foto gepixelt und darunter steht:

‚Ich wichse gerne für dich. '

‚Sicher kann ich dich anpinkeln und es würde mir Freude bereiten, dich für mich wichsen zu sehen, Willy! ', schreibe ich in den Chat und frage gleich hinterher:

‚Bist du ein großzügiger Gentleman? '

Er antwortet prompt und ich lese:

‚Was stellst du dir darunter vor? '

‚Das möchte ich dir gerne persönlich sagen. Mein Mann ist zurzeit auf Geschäftsreise. Wähle einfach: SEX neun 9 siebenacht 69 zweiund zwanzig 69 und dann können wir auch gerne andere Sachen besprechen. '

Ich schicke ihm meine Telefonnummer verschlüsselt, damit niemand von der Plattform bemerkt, dass ich mich privat mit einem Mitglied verabrede. Kaum habe ich die Nachricht abgeschickt, klingelt mein Smartphone.

„Hallo!", nehme ich das Gespräch freundlich an.

„Aleksandra? Ich bin's, Willy."

„Hallo Willy, das ging ja schnell! – Ich lebe in Glyfada. Wo wohnst du?"

„In Kifissia. Sozusagen am anderen Ende der Stadt. – Aber nun sag mal, was stellst du dir unter großzügig vor?"

„Darunter stelle mir ein Geldgeschenk vor. Für ein intimes Treffen, bei dem ich nicht nur meine eigenen Gelüste, sondern auch die meines Partners befriedige, wünsche ich mir 250 €."

„Bist du eine Hure? Machst du das professionell?"

„Nein, aber ich verschenke mich auch nicht. Dessous, Schuhe und gutes Aussehen sind recht kostspielig. Ebenso Sexspielzeuge. Ich möchte das Gefühl haben, meinem Sexpartner etwas wert zu sein. Deshalb finde ich ein Geldgeschenk angemessen."

„So habe ich das noch nicht betrachtet... Ich habe mich bisher erst ein einziges Mal über ADuLT mit jemand getroffen. Es war ein Pärchen. Aber dabei habe ich mich von den beiden benutzt gefühlt."

„Dann verstehst du mich. – Was meinst du? Möchtest du dich mit mir treffen oder es dir lieber nochmal überlegen?"

„Nein, das brauche ich nicht. Ich habe das Geld. Darauf kommt es mir nicht an. Ich will einfach nur meine Fantasie mal richtig ausleben. Nicht immer nur im Kopf, verstehst du?"

„Sicher! – Mein Mann ist bis Dienstag unterwegs. Meinst du, könnten wir uns in dieser Zeit sehen oder sollen wir lieber warten, bis er das nächste Mal fort ist?"

„Geht er oft auf Reisen?"

„Ganz unregelmäßig. Mal ist er Monatelang zuhause und dann muss er plötzlich fort. Ich kann es nie wirklich vorhersehen."

„Dann lass uns jetzt ein Treffen vereinbaren, Aleksandra! Am Wochenende ist es mir leider nicht möglich. Aber am Montagabend ginge es. Was hältst du davon?"

„Das passt bei mir wunderbar. Soll ich zu dir nach Hause kommen oder ist es dir lieber, wenn wir uns in einem Hotel verabreden?"

„Wenn du zu mir nach Hause kommen würdest, fände ich das toll! Dann brauche ich nicht Auto zu fahren und kann etwas trinken. Ich bezahle dir auch das Taxi! – Du kannst dann ebenfalls etwas trinken. Was sagst du dazu?"

„Das klingt perfekt für mich! Und jetzt lass uns noch darüber sprechen, was genau du dir wünschst, abgesehen davon, dass ich dich mit einer warmen Dusche bestrafe. – Erzähl mir ein bisschen von dir und deiner Fantasie, Willy!"

Nachdem wir noch eine gute halbe Stunde gesprochen haben, weiß ich, was auf mich zukommt und ich überzeugt davon, dass ich Willy zufriedenstellen kann. Ich trage den Termin hochzufrieden in meinen Kalender ein, schließe die Balkontüre und schalte die Klimaanlage auf 23C °.

Am frühen Nachmittag klingelt mein Smartphone zum ersten Mal.

„Hallo!", melde ich mich freundlich.

„Spreche ich mit Anika?"

„Ganz genau. Mit wem spreche ich und woher hast du meine Telefonnummer?"

„Ich bin Samuel. Aus Florida. Deine Telefonnummer habe ich auf der OAD Escort Seite gefunden. Du bist in Griechenland, ist das richtig?"

„Ja, ich bin in Athen."

„Gut, ich bin im Urlaub hier und wohne im Hilton. Würdest du mich da besuchen?"

„Natürlich. Wann hättest du meinen Besuch gerne?"

„Vielleicht irgendwann heute Abend."

Ich überlege. Nach dem Termin mit Natascha könnte ich einen weiteren Termin gegen 20 Uhr annehmen. Das würde mir genügend Zeit geben, mich vorzubereiten und ins Hilton Hotel zu fahren.

„Wie wäre es um 20 Uhr?"

„Könnte es auch etwas später sein? Gegen 21 Uhr?"

„Sehr gerne!"

„Das ist prima. Anika, kann ich mich darauf verlassen, dass wirklich *du* das auf den Fotos bist, die in der Annonce abgebildet sind?"

„Selbstverständlich! Das bin ich. – Hast du meine Preise auch gesehen?"

„Das habe ich. 170 € ist dein Preis für eine normale Stunde Safer Sex inclusive Oralverkehr."

„Genau! Möchtest du noch etwas mit mir besprechen? – Hast du vielleicht einen Fetisch oder besondere Wünsche?"

„Manchmal finde ich es toll, wenn meine Sexpartnerin mich würgt, während ich erregt bin. Würdest du mich fest am Hals packen und ein wenig zudrücken, falls mir danach ist?"

„Sicher, Samuel! Ohne Aufpreis."

„Prima! Ich freue mich auf heute Abend, Anika!"

„Ich mich ebenfalls. Nennst du mir bitte noch deinen vollständigen Namen und deine Zimmernummer."

„Sicher. Ich heiße Samuel Ferguson und meine Zimmernummer ist 805."

„Danke. Sag mal, bist du jetzt auf deinem Zimmer?"

„Das bin ich."

„Dann rufe ich dich kurz auf dem Zimmer zurück und klingele auch heute Abend eine halbe Stunde vor meiner Ankunft durch, um sicherzustellen, dass du dort bist."

Nachdem alles geklärt ist, trage ich den nächsten Termin freudig in meinen Kalender ein.

Auf der Escort-Website OAD annonciere ich unter dem Namen Anika und beschreibe mich als kultivierte, attraktive und charmante Dame aus Nordeuropa. Mittelgroß, mit hübschem Gesicht, blondem langen Haar und blauen Augen, die gerne einen netten Herrn verwöhnen und all ihre sexuellen Erfahrungen mit ihm teilen möchte. Ich biete an, verschiedene Fetische zu bedienen und fordere Interessenten auf, mir von ihren geheimen Wünschen zu erzählen. Fünf Fotos zeigen mich in verführerischen Dessous. Um unerkannt zu bleiben, habe ich darauf geachtet, dass mein Gesicht darauf von meinen Haaren verdeckt ist.

Auch wenn ich weit entfernt von meiner Familie und meinen Freunden arbeite, sie alle haben Zugang zum Internet und die Fotos könnten mich schnurstracks in ihre Wohnzimmer befördern. – Dieses Risiko gehe ich nicht ein! Solange der Beruf der Prostituierten von einem großen Teil der Gesellschaft verachtet wird und unerwünscht ist, oute ich mich nicht! – Neben all den anderen Informationen habe ich meine Telefonnummer und meine Preise auf der Seite angegeben.

Als mein Smartphone das nächste Mal klingelt, ist es jemand, der auf Athens Nachbarinsel Ägina lebt. Meine Telefonnummer hat er über die englische Wochenzeitschrift ,Athens World'.

Der Anrufer heißt Thomas und fragt mich, ob ich ihn auf der Insel besuche.

„Ja, das würde ich machen. Du musst mir allerdings zusätzlich zu meinem Honorar die Fähre und die Zeit der Überfahrt bezahlen."

„Das habe ich mir gedacht. Ich möchte dich für den ganzen Abend buchen. Zuerst mit dir Essen gehen, danach in ein

Tanzlokal und später zu mir nach Hause, wo du nach dem Sex im Gästezimmer schlafen kannst. Wieviel würde mich das kosten?"

Ich überlege. Es geht um eine Autofahrt nach Piräus; ein Passagierticket für die Fähre hin- und zurück; 4 -5 Stunden als Gesellschafterin arbeiten, Sex mit ihm haben und eine unfreiwillige Übernachtung...

„800 €.", sage ich und finde, der Preis ist absolut angemessen.

„Oh, das ist viel! Ich bezahle das Essen, die Getränke, – ich hole dich an der Fähre ab und fahre dich am nächsten Morgen wieder zum Hafen. Eigentlich hatte ich mit maximal 500 € gerechnet."

Ich seufze innerlich.

„Tut mir leid, Thomas. Das kann ich hier an einem Abend verdienen, ohne die lange Anreise auf eine Insel zu machen. Das ist mir zu wenig."

„Hm..., was hältst du davon, wenn ich dir 600 € gebe? Das ist mein Entgegenkommen. Mehr kann ich dir wirklich nicht zahlen."

„Wieso kommst du nicht nach Piräus, mietest dich in ein Hotel ein und wir gehen dort aus? Diesem Arrangement könnte ich für 500 € zustimmen."

„Nein, – es muss auf Ägina sein und ich erkläre dir weshalb: Meine Frau hat mich vor 6 Wochen verlassen. Sie ist zu einem anderen Mann hier auf der Insel gezogen und ich bin zum Spott geworden. Jetzt bin ich es leid, den armen, verlassenen Ehemann zu spielen. Ich will mich überall dort mit dir zeigen, wo meine Frau und ihr neuer Partner verkehren. – Ich will mit dir gesehen werden! Die Leute sollen denken: ‚Thomas hat eine neue Freundin. Seht her, wie hübsch sie ist und wie gut sich die beiden amüsieren. ' – Verstehst du jetzt, Anika?"

Ich verstehe… und ich überlege, was soll ich tun soll. – 600 € sind viel Geld. Und wenn ich erst am Abend mit der Fähre rüberfahre, verpasse ich vielleicht gar keinen anderen Kunden, der mir mehr Geld einbringen würde. Ich seufze und antworte:

„Okay! Für 600 € komme ich und wir machen es so, wie du vorgeschlagen hast."

„Das freut mich sehr, Anika! Ich sehe auch gut aus und ich bin gut im Bett. Sag mal, kannst du mir ein Foto von dir schicken? Wäre schön, wenn ich wüsste wie du aussiehst."

„Tut mir leid, ich versende grundsätzlich kein Foto von mir. Ich wüsste nie, wo es mal auftaucht und ich möchte in meinem Job unerkannt bleiben. – Dass ich gut aussehe, musst du mir einfach glauben. Wenn du magst, gehe auf die Escort-Website OAD, da findest du zumindest einige Fotos von meinem Körper in Dessous gekleidet."

Thomas bedankt sich für den Tipp. Wir besprechen, wie und wann wir uns morgen Abend am Hafen erkennen und Thomas bittet mich, ein hübsches Kleid zu tragen. Ich erkundige mich nach seinem vollständigen Namen, seiner Adresse und seiner Festnetz Nummer. – Eins ist mir bei diesem Termin klar: Ich brauche nicht zu befürchten, dass er ein Polizist ist. – Das hat auch etwas für sich!

Kurz nach diesem Gespräch mache ich mich auf den Weg ins Lenny Blue Hotel, wo ich mit Natascha, Adonis und seinem Kollegen verabredet bin.

4

Während ich noch mit dem Auto auf dem Weg zum Hotel bin, teilt Adonis mir in einer SMS mit, dass Natascha, Boros und er schon auf dem Zimmer Nummer 45 sind. Als ich dort anklopfe, öffnet er mir die Türe. Er ist nackt und hat eine Erektion.

„Hallo Sexy! Sorry, wir haben schon angefangen! Komm und gesell dich zu uns. Heute wird es heiß! Nicht nur draußen, auch in diesem Zimmer!"

Natascha liegt splitternackt mit breitbeinig angewinkelten Beinen auf dem Bett und leckt Boros Schwanz, den er ihr vor den Mund hält. Als ich eintrete, dreht Boros sich zu mir um, steht auf und kommt auf mich zu. Ich schicke Natascha eine Kusshand und rufe „Hi Baby!" zu ihr rüber. Sie winkt lachend zurück.

„Hallo Anika, schön dich kennenzulernen. Ich bin Boros, Adonis Kollege. – Uh, ich muss sagen, er hat mir nicht zu viel versprochen über euch Ladies. Zwei blonde Sexbomben!"

„Danke, Boros! Freut mich ebenfalls, dich kennenzulernen. Ich gehe kurz ins Bad und komme dann zu euch. Macht einfach weiter mit dem, was ihr gerade getan habt. Ich freue mich darauf mitzumischen!"

Wenn ich einen Termin mit Adonis habe, ziehe ich immer Miniröcke und sehr offenherzige Tops an. Dazu selbstverständlich verführerische High Heels und knallroten oder pinken Lippenstift. Halt ein bisschen nuttig. Darauf steht er. Während ich mit Boros spreche, ist Adonis hinter mich getreten, hat mir eine Hand unter den Rock geschoben und mit der anderen in mein Top gegriffen. Geschickt klemmt er meinen Nippel zwischen Zeige- und Mittelfinger, so dass dieser hart

40

wird. Mit einem leichten Schauer der Erregung gehe ich ins Bad, mache mich frisch und ziehe mich um. Bei diesem Termin trage ich einen pinken Spitzen-BH mit dazugehörigem Höschen. Das Set ist schon älter und um ihm mehr Pepp zu verleihen, habe ich mit einer Schere zwei Schnitte in den BH gemacht. Genau an den Stellen wo meine Brustwarzen sind und frech da raus schauen können. Einen weiteren kleinen Schnitt habe ich an die Stelle meines Slips gemacht, wo meine Klitoris ist. Diese drei Öffnungen machen das Set unglaublich heiß. Ich habe mich darin schon selbst befriedigt, weil ich es so geil fand, meine Nippel durch die Schlitze zu zupfen, drehen und kneten und meinen Kitzler durch das Löchlein in dem Höschen herauszuziehen und ihn solange zu streicheln, bis ich einen gewaltigen Orgasmus erlebt habe. Generell gehe ich davon aus: Was mich antörnt, törnt meine Kunden ebenfalls an!

Adonis liegt zwischen Nataschas Beinen und leckt sie. Boros kniet über Nataschas Gesicht und sie hat seine Eier in den Mund genommen. Als er mich sieht, dreht er sich zu mir um.

„Komm her!", fordert er mich auf und beugt sich jetzt in Hündchenstellung quer über Nataschas Kopf, wobei er ihr seinen Schwanz in den Mund steckt. Ich nehme einen Fingerling, den kleinen Vibrator und einige Kondome aus meinem Täschchen und knie mich von hinten zwischen Boros gespreizte Beine. Den Fingerling stülpe ich über meinen Mittelfinger, feuchte ihn mit meinem Speichel an und massiere anschließend Boros Rosette. Er stöhnt auf.

„Panajia-Mou! Was machst du da, Anika!?", fragt er mit erregter Stimme.

„Ich verwöhne dich an deinem Allerwertesten, Baby. Gefällt dir das?"

„Und wie!"

Um seine Erregung hoch zu halten, bohre ich meinen Finger ganz langsam in seinen After. Seine Bewegungen kommen dabei völlig zum erliegen und ich checke, ob Natascha mit seinem Schwanz im Mund okay ist, während ich sein Poloch bearbeite. Als ich sehe, alles ist in Ordnung, stoße ich den Finger tiefer in seinen Anus und beginne, ihn gleichmäßig langsam zu ficken. Und was macht Boros? Er schreit auf und kommt ganz überraschend zum Höhepunkt! – Unkontrolliert zuckt er auf Natascha herum, die wiederum schnell seinen Schwanz aus ihrem Mund gedrückt hat und nun die ganze Suppe ins Gesicht bekommt. – Das war nicht von mir beabsichtigt! – Ein schnell herbeigeführter Orgasmus kann ein Desaster sein, wenn der Kunde danach nochmal kommen will aber nicht kann... Mir tut es besonders für Natascha leid, die nur angeekelt dreinschaut und sich nicht weiter bewegen kann, weil Boros platt auf ihrem Brustkorb liegt und benommen röchelt. Adonis hat das Dilemma natürlich mitbekommen und schaut mich fragend an. Ich zucke mit den Schultern. Woher sollte ich ahnen, dass Boros so auf meinen Mittelfinger reagiert?

Die eben noch herrschende erotische Stimmung im Zimmer ist damit erst mal unterbrochen und wir müssen abwarten, was Boros sagt, wenn er wieder einigermaßen bei Sinnen ist. Ich ziehe derweil den Fingerling ab und werfe ihn auf den Boden. Natascha wischt sich das Sperma aus dem Gesicht und sieht mich ebenfalls fragend an. Auch ihr gegenüber bleibt mir nur Schulterzucken.

‚Keine Panik, Ilona! Noch hast du jede Situation gemeistert. Dass er so früh gekommen ist, ist keine Tragödie!‘, versuche ich mich zu beruhigen.

Zum Glück ist es das wirklich nicht. Boros strahlt, als er von Natascha runterklettert und sich ausgestreckt auf das große, runde Bett plumpsen lässt.

„War das geil!", strahlt er und mir fällt ein Stein vom Herzen. „Anika hat mich entjungfert und ihr seid meine Zeugen.", fährt er lachend fort und schaut Natascha und Adonis an.

„Dann ist ja alles gut!", sage ich erleichtert. „Lasst uns ein kleines Päuschen machen und danach in die zweite Runde gehen. Was haltet ihr davon?"

Die Männer sind einverstanden, greifen nach ihren Zigaretten und Natascha eilt ins Bad um sich Boros Samenflüssigkeit aus dem Gesicht zu waschen. Ich folge ihr, weil ich den weiteren Verlauf des Termins mit ihr unter vier Augen besprechen will.

„Sorry, Natascha! Ich hatte keine Ahnung, dass er so schnell kommen wird!"

„Kein Problem, Babitschka. Ich war nur total überrascht. Normalerweise wissen wir, wann sie kommen, aber Boros ist ja regelrecht von einer auf die nächste Sekunde explodiert. – Immerhin hat's ihm gefallen. Was machen wir als nächstes? Hast du eine Idee?"

„Was hältst du davon, wenn die beiden Herren sich in die Sessel setzen und wir ihnen eine kleine Lesbenshow liefern? Das wird Adonis wild machen und wenn wir Glück haben, kann auch Boros sich der Nummer nicht entziehen und wird wieder scharf."

„Das ist eine gute Idee! Ich ziehe mir dazu etwas an, was du mir wieder ausziehen kannst. – Striptease kommt immer gut an."

„Prima, Natascha! Wenn sie scharf werden, lassen wir sie noch ein wenig zappeln. Danach nehmen wir sie einzeln. Wir gehen nicht mehr ins Viererpack. – Oder?"

43

„Genau. Wir bringen es nur noch jede für sich zu Ende!"

Froh, dass wir einen Plan haben, der aufgehen kann, gehe ich zurück ins Zimmer und bitte die beiden Herren, die nebeneinander auf der Bettkante sitzen, getrennt in den Sesseln Platz zu nehmen.

„Es gibt gleich etwas zu sehen. Genießt es! – Adonis, wo ist dein Spielzeugkoffer?"

„Hier auf dem Sideboard. Warte, er ist noch verschlossen, ich öffne ihn dir."

Als Natascha in einem rosafarbenen Babydoll aus durchsichtigem Gewebe das Zimmer betritt, treffen wir uns in der Mitte des Raumes und beginnen unsere Show.

Zuerst umkreisen wir uns und berühren uns nur gegenseitig mit den Fingerspitzen. Dann bleiben wir voreinander stehen. Ich ziehe meine Nippel durch die Schlitze des BHs, zupfe und drehe an ihnen, so dass sie hart werden und Natascha fasst sich unter den Hauch von Stoff und holt ihren großen Busen hervor. Sie drückt die beiden Bälle zusammen, hebt sie an und leckt mit ihrer Zunge über eine Brustwarze. Ich staune immer wieder darüber, wie sie das schafft! Vielleicht liegt es daran, dass ihre Brüste künstlich vergrößert wurden? Jedenfalls sind sie sehr beweglich und was sie da tut ist etwas, auf das Männer total abfahren! Adonis und Boros sehen uns zu und bei Adonis mache ich schon einen Ständer aus.

„Komm, Babitschka, mach es mir. Ich bin so geil. Ich will von dir gefickt werden. Hast du einen Schwanz für mich? Einen großen aus Silikon, einen mit Vibration? Dann nimm ihn schnell und schiebe ihn in meinen Po. Mit ihm fangen wir an."

„Sicher Liebes. Ich werde es dir heute so besorgen, wie du willst!"

„Darf ich deine Klitoris lecken, Anika-Mou? Ich will diesen heißen, zuckenden Kitzler auf meiner Zunge spüren, während der Silkonschwanz in meinem Po vibriert und versucht, mir das Hirn rauszuschießen."

„Ja, leck ihn, nimm ihn zwischen deine Zähne, beiß sanft in ihn rein. Ich will, dass er anschwillt, bevor er mir einen heißen Orgasmus beschert."

Mit solchem Dirty Talk stimulieren wir die Fantasie in den Köpfen der Männer und das wirkt sich positiv auf ihre Geschlechtsteile aus. Sie wachsen! – Ich öffne den Koffer, nehme einen mittelgroßen Silikondildo heraus und streife ihm ein Kondom über. Natascha hat sich am Schreibtisch vornübergebeugt und streckt mir ihren hübschen Hintern entgegen. In Erwartung dieses analen Vergnügens gibt sie erregte Laute von sich. Boros wird sich an das erinnern, was er vor ein paar Minuten erlebt hat, nur ist dieses Spielzeug um einiges größer als mein Finger. Ich knie mich hinter Natascha, schiebe ihr Babydoll hoch, ziehe ihre Pobacken auseinander, lecke ihre Rosette, stehe auf, stelle mich seitlich neben sie und so, dass die beiden Herren alles gut sehen können, schiebe ich den Dildo Zentimeter für Zentimeter in ihren After. Natascha stöhnt bei jedem neuen Stoß auf und wimmert vor Lust:

„Anika, du treibst mich in den Wahnsinn. Panajia-Mou! Ich fließe dahin vor Geilheit. Schieb ihn weiter rein. Gamotto! Gleich sauge ich deinen Kitzler. Ich will, dass auch dir die Sinne vergehen, Babitschka!"

Mit einem Blick auf Boros, bemerke ich, sein Schwanz steht stramm und er hat Hand an ihn gelegt. – Wir haben erreicht, was wir wollten!

Als der Silikondildo tief in Nataschas Po steckt, schalte ich die Vibration ein. Ihr bleibt nichts anderes übrig, als einen Show-Orgasmus der Superlative hinzulegen. – Ich bleibe neben ihr stehen und halte den Vibrator tief in ihren Anus gedrückt. Natascha lässt sich Zeit, ihren Pseudo-Höhepunkt langsam ausklingen zu lassen. Danach wechseln wir schnell die Pose. Ich setze mich mit weit gespreizten Beinen auf den Schreibtisch, Natascha zieht den Dildo aus ihrem Po und kniet sich vor mich. Ich öffne den kleinen Schlitz im Slip und ziehe meinen Kitzler heraus. Natascha nimmt ihn zwischen Daumen und Zeigefinger, schiebt sein Häutchen zur Seite und fährt einmal mit der Zunge darüber. Ich würde lügen, wenn ich sage, dass mich das nicht erregt. Auch was ich selbst mit mir mache, lässt mich nicht kalt. – Das Zupfen an meinen Nippeln ist so, als wenn ich meinen Empfänger auf *Vorbereitung zum Höhepunkt* einstelle.

„Oh Nat', das ist irre! Wenn du mit deiner weichen Zunge über meine Klitoris fährst, spüre ich, wie ich feucht werde, – feucht und geil auf einen super Fick! – Ich glaube, ich brauche gleich einen fetten Schwanz, der es mir besorgt. – Adonis, Boros, seid ihr bereit uns zu geben, wonach wir verlangen? Einen richtig guten Fick!? – Seid ihr die geilen Gentlemen, die uns heißen Mädels gleich mit ihren scharfen Schwänzen verwöhnen?"

Adonis nickt Boros zu und beide stehen auf.

„Wir sind unterwegs, Puttanas! – Kommt, wir gehen aufs Bett!"

„Lass unseren Gast entscheiden, wen er beglücken will! – Boros, wen willst du?", frage ich.

„Am liebsten euch beide. Aber wenn ich mich entscheiden muss, fange ich gerne mit dir an, Anika. Ich will mich revanchieren für meinen Orgasmus. Ist das okay für dich, Natascha?"

„Sicher, Boros-Baby! Irgendwann bekomme ich sicher auch deinen Schwanz zu spüren! – Los Adonis, komm und fick meine Muni wund!"

Ich nehme Boros bei der Hand und gehe mit ihm an die Bettseite, an deren Wand ein großer Spiegel hängt.

„Fick mich hier. Ich will im Spiegel zusehen, wie Adonis und Natascha es treiben. Nimm mich von hinten. Dann kann ich auch dich sehen!"

„Okay, du heißes Weibsstück. Ich bin ganz verrückt danach, dir meinen Big Boy vorzustellen! Ich will dich schreien hören, Anika! Du sollst mich nicht so schnell vergessen!"

Ich habe ein Kondom parat, ziehe es über seinen Großen, lutsche ihn feucht, ziehe meine Dessous aus und stemme mich mit den Händen gegen den Spiegel. Etwas nach vorne gebeugt und die Beine leicht gespreizt, ist meine Muschi genau in Höhe von Boros Big Boy. Er stellt sich hinter mich, schiebt seinen Schwanz in meine feuchte Pussy hält sich an meinen Titten fest. Als er ganz drin steckt, erhöht er das Tempo des Ficks auf seine persönliche Höchstgeschwindigkeit. Ich glaube, er will mir zeigen, was er drauf hat. Er sucht meine Bestätigung und die kann er gerne haben!

„Oh, Boros! Das hätte ich nicht erwartet! Du fickst so schnell, wie ein Maschinengewehr. Oh mein Gott, fühlt sich das irre an!"

„Dann bist du also zufrieden mit mir, kleine deutsche Hure?"

„Oh ja! Das fühlt sich an, als wenn ich jetzt gleich schon kommen könnte …!"

„Lass dich gehen, Süße! Lass die Zügel los. Ich gebe weiter Gas für dich!"

Dieser Aufforderung komme ich fast umgehend nach und erschüttere meinen Körper mit einem Pseudo-Orgasmus, der es in sich hat. Und genau, wie ich es mir erhofft habe, lässt diese Show Boros nicht kalt und er kommt ebenfalls zum Höhepunkt.

Ich sehe in den Spiegel. Natascha hat sich breitbeinig aufs Bett gelegt. Sie trägt immer noch ihr Babydoll. Ohne Höschen. Adonis zieht gerade sein Lieblingsspielzeug, einen megagroßen Multifunktionsdildo, aus ihrer Muschi, kniet sich über ihr Gesicht und lässt sich seinen Schwanz bis kurz vor seinem Samenerguss blasen. Als er soweit ist, zieht er seinen nackten Penis aus ihrem Mund und wichst sich fertig. Leider bekommt Natascha von ihm die zweite Ladung Sperma ins Gesicht... Aber sie wird es überleben! – Boros hat seinen Big Boy aus mir rausgezogen, ich streife das Kondom ab und gehe ins Bad, nachdem ich ihm einen Kuss gegeben und ihm versichert habe, dass er von griechischen Liebesgöttern abstammen muss. Das schmeichelt ihm und ich bin mir sicher, wenn er noch eine Weile in der Gegend bleibt und mit Adonis zusammen arbeitet, werden wir uns nochmal sehen.

Nachdem wir alle nacheinander im Badezimmer waren, Natascha und ich die Kondome entsorgt und uns wieder angekleidet haben, überreicht Adonis uns, versteckt vor Boros Augen, unseren Lohn. Wie abgesprochen bekommt jede von uns 160 €. – Adonis wird irgendwelchen Nutzen von diesem Date haben. Einfach nur aus Sympathie hat er seinen Kollegen nicht eingeladen! – Das wäre ungriechisch.

Natascha und ich verabschieden uns und verlassen gemeinsam das Hotelzimmer. Im Aufzug geben wir uns ein *High Five* und draußen, in der brütenden Hitze Athens, gehen wir jede unserer Wege.

5

Es ist 18.45 Uhr. Ich fahre nach Hause, stelle die Klimaanlage auf 21°C, esse einen griechischen Joghurt mit Honig und Mandelsplittern und setze mich für ein paar Minuten erschöpft aufs Sofa. Manche Tage ermüden mich mehr als andere. Nachdem meine Energie wieder einigermaßen zurückgekehrt ist, ziehe ich mich aus und stelle mich nackt vor die geöffneten Kleiderschranktüren.

Bei Besuchen in Luxushotels mache ich mich schick. Doch welches Kleid ziehe ich heute an? Ich nehme einige heraus, halte sie nacheinander vor meinen Körper und betrachte mich in einem großen Spiegel. Schließlich entscheide ich mich für ein schlichtes, sandfarbenes Stretchkleid, das eng anliegt und bis gerade übers Knie geht. Ich leere meine Handtasche auf dem Sofa und packe alles, was ich für den nächsten Termin benötige in eine beige, geflochtene Basttasche. Zu diesem Outfit wähle ich hochhackige, braune Lederpumps und dezenten Goldschmuck. Zufrieden mit meiner Zusammenstellung sehe ich auf die Uhr und da ich noch eine halbe Stunde Zeit habe, bevor ich mich auf den Weg ins Hilton machen muss, rufe ich Violet an. Sie geht sofort ans Telefon und begrüßt mich mit einem hellen:

„Hallo Liebes! Wie geht's dir?"

„Hi Violet, danke, mir geht's soweit gut. Nur die Hitze macht mir heute zu schaffen. Manchmal frage ich mich, ob das etwas mit meinem Alter zu tun hat."

„Selbstverständlich! Mit zwanzig hat sie mir nichts ausgemacht und heute bringt mich eine Taxifahrt ohne Klimaanlage um! – Übrigens war Jack heute Mittag kurz hier. Er kam unangemeldet! – Dafür brachte er mir eine Baccara Rose mit und hat sich beeilt, schnell über mich drüber zu rutschen. Nachdem er noch zwei Zigaretten geraucht hatte, legte er mir 120 € auf den Wohnzimmertisch und hat sich gut gelaunt verabschiedet. – Wie sieht's mit deiner Arbeit aus?"

Ich berichte ihr von meinem letzten Termin und mit einem Blick in mein Notizbuch zähle ich ihr meine künftigen Verabredungen auf.

„Wow! Dein Geschäft boomt, Darling!"

„Ja, ich bin total begeistert, wieviel Geld ich diesen Sommer verdiene. – So viel wie nie in meinem Leben! – Und das fühlt sich geil an!"

„Das glaube ich dir, Anika. Bei mir läuft es auch so fantastisch wie nie! – Aber ich frage mich immer öfter: Wie lange noch? Ich meine, wir werden älter… Unsere besten Jahre sind vorüber. Wir tun nur so, als wären wir noch mittendrin. Fragst du dich nicht auch hin und wieder, was wohl in fünf oder zehn Jahren sein wird? – Mein Gott, daran darf ich überhaupt nicht denken. In zehn Jahren bin ich sechsundfünfzig! – Was, wenn wir unser Alter nicht mehr verbergen können? – Willst du dich liften lassen und dein Erspartes in Schönheitskliniken tragen, nur um noch weiter als Callgirl zu arbeiten?"

„Violet, ich weiß es nicht. Vielleicht werde ich Aufenthalte in Schönheitskliniken in Betracht ziehen, vielleicht werde ich auch nur noch als Domina und im Latex Bereich arbeiten und das Callgirl an den Nagel hängen… Oder ich arbeite nur noch in Clubs oder Bordellen, in denen es dunkel ist. Ich kann mir jedenfalls vorstellen, dass es auch Männer gibt, die den Sex mit älteren Frauen lieben, gerade weil diese nicht mehr so einen *perfekten* Körper haben. Ältere Männer, die selbst einen Bauch und Falten haben, die nicht mehr die fittesten im Bett sind, – denen es mehr um die körperliche Nähe und den Spaß mit einer Frau geht und nicht um geilen Sex. Ich glaube, dass eine ganze Menge Männer sich bei solch einer Frau wohler fühlen, als bei einem Model. – Aber ich mache mir nichts vor. Irgendwann wird Schluss sein. Zumindest im Callgirl Bereich."

„Genau. Und was dann?"

„Keine Ahnung. Wir können nicht in die Zukunft sehen! Aber es hilft auch nichts, sich um sie zu ängstigen. Sie nur in düsteren Farben auszumalen, ist wohl das Schlechteste, was wir tun können. Vielleicht ist sie einfach super schön und wir sind gesund und haben Partner, die uns lieben und wir haben Geld genug, um ein schönes Leben zu führen… – Das ist es jedenfalls, wovon ich träume! – Ich will auch nicht den Rest meines Lebens alleine bleiben und als Callgirl arbeiten. Ich erwarte mehr vom Leben! – Aber jetzt, genau jetzt ist es wunderbar, so wie es ist! – Jetzt will ich es überhaupt nicht anders. Ein Partner würde mich nur ungeheuer stören!"

„Du hast wahrscheinlich recht. – Vielleicht bin ich schon dem Aberglauben der Griechen verfallen, dass man für alles Gute und Schöne, was einem im Leben widerfährt, irgendwann schlimm büßen muss. – Sie glauben, nur die Götter haben ein Anrecht auf Glück!"

„Ich weiß, viele Griechen sind fürchterlich abergläubig. – Bitte sei du es nicht! Vielleicht kommst du eines Tages tatsächlich mit Jack zusammen. Er hatte dir schon mal ein Angebot gemacht und steht mit Sicherheit noch dazu. Oder du hast eines Tages genügend Geld auf der hohen Kante und keine Lust mehr alleine in deiner Wohnung zu sitzen und auf Freier zu warten. Wer weiß? Und vielleicht ist Jack dann genau der Mann, mit dem du viel zusammen sein willst, und ihr beide macht euch gemeinsam ein schönes Leben."

„Na ja, Jack und ich mögen und achten uns… Und er weiß, was ich beruflich mache! – Das wäre in einer Beziehung definitiv von Vorteil. Oder könntest du mit jemand zusammen sein, der keine Ahnung davon hat, was du gearbeitet hast?"

„Ich denke nicht... Ich glaube, die Belastung wäre viel zu groß. Ich müsste ja ständig Angst davor haben, dass er es herausbekommt. – Weißt du, ich habe einen guten Freund in meinem deutschen Bekanntenkreis. Er ist auch immer noch Single und wir mögen uns. Nach meiner Scheidung von Manfred habe ich mal daran gedacht, etwas mit ihm anzufangen... Aber ich könnte ihm niemals sagen, dass ich eine Prostituierte bin! – Und damit ist die Sache zwischen uns gestorben."

„Das stimmt. So etwas geht nicht. Von daher ist die Auswahl an Partnern für uns eingeschränkt. – Aber was solls! Uns geht's jetzt gut. Genießen wir es! – Für heute habe ich keine Arbeit mehr, aber morgen früh hat sich Dimitri für 11 Uhr angekündigt und am frühen Nachmittag fahre ich ins 6 X Hotel und treffe Jason. – Und vielleicht bin ich ja eine griechische Göttin und werde nie für all mein Glück büßen müssen! Ha, ha, ha..."

Froh darüber, dass Violet wieder die Kurve gekriegt hat und ihre düsteren Gedanken losgeworden ist, verabschiede ich mich von ihr. Für mich ist es Zeit, ins Hilton zu fahren!

Die Fahrt dorthin dauert 25 Minuten und als ich vor den großen Glastüren des Eingangs anhalte, kommt sofort ein Bediensteter und öffnet mir die Autotür.

„Möchten Sie, dass ich ihren Wagen in die Garage bringe, Madam?"

„Ja, bitte! Ich habe ein Meeting. Es wird vielleicht 2 Stunden dauern."

„Selbstverständlich, Madam!" entgegnet er.

Ich steige aus und betrete das mir vertraute Hilton Hotel, ohne Angst davor zu haben, dass das Personal ahnt, was für eine Art Meeting ich habe. Selbstsicherheit versprühend gehe ich zu den Aufzügen und fahre in die achte Etage. Vor Zimmer Nummer 805 atme ich einmal tief durch und klopfe an. Kurz darauf öffnet mir ein kleiner, blonder, sonnengebräunter Mann um die Fünfzig, reicht mir freudestrahlend die Hand und sagt:

„Anika! Komm rein. Ich bin Samuel."

Wir tauschen Begrüßungsküsschen aus und ich sage:

„Nett, dich kennenzulernen, Samuel! Gut siehst du aus. So, wie man sich einen Mann aus Florida vorstellt! – Bist du geschäftlich oder privat in Athen?"

„Privat. Geschäftlich habe ich mehr im nahen Osten zu tun, aber Athen mit seiner Geschichte hat mich immer schon interessiert. Und du, arbeitest du schon lange hier?"

„Seit über einem Jahr."

„Und, gefällt dir das Leben hier?"

„Ja! Die Griechen sind freundlich, das Wetter ist gut und ich lerne in meiner Branche nette Menschen kennen."

„Prima. – Ich habe mich übrigens schon geduscht, aber wieder angekleidet, weil ich dir nicht im Bademantel die Tür öffnen wollte."

„Danke, Samuel. Dann gehe ich jetzt kurz ins Bad und wenn du willst, mach es dir schon auf dem Bett bequem."

In dem geräumigen Badezimmer tausche ich meine Kleidung gegen ein mit goldenen Pailletten besetztes BH-Slip-Set. Auf meiner nahtlos Sonnenbank gebräunten Haut glitzert es edel und betont apart meine erotischen Zonen. Samuel ist dementsprechend begeistert und kommentiert mein Aussehen mit:

„Was für exquisite Dessous, Anika! Du erinnerst mich ein bisschen an *Wonder Woman*. Darf man dich überhaupt anfassen?"

Ich lache amüsiert auf über seinen Vergleich und entgegne:

„Nur mit meiner Erlaubnis! – Ich nehme mir allerdings heraus, dich zu berühren, wo ich will!"

„Ganz nach meinem Geschmack, Lady in Gold! Bitte bedienen Sie sich!"

Samuel steht, nur noch in einem knappen Designer Slip gekleidet, an der gläsernen Terrassentür seines Zimmers, von der aus man einen wunderbaren Blick auf den beleuchteten Hügel der Akropolis hat. Er hat das große Licht im Zimmer ausgeschaltet. Nur noch eine Stehlampe beleuchtet den Raum. Ich trete nah an ihn heran und sage:

„Sooft ich die Akropolis schon bei Nacht gesehen habe, – ihr Anblick verzückt mich jedes Mal aufs Neue."

„Das kann ich gut nachvollziehen. Ich betrachte sie heute Abend zum siebten Male und sie hat nicht an Zauber verloren."

Ich drehe Samuel sanft zu mir herum und schmiege mich an seinen leicht behaarten Körper.

„Von jetzt an möchte *ich* allerdings deine uneingeschränkte Aufmerksamkeit haben! Die Akropolis muss warten."

Schon umarmt und küsst Samuel mich stürmisch und lotst mich auf das breite Bett. Wir rollen darauf herum und schließlich legt er sich keuchend auf den Rücken und streckt Arme und Beine von sich.

„Ich liebe es, wenn ich keine Luft beim Sex bekomme. Hattest du schon mal einen Kunden der auf Drosselsex oder auf Lust an Sauerstoffmangel stand?"

„Zweimal. – Wieso fragst du?"

„Dann hast du nicht viel Erfahrung, aber das macht nichts. Ich brauche es auch nicht unbedingt. – Aber wenn du dich auf mich setzen, mich reiten und dabei ein bisschen würgen könntest, wäre das schon ein Highlight!"

‚Wenn ich ihn damit schnell und einfach befriedigen kann, – ger-ne!‘, denke ich, schiebe seine Beine zusammen und hocke mich auf ihn.

„Das ist kein Problem, Süßer!"

Als er antworten will, beuge ich mich nach vorne, drücke meine Hand auf seinen Mund und schüttele langsam aber bestimmt den Kopf.

„Von jetzt an wird nicht mehr geredet, sonst muss ich dich knebeln!", erkläre ich ihm streng.

Samuel stöhnt zustimmend auf und ich weiß, ich habe den richtigen Ton getroffen. In meinem Job ist immer wieder Fin-gerspitzengefühl gefragt. – Das ist einem nicht unbedingt an-geboren…, aber man kann es im Laufe der Zeit erlernen und verfeinern. Übung macht auch hier die Meisterin.

Als nächstes hole ich Samuels Schwanz aus der Unterhose und klemme diese unter seine Eier. Dabei lasse ich mir Zeit. Ebenfalls beim Öffnen und Ausziehen meines BHs. Ich nehme eins der Kondome, die ich beim Eintritt ins Zimmer auf den Nachttisch gelegt habe und rolle es über seinen strammen Burschen. Mein Slip hat rechts und links Klettverschlüsse. Ich öffne sie, streife das goldene Paillettenhöschen ab und werfe es ans Fußende des Bettes. Samuel schaut mir aufmerksam zu. Er hat seine Arme hinterm Kopf verschränkt und scheint un-ser bedächtiges Spiel zu genießen. Langsam lasse ich mich auf seinem Pfosten nieder, bis dieser ganz und gar in mir drin steckt und verweile kurz. Danach beuge ich mich wieder vor, lege meine Hände jedoch diesmal um seinen Hals, bevor ich anfange, ihn wie ein Pferd im langsamen Trab zu reiten. Mit leichtem Druck auf seinen Adamsapfel versuche ich, ihn ein Gefühl von Atemnot spüren zu lassen. Samuel sieht mir die ganze Zeit in die Augen. Ich frage mich, ob er gleich einfach zum Höhepunkt kommt, – ob ich ihn schneller reiten oder vielleicht doch fester würgen soll…? Immer noch in solche Gedanken versunken, nimmt Samuel plötzlich seine Hände hinterm Kopf weg und legt sie über meine Hände an seinem Hals. Dann drückt er feste zu. – Richtig feste! Der Mann hat Kraft!

Er wird sich schon nicht selbst erdrosseln! ', beruhige ich mich und reite ihn weiter.

„Anika, ich habe eine Idee!" krächzt er plötzlich mit erstickter Stimme, löst meine Hände von seinem Hals und atmet tief durch.

„Komm, wir gehen ins Badezimmer. Ich will etwas ausprobieren!", fährt er fort und ich steige von ihm runter und ziehe ihm das Kondom ab.

„Was willst du tun, Samuel?"

„Das wirst du gleich sehen! Ich zeige dir etwas, das mich verrückt macht. Komm nur mit ins Bad und tue, was ich dir sage."

Neugierig folge ich ihm ins Badezimmer und sehe zu, wie er das Waschbecken mit lauwarmem Wasser volllaufen lässt.

Er wird doch nicht seinen Kopf da rein stecken wollen?! ', schießt es mir durchs Oberstübchen und Unbehagen macht sich in mir breit.

Während das Wasser läuft, hat Samuel seine Unterhose ausgezogen. Er ist hinter mich getreten, umschlingt meinen Körper mit seinen Armen und tastet mich ab.

„Gut fühlst du dich an! Und ich habe wirklich Lust darauf, deine Pussy von innen zu spüren, aber wir machen gleich etwas anderes. – Warts ab! Vielleicht lecke ich dich danach, damit du auch auf deine Kosten kommst. Das würde mir zum Abschluss gut gefallen. Du magst es doch gelleckt zu werden, oder?"

56

„Welche Frau mag das nicht!? – Pass auf, das Becken ist gleich voll!"

Samuel lässt mich los, checkt mit einer Hand die Wassertemperatur und sagt:

„Angenehm! Ich will ja nicht, dass du kalte Hände bekommst. Komm her und fühl selbst!"

Ich lasse meine Hände ins Wasser gleiten und ja, es ist angenehm warm.

„Was hast du vor, Samuel? – Was willst du tun und was soll *ich* tun?"

„Sobald meine Gurke wieder richtig steht, stecke ich meinen Kopf ins Wasser. Du drückst ihn runter und passt auf, dass ich nicht wieder auftauche. Auch nicht, wenn ich beginne zu zucken oder Anstalten in der Richtung mache. Ich nehme meine Rute währenddessen in die Hand und wichse sie, bis ich abspritze. Mein Schwanz reagiert ganz gut auf meine Hand. Sie kennen sich, seit ich ein kleiner Junge bin."

Er lacht albern auf, grapscht meine Brüste, meinen Po und reibt sich wild an meinem nackten Körper.

Dabei spüre ich, wie sein Bolzen wächst und als er selbst der Meinung ist, die Zeit ist gekommen, stellt er sich vor das Waschbecken, legt eine Hand an sein bestes Stück, beugt sich vornüber und steckt sein Gesicht ins Wasser. Mit seiner freien Hand bedeutet er mir, seinen Kopf weiter runter zu drücken. Irgendwie bin ich wie gelähmt. – Ich tue zwar, was er sagt, aber ich fühle mich nicht gut dabei. Viel Kraft brauche ich nicht, um seinen Kopf unter Wasser zu halten. Ich lehne gegen sein Gesäß und spüre, wie er seinen Bolzen in einem Affentempo poliert.

,Was ist, wenn er plötzlich einen Herzinfarkt oder Schlaganfall erleidet? …Mit dem Kopf unter Wasser? – Was ist, wenn er plötz-

lich verstirbt??? ' – Mit einem Mal macht sich Panik in mir breit und ich ziehe meine Hand zurück!

‚Schluss jetzt mit diesem Spiel!'

Samuel taucht auf. Sein blondes, kurzes Haar klebt triefend auf seinem Kopf. Seine Augen sind gerötet. Er schnappt nach Luft und sieht mich fragend und verzweifelt an.

„Warum hörst du auf? Ich war fast soweit! – Es war großartig! Komm, lass uns weitermachen. Noch bin ich voll in Stimmung!"

„Nein, Samuel! Für mich ist Schluss damit! Das ist mir zu gefährlich. Wenn dir etwas passiert, bin ich schuld daran. Dieses Risiko gehe ich nicht ein!"

„Anika! Mir wird nichts passieren! Ich kann bis zu 4 Minuten die Luft anhalten. Wenn es dich beruhigt, lege ich meine Omega neben das Waschbecken und du behältst die Zeit im Auge!"

„Versuch nicht, mich zu überreden. Es ist zwecklos! Ich habe meine Entscheidung getroffen. Lass uns zurück ins Zimmer gehen. Da kannst du dir von mir aus einen Gürtel um den Hals binden und ihn selbst zuziehen. Aber ich will nicht darin involviert sein! – Ich reite dich währenddessen. Oder ich blase dir einen oder nehme meine Hand zur Hilfe… Ganz wie du willst! Aber ich halte deinen Kopf nicht mehr unter Wasser!"

Samuel schaut betrübt und zuckt enttäuscht mit den Schultern. Sein stolzer Bolzen ist auf die Größe eines Essiggürkchens geschrumpft und er greift sich ein Handtusch und rubbelt sich trocken. – Klar tut er mir leid! Mein Ziel ist es, jeden Kunden glücklich zu machen. – Aber nicht, wenn dabei irgendeine Gefahr für mich besteht. Ich hoffe, er versteht das. Ohne noch ein weiteres Wort zu sagen, geht er vor mir her und legt sich mit geschlossenen Augen aufs Bett. Er atmet tief und gleichmäßig.

„Gib mir den Gürtel meiner Shorts. Ich probiere es so, wie du es vorgeschlagen hast. – Willst du mir lieber einen Blowjob geben oder mich ficken?"

„Ich ficke dich lieber und sehe zu, wie du dich beim strangulieren fühlst."

„Dann machen wir es so!"

Ich ziehe den schmalen Ledergürtel aus den Schlaufen seiner Shorts, klettere aufs Bett, greife mir ein neues Kondom und reiche ihm den Gürtel. Samuel legt ihn locker um seinen Hals. Weil sein Schwanz immer noch schlapp ist, lecke ich ihn und seine Eier, bis er sich wieder zu voller Größe aufgerichtet hat. Dann streife ich ihm das Kondom über und hocke mich auf ihn drauf. Dabei nehme ich seinen Bolzen wieder tief in mir auf. Um Samuel zu stimulieren sage ich:

„Los, halt für mich die Luft an, Baby! Ich ficke dich jetzt so, dass dir die Sinne vergehen!"

Meine Worte wirken wie ein Startschuss. Samuel zieht den Gürtel enger um seinen Hals und erwidert rhythmisch meinen Ritt. Ich nehme seine Nippel zwischen meine Fingerspitzen und zwirbel sie. Zur Abwechslung mache ich das gleiche mit meinen Brustwarzen und stöhne ihm Verlangen und Lust vor. Sein Schwanz bleibt stocksteif und ich spüre in mir, dass seine Erregung zunimmt. Erfreut darüber, feuere ich ihn weiter mit Worten an:

„Ich ficke dich tot! Das wird dein letztes Mal sein, dass dein Schwanz eine Frau befriedigt. Ich will alles von dir. Sogar dein Leben!"

Obwohl ich überhaupt nicht weiß, ob Menschen, die auf Atemnot beim Sex stehen, sich von solchen Worten anheizen lassen, stöhne ich solche Sätze und versuche es einfach.

Ich werde nie erfahren, was es im Endeffekt war, dass sein Fass zum Überlaufen gebracht hat. Jedenfalls ist Samuels Kopf geschwollen und hochrot angelaufen, als er unkontrolliert zuckend ejakuliert. Ich schaue keine Horrorfilme und bei brutalen Szenen in anderen Filmen schließe ich die Augen und halte mir die Ohren zu. – Aber hier schaue ich hin! – Ich sehe mir diesen gutaussehenden Mann aus Florida an, dem die furchtbare Qual des möglichen Erstickens ins Gesicht geschrieben steht. Irgendwie fasziniert mich diese Szene, auch wenn ich sein Verlangen nicht nachvollziehen kann. – Ich muss auch nicht jede Lust eines Kunden verstehen. Dafür werde ich nicht bezahlt!

Aber Samuel ist schließlich sehr glücklich, zeigt sogar Verständnis für meine Bedenken und gibt mir zum Schluss unseres Termins 30 € Trinkgeld.

6

An diesem Abend habe ich keinen weiteren Termin. Ich fahre schnurstracks nach Hause, ziehe mich bis auf die Unterwäsche aus und fläze mich in einen Sessel auf meinem Balkon. Dass ich nur noch Unterwäsche trage, kann niemand sehen. Mein Balkon ist am äußeren Ende der zweiten Etage und da mein Nachbar nicht in der Wohnung nebenan wohnt, sondern darin nur seine Zahnarztpraxis betreibt, erfreue ich mich abends und nachts dieser besonderen Privatsphäre. – Es ist immer noch sehr warm hier draußen. Ich liebe die griechischen Sommernächte und fühle mich wieder einmal von den Göttern begünstigt, weil ich dieses wunderschöne Leben führen kann. – Die Füße auf den zweiten Sessel gelegt, schließe ich die Augen und versuche mein Gedankenkarussell zum Stillstand zu bringen. Doch immer wieder tauchen die Bilder von Samuel auf, wie ich seinen Kopf im Waschbecken unter Wasser drücke und wie er sich später selbst stranguliert... Erst nachdem ich mir diese Bilder nochmal ganz bewusst ansehe und reflektiere, verschwimmen sie langsam und das Karussell in meinem Kopf kommt zum Stillstand.

Kurz nach Mitternacht gönne ich mir eine Piccolo Flasche Sekt. Heute habe ich 360 € eingenommen. Das ist sehr gut! Und das darf ich feiern. Ich mag diese kleinen Rituale der Dankbarkeit und habe es mir angewöhnt, mich selbst zu belohnen. Sonst ist ja niemand da, der es tun könnte! – Und Belohnungen spornen mich an, egal woher sie kommen.

Als ich Samstagmorgen meinen Kaffee koche, klingelt das Telefon. Es ist Violet.

„Guten Morgen, Violet! Was gibt es so früh?"

„Hallo Liebes, habe ich dich etwa aufgeweckt?"

„Nein, ich mache mir gerade Frühstück. Wir können nebenher ruhig telefonieren. – Wie geht es dir?"

„Gut! Ich habe die Klimaanlage auf 18°C runter gestellt und jetzt halte ich es aus. Wir bekommen wieder einen höllisch heißen Tag. Das spürt man jetzt schon. Und ich habe zwei Termine außer Haus! Den ersten um 13 Uhr im 6 X Hotel und den zweiten um 17 Uhr im Grand Bretagne. Ich habe mir schon Taxis bestellt, die eine Klimaanlage haben und sie auch benutzen. Das habe ich über die Zentrale arrangiert. Ich habe behauptet, ich hätte es mit dem Kreislauf zu tun. Wenn ein Fahrer nun trotzdem die Klimaanlage nicht anmachen will, werde ich ihn darauf aufmerksam machen, dass ich ihm eventuell während der Fahrt zusammenklappe und die Zentrale Bescheid weiß! Wie findest du meine Idee? Ich finde sie grandios und frage mich, wieso mir das nicht schon Jahre früher eingefallen ist! – Wie sieht es bei dir aus? Hattest du gestern Abend nur Samuel oder noch weitere Kundschaft?"

Ich berichte Violet von meiner außergewöhnlichen Erfahrung und sie entgegnet:

„Oh mein Gott! – Gut, dass du so reagiert hast. Nicht auszudenken, was geschehen wäre, wenn er versehentlich ertrunken wäre! – Überhaupt, stell dir vor, einer unserer Kunden erleidet einen Herzinfarkt beim Koitus… Das habe ich mir noch nie wirklich vor Augen geführt. – Aber es könnte auch andersherum geschehen: Wir reiten einen Kunden und bekommen vor Anstrengung einen Schlaganfall. Was meinst du, wie der Kunde reagiert? – In einem Stundenhotel macht er sich aus dem Staub. Aus meiner Wohnung auch. Nur in einem Luxushotel oder in seiner eigenen Wohnung sitzt er in der Patsche…"

„Stopp, Violet! Hör auf, darüber nachzudenken, was alles passieren könnte! –Viel wahrscheinlicher ist es, dass wir beim

Überqueren einer Straße von einem Auto angefahren werden. Diese Situation durchdenkst du doch auch nicht bis ins Detail."

„Stimmt, Anika... Da war sie wieder: Eine Panikattacke. – Seit ich in der Menopause bin, mehren sie sich. – Und ich kann im Moment nicht sagen, wovor mir mehr graut: Dass ein Kunde unter mir stirbt, oder ich auf ihm..."

Um das Thema zu wechseln, erzähle ich Violet, dass ich ebenfalls eine Verabredung im 6 X Hotel habe, jedoch um 14 Uhr und wir bedauern beide, dass wir uns verpassen, weil wir sonst nach der Arbeit gemeinsam einen Kaffee hätten trinken können... Wir wünschen uns gegenseitig Glück für unsere heutige Arbeit und verabschieden uns mit Küsschen durchs Telefon.

Wie gewöhnlich frühstücke ich draußen. Doch obwohl es noch keine 10 Uhr ist, zeigt mein Thermometer im Schatten schon 35°C. Das ist auch mir plötzlich viel zu heiß und ich gehe rein, schließe die Balkontüre und schalte die Klimaanlage auf 23°C. Nach dem Frühstück checke ich auf meinem Notebook die Nachrichten, die bei ADuLT eingegangen sind.

Babis, der Pussylecker, hat mir ein weiteres Foto geschickt. Diesmal ist der knackige Hintern einer Frau auf dem Gesicht eines liegenden Mannes zu sehen. Facesitting nennt man es. Er schreibt dazu:

‚Ich freue mich auf deine Pussy! Bekomme einen Ständer, wenn ich nur daran denke, wie sie sich auf meinem Gesicht anfühlt. – Bis später Sweetie!'

Ein weiterer Herr hat mir geschrieben. Er nennt sich ‚Voyeur', stellt sich als Student der Psychologie vor und bekundet Interesse an einem Treffen, in dem er einer Frau beim Entkleiden, beim Duschen, beim Zähneputzen und schließlich im Bett zusehen will. Ich schreibe zurück:

‚Hallo! Sicher könnten wir uns treffen, sobald wir uns etwas besser kennengelernt haben. Ich schlage vor, wir besprechen Details am Telefon. Da ich verheiratet bin, muss ich vorsichtig sein und kann nicht ständig auf der ADuLT Plattform eingeloggt bleiben. Das verstehst du sicher! – Schick mir doch bitte eine Textnachricht an: SEX neun 9 siebenacht 69 zweiund zwanzig 69. Danach werde ich dir schreiben, wann es passt zu telefonieren! – Ich freue mich darauf, von dir zu hören. Liebe Grüße, Aleksandra!'

Ähnliche Nachrichten schicke ich Interessenten gewöhnlich als erste Antwort. Und sofern der Kandidat tatsächlich Lust verspürt mich zu sehen, erhalte ich eine SMS von ihm.

Eine weitere Nachricht kommt von einem griechischen Pärchen, das mich fragt, ob ich zu einem Treffen bereit wäre. Sie haben beide keine Erfahrung mit einem Dreier, aber Lust es auszuprobieren. Bei Pärchen bin ich skeptisch... Ich habe im letzten Jahr die Erfahrung gemacht, dass eine Frau total verklemmt, unsicher und schüchtern war und überhaupt nicht an dem Stelldichein interessiert. – Sie hatte dem Treffen in ihrer eigenen Wohnung nur zugestimmt, weil sie ihrem Ehemann einen Gefallen tun wollte. Die Situation wurde so peinlich, dass ich schließlich meine Sachen packte, mich anzog und die Wohnung ohne Honorar verließ. Trotz Flehen des Ehemannes, zu bleiben. – Es war einfach nur gruselig, wie unsensibel der Mann mit der Situation umging... Deshalb überlege ich gewissenhaft, wie ich auf die Anfrage der Beiden reagiere. Schließlich schreibe ich:

‚Hallo Voula und Stefanos. Schön, dass ihr euch bei mir meldet und Lust auf einen Dreier habt. Das habe ich auch. Aber ich muss dich, Voula, fragen, was genau du dir vorstellst und erhoffst. Möchtest du von mir angefasst werden und auch mich berühren? Oder magst du nur zusehen, wie Stefanos es mit mir treibt? Es gibt so viele Möglichkeiten. – Auch von dir, Stefanos, würde ich gerne wissen, wie du dir deine Rolle vorstellst. Bitte antwortet mir ausführlich, damit ich sehen kann, ob eure Vorstellungen zu meinen passen. Liebe Grüße, Aleksandra.'

Ich lese noch weitere Nachrichten, doch sie beinhalten nur obszöne Angebote und kein ernsthaftes Interesse an einem Treffen. Solche Nachrichten lasse ich generell unbeantwortet.

Da ich heute am frühen Abend auf die Insel Ägina fahre, überlege ich, was ich alles für den Abend, den Sex, die Nacht und den nächsten Morgen brauche. Thomas möchte mit mir ausgehen. Deshalb steht ein schickes, offenherziges Sommerkleid ganz oben auf meiner Liste. Dann brauche ich mindestens ein Paar Schuhe zum Wechseln und zwei Sets Unterwäsche. Dessous, ein paar Sexspielzeuge, Kondome, Massageöl, Gleitgel und selbstverständlich Toilettenartikel wie Haarshampoo, Duschgel, Zahnbürste etc. Ich lege meinen kleinen roten Handgepäckkoffer aufs Sofa, klappe ihn auf und beginne zu packen. Viel zu schnell ist er voll!

‚Ilona, du packst nur für eine Nacht! – Es kann doch nicht wahr sein, dass dieser Koffer nicht ausreicht!‘, sage ich mir mit Nachdruck.

Doch das nutzt gar nichts. Es muss noch eine große Umhängetasche her, in die ich eine kleinere Handtasche zum Ausgehen, das Ladekabel für mein Smartphone, eine Sonnenbrille und mein Lieblingsparfüm einpacke.

Für den Termin mit Babis, dem Pussylecker, brauche ich nicht so viel einzupacken: Overknee Lackstiefel, weil er die liebt, einen Hauch von schwarzem String, einen knappen Push-Up BH und mein Mäppchen mit den Arbeitsutensilien.

Gegen 13.30 Uhr mache ich mich auf den Weg zum 6 X Hotel. Mein weißer VW Golf steht in der prallen Sonne geparkt und als ich ihn aufschließe, lasse ich den Motor an, stelle die Klimaanlage auf 17°C, steige wieder aus und schließe die Autotür. In diesen Backofen kann ich noch nicht einsteigen! Das muss ein paar Minuten warten, auch wenn mich hier draußen nur mein breitkrempiger Hut vor der brennenden Sonne schützt. Während ich neben dem Wagen stehe, fällt mir auf, wie furchtbar verstaubt der Wagen ist. Ich meine, alle Autos in Athen sind verstaubt. Meiner ist keine Ausnahme. Auch die Blätter der Olivenbäume und die Fensterscheiben der Häuser sind verstaubt. Überall haftet der Saharastaub, den die Südwinde seit dem Frühjahr mit sich bringen. Darum überlege ich, meinen Wagen während des Termins mit Babis bei der nahegelegenen Tankstelle waschen zu lassen. – Vorausgesetzt, es passt zeitlich.

Als ich endlich einsteige, atme ich erleichtert durch. Es ist eine Wohltat, der Hitze auf diese Weise zu entkommen. Wie gut verstehe ich Violet, die sich um klimatisierte Taxifahrten bemüht!

Nahe des 6 X Hotels parke ich meinen Wagen auf dem Parkplatz der Tankstelle, die an ihrer Rückseite eine Autowaschanlage betreibt. Ich schließe mein Auto ab und gehe in den Laden mit der Kasse, einem Minimarkt und einer Cafeteria. Dort frage ich einen Angestellten, ob es möglich ist, meinen PKW von innen und außen zu reinigen und ob ich ihn nach ungefähr ein bis zwei Stunden wieder abholen kann. Der freundliche, junge Angestellte bejaht und ich übergebe ich ihm meinen Autoschlüssel.

Von hier aus laufe ich noch 5 Minuten zu Fuß bis zum Hotel und auf dem Weg dorthin erhalte ich eine SMS von Babis, in der er mir mitteilt, dass er auf Zimmer Nummer 26 ist. – Also, auf geht's!

7

Die Dame an der Rezeption des Stundenhotels 6 X kennt mich und weiß, dass ich als Callgirl arbeite. Ich war in den letzten beiden Jahren zig Mal hier. – Deshalb grüße ich sie nur freundlich im Vorbeigehen und fahre mit dem Lift in die zweite Etage. Nach meinem Anklopfen öffnet Babis mir die Türe. Er ist ca. fünfzig Jahre, hat graumelierte Locken, braune freundliche Augen und einen korpulenten, stark behaarten Körper. Anscheinend war er schon im Badezimmer, denn er hat nur ein Handtuch um die Hüfte gebunden.

„Hallo Aleksandra! Komm herein. Ich war schon im Bad. Und ob du es glaubst oder nicht, ich habe kalt geduscht! – Es war eine Wohltat!"

„Hallo Darling, das glaube ich dir! Die Hitzewelle hat uns gerade voll erwischt. Was sagen die Meteorologen? Wie lange wird sie anhalten?"

„Wenn wir Glück haben, kühlt es nach dem Wochenende etwas ab. Aber sicher ist das noch nicht. Bis auf 46°C soll die Temperatur heute steigen. Ich glaube, das haben wir schon."

„Und, wie geht's dir? Warst du schon in Urlaub?"

„Ich war zwei Wochen mit meiner Frau auf Skiathos. Kennst du die Insel?"

„Nein, ich habe bisher nur von ihr gehört. Sie soll sehr grün sein. Was gefällt dir an ihr?"

„Die herrlichen Sandstrände, die Restaurants, Geschäfte und die Möglichkeit ein Motorboot zu mieten. Das wäre an solch einem Tag wie heute fantastisch: Den Fahrtwind um die Nase, irgendwo den Anker werfen und sich ins blaue Meer stürzen! – Aber leider lässt meine Firma es nicht zu, dass ich länger als zwei Wochen im Sommer fort bleibe. Und meine

Frau hatte eh genug von der Sonne und dem allabendlichen Shopping. Sie bevorzugt den Winterurlaub in den Schweizer Bergen. Den mag ich übrigens auch. Wir laufen beide Ski."

„Wenn man so viel Hitze und Sonne hat wie ihr hier in Griechenland, sehnt man sich im Urlaub nach dem Gegenteil. Von daher verstehe ich die Sehnsucht nach Schnee. – Skiathos hört sich interessant an. Vielleicht kann ich meinen Mann mal überreden, ein Wochenende mit mir dort zu verbringen. Wer weiß!"

„Mach das! Die Insel würde euch mit Sicherheit gefallen."

„Okay Babis, ich gehe ins Bad und mache mich frisch. Meine Muschi freut sich darauf, von dir verwöhnt zu werden!"

Dass Kunden mir offen von ihrer Familie und privaten Angelegenheiten erzählen ist nichts Außergewöhnliches, wenn wir uns näher kennen. Auch ich plaudere schon mal über Geschehnisse, die ich angeblich oder auch wirklich erlebt habe. Konversation gehört zum Job. Egal ob ich in der Rolle der untreuen Ehefrau bin oder als Callgirl arbeite. Den Smalltalk habe ich regelrecht erlernt und eingeübt. Bei neuer Kundschaft ist er als Einstieg in eine lockere Atmosphäre bestens geeignet. Außerdem habe ich festgestellt, dass es für manche Kunden viel angenehmer ist, zuerst ein wenig zu plaudern. – Wenn ich direkt zur Sache komme, erinnere ich sie ungewollt daran, dass hier im Grunde nur Sex gegen Geld ausgetauscht wird. Auch wenn dem so ist, muss man es nicht betonen. – Ich habe mich in den letzten zwei Jahren verändert und beruflich viel dazu gelernt. Ich kann behaupten: Ich habe mich auf der ganzen Linie verbessert!

Im Bad ist es stickig und heiß. In meine langen, engen Overknee-Stiefel zu steigen, bereitet mir Mühe. Als meine Beine endlich drin stecken, habe ich das Gefühl, die Stiefel kleben an meiner Haut fest. Ich betrachte mich ein letztes Mal im Spiegel: Das Make-Up mit knallrotem Lippenstift passt perfekt zu meiner blonden Löwenmähne und in meinem knappen Outfit wirke ich sehr sexy. Selbstbewusst kehre ich zurück in das herrlich kühle Stundenhotelzimmer mit seinen vielen Spiegeln. Babis hat sein aufgeklapptes Notebook auf dem Bett liegen und winkt mich heran. Er hat eine unglaubliche Sammlung an Fotos von Pussylecker-Szenen. Das Anschauen der Fotos hat seinen Schwanz schon in einen Ständer verwandelt. Ich knie mich in Hündchenstellung neben ihn vor den Bildschirm, beuge mich hinunter und kommentiere das derzeitige Foto:

„Oh, diese Zunge! Wie sie sich steif macht und reckt, um die Klitoris zu erreichen! – Bei diesem Anblick schießt mir der Saft in die Möse. Steck mir doch bitte einen Finger rein, solange wir noch Fotos schauen!"

Babis, der bäuchlings vor dem Laptop liegt, richtet sich auf und schiebt den schmalen String, der die Schamlippen meiner Muschi trennt zur Seite. Dann beugt er sich zu meinem Po runter und wischt einmal langsam mit seiner feuchten Zunge durch meine Ritze. Ich stöhne auf!

„Oh Gott, hast du eine heiße Zunge, Babis! Weißt du, dass ich oft von dir träume? – Deine Nachricht mit der Frage, ob wir uns treffen können, kam genau zur richtigen Zeit! Ich hatte mir schon überlegt, mich an diesem Wochenende selbst zu befriedigen. Mit einer eingeölten, in Cellophan umwickelten Banane wollte ich es tun. Was sagst du dazu? – Meine Phantasie lässt mich zum Glück nie im Stich. – Aber die Verabredung mit dir und die Aussicht darauf, so richtig lange und gut geleckt zu werden, haben diese Idee vertrieben. Zeig mir noch ein anderes Foto!"

Babis scrollt durch seine Privatgalerie und zeigt mir als nächstes ein kurzes Video, auf dem ein schlanker, nackter

Mann, mit weit geöffnetem Mund, gefesselt auf einer Art Schwebebalken liegt. Eine Frau, die nur Overknee-Stiefel trägt, steht nackt und breitbeinig über ihm. Pussyschleim tropft aus ihrer Vagina direkt in den Mund des sich vor Verlangen auf-bäumenden Mannes… Langsam setzt sie sich auf sein Gesicht und die Kamera kann nicht mehr erfassen, wie sein weit ge-öffneter Mund ihre vor Geilheit triefende Muschi verschlingt. Das ist der Phantasie des Zuschauers überlassen.

„Wow!", bringe ich vor Staunen hervor. Babis klappt das Notebook zu und legt es auf den Nachttisch.

Jetzt geht es zur Sache! Ich rücke an die Bettkante und spreize meine Beine. Babis steht vom Bett auf und kniet sich nackt auf den Flokati, der als Bettvorleger dient. Er betrachtet meine Muschi, trennt ihre Schamlippen und leckt sie von un-ten nach oben. Dann schiebt er das Bändsel meines Strings wieder genau in ihre Mitte, so dass es meine beiden inneren und äußeren Lippen trennt. Diese Betonung der Schamspalte turnt ihn unglaublich an! Er hat mich mal gefragt, ob er ein Foto davon machen darf. Da es nur eine Nahaufnahme meiner Vagina war, habe ich es ihm gestattet. Wenn er sie auf seinem Smartphone ansieht, weiß er, wem sie gehört und so gerate ich nicht in Vergessenheit.

Gewissenhaft leckt Babis abwechselnd meine strikt getrenn-ten linken bzw. rechten Schamlippen. Ich ziehe das Häutchen meines Kitzlers hoch und Babis macht sich auch an ihn heran. Er setzt seine Zunge zum Glück sehr behutsam ein. Ein emp-findsames, zur sexuellen Stimulierung erschaffenes Körperteil reagiert auf jede Berührung. Vom Schmerz bis hin zur Lust. In mir ist Lust erwacht. Sie erreicht dabei lange nicht den Grad einer sexuellen Erregung. Es fühlt sich einfach nur angenehm an.

Nach einer Weile der Pussyliebkosung, in der ich leise, dezente, jedoch lustvolle Laute von mir gebe, fragt Babis:

„Wollen wie die Stellung 69 einnehmen? Du unten, ich oben?"

Da ich in Stellung 69 nicht gerne unten liege, weil ich es nicht mag, wenn die Eier eines Mannes mir im Gesicht hängen, sage ich auch nicht spontan zu, sondern durchsuche mein Hirn fieberhaft nach einer Möglichkeit, diese Stellung abzuwenden. – Natürlich kann ich nicht ehrlich zu Babis sein und ihm sagen:

Du bist keine 18 mehr und hast nicht die festen Bälle eines jungen Mannes. Deine Hoden haben sich über die Jahre in lose hängende Säcke verwandelt, die mir in den Augen hängen würden. – Deshalb ist es mir lieber, du liegst unten. '

Zum Glück ist Verlass auf mein Oberstübchen und bevor ich es selbst richtig mitkriege, antworte ich auch schon:

„Wie wäre es, wenn wir zur Abwechslung eine seitliche Stellung einnehmen?"

„Ja, warum nicht.", gibt Babis einverstanden zurück und ich atme erleichtert auf. Um das Thema zu wechseln sage ich:

„Es ist irre, wie geschickt du meine Lust mit deiner Zunge dosierst, – so, dass ich ganz lange davon habe!"

„Schön, dass du zufrieden bist, Aleksandra! Ich lecke wahnsinnig gerne. Und deine glattrasierte Muschi fühlt sich an wie die eines jungen Mädchens Ich könnte sie regelrecht auffressen!"

Zum Glück zügelt er seine kannibalischen Gelüste und macht keinerlei derartige Anstalten!

Wir wechseln in die seitliche Stellung und ich ziehe meinen Stringtanga und den BH aus. Nur die Stiefel behalte ich an.

Auf der Seite liegend, von Gesicht zu Geschlechtsteil, befriedige ich Babis ebenso gut wie in der von ihm vorgeschlagenen 69er Stellung. Er drückt seinen Kopf zwischen meine Schenkel und seine Zunge in meine Muschi. Ich weiß, dass er es mag, wenn ich sein Haupt fest einklemme. Ihn gut versorgt zu wissen, nehme ich seinen Schwanz, dem ich beim Stellungswechsel schon ein Kondom angezogen habe, tief in meinen Mund. Bei der Größe seiner Rute ist das ganz leicht. Die Arbeitsbedingungen sind mal wieder optimal!

Ich spüre, wie Babis Erregung sich steigert. Ich lutsche seinen Schwanz und lecke zur Abwechslung auch mal seine behaarten Säcke. Dabei gebe ich acht darauf, kein loses Schamhaar in meinen Mund zu bekommen. – Aber vergebens. – Ohne den Blowjob zu unterbrechen, versuche ich, es mit der Zunge aus meinem Mund zu bugsieren. Dass klappt zum Glück und ich nehme es zwischen zwei Finger und entsorge es.

Im Schamhaare Fischen und Beseitigen bin ich sehr geschickt geworden. Als ich einmal Hinweise darüber, wie man sie während des Oralverkehrs wieder aus dem Mund stoßen kann, im Internet gesucht habe, bin ich auf Vieles gestoßen, aber nicht auf Tipps diesbezüglich. In dieser Situation ist jede Frau auf sich selbst gestellt. – Aber ich habe gelesen, dass es im 18. und 19. Jahrhundert absolut ,In' war, sie als Trophäen zu sammeln. Der ein oder andere Herr hat sie sich sogar an den Hut gesteckt! – Ich hatte noch nie das Bedürfnis, die meiner Kundschaft zu sammeln, – obwohl ich gute Chancen auf eine ziemlich große Sammlung gehabt hätte und immer noch habe. – Heutzutage könnte man sogar die DNA des Eigentümers feststellen lassen und ich könnte ein interessantes Buch über meine Klienten führen.

Mich diesen Gedanken hingebend, vergeht die Zeit und erst als Babis stöhnend von meiner Muschi ablässt und sagt:

„Bist du auch bereit? Sollen wir uns das Finale gönnen?",
kehre ich blitzartig zurück in die Gegenwart und antworte:
„Gerne. Ich halte mich schon zurück. Sollen wir es so machen wie immer?"

„Ja, wenn es für dich auch okay ist."

„Ist es! Ich liebe es auf deinem Gesicht zu sitzen und die Kontrolle zu haben."

Wir wechseln in Stellung 69. Aber diesmal ist klar, dass ich oben bin! – Ich setze mich mit meiner pitschnass geleckten Muschi über Babis Kopf, ziehe das Kondom von seinem Schwanz, spucke auf seine Eichel und lege Hand an ihn. Er steckt beide Daumen in meine Spalte und zieht sie seitlich auseinander. Das fühlt sich etwas unangenehm an. Ich habe mich schon gefragt, ob er das auf einem Foto gesehen hat oder ob es ihm selbst eingefallen ist. Aber ich frage ihn nicht danach. Er macht das auch nicht lange, sondern zieht als Nächstes meine Pussy zu sich runter und vergräbt sein Gesicht in ihr. Vornüber gebeugt umschlinge ich seinen vor Erregung angeschwollenen Ständer und wichse ihn langsam und rhythmisch. Auf einen Arm abgestützt, lecke ich mal an seinem Schaft oder fahre mit der Zunge über die Innenseiten seiner Schenkel. Babis presst seine Arschbacken fest zusammen und schiebt mir seinen Unterleib im schneller werdenden Takt entgegen. Ich drücke meine Muschi etwas fester auf sein Gesicht. Er leckt und saugt sie wie besessen und schließlich gebe ich ihm, worauf er wartet: Meinen Höhepunkt! – Ich lasse seinen Schwanz los, richte mich auf und lebe meinen gespielten Orgasmus auf ihm aus! Babis hat seinen Schwanz derweil selbst in die Hand genommen und rubbelt sich fertig. Als ich mein letztes erschöpftes Stöhnen von mir gebe, explodiert er. – Sein Sperma rinnt ihm über die gebräunte, behaarte

Hand und seine Rolex klappert nur so an seinem Handgelenk. Es ist vollbracht!

Babis Schwanz erschlafft, seine Hand erschlafft, seine Beine und überhaupt sein ganzer Körper erschlaffen und er kommt zur Ruhe. Ich klettere von ihm runter und lege mich neben ihn. Sein Brustkorb hebt und senkt sich noch immer vor Anstrengung, doch er schaut mich glücklich an. Auch ich lächele ihn selig an.

„War das irre, Babis!"

„Gut! Es war toll, endlich nochmal eine heiße Muni im Gesicht zu spüren! Danke, Aleksandra. Ich bin wirklich froh, dass wir uns im Internet gefunden haben!"

„Ich auch, Babis! Und ich bin auch sehr froh darüber, dass wir uns heute schon treffen konnten! – Der Sex mit dir ist das Highlight meines Wochenendes!"

Wir reden noch ein bisschen über die Strände Athens und tauschen uns aus, welche Badeanstalten wir am liebsten aufsuchen. Es gibt eine tolle Einrichtung am Strand von Vouliagmeni. Die Eintrittspreise variieren je nach Jahreszeit und Wochentag. Einmal habe ich mir den Besuch gegönnt. Leider hatte ich nur etwas mehr als eine Stunde Zeit und habe nur einem Strandspaziergang gemacht und an der mondänen Beach Bar einen Eisbecher gegessen. Ich erzähle Babis so davon, als wäre ich mit meinem Mann den ganzen Tag dort gewesen. Nach dieser kleinen Flunkerei gehe ich ins Bad, dusche und kleide mich wieder an. Zurück im Zimmer überreicht Babis mir zwei herrlich grüne Geldscheine.

Wir verabschieden uns mit Küsschen und er verspricht, sich wieder über ADuLT bei mir zu melden.

Glücklich lächelnd verlasse ich das Hotel und begebe mich in die sengende Hitze Athens.

8

Als ich die Tankstelle erreiche und den klimatisierten Innenraum betrete, ist das eine Wohltat! Erschöpft lasse ich mich auf einen Barhocker im Cafeteria-Bereich nieder und nehme Kleingeld aus meiner Tasche. Es gibt hier einen Wasserspender mit gekühltem und ungekühltem Wasser, einen Automaten für verschiedene heiße Getränke, einen für Softdrinks und einen für Sandwiches. Bei deren Anblick meldet sich mein Magen und ich ziehe mir eins mit Thunfisch, Ei und Salat. Dazu eine Cola Zero und gegen meinen großen Durst fülle ich mir einen Becher ungekühltes Wasser und leere ihn in einem Zuge.

Der Angestellte kommt mit einem Kunden von den Tanksäulen zurück und rechnet an der Kasse mit ihm ab. Als er mich sieht, ruft er zu mir rüber, mein Wagen sei noch nicht fertig. Ich bedanke mich und beiße gierig in mein Sandwich. Dass der Wagen noch nicht fertig ist, kommt mir gelegen. Ich habe Zeit! Mit Thomas bin ich erst um 20 Uhr heute Abend verabredet und es langt, wenn ich mich gegen 18 Uhr auf den Weg nach Piräus mache, um ein Flying Dolphin oder eine Fähre nach Ägina zu nehmen.

Als ich mein Sandwich verschlungen habe und mich besser fühle, nehme ich mein Smartphone und scrolle durch die deutschen Nachrichten. Die Ladentüre öffnet sich wieder und ein gutaussehender Mann tritt an die Kasse. Auf Englisch, aber mit einem typisch deutschen Akzent fragt er den Angestellten nach seinem PKW, den er ebenfalls zum Waschen abgegeben hat. Der junge Grieche sagt, es sei fertig und koste 15 €. Der Mann antwortet:

75

„Aber draußen werben Sie auf einem Schild damit, dass eine Autowäsche nur 8 € kostet. Wieso muss ich jetzt 15 € zahlen?"
Mein Interesse an dem Gespräch ist geweckt und ich schaue von meinem Smartphone auf und sehe zu den beiden rüber. Der Angestellte entgegnet:
„Für 8 € waschen wir ihr Auto außen, aber nicht von innen *und* außen. Und Sie hatten beides bestellt."
Mit Entrüstung in der Stimme verkündet der Kunde:
„Das habe ich nicht! – Ich weiß genau, dass ich meinen Wagen nur außen waschen lassen wollte!"
Der Grieche lässt sich nicht aus der Ruhe bringen. Er schaut sich auf seinem Schreibtisch neben der Kasse um und nimmt einen Zettel in die Hand, den er sorgfältig liest. Dann hält er ihn dem Kunden hin und sagt:
„Doch. Hier steht es: Innen und außen reinigen."
„Aber das kann ich doch gar nicht lesen, was da steht… Sie können mir hier alles Mögliche zeigen. Fakt ist, ich wollte meinen Wagen nur von außen gewaschen haben!"
„Hier steht es anders.", gibt der Angestellte achselzuckend zurück und der Kunde, der mit Sicherheit ein Deutscher ist, schüttelt verärgert den Kopf und zahlt die 15 €. Daraufhin übergibt der junge Grieche dem Mann einen Autoschlüssel und sagt:
„Entschuldigung, aber ich kann Ihnen nur sagen, was hier steht. – Trotzdem: Vielen Dank und Gute Fahrt."
Der Deutsche schaut sich den Autoschlüssel in seiner Hand an und sagt:
„Das ist nicht mein Schlüssel!"
„Aber das muss ihr Autoschlüssel sein! Sie haben doch einen Golf, oder?"
„Ja, ich fahre einen Golf. Aber dies hier ist nicht *mein* Schlüssel! - Ich kenne doch meinen Autoschlüssel!"

„Dann gehen wir doch raus und schauen nach!", schlägt der Grieche jetzt ebenfalls genervt vor und kommt um die Theke herum.

Ohne den Deutschen noch eines Blickes zu würdigen, geht er an ihm vorbei und durch die Glastür nach draußen. Als der Deutsche sich umdreht, bemerkt er mich, hält kurz inne, grüßt mich mit einem Nicken und folgt dem Tankstellenangestellten mit dem Schlüssel in der Hand nach draußen. Da die Waschanlage hinter der Tankstelle liegt, kann ich nicht beobachten, was weiter geschieht und wende mich wieder den Tagesnachrichten auf meinem Smartphone zu. Doch dann öffnet sich die Türe ganz schnell wieder und beide kommen lachend und kopfschüttelnd zurück in den Laden. – Ich frage mich, was passiert ist! – Und die Antwort ist wirklich witzig: Der Angestellte hat meinen und den PKW des Deutschen verwechselt! – Einfach weil es beides VW Golf sind und beide ein deutsches Kennzeichen haben! – Die unmenschliche Hitze hat dem armen Kerl wohl zugesetzt und in seinem Kopf hat er die Autos vertauscht. Er schaut mich an und sagt:

„Ihr Auto ist fertig, Madam. Sorry, ich dachte, es wäre noch in der Waschanlage. Aber das ist der PKW dieses Herrn."

Der Deutsche kommt auf mich zu, hält meinen Schlüssel hoch und fragt verschmitzt:

„Ist das Ihrer?"

„Ja, das ist meiner!"

Wir lachen alle drei!

„Dann habe ich soeben Ihre Autowäsche für innen und außen bezahlt. – Darf ich mich vorstellen: Ich bin Dirk! Und bitteschön, hier ist Ihr Autoschlüssel!"

Ich nehme ihn amüsiert entgegen und antworte:

„Hallo Dirk. Ich bin Anika. Das ist ja wirklich eine lustige Geschichte!"

Der Tankstellenangestellte versteht kein Wort von dem, was wir reden, weil Dirk und ich automatisch deutsch miteinander gesprochen haben. Doch er unterbricht uns einfach und fragt, ob wir das finanzielle unter uns regeln können, weil er nicht weiß, wie er die gebongten 15 € wieder stornieren soll, um das zu Unrecht einkassierte Geld zurückzugeben.

„Das ist kein Problem!", gebe ich sofort zurück. „Ich gebe Ihnen noch 8 € für eine Außenwäsche und diesem Herren hier zahle ich 7 € zurück. – Dann stimmt doch alles, oder?!"

„Danke, das ist prima!", freut sich der Grieche und geht zurück hinter seinen Tresen.

Ich stehe auf, gehe zur Kasse und bezahle. Der Angestellte überreicht mir daraufhin die anderen Autoschlüssel. Dirk hat sich in der Zwischenzeit ebenfalls auf einen Barhocker gesetzt und sich ein Wasser geholt.

Als ich zurück bin, nehme ich 7 € aus meinem Portemonnaie und übergebe ihm das Geld zusammen mit seinem Schlüsselbund.

„Danke! Was für eine Geschichte!", lacht Dirk und fährt fort: „Das ist übrigens nett, mal eine Deutsche zu treffen. – Bist du im Urlaub hier?"

„Nein, ich wohne hier. Und du?"

„Ich bin vor einem Monat aus Frankreich gekommen. Mit einem Segelschiff, dessen Kapitän ich bin. Ein Grieche hat das Schiff gekauft und ich bin sozusagen mit übernommen worden. – Und du, bist du mit einem Griechen verheiratet?"

„Nein, ich bin nicht verheiratet. Ich lebe alleine hier."

„Interessant! Was hat dich hierher geführt?"

„Ein Grund war definitiv das wärmere Klima und Nähe zum Meer."

„Das verstehe ich gut! – Sag mal, wenn du schon länger hier bist, kennst du dich sicher gut aus. Weißt du, ob es eine nette Blues Bar in Athen gibt?"

Selbstverständlich sehe ich Dirk schon längst als Fisch an meiner Angel. Ich habe bemerkt, wie er mich von oben bis unten angesehen hat und seine Reaktion darauf, dass ich Single bin, war ‚Interessant! '. Leider fehlt mir momentan der Ansatz, mein geschäftliches Interesse an ihm zum Ausdruck zu bringen.

Dirk sieht gut aus und ist sympathisch. – Ich schätze ihn auf ungefähr 55 Jahre. Er ist groß, sportlich, hat dichtes braunes Haar, einen kurzen, gepflegten Bart und strahlend blaue Augen.

„In der Innenstadt gibt es eine Blues Bar. Ich war selbst allerdings noch nie drin und kann deshalb nichts über sie sagen."

„Das macht nichts! – Ich lade dich ein und wir gehen zusammen hin. Was hältst du davon? – Vielleicht heute Abend?"

Falls es eine Frau in seinem Leben gibt, spielt sie momentan keine große Rolle, sonst hätte er mich kaum gefragt, ob ich mit ihm ausgehen möchte.

‚Wie kriege ich den Fisch an die Angel? ', überlege ich krampfhaft und mir fällt nichts dazu ein. Deshalb antworte ich:

„Okay, ich würde dir die Blues Bar zeigen. Aber heute Abend geht's nicht. Ich muss noch arbeiten."

„Darf ich fragen, was du arbeitest?", fragt er mich daraufhin prompt.

Ich kann ihm jetzt unmöglich sagen, dass ich Sex verkaufe. Das käme sehr plump rüber. Diese Tatsache muss ich ihm anders beibringen. – Deshalb erzähle ich ihm, was ich all meinen Freunden und Verwandten erzähle:

„Ich arbeite in einem englischen Pub."

„Ach, interessant! Vielleicht komme ich dich dort mal besuchen. Wo ist er?"

Jetzt bin ich total aus dem Konzept und spüre, mir bleibt nur noch die Flucht!

„Entschuldige Dirk, aber ich muss jetzt los. *Mein* Auto ist ja schon fertig. Weißt du was, ruf mich doch einfach morgen an und dann sehen wir, wann ich einen Abend frei habe... Das weiß ich jetzt nämlich noch nicht."

Ich nehme einen Stift aus meiner Tasche, reiße einen Zettel aus meinem Notizbuch und schreibe meinen Namen und meine Mobilnummer darauf.

„Danke, Anika. – Warte, ich gebe dir auch meine Telefonnummer."

Ich halte ihm mein Notizbuch hin und er schreibt sie hinein. Dann sage ich:

„Danke Dirk. Es war nett, dich kennenzulernen. Also, bis dann! – Hab noch einen schönen Tag!"

„Du auch, Anika! Ich rufe dich morgen an!"

Eventuell habe ich einen neuen Kunden! – Aber das ist es nicht, wieso ich strahle. Es war einfach schön, mal wieder ganz entspannt deutsch zu sprechen. Und das mit einem sehr sympathischen Herrn.

Zweieinhalb Stunden später fahre ich meinen Golf in die Tiefgarage des Hafens von Piräus und trage meinen kleinen, roten Rollenkoffer die einzige, verkommene und schwach beleuchtete Treppe hoch, die aus der Garage heraus führt. Auf meinen bequemen, goldenen Absatzsandaletten und in dem roten, ärmellosen, leicht ausgestellten Sommerkleid aus Leinen, das ich den ganzen Abend tragen werde, betrete ich den Landungsplatz der Schiffe. Es ist ein super attraktives Kleid. Und das ist es, was Thomas sich wünscht! – Dass die Leute sehen, wie er eine schicke Blondine ausführt und wie die beiden sich glänzend verstehen und Spaß miteinander haben.

Auch wenn die Fahrt auf die 50 Kilometer südlich gelegene Insel Ägina mit der Fähre 30 Minuten länger dauert als mit dem Flying Dolphin, habe ich mich für sie entschieden, weil das Dolphin auch auf ruhigstem Wasser herumtanzt und mir eine gemütliche Überfahrt jetzt lieber ist.

Auf dem Hafengelände wimmelt es von Reisenden. Eine große Fähre, die von einer ägäischen Insel kommt, hat gerade angelegt und LKWs, PKWs, Zweiräder und Menschen strömen durch ihre Luken ins Freie und verteilen sich nach rechts und links über den Kai. Meine Fähre nach Ägina liegt mit geöffneter Heckklappe an der Pier und auf einer Auskunftstafel am Heck steht die Uhrzeit ihrer nächsten Abfahrt. Das ist um 19.00 Uhr, also in einer guten halben Stunde. Mein Timing ist perfekt! Ich habe heute Nachmittag nochmal mit Thomas telefoniert und wir haben vereinbart, dass ich gegen 20 Uhr auf Ägina ankomme, er mich am Hafen abholt, wir zu seinem Haus fahren, wo ich meinen Koffer abstelle und er mit mir danach in den sehr beliebten und hübschen Küstenort Agia Marina fahren wird. Dort machen wir einen Spaziergang durch den Ort, bei dem uns schon viele Leute sehen werden und anschließend sucht Thomas ein Restaurant für uns aus. Nach dem Essen gehen wir in einen Club und lassen es krachen. Sex haben wir erst, wenn wir bei ihm zuhause angekommen sind. Zum Übernachten werde ich mein eigenes Zimmer haben. Morgens fährt Thomas mich zum Hafen und ich mit der nächsten Fähre zurück nach Piräus.

An einem Fahrkartenschalter kaufe ich ein Hin- und Rückfahrticket für 16 €. Die Sonne brennt immer noch gnadenlos auf mein Haupt. Auf einen Sonnenhut habe ich nämlich verzichtet, weil ich ihn ab dem Moment, wo ich die Fähre betrete, nicht mehr brauche.

Mich nach Schatten umsehend, entdecke ich nur einen voll-besetzten Unterstand, der viel zu klein ist für die Menge der Menschen, die nach einem Dach über dem Kopf suchen. Und so bin ich froh, als ein Besatzungsmitglied der Fähre die Passagiere auffordert, an Bord zu kommen. Schnellen Schrittes gehe ich auf ihn zu und halte ihm mein Ticket hin. Er entwertet es und ich hieve meinen Koffer über die gerillte Gangway hinweg in den Rumpf des Schiffes. Zum Glück ist die Roll-treppe angestellt und ich brauche ihn nicht auch noch die Treppe hochzutragen.

Als ich den großen Salon betrete, trifft mich fast der Schlag: Er ist von der Klimaanlage in einen Kühlschrank verwandelt worden. – Ich kann es nicht fassen! Draußen sind es über 45°C und hier drinnen höchstens 18°C. –

‚Die spinnen, die Griechen!‘, denke ich in Anlehnung an As-terix' und Obelix' Besuch dieses Landes. Und das ist freund-lich ausgedrückt! – Ich mache sofort kehrt und rolle meinen Koffer auf eins der Außendecks, auf denen es heiß und stickig ist. – Aber an die Hitze bin ich gewöhnt. Und hier habe ich zumindest Schatten. Doch bevor ich mich auf einen der Plas-tiksitze niederlasse, nehme ich ein Feuchttuch aus meiner Handtasche und wische den Sitz ab. Aus Erfahrung weiß ich, dass Ruß darauf liegen könnte.

Dies ist nämlich nicht meine erste Fahrt nach Ägina. Ich war schon einige Male im Laufe der letzten beiden Jahre dort. Nicht aus beruflichen Gründen, sondern weil ich mir einen halben freien Tag und einen Ausflug gegönnt hatte.

Das Städtchen Ägina auf Ägina war 1828 sogar mal die Hauptstadt Griechenlands. Sehen kann man das nirgendwo. Es steht einfach in den Geschichtsbüchern geschrieben. Heute ist die kleine Hafenstadt ein beliebtes Ausflugsziel der Athener. Sie hüpfen mal eben für einen Tag rüber auf die Insel und lassen den Lärm und Smog der Metropole hinter sich, um am idyllischen Hafen Äginas die Fischerboote im Wasser dümpeln zu sehen, Frappè zu trinken und mit anderen Menschen zu plaudern. Kaffee trinken und Reden steht an oberster Stelle des griechischen Lifestyles.

Meine bisherigen Ausflüge auf die Insel habe ich jedes Mal sehr genossen. Die Altstadt mit ihren hübschen Steinhäusern beherbergt kleine Geschäfte, Cafés und Restaurants. Es gibt einen Fischmarkt, den man schon von weitem riechen kann und auf dem es sehr lebhaft zugeht. In einer der engen Seitengassen habe ich einen Charité Shop entdeckt. Er wird ehrenamtlich von Deutschen und Engländern betrieben und die Einnahmen des Geschäfts gehen ans lokale Tierheim. Zu kaufen gibt es dort gespendete Kleidung, Porzellan und Bücher. Ich habe mir Bücher gekauft.

Die Fähre hat abgelegt und als sie den Hafen von Piräus verlässt und Fahrt aufnimmt, wird es mir zu ungemütlich auf meinem Platz. Ich rolle meinen Koffer in die Toilettenräume und betrachte mich kritisch im Spiegel. Mein Make-Up ist verlaufen. Nachdem ich es aufgefrischt habe und wieder den Saloon betrete, ist er nicht mehr so kühl wie vorhin. Wahrscheinlich liegt das an den Hunderten Passagieren, die ihn mit ihrer Körpertemperatur von ca. 36,5 °C aufgewärmt haben.

An den zum größten Teil besetzten, gepolsterten Sofas und Sesseln vorbei gehend, suche ich nach einem freien Platz, auf dem auch ich mich niederlassen kann. Zweimal drehe ich die Runde durchs Schiffsinnere, bis ich einen Platz entdecke und mich hinsetze. Hier öffne ich meinen Koffer und tausche meine Sandaletten gegen hochhackige, schicke Sommerschuhe aus gold gefärbtem Leder. Es sind italienische Schuhe, die ein kleines Vermögen gekostet haben und die ungeheuer was hermachen! Ich verschließe den Koffer wieder und bin im Grunde genommen bereit für meinen Termin mit Thomas.

Eine halbe Stunde später nähern wir uns Ägina. Ich gehe nach draußen und schaue von der Reling aus übers ruhige, blaue Meer. Schreiende Möwen begleiten die Fähre und ein Herr neben mir bricht ein kleines Stück von seinem Brot ab und wirft es in die Luft. Die geschickten Vögel stürzen sich sofort darauf und eine Möwe erwischt es sogar! – Hier und jetzt auf der Fähre, während ich Ägina schon deutlich vor mir sehe, fühle ich, ich bin in Griechenland. In diesem bezaubernd schönen Land! – Im lauten und schmutzigen Athen ist mir das oft nicht bewusst.

Die Fähre dreht sich und in zwei Minuten wird sie mit dem Heck am Kai anlegen und ich meinen neuen Kunden treffen. Ein bisschen aufgeregt bin ich jetzt schon! – Mal sehen, was dieser Abend so bringt, – außer den 600 €!

9

Kaum ist die Heckklappe der Fähre unten, drängt sich das Fußvolk, einschließlich meiner Wenigkeit, nach draußen auf den Anleger. Ich schaue mich um und bald entdecke ich einen groß gewachsenen Herrn, der eifrigen Schrittes auf mich zukommt.

„Anika?"

„Genau! Bist du Thomas?"

„Ja! Komm, gib mir deinen Koffer. Mein Auto steht weiter unten auf dem Parkplatz, wir müssen 100 Meter laufen. – Wie war deine Reise?"

„Danke, sie war angenehm."

Schweigend gehen wir weiter. Ich blicke hin und wieder kurz zu Thomas rüber und er zu mir. Wie viele Griechen hat er dichtes, schwarzes Haar, dunkle Augen und schwarze Augenbrauen. Er ist ca. 1.85 m groß und schlank. Seine Unterarme sind behaart wie die eines Schimpansen, aber seine Handrücken hat er anscheinend gewachst. Jedenfalls entdecke ich kein Härchen darauf. Sein Wagen ist ein schwarzer Range Rover. Gentlemanlike öffnet er mir die Autotür und verstaut meinen Koffer im Wageninneren. Erst als wir die Stadt in Richtung Norden verlassen, führen wir unser Gespräch fort.

„Bist du auf Ägina geboren?", frage ich ihn.

„Ja. Meine Frau ebenfalls. Wir sind sozusagen Einheimische. Und du? Seit wann bist du in Athen?"

„Seit etwas mehr als 2 Jahren."

„Übrigens, falls ich es noch nicht gesagt habe: Du siehst wirklich gut aus. Ich hatte ein wenig Bedenken, aber jetzt bin ich angenehm überrascht. Die Leute werden mich beneiden!"

„Danke! – Nett, dass du das sagst. Jetzt fühle ich mich besser. Für mich wäre es ein Alptraum, wenn der Kunde mich wegen meines Aussehens nicht akzeptieren würde!"

Thomas lacht.

„Na, das kann dir ja wohl nicht passieren."

„Das sagst du so einfach. Dass so etwas geschehen kann, ist jeder Frau in diesem Geschäft bewusst. Die Geschmäcker sind nun mal verschieden. – Aber etwas anderes: Das ist eine sehr schöne Küstenstraße, die wir gerade entlang fahren! Ich kenne bisher nur Ägina-Stadt."

„Ich mag die Aussicht auch. – Aber schau mal nach rechts, da ist ein Neubaugebiet. Die meisten Häuser sind kaum älter als 25 Jahre und viele gehören Athenern."

„Wohnst du auch in diesem Gebiet?"

„Genau. Mein Haus liegt allerdings nicht an der Küste, sondern ein bisschen zurück, hinter diesem Hügel. – Es ist nicht mehr weit. Du siehst es gleich."

Zwei Minuten später setzt Thomas den Blinker und biegt rechts in eine unbefestigte Straße ein. Wir fahren durch ein Tal, in dem nur vereinzelt einige Häuser stehen.

„Darf ich fragen, was du beruflich machst, Thomas?"

„Klar. Ich vermiete Baumaschinen und Werkzeuge. Mein Geschäft läuft gut. Es wird wie verrückt gebaut auf Ägina!"

„Trotz der Krise?"

„Welche Krise? Die Reichen kennen keine Krise. Sie jammern zwar, aber dem schenke ich keine Beachtung. Wer sich hier ein Haus leisten kann, hat keinen Grund zu klagen."

„Und sind es wirklich hauptsächlich Athener, die hier bauen?"

„Ich sage mal so: Es sind hauptsächlich Griechen, Geschäftsleute aber auch Politiker."

Bevor ich unsere Unterhaltung weiterführen kann, biegt Thomas nochmal rechts ab und fährt auf ein alleinstehendes großes Haus zu. Das ist sein Haus. Drumherum ist noch kein Garten oder Rasen angelegt. Die Auffahrt zu seiner Garage ist ebenfalls unbefestigt und alles sieht sehr neu und unfertig aus. „Da sind wir! – Komm, ich zeige dir, wo alles ist."

Er nimmt meinen Koffer und geht vor mir her zur Haustüre, schließt sie auf und ich tippele vorsichtig mit meinen hübschen goldenen Pumps auf dem unbefestigten Gehweg hinter ihm her.

Im Haus ist es kühl. Die Klimaanlagen laufen. Thomas zeigt mir das Gästezimmer im ersten Stock, das Bad, sein Schlafzimmer, den Wohnraum und die Küche. Ich stelle meinen Koffer ab, organisiere meine kleine Handtasche, statte dem Bad einen Besuch ab, um mein Aussehen zu überprüfen und steige anschließend die Treppe hinunter, wo ich Thomas im Wohnzimmer antreffe.

„Bist du fertig?", fragt er.

„Ja, von mir aus können wir los."

„Gut, dann lass uns fahren."

Ich tippele wieder vorsichtig von der Eingangstüre bis zum Auto. Es dämmert schon und Thomas schaltet das Licht an seinem Range Rover ein.

Als wir an der Küste von Agia Marina ankommen, ist es stockdunkel. In der großen Bucht blinken die Ankerlichter der Segelboote, was sehr romantisch aussieht. Wir stellen den Wagen auf einem öffentlichen Parkplatz ab und gehen von hier aus zu Fuß durch die an einem Hang liegende Ortschaft. Thomas nimmt mich bei der Hand und wenn wir an den kleinen Geschäften des Touristendörfchens stehen bleiben und in die Schaufenster sehen, legt er den Arm um meine Schulter und tut so, als wenn wir ganz vertraut miteinander wären. Er macht das wirklich gut!

Zum Glück können wir uns ganz ungezwungen unterhalten. Er erzählt mir, ob er einen Ladenbesitzer kennt oder nicht. Hin und wieder grüßt er jemanden und informiert mich sofort darüber, wer das ist. Ich merke mir all diese Informationen natürlich nicht, aber sie helfen, unsere Konversation in Gang zu halten. Als wir an eine hübsche Bar kommen, deren Terrasse aufs Meer hinaus blickt, schlägt Thomas vor, hier einen Drink zu nehmen. Wir setzen uns nebeneinander an einen kleinen runden Tisch direkt an der Brüstung der Terrasse und Thomas bestellt für mich einen Virgin Mary und für sich einen Gin Tonic.

„Und läuft es so, wie du es dir vorgestellt hast?", frage ich ihn, nachdem wir uns zugeprostet haben.

„Ja, bestens! Jeder der mich kennt und weiß, dass Eleni mich verlassen hat, wird darüber reden, – innerhalb der Familie, mit den Freunden und den Nachbarn. Das ist garantiert. Eleni wird platzen vor Wut! Dessen bin ich mir sicher. Und damit habe ich, was ich will. – Und wer weiß, vielleicht treibt es sie zurück in meine Arme. Weißt du, ich habe sie wirklich sehr gerne. Sie ist jung, sieht gut aus, kommt aus einem angesehenen Hause und wir könnten Kinder haben. Sie war die beste Partie für mich. Und ich war die beste Partie für sie. Unsere Eltern waren sich einig. – Bis dieser neue Apotheker auftauchte! Okay, er sieht gut aus und ist intelligent. Aber deshalb packt man doch nicht gleich seine Sachen und verlässt den eigenen Ehemann!"

Thomas ist regelrecht aufgebracht. Ich hätte das Thema besser nicht anschneiden sollen... Deshalb rücke ich näher an ihn heran und sage:

„Das tut mir leid! – Wenn du willst, kannst du mich küssen. So etwas fällt auf!"

Thomas sieht sich um. Es sitzen noch andere Gäste in der Bar. Engländer, die wahrscheinlich von einer der geankerten Charterjachten kommen, eine laute Gruppe Griechen und andere Touristen.

„Ach, ich weiß nicht. Das passt nicht zu mir. Vielleicht nach dem Essen in einem Club beim Tanzen. Wir müssen nicht auf Biegen und Brechen die Aufmerksamkeit auf uns lenken. So wie es jetzt ist, das langt schon."

Nach einem weiteren Drink meldet sich mein Magen und ich frage Thomas, wann wir Essen gehen. Er schaut auf seine Uhr und entgegnet grinsend:

„Du müsstest uns Griechen doch mittlerweile kennen. Vor 22 Uhr gehen wir kaum ins Restaurant. Aber wenn du möchtest, passen wir uns den Ausländern an! – Du bist ja schließlich keine Griechin!"

„Das stimmt. – Und falls wir mit Leuten ins Gespräch kommen, wie stellst du mich ihnen vor?"

„Als Anika aus Schweden. Ich könnte sagen, du arbeitest in Athen bei einer schwedischen Hotelvermittlung. – Was hältst du davon?"

„Clever! – Okay, dann lass uns Essen gehen. Für mich wird es wirklich Zeit!"

Dies ist eine andere Art, einfach Geld zu verdienen. Die Rolle der Gesellschafterin nehme ich mittlerweile gelassen ein. Dank meiner Botox Behandlungen, einigen anderen kosmetischen Tricks und meiner unsichtbaren Shapewear, fühle ich mich schön und strahle Selbstbewusstsein aus. – Aber einfach nur Sex mit einem Kunden zu haben, bleibt mir die liebste Art, Geld zu verdienen!

Das Restaurant hat ebenfalls eine Terrasse mit Blick aufs Meer. Da ich meistens in Glyfada oder in der Innenstadt Essen gehe, genieße ich die Aussicht auf diese schöne Bucht mit den vielen Schiffen. Wie in allen griechischen Restaurants gibt es Fleisch und Gemüse vom Grill. Ich bestelle mir eine Portion Kebab mit Tzatziki und Pita Brot. Thomas wählt eine gegrillte Lammkeule mit Pommes. Dazu bestellt er eine Flasche Weißwein aus Santorini. Auf unserer Papiertischdecke ist eine Skizze von Ägina gedruckt. Ich schaue nach, wo wir uns jetzt befinden und Thomas fährt mit dem Finger über die Zeichnung der Insel und erzählt mir, wo was ist. Auf einmal ruft ihn jemand und als er sich umdreht, winkt ein Pärchen ihm zu. Er winkt zurück und ich nicke einfach freundlich lächelnd in ihre Richtung.

„Das ist gut!", triumphiert Thomas. „Das waren unsere Nachbarn, bevor wir in unser neues Haus umgezogen sind und sie verkehren mit den gleichen Leuten, wie wir!"

Thomas strahlt. Nach dem Essen mischen wir uns unter die Touristen und schlendern ein zweites Mal durch die Sträßchen der Ortschaft. In einer Cocktail- und Tanzbar bestellt Thomas weitere Drinks für uns. Er kippt sie relativ schnell runter und ich trinke mehr Sekt, als ich es gewöhnlich bei einem Kundentermin tue. Die Musik ist sehr laut und das macht eine Unterhaltung schwierig. Hier geht es mehr darum, anderen beim Tanzen zuzusehen und von ihnen gesehen zu werden.

„Ab jetzt trinke ich nur noch antialkoholische Getränke, Thomas. – Und bitte denk daran, dass du noch Auto fahren musst! – Du hast schon einiges intus.", sage ich nach einer Weile, in der wir einfach nur sitzen und den jungen Leuten auf der Tanzfläche zuschauen.

„Mach dir keine Sorgen, ich fahre auch sturzbetrunken noch gut Auto! – Und du darfst dir ruhig noch ein paar genehmigen. Von dem bisschen, was du bisher getrunken hast, kannst du doch nichts spüren."

„Ich vertrage nicht viel Alkohol. Und später haben wir noch Sex. Da muss ich fit sein!"

„Brauchst du nicht! – Ich ficke dich auch, wenn du bewusstlos bist."

‚Ups! ', denke ich! ‚Wie ist der denn drauf? '

Thomas braucht den Alkohol anscheinend, um aus sich heraus gehen zu können. Nach zwei weiteren Gin Tonics zieht er mich auf die Tanzfläche und wir hüpfen zu der elektronischen Musik, die so gar nicht mein Fall ist. Als wir den Club verlassen, ist es 2 Uhr morgens. Ich bin müde und mir dröhnt der Kopf von der lauten Musik. Thomas geht noch aufrecht und ich merke ihm nicht an, dass er Etliches getrunken hat. Während der Autofahrt beobachte ich ihn ganz genau, aber es gibt an seiner Fahrweise nichts auszusetzen. Als wir in die unbefestigte Straße zu seinem Haus abbiegen, stelle ich fest, dass es dort keine Straßenbeleuchtung gibt. Dieses Neubaugebiet ist noch im Bau.

„Wie hat dir der Abend gefallen?", fragt Thomas mich, als wir das Haus betreten.

„Gut soweit. Nur die Musik war mir zu laut. Aber du scheinst sie genossen zu haben."

„Ich bin 16 Jahre älter als Eleni. Da muss ich schon auf jugendlich machen, um sie unterhalten zu können. Sie geht mit Sicherheit auch noch in diesen Club… Mit ihrem Apotheker!"

„Denk jetzt nicht daran! Ich gehe auf mein Zimmer, ziehe mich um und dann komme ich zu dir ins Schlafzimmer. Okay?"

„Ja, ich hatte schon länger keinen Sex mehr. Den kann ich jetzt gebrauchen.", sagt er, während er sich sein Hemd aufknöpft.

Meine Dessous bestehen aus einem getigerten Bodysuit, der am Rücken und Po so gut wie keinen Stoff hat, ein paar halterlosen Strümpfen und einem Paar schwarzen Lackpumps. Ich erneuere mein Make-Up, richte meine blonde Mähne und gehe mit meinem kleinen Utensilientäschchen zwei Türen weiter, in Thomas eheliches Schlafzimmer. Er hat das Licht gedimmt und sitzt mit einem weiteren Drink in der Hand auf dem Bett. Als er mich sieht sagt er:

„Wow! Du bist echt sexy für dein Alter! Möchtest du auch noch einen Drink?"

„Nein Danke, ich habe wirklich genug."

„Kannst du mir einen blasen?"

„Klar doch. – Mit Vergnügen!"

Ich nehme ein Kondom der mittleren Größe, weil ich glaube, sein bestes Stück wird nicht zu einem Monstrum heranwachsen.

„Oh, kannst du mir den Blowjob bitte ohne Kondom geben? Ich bin total gesund. Ehrenwort! Ich war in den letzen Jahren nur mit Eleni zusammen. Es gibt wirklich nichts zu befürchten. – *Bitte!!!*"

Was mache ich jetzt? Ich glaube ihm, dass er gesund ist. Und irgendwie bin ich zu müde, um jetzt noch über den Gebrauch eines Kondoms zu diskutieren. Also sage ich:

„Na gut, ich sehe mir deinen Hengst an und wenn mir nichts Unangenehmes auffällt, bekommst du den Blowjob ohne Pariser."

„Danke, Anika!"

Ich knie mich neben ihn aufs Bett und streichele über seine nackten Schenkel. Thomas hat sich vollständig entkleidet und sein schlanker, behaarter Leib könnte ein Kalenderblatt schmücken. Ich kann mir nicht vorstellen, dass der Apotheker einen schöneren Körper hat. Es muss noch einen anderen

Grund geben, weshalb Elen ihn verlassen hat. Ich beuge mich zu Thomas Geschlecht herunter, streichele seinen sich aufrichtenden Schwanz, ziehe die Vorhaut zurück und inspiziere seine Eichel. Alles was ich sehe, sieht gesund aus. Deshalb fackele ich nicht lange und stecke ihn mir in den Mund. Thomas stöhnt auf. Ich habe mich so positioniert, dass er mich am Po und zwischen den Beinen anfassen kann. Doch er genießt nur meine Zunge, die sein Geschlecht verwöhnt. Nach einer Weile steigert sich seine Lust. Er drückt meinen Hinterkopf feste auf seinen Schwanz nieder und schiebt mir seine Rute dadurch tief in den Schlund. Die Größe seines Penis ist kein Problem, ich befürchte plötzlich nur, dass er sich seinem Orgasmus nähert und bei all dem Alkohol, den er getrunken hat, bezweifele ich, dass er daran denkt, mir *nicht* in den Mund zu spritzen. Um dieses Szenario zu verhindern, stemme ich mich gegen seine Hand, drücke sie zurück und beende den Blowjob.

„Du bist ziemlich erregt, Baby. Ich will nicht, dass du bald schon kommst. Wie wär's wenn ich deinen Helden zur Abwechslung mal zwischen meine Titten nehme?"

„Ich will sie zuerst anfassen und deine Nippel saugen. Komm, hocke dich auf mich und halte sie mir vors Gesicht!"

Ich löse das Bändsel meines Bodysuits, mit dem er in meinem Nacken festgehalten wird und lege meinen Busen frei.

„Nein, warte. Zieh dich ganz aus! Und gib mir ein Kondom.", keucht er.

Daraufhin streife ich meinen Bodysuit komplett ab, werfe ihn ans Kopfende des Bettes und reiche Thomas einen Pariser. Als er sich ihn selbst überzieht, schaue ich aufmerksam zu. Er stellt sich geschickt an. Anscheinend hat er Übung darin. Kaum ist er fertig, packt er mich, dreht mich herum, zieht mich in die Hündchenstellung und steckt seinen Schwanz in meine Muschi... Seine Stöße sind zu Beginn langsam, doch schon bald erhöht er das Tempo und stößt feste und schnell zu.

Neben dem Ehebett hängt ein großer Spiegel über einer Frisierkommode. Darin betrachtet er sich, während er mich fickt. Ich bin davon überzeugt, er ergötzt sich an seinem eigenen Spiegelbild. Das Bild eines potenten Mannes, der es einer Frau besorgt!

Nach ein paar Minuten zieht er seinen Schwanz aus mir raus, zieht das Kondom ab, wirft es auf den Boden und sagt:

„Ich will, dass du ihn nochmal in den Mund nimmst, während ich neben dem Bett stehe. – Dreh dich um und geh mit dem Kopf weiter runter."

Ich folge seinem Wunsch und Thomas stellt sich so hin, dass er weiterhin in den Spiegel schauen und uns beim Sex zusehen kann. Langsam schiebt er mir seinen Penis in den Mund und zieht ihn wieder ein Stückchen heraus. So geht es eine Weile. Mir kommt es so vor, als gehe es ihm hauptsächlich darum, sich selbst im Spiegel zu betrachten. Ein Narzist!?

Als er seine Hand von meinem Hinterkopf nimmt, sagt er:

„Ich will jetzt, dass du meine Eier leckst. Leg dich auf den Rücken und steck deinen Kopf zwischen meine Beine."

„Okay!", gebe ich zurück und frage mich, wie er das alles bewerkstelligt hätte, wenn ich tatsächlich bewusstlos gewesen wäre... Wohl eher überhaupt nicht!

Ich fühle mich wie die Akteurin bei einem Filmdreh. – Die nächste Szene folgt: Ich lege mich auf den Rücken. Und zwar so, dass mein Haupt ein kleines Stück über die Bettkante hinausragt. Thomas stellt sich mit weit gespreizten Beinen über meinen Kopf. Er blickt in den Spiegel, in dem er mein Gesicht zwischen seinen Beinen betrachten kann. Ich kann mich in dieser Stellung nicht mehr selbst im Spiegel sehen, möchte in diesem Film jedoch eine gute Show abliefern! – Das gebieten mir mein Stolz und meine Eitelkeit!

Seine Hoden sind relativ straff und Thomas lässt sich weit genug auf mein Gesicht runter, so dass ich ein Ei nach dem anderen komplett in den Mund nehmen und lutschen kann. Er wichst seinen Ständer, den er nach oben hält. Ich frage mich, ob er mich fragen wird, ob er Fotos machen darf... Aber auf diese Frage, die ich selbstverständlich verneint hätte, warte ich vergebens. – Anscheinend ist die Stellung für ihn nicht die bequemste, denn schon nach kurzer Zeit sagt er:

„Weißt du was, leg dich jetzt einfach auf den Rücken. Zieh dabei die Beine an. Ich glaube, ich bums dich jetzt, bis ich komme."

„Okay Baby. Warte, ich gebe dir ein neues Gummi."

Thomas zieht es sich professionell an und ich lege mich mitten aufs Bett. Als er erneut in mich eindringt, folgen kurz darauf schnelle Stöße. Sie sind so kraftvoll, dass ich nicht mehr auf der Stelle liegen bleibe, sondern immer weiter hoch in Richtung Rückenteil rutsche, bis ich einen harten Gegenstand an meinem Kopf spüre... Weil der weh tut, greife ich mit einer Hand danach und bekomme einen Schrecken. Was ich nicht sehe, aber fühlen kann, ist eine Pistole! – Ich ziehe sie unter dem Kopfkissen hervor und als Thomas das sieht, hört er auf, mich zu bumsen und sagt:

„Gib sie her. Sie ist geladen. Damit spielt man nicht herum!"

Ich bin wie vom Donner getroffen, halte sie hoch und starre sie an. Es ist das erste Mal, dass ich eine richtige Pistole in meiner Hand halte. Und dann noch eine geladene. Bisher waren es immer nur solche aus dem Karnevalszubehör. Diese hier ist viel schwerer und ich weiß nicht, macht *sie* mir Angst, oder ist es Thomas, der mir auf einmal Angst macht...?

„Es ist eine 9mm Glock. Gib sie schon her! – Fuchtel nicht so damit herum, – *Gamotto*!"

Weil ich wie gelähmt bin und nicht reagiere, nimmt Thomas sie mir kurzerhand ab, steht auf und geht damit auf die Balkontüre zu. Er öffnet sie, doch bevor er hinaustritt, dreht er sich zu mir um und fragt in harschem Ton:

„Was?"

„Ich weiß nicht… Wieso hast du eine geladene Pistole unter deinem Kopfkissen liegen?"

„Was erwartest du, dass ich antworte? – Weil ich dich erschießen will?"

Er lacht herbe auf und fährt fort:

„Ich habe sie *immer* unter meinem Kopfkissen liegen. Und sie ist immer geladen! – Ich habe einfach nicht daran gedacht, sie wegzunehmen. – Okay?"

Körperlich immer noch starr vor Schreck, versucht mein Verstand herauszufinden, ob ich mich in Gefahr befinde oder nicht. Nach einer Weile lässt er mich wissen, dass er ratlos sei, empfiehlt mir jedoch Vorsicht.

„Willst du sie mal hören? Pass auf!", sagt Thomas, tritt auf den Balkon hinaus, stellt sich an die Brüstung, streckt den Arm schräg nach oben und schießt! – Es gibt einen gewaltigen Knall und ich zucke zusammen. Damit ist meine Starre gelöst und ich springe regelrecht aus dem Bett und renne auf die Schlafzimmertüre zu. Thomas hat mich beobachtet und kommt mit schnellen Schritten auf mich zu, packt mich am Arm und sagt aufgebracht:

„Mach jetzt keinen Zirkus! Ich tue dir nichts. Bist du bescheuert, so etwas auch nur zu denken?"

„Ich weiß nicht, ich habe einfach Angst. Wieso hast du geschossen?"

„Um sie dir zu demonstrieren, verdammt noch mal! – Panajia-Mou, mach doch nicht so einen Aufstand! – Ich lebe hier in einer total einsamen Gegend. Da fühle ich mich besser, wenn ich eine Waffe besitze, mit der ich mich im Notfall verteidigen könnte."

„Aber darfst du sie denn haben? Hast du einen Waffenschein? Ist sie registriert?"

„Darfst du als Callgirl hier arbeiten? Hast du eine Arbeitserlaubnis? Bist *du* registriert?"

Ich schlucke. Dieser Schuss ist gewissermaßen nach hinten losgegangen... ,Was sage ich jetzt? – Was mache ich jetzt??? ', beschwöre ich meinen Gehirnkasten und hoffe, er antwortet mir bald. Doch er bleibt still. Auf mich alleine gestellt, antworte ich:

„Du hast recht. Tut mir leid. Ich gerate schon mal schnell in Panik. Hätte ich vorher von der Waffe gewusst, hätte sie mir keine Angst eingejagt. Ich komme schließlich aus einer Jägerfamilie und habe selbst schon mit dem Luftgewehr und auch mit einer Schrotflinte geschossen. – Entschuldige, Thomas!"

„Muttergottes! – Am besten ist, du gehst jetzt schlafen. Bei mir ist sowieso alles vorbei."

„Soll ich nicht nochmal probieren, ihn hoch zukriegen?"

„Hast du gehört, was ich gerade gesagt habe, oder bist du auch noch schwerhörig?", gibt er gereizt zurück.

„Nein. Entschuldige. Ich wollte nur nett sein."

„Ist ja okay. Aber geh jetzt!"

Thomas nimmt sein Glas vom Nachttisch, das noch halb voll ist und leert es in einem Zuge. Ohne sich noch einmal nach mir umzudrehen geht er hinaus auf die Terrasse. Immer noch hält er die geladene Pistole in der Hand... Ich sammele leise meine Klamotten vom Bett und hebe einen Pariser vom Boden auf. Das zweite Kondom finde ich nicht. Danach geh ich wieder zur Schlafzimmertüre, öffne sie und sage so laut, dass Thomas es hören kann:

„Gute Nacht!"

Er antwortet nicht mehr... Ich gehe ins Bad, mache mich fertig für die Nacht und anschließend verkrümele ich mich in mein Zimmer. Selbstverständlich schließe ich die Türe ab! – Schlafen kann ich überhaupt nicht. Ich wälze mich nur auf dem Laken von einer Seite auf die andere. Ich weiß nicht, ob es gerechtfertigt ist, Angst zu haben oder nicht... und ich wäge meine Möglichkeiten ab: Ich könnte aufstehen, meine Sachen packen und das Haus verlassen, um im Dunkeln über eine lange, unbefestigte Straße zu tippeln und meine Pumps zu ruinieren. Ich könnte nirgendwo hin... Außer zum Hafen um auf die erste Fähre am nächsten Morgen zu warten, die mich nach Piräus fährt. Aber Thomas würde hören, wenn ich nur versuchen würde, die Treppe hinunter zu gehen. Es könnte ihn wütend machen. Und vielleicht bin ich auch überhaupt nicht in Gefahr und mache mir Sorgen für Nix und wieder Nix... – Mein Gedankenkarussell dreht sich unentwegt und irgendwann wird es hell draußen. Ich stehe auf, schließe die Türe auf, öffne sie und lausche. Die Türe zu Thomas Schlafzimmer steht offen und ich höre ihn schnarchen. Leise gehe ich ins Bad auf die Toilette und erfrische mich anschließend mit einer Katzenwäsche. Beim Blick in den Spiegel erschrecke ich und denke: ‚Du bist selbst schuld, dass du so aussiehst. Thomas hatte keine bösen Absichten. – Du hast es einfach vermasselt!'

Beschämt wende ich mich von meinem Spiegelbild ab und als ich das Badezimmer verlasse, ist Thomas aufgestanden und hat sich in einen Bademantel gehüllt.

„Guten Morgen.", sagt er ganz normal.

„Guten Morgen, Thomas! Hast du gut geschlafen?"

„Na ja, es ging. Hatte wohl zu viel gezecht gestern Abend. Willst du Frühstück? Trinkst du Kaffee?"

Froh, dass er mein panisches Verhalten von heute Nacht nicht erwähnt, antworte ich:

„Danke, das ist ein liebes Angebot, aber wenn es dir nichts ausmacht, fahre mich lieber früh zum Hafen. Ich könnte die Fähre um 8 Uhr nehmen und während der Fahrt frühstücken."

„Klar. Ich gehe ins Bad und mache mir nur schnell einen Kaffee. Danach können wir los."

„Okay, ich mache mich in der Zeit fertig. Danke, Thomas!"

Eine halbe Stunde später sitzen wir im Auto und fahren die unbefestigte Straße entlang. Vor dem Verlassen des Hauses hat Thomas mir einen Briefumschlag mit 600 € überreicht und sich bedankt. Kleinlaut habe ich mich ebenfalls bedankt. – Ich habe ihm wirklich Unrecht getan und ihn damit um einen biologischen Abschuss gebracht. Diesen Gedanken finde ich plötzlich witzig und grinse blöde in mich hinein. Um das abzustellen, schaue ich aus dem Fenster und konzentriere mich auf das, was ich draußen sehe.

Das nächste Haus in seiner Nachbarschaft ist mindestens 300 Meter entfernt. Die Bewohner müssten den Schuss heute Nacht gehört haben. Aber vielleicht war auch niemand zuhause, oder es hat sie einfach nicht interessiert… Ich erwähne den Vorfall von heute Nacht nicht mehr. Und auch Thomas schweigt dazu.

An der Fähre verabschiedet er sich kavaliermäßig von mir, dankt mir nochmal für meine Gesellschaft und wünscht mir alles Gute.

10

Endlich wieder zuhause, ziehe ich mich aus und lege mich todmüde ins Bett. In kürzester Zeit bin ich eingeschlafen. Die letzte Nacht hat mir mehr zugesetzt, als ich dachte. Und das nicht wegen des Alkohols!

Ich schlafe tief und fest. Erst kurz nach 13 Uhr höre ich, wie mein Smartphone brummt und vibriert. Ich richte mich auf und sehe auf dem Display: Unbekannter Teilnehmer. Als ich das Gespräch annehme, ist es Richard.

„Hallo Richard, wie geht es dir?"

„Wenn die Hitze nicht wäre, würde ich sagen: gut. Aber ehrlich gesagt, leide ich schrecklich unter ihr. Ich traue mich nicht vor die Türe. Was meinst du, kannst du kommen?"

„Sicher! Wann passt es dir, Darling?"

„Von mir aus jetzt gleich. Ich bin daheim und rühr mich nicht vom Fleck!"

„Gut, Richard. Ich schätze ich kann es innerhalb der nächsten zwei Stunden schaffen, bei dir zu sein."

„Das ist schön, Sweetie! Ich freue mich auf dich!"

„Ich freue mich auch auf dich, Champion! Also bis später!"

Noch etwas verschlafen gehe ich ins Bad, dusche, wasche meine Haare und mache mich fertig. Ich packe meine Tasche so, dass ich eventuell noch einen anderen Termin wahrnehmen kann, – sollte sich während der Fahrt in die Innenstadt noch etwas ergeben.

Richard wohnt gleich am Syntagma Platz. Er ist ein ehemaliger australischer Schwergewicht Box-Champion mit griechischer Abstammung und mein ältester Athener Kunde. Der allererste, den ich alleine gefischt habe. Dass er mir nur 75 € zahlt, ist nicht so tragisch. Ich habe noch nie länger als zwanzig Minuten mit ihm verbracht und der Sex mit ihm ist ein Kinderspiel. Außerdem er ist mir seit über 2 Jahren treu. Auf dem Weg zum Auto habe ich das Gefühl zu verglühen. Weder Hut noch Kleidung scheinen mir Schutz vor der Hitze zu geben. Dank der Klimaanlage wird es im Wageninneren schnell kühl und ich atme vor Erleichterung auf. Dass viele Athener die Stadt verlassen haben, um ihren Urlaub auf den Inseln oder dem Peloponnes zu verbringen, macht sich im Straßenverkehr gut bemerkbar. Die Straßen sind ungewöhnlich leer. Als ich die Innenstadt erreiche, bekomme ich sogar einen Parkplatz am Straßenrand. Von hier aus sind es nur 200 Meter zu Fuß bis zu Richard. Er selbst bewohnt die Penthouse Wohnung seines Hauses und von seiner riesigen Terrasse aus, überblickt er den ganzen Syntagma Platz. Ich klingele bei Nikopolidis und kurz darauf höre ich Richards:

„Ella!" durch die Gegensprechanlage.

„Ich bin's, Anika.", rufe ich in die Sprechmuschel und Richard entgegnet:

„Anika, mein Sweetie, – kannst du mir bitte noch 3 Schachteln Karelia ohne Filter am Periptero kaufen? – Dann brauche ich heute nicht mehr aus dem Haus zu gehen."

Gerade war ich noch froh, im schmalen Schattenstreifen der Häuserwand angekommen zu sein, da bittet er mich, ihm Zigaretten zu kaufen!

,Wieso konnte er mir das nicht telefonisch mitteilen, dieser Depp! ', denke ich und antworte:

„Sonst noch etwas? Oder nur die Zigaretten?"

„Wo du so fragst, bring mit bitte auch noch ein paar Zigarillos mit. Diese kleinen von Villiger. Eine Packung langt. Und wenn es dir nicht zu viel ist, kauf noch ein paar gekühlte Dosen Tonic. Ich glaube, ich brauche einen Drink."

„Okay, also bis gleich.", antworte ich seufzend, mache auf dem Absatz kehrt und steuere auf das nächste Periptero zu, das ich hier in der Gegend kenne. Wo ich schon dort bin, kaufe ich auch eine gekühlte Cola Zero für mich. Der Verkäufer packt mir alles in eine Plastiktüte und nach dem nächstliegenden Flecken Schatten Ausschau haltend, spute ich mich, ihn zu erreichen. Nachdem ich wieder an der Haustüre klingele, höre ich den Summer, ohne dass Richard nachfragt, wer da ist. Der Aufzug geht nur bis in die sechste Etage. Um die Penthouse Wohnung zu erreichen, muss ich von dort die Treppe nehmen. Was normalerweise kein Problem ist, fällt mir jetzt wegen der stickig, heißen Luft im Treppenhaus schwer. Richards Wohnungstüre steht einen Spalt offen. Ich trete ein und schließe sie hinter mir.

„Wo bist du, Darling?", rufe ich in die Wohnung.

„Im Schlafzimmer."

Bei all meinen Besuchen habe ich nie sein Schlafzimmer gesehen. Wir haben es immer in seinem Büro am Schreibtisch oder auf der Couch getrieben. Da ich weiß, wo die Küche, das Wohnzimmer und das Bad sind, gehe ich auf die einzige Türe zu, hinter die ich noch nie geblickt habe und stoße sie auf.

„Richard! – Bist du etwa krank?", entfährt es mir, weil er nur in altmodischem weißen Herrenunterhemd und in weißer, lose hängender Altherren Unterhose auf dem Bett liegt und in den Fernseher schaut.

„Nein. Aber hier ist es am kühlsten. Die Sonne scheint ins Wohnzimmer und ich müsste die Klimaanlage auf den Gefrierpunkt stellen, damit sie den Raum auf eine angenehme Temperatur runter kühlt. – Komm, setz dich zu mir! – Du bist ein Engel, Sweetie, dass du für mich eingekauft hast! Ich bezahle dich später. Komm erst zu mir."

Ich bleibe jedoch stehen, wo ich bin und frage:

„Möchtest du jetzt schon ein Tonic, oder soll ich alle Dosen in den Kühlschrank stellen?"

„Lass ein Tonic hier und stell die anderen in den Eisschrank. – Ich bin so froh, dass du gekommen bist, mein Engelchen."

„Okay, ich habe für mich eine Cola mitgebracht.", sage ich und stelle sie zusammen mit dem Tonic auf den Nachttisch. Nachdem ich die anderen Getränke in der Küche versorgt habe, gehe ich ins Badezimmer, ziehe mich bis auf Slip und Pumps aus, nehme mein Täschchen mit den Kondomen und bevor ich ins Schlafzimmer zurückkehre, hole ich aus der Küche zwei Gläser für unsere Getränke.

„Du denkst auch an alles, Sweetie! – Aber jetzt komm endlich zu mir aufs Bett. Du bist so schön! – Komm, lass mich deine Titten anfassen. Schau mal, ich habe schon einen Ständer."

Das stimmt. Er ragt durch den Schlitz seiner Unterhose nach oben. Ich öffne die Getränkedosen und schenke uns ein, bevor ich mich neben Richard aufs Bett kniee.

„Jamass!", proste ich ihm zu und nehme einen großen Schluck, dem unmittelbar danach ein Rülpser folgt. Ich entschuldige mich, aber an so etwas scheint Richard sich nicht zu stören.

„Jamass!", erwidert auch er.

Schon streckt er seine Hand nach meinem Busen aus und streichelt ihn zärtlich.

„So schön. So weich. Und diese Nippel! Darf ich sie in den Mund nehmen, Anika?"

„Sicher doch, Darling. Warte ich setze mich auf dich und halte sie vor dein Gesicht."

„Au ja. – Das gefällt mir gut.", entgegnet er, als ich mich auf ihn draufsetze und ihm meinen Busen vors Gesicht halte. Mit seinen großen Händen greift er vorsichtig meine Brüste und drückt sie zusammen. Dann saugt er abwechselnd an meinen Brustwarzen. Richard ist ein großer, starker Mann. Auch wenn seine Muskeln sich zum Teil zurückgebildet haben, kann ich mir noch gut vorstellen, wie er im Boxring gestanden und gekämpft hat. Vor ungefähr 10 Jahren hat ihn ein Schlaganfall erwischt und damit war seine Karriere beendet. In seinem Büro hängen viele Fotografien, auf denen zu sehen ist, wie er seine muskulösen Arme in die Höhe streckt und freudestrahlend den gewonnenen Siegergürtel präsentiert.

Ich sitze bequem und stütze mich mit den Händen neben seinem Brustkorb auf dem Bett ab. Er zutschelt und saugt, neckt meine Nippel mit der Zungenspitze und beißt sanft in sie hinein. Dieser Riese von Mann ist gleichzeitig die Zärtlichkeit und Liebenswürdigkeit in Person. Als er meinen Busen loslässt, sagt er:

„Ich bin so erregt. Was meinst du, soll ich schon spritzen?"

„Nein, warte noch eine Minute. Ich ziehe dir ein Kondom über und setze mich auf deinen Champion. Ich will ihn wenigstens einmal in mir drin spüren! Du weißt, dass ich ihn liebe!"

„Ich weiß, Anika, er bringt dir Freude. Er ist ein echter Freudenspender. Das war er immer schon. Die Frauen haben sich fast um ihn geprügelt.", lacht er und sieht mir zu, wie ich das Kondom über seinen großen Schwanz rolle.

„Das glaube ich gerne, Baby!", entgegne ich, setze mich langsam auf seinen Ständer und lasse ihn Zentimeter für Zentimeter in meiner Muschi verschwinden. Erst als sie einen Spritzer Pussyschleim produziert und ihren neuen Besucher damit Willkommen heißt, beginne ich, mich auf ihm zu bewegen. Richard hat derweil seine Arme hinter dem Kopf verschränkt und sieht mir zu, wie ich ihn ficke, gleichzeitig meine

Brüste massiere und an meinen Nippeln zupfe. Rhythmisch hebe und senke ich mich und beschleunige ganz sachte das Tempo dieses Fick-Ritts. Ich weiß genau, wie ich Richard dazu bekomme abzuspritzen. Das ist schon lange kein Geheimnis mehr für mich. Deshalb fasse ich nach einer angemessenen Zeit des Pimperns mit einer Hand nach hinten, greife seine Hoden, knete sie vorsichtig und zupfe sanft an ihnen. Sofort stöhnt Richard auf und nach einer kurzen Sackmassage spüre ich, dass ihn der Höhepunkt erreicht. Dabei gibt er einen Urschrei von sich. Die Kraft, die gleichzeitig in seine Lenden schießt, ist enorm. Er hebt und senkt sie in ungeheuer schnellem Tempo. Übertrieben dargestellt, fühle ich mich wie beim Rodeo und freihändig balanciere ich mein Gleichgewicht auf ihm. Zum Glück dauert dieser Ritt nicht sehr lange und Richard sinkt laut stöhnend in sich zusammen. Das war eine ganz neue Erfahrung für mich. Ich hatte noch nie Sex mit ihm in einem Bett.

„Du bist nicht nur ein Champion, du bist gleichzeitig ein wilder Hengst, Baby!", sage ich, als ich von ihm abgestiegen bin. Richard lacht erfreut.

„Das haben mir die Frauen früher auch bestätigt. Immerhin ist noch nicht alles dahin bei mir. – Ficken kann ich noch. Nur will mich keine mehr. – Außer du, mein Sweetheart. Ich könnte dich heiraten. Was hältst du davon?"

Noch bevor ich etwas Angemessenes antworten kann, fährt er fort:

„Finanziell bin ich gut gestellt. Du bräuchtest nur für mich einkaufen, mir Gesellschaft leisten und hin und wieder ein Nümmerchen mit mir schieben. Ich habe eine Putzfrau. Mit dem Haushalt hättest du nichts zu tun. Aber Scherz beiseite! – Ich kenne deine Antwort. Und das ist natürlich nur die Spinnerei eines alternden Mannes."

Erleichtert, dass ich hier keinen Heiratsantrag ablehnen muss, beuge ich mich zu im runter und küsse ihn auf seine verschwitze Stirn.

„Ich gehe ins Bad, Darling. Wenn du beim nächsten Mal möchtest, dass ich etwas für dich einkaufe, sag es mir am Telefon. Das ist kein Problem. – Dazu brauchst du mich nicht zu heiraten."

Wir lachen beide. Ich nehme meine Sachen, ziehe das gebrauchte Kondom von seinem Champion und gehe ins Badezimmer. Als ich fertig angekleidet zurück ins Schlafzimmer komme, liegt Richard noch immer im Bett.

„Ich habe es grob überschlagen: Die Zigaretten, die Zigarillos, die Getränke und dein Geschenk... Kommt es hin, wenn ich dir 110 € gebe?"

„Ja, das passt. Danke Darling! – War schön dich zu sehen, pass auf dich auf, bis bald!"

„Bis bald, Anika! Und nochmals Danke für alles!"

11

Während meines Termins mit Richard hatte ich zwei Anrufe in Abwesenheit. Von einer griechischen Nummer und von einer deutschen Nummer aus. Mir fällt Dirk wieder ein. Da ich für heute keinen weiteren Termin habe, würde mir ein Fischfang ganz gut passen!

Zuhause angekommen mache ich mir ein Sandwich und trinke Kaffee. Gestärkt mache ich mich anschließend an die anstehende Hausarbeit. Als mein Telefon klingelt, erscheint die deutsche Mobilnummer von vorhin auf dem Display.

„Hallo!", nehme ich das Gespräch freundlich an.

„Hier ist Dirk, bist du das, Anika?"

„Ja! – Hallo Dirk, wie geht es dir?"

„Danke, gut soweit. Ich wollte hören, ob du heute Abend arbeiten musst, oder ob du mir zeigen kannst, wo diese Blues Bar ist."

„Bisher habe ich heute Abend frei. – Also, von mir aus können wir uns treffen. Sollte doch noch etwas dazwischen kommen, werde ich dich sofort anrufen. Wie klingt das?"

„Toll! Soll ich dich zuhause abholen und wir fahren mit meinem Wagen dort hin?"

„Wir können gerne mit deinem Auto fahren, aber hole mich an der Bushaltestelle der Plateia Glyfada ab. Das ist nicht weit von meiner Wohnung."

„Wie du willst. Um wieviel Uhr sollen wir uns treffen? Mir schwebt vor, vorher noch eine Kleinigkeit essen zu gehen. Kennst du da etwas in der Nähe der Bar?"

„Ja. Nicht weit entfernt ist eine kleine Plateia, die umgeben ist von Gyros Läden. – Wenn so etwas für dich okay ist, hätte ich nichts dagegen eine Pita zu essen."

„Das hört sich fantastisch an! Also, um welche Zeit soll ich an der Bushaltestelle sein?"

„Wie wär's mit 20 Uhr?"

„Abgemacht! – Ich freue mich darauf, Anika. Bis heute Abend dann!"

„Okay, bis heute Abend, Dirk!"

‚Jippie! – Diesen Fisch an die Angel zu kriegen, wird ein Kinderspiel sein!'

Ich trage die Verabredung wie einen Termin in meinen Kalender ein und sehe mir an, was sonst noch ansteht. Da ist aber nur der Termin für morgen Abend mit Willy, dem Ex-Soldaten, den ich über ADuLT kennengelernt habe. Nur einen einzigen Termin in Aussicht zu haben, lässt jedoch keine Panik mehr in mir aufsteigen. Es hat sich gezeigt, dass dieser Beruf voller Überraschungen steckt und keine regelmäßigen Arbeitszeiten hat. Ich muss nur immer bereit sein, dann purzeln die Freier schon vom Himmel...

Ich sehe auf die Uhr. Es ist jetzt kurz nach 17 Uhr. Gerade als ich Violet anrufen will, klingelt mein Telefon. Diesmal ist es eine griechische Nummer. Wieder melde ich mich mit einem freundlichen:

„Hallo!"

„Kalispera. Spreche ich mit der ‚Pretty Woman' aus Deutschland, die einen großzügigen Herrn für schöne Stunden sucht?"

„Das stimmt. Mein Name ist Anika und mit wem habe ich das Vergnügen?"

„Ich heiße Vangelis, bin 68 Jahre alt und wohne in Neo Psychiko. Ich habe vorhin schon mal versucht dich zu erreichen. Schön, dass es jetzt klappt! – Ich wollte fragen, ob du dich beschreiben kannst, ob du zu mir nach Hause kommen würdest und wieviel ein Stunde mit dir kostet."

„Sicherlich, Vangelis. Ich bin 36 Jahre alt, 1.65 m groß, schlank, habe lange blonde Haare und blaue Augen. Und selbstverständlich kann ich zu dir nach Hause kommen. Dazu brauche ich deinen vollständigen Namen, deine Adresse und deine Festnetznummer. Für eine sexy Stunde Safer Sex berechne ich 170 €. Darin ist ein Blowjob enthalten."

„Okay. Danke für deine Information. Das hört sich gut an. – Wie sieht es aus? Kannst du heute Abend kommen?"

Kurz überlege ich. Es widerstrebt mir, Dirk abzusagen. Auch wenn er noch nicht an der Angel ist und auch wenn er mir vielleicht nicht mein gewünschtes Honorar zahlt, könnte er ein Stammkunde werden... Deshalb antworte ich:

„Vangelis, es tut mir sehr leid, aber heute Abend bin ich ausgebucht. Wie wäre es morgen im Laufe des Tages?"

„Morgen Abend würde mir besser passen. Nachmittags ist es schlecht für mich. Hast du morgen Abend Zeit?"

‚Mist!', denke ich, weil ich morgen Abend auch schon einen Termin habe. Aber dass ich nicht zu jeder gewünschten Zeit verfügbar bin, gehört ebenfalls zu meinem Job und deshalb kommt der ein oder andere Termin leider nicht zustande. In der Hoffnung, dass Dienstagabend auch noch eine Option für ihn ist, antworte ich:

„Das tut mir so leid, Vangelis, aber morgen Abend habe ich ebenfalls einen Termin... Wenn nur der Abend für dich infrage kommt, kann ich dir den Dienstag anbieten. – Was sagst du dazu?"

„Du scheinst eine begehrte Frau zu sein, Anika. Das macht mich zusätzlich neugierig auf dich. – Am Dienstag ginge es auch. Kannst du dann um 22 Uhr zu mir nach Hause kommen?"

„Klar! – Freut mich, dass es doch noch etwas mit uns beiden wird.", entgegne ich glücklich. Ich glaube nicht, dass ich es hier mit einem Polizisten zu tun habe. Der hätte auch morgen Nachmittag Zeit für mich gehabt. Aber trotzdem werde ich meine üblichen Vorsichtsmaßnahmen treffen! Darum füge ich hinzu:

„Schickst du mir bitte deinen Namen, deine Adresse und deine Festnetznummer per SMS?"

„Soll ich das jetzt gleich machen?"

„Das wäre mir am liebsten. Damit wäre der Termin für mich gebucht."

„Sicher. Das ist kein Problem. Aber wieso brauchst du meine Festnetznummer?"

„Weil ich dich auf dieser Nummer ungefähr eine Stunde vor unserem Treffen anrufen werde, um sicher zu stellen, dass du tatsächlich zuhause bist."

„Okay. Ich denke mal, du gehst diskret mit der Telefonnummer um! Ich bin nämlich verheiratet. – Meine Frau ist für zwei Wochen bei ihrer Schwester. Sie sollte nie erfahren, dass ich ein Callgirl engagiert habe!"

„Das versteht sich, Vangelis! Ich handhabe so etwas ganz professionell. Du brauchst dir deswegen keine Sorgen zu machen!"

„Deine Worte beruhigen mich, Anika. Dann sehen wir uns also am Dienstagabend in meiner Wohnung."

„Sehr gerne! Ich freue mich darauf, dich kennenzulernen."

Wir verabschieden uns und kurz darauf piepst mein Smartphone. Eine SMS ist eingegangen. Darin steht: ,Vangelis Karagiannis, Kassiopis 45, 15561 Neo Psychiko, Tel. 210 656 350987'

,Jippie! Da ist er, ein neuer Termin! ', freue ich mich und trage ihn in meinen Kalender ein. Mit einem weiteren Blick auf die Uhr, entscheide ich, Violet heute nicht mehr anzurufen. Lieber sehe ich in meinen Kleiderschrank und suche mir ein schickes

Kleidchen für heute Abend aus. Schnell entscheide ich mir für ein grasgrünes, teils mit Blumen bedrucktes Spaghettiträger-Minikleid aus leichter Baumwolle, zu dem ich ganz verspielte High Heels mit grünem Lederbändchen wähle. Eine hübsch dazu passende Handtasche bestücke ich mit allem, was ich für eine Partie Sex brauche. – Was für ein Glück, dass ich eine Blues Bar in Athen kenne, sonst wäre ich mit Dirk vielleicht nicht so einfach zusammen gekommen! – Dass ich sie kenne, verdanke ich dem Umstand, dass ich im vorletzten Winter, nachdem man mich in einem Stundenhotel wegen illegaler Prostitution verhaftet hatte, eine Nacht auf dem Polizeipräsidium in einer Gefängniszelle verbringen musste. Etwa eine Woche nach dieser tragischen Geschichte, habe ich mir bei Tageslicht angesehen, wo sich das Polizeipräsidium überhaupt befindet und habe bei dieser Gelegenheit die Gegend erkundet. Dabei ist mir die Blues Bar aufgefallen, die aber zu diesem Zeitpunkt geschlossen war. Auf meinem weiteren Spaziergang habe ich die kleine Plateia mit den Gyrosläden entdeckt und dort zu Mittag gegessen. Dabei habe ich auf das 10 Stockwerke hohe, über alle anderen Gebäuden herausragende, Polizeipräsidium geschaut und mich gefragt, ob meine Zelle wohl an dieser oder an der gegenüberliegenden Seite des Gebäudes gelegen hat. Obwohl das überhaupt keine Rolle spielt…

Nachdem ich geduscht bin und mich mit einer Lotion von Kopf bis Fuß eingecremt habe, schminke ich mich sommerlich, richte meine Löwenmähne und werfe mich in Schale. Ein paar Spritzer verführerisches ‚Must de Cartier' hinter meine Ohren und an die Handgelenke, gehören ebenfalls zum Prozedere. Ich habe noch eine halbe Stunde Zeit, bevor ich losgehen muss. Zeit genug, einen Blick auf die neuesten Nachrichten in Politik, Wirtschaft und Sport zu werfen.

Mit dem Gefühl, gut auf meinen bevorstehenden Fischfang vorbereitet zu sein, mache ich mich schließlich auf den Weg.

12

Schon von weitem sehe ich einen silbergrauen Golf an der Bushaltestelle stehen. Dirk ist überpünktlich. So, wie man es von vielen Deutschen kennt. Als ich an das Seitenfenster seines Wagens klopfe, beugt er sich rüber zum Beifahrersitz und öffnet mir die Tür einen Spalt.

„Hi Anika, steig ein. Schön, dich zu sehen. – Fesch siehst du aus!"

„Danke Dirk.", entgegne ich und denke: ,Du siehst ebenfalls fesch aus! '

Er trägt eine dunkelblaue Chino Shorts, ein blau gemustertes Hawaii Hemd und sandfarbene, geschlossene Bordschuhe.

„Weißt du die Adresse der Bar? Soll ich sie ins Navi eingeben?"

„Nein, ich weiß wie man hinkommt. – Fahr an der Ampel rechts und dann geradeaus bis auf die Vouliagmeni Avenue. Auf ihr biegst du links ab und folgst ihr bis in die Innenstadt."

„Okay, jetzt geht's los!", sagt Dirk, setzt den Blinker, schaut über die Schulter nach hinten und fährt los. Ich weiß nicht, was ich als Nächstes sagen soll und warte einfach ab, ob von ihm etwas kommt. Doch auch er ist still und konzentriert sich anscheinend nur auf den Verkehr. An der Kreuzung zur Vouliagmeni Avenue halten wir vor einer roten Ampel.

Ein Zigeuner kommt mit einem Eimer Wasser und einem Scheibenwascher. Ohne zu fragen, fängt er an, Dirks Windschutzscheibe zu putzen.

„Hey, was fällt dem denn ein?", fragt Dirk entsetzt.

„Ich weiß, ich war das erste Mal auch erschrocken, als das jemand bei mir gemacht hat. Es sind Zigeuner. Sie erhoffen sich ein Trinkgeld und ehrlich gesagt, ich bin oft ganz froh, dass sie meine Scheibe putzen und dann gebe ich ihnen gerne einen Euro dafür."

„Na ja, mein Wagen kommt aber gerade aus der Waschanlage und die Scheibe hatte es wirklich nicht nötig..."

„Dann gib ihm nichts!"

„Ach komm, – weil's das erste Mal ist, will ich nicht knickrig sein...", entgegnet Dirk, holt aus seiner Hosentasche Kleingeld hervor, öffnet die Fensterscheibe einen Spalt und gibt dem dunkelhäutigen, in Lumpen gekleideten Mann ein 50 Cent Stück. Die Ampel springt auf Grün und wir reihen uns wieder in den fließenden Verkehr ein.

„Bisher hat man mir an der Ampel nur Bananen und diese runden Sesamkringel angeboten.", führt Dirk unsere Unterhaltung fort und ich bin ganz froh, dass wir nicht mehr Schweigen.

„Die heißen Koulouri. Hast du sie schon gegessen?"

„Ja! Für zwischendurch sind sie ganz okay. – Aber Bananen kaufe ich keine! Die suche ich mir beim Gemüsehändler selbst aus. Da gibt es zu große Unterschiede."

„Bei Bananen?"

„Selbstverständlich!"

Und nun erzählt Dirk mir, dass er seit seinem 14. Lebensjahr Seemann ist und in seiner Jugend jahrelang auf Bananenjägern gefahren ist. – Ich hatte dieses Wort noch nie gehört und schmunzle über den Begriff *Bananenjäger*, weil meine Fantasie mir sofort ein Kriegsschiff vorgaukelt, das Bananen übers offene Meer jagt... Doch das sage ich Dirk nicht! – Jetzt weiß ich, dass es Frachtschiffe sind, die Bananen transportieren.

Ich lasse ihn erzählen, höre aufmerksam zu und stelle hin und wieder eine Frage. In der Innenstadt angekommen, un-

114

terbrechen wir unsere Unterhaltung und ich dirigiere ihn in die Gegend des Polizeipräsidiums und schließlich in die Panormou Straße, in der sich die Blues Bar befindet. Es ist kein Problem, einen Parkplatz zu finden.

„Zur Plateia mit den Restaurants geht's in diese Richtung.", bemerke ich, als wir ausgestiegen sind und beide auf dem Bürgersteig stehen. Nebeneinander her schlendern wir die Straße entlang. Erst gestern bin ich mit Thomas durch Agia Marina gebummelt. Das war ganz anders, weil wir beide wussten, es ist eine Show, für die ich bezahlt werde. Heute sieht bisher alles nach einem ganz normalen Date aus. Für Dirk zumindest. Mal sehen, wann ich das richtig stellen kann... Auf der Plateia stehen die Tische und Stühle von 3 verschiedenen Restaurants. Fast alle sind besetzt.

„Kennst du eins der Restaurants?", fragt Dirk mich.

„Da drüben, das an der Ecke. Da habe ich mal eine sehr leckere Pita gegessen. Aber ich glaube, von der Qualität her sind alle ähnlich. Jedes Restaurant hat dieselben Sachen vom Grill und aus der Fritteuse."

„Dann nehmen wir doch das, was du kennst. Oder?"

„Gerne."

Dirk geht auf einen Tisch zu und fragt den Kellner mit Handzeichen, ob er frei ist Dann winkt er mir und wir nehmen beide Platz. Die Geräuschkulisse ist typisch griechisch: Lautes Stimmengewirr vermischt sich mit griechischer Musik. In dieser Gegend trifft man nur Einheimische. Sie ist uninteressant für Touristen. Aber ich erkunde gerne diese typisch griechischen Viertel. Meist nutze ich die Gelegenheit nach einem Kundentermin, die Umgebung, in der er war, ein bisschen kennenzulernen.

Die Luft ist heute Abend wieder herrlich warm. Es hat sich gerade mal auf 28°C abgekühlt und ich genieße es hier zu sitzen. Es fühlt sich ein bisschen an wie Urlaub, auch wenn ich mein Telefon nicht ausgeschaltet habe. Ich habe es noch nicht mal auf Leise gestellt, weil ich in jedem Fall Gespräche annehmen will. Gestern Abend hatte ich 3 Anrufe in Abwesenheit. Einer war von Jason, einem Stammkunden aus Kifissia, der mir 200 € zahlt.

Dirk blättert durch die Speisekarte und fragt mich, was darin steht. Das Menü ist nur auf Griechisch. Ich übersetze ihm einige Gerichte, aber dann meint er:

„Ich nehme einfach eine Portion Gyros mit allem Drum und dran. Fertig! – Und was möchtest du?"

„Ich nehme eine Pita, aber ohne Fleisch. Lieber mit einer doppelten Portion Tzatziki. Ich erinnere mich, dass es hier sehr gut war."

Der Kellner kommt und stellt einen Brotkorb mit Besteck und Servietten auf den Tisch. Dazu eine Karaffe Wasser und 2 Gläser. Nach Absprache mit Dirk bestelle ich einen halben Liter Weißwein und das Essen. Das mache ich auf Griechisch! – Nicht nur Dirk ist beeindruckt, auch der Kellner, weil er es mir ansieht und an meiner Aussprache merkt, dass ich eine Ausländerin bin. Er fragt mich, woher ich komme und als ich sage:

„Aus Deutschland.", antwortet er:

„Bravo! – Sie sprechen sehr gut griechisch!"

Das ist natürlich übertrieben. Ich spreche nur *das* gut aus, was ich ständig gebrauche. Und das ist nicht viel. Meist geht es um Bestellungen von Essen und Getränken oder um Fragen nach dem Weg oder nach Geschäften. Darüber hinaus sind meine Sprachkenntnisse des Griechischen äußert mager.

Ich fühle mich wohl in Dirks Gesellschaft. Das liegt wohl auch daran, dass ich mit ihm Deutsch sprechen kann. Wann mache ich das schon? Hin und wieder am Telefon mit meinem

Vater, oder mal mit Lisa, einer Freundin aus meiner Heimat… Und in ganz seltenen Fällen habe ich einen Kunden der Deutsch spricht. So wie Franzl, den Österreicher.

Unser Essen wird serviert und ich esse die Pita, wie Griechen das machen, nämlich aus dem umwickelten Papier heraus. Dirk amüsiert sich darüber und meint, das sähe sehr umständlich aus. Recht hat er, aber mein Ehrgeiz hat mir geboten, diese Technik zu erlernen und mittlerweile schaffe ich es, eine Pita nur mithilfe meiner Hände zu verzehren, ohne dass mir die Hälfte des Inhalts auf den Busen fällt.

Unser Gespräch beim Essen dreht sich ums Essen. Hauptsächlich um griechisches, von dem Dirk bisher nicht sehr begeistert ist. Ich gestehe ihm, dass ich es auch nicht ausschließlich essen kann, – aber die italienische Küche sehr mag. Sofort fragt Dirk, ob ich einen guten Italiener kenne und, wie zu erwarten, lädt er mich zu einem Essen bei ihm ein.

Die Zeit vergeht wie im Fluge und erst als mein Telefon klingelt, werde ich abrupt daran erinnert, dass ich auch noch einen Job habe.

„Entschuldige, da muss ich rangehen.", sage ich, nehme mein Smartphone und gehe über die Plateia, auf der Kinder herumturnen und laut kreischen. Auf dem Display sehe ich, es ist Jason, der mich anruft. Deshalb sage ich sofort:

„Hallo Jason, Darling! Wie geht es dir? Ich habe gesehen, du hast mich gestern Abend schon angerufen."

„Genau Anika! Aber dein Telefon war abgeschaltet. Bist du denn überhaupt in Athen oder wie alle anderen auf einer Insel?"

„Nein, ich bin hier. Aber ich hatte gestern den ganzen Abend über einen Termin und konnte deshalb kein Gespräch annehmen."

117

„Dieser glückliche Mann! Einen ganzen Abend würde ich auch gerne mit dir verbringen, aber du weißt ja, dass das nicht geht. Wie sieht es heute Abend aus? Kannst du kommen?"

„Oh, Jason. Es tut mir sehr leid, aber heute Abend ist es ebenfalls nicht möglich! Können wir es verschieben?"

„Du weißt, ich sehe dich am liebsten am Wochenende. Sozusagen zum Feierabend nach einer anstrengenden Woche. Nächste Woche kann ich nicht... Vielleicht passt es am darauffolgenden Freitag. Sollen wir den mal festhalten?"

„Sehr gerne! Soll ich dann wie gewöhnlich um 22 Uhr bei dir zuhause sein?"

„Genau. – Also, lass es dir gutgehen, Anika. Ich melde mich rechtzeitig, um dir Bescheid zu geben."

„Das ist lieb. Pass auf dich auf, Darling. Ich freue mich darauf, dich wiederzusehen!"

Als ich zum Tisch zurückkehre, gebe ich keine Erklärung zu meinem Telefonat ab. Aber Dirk fragt mich, ob alles okay ist, was ich bejahe. Der Kellner räumt den Tisch ab und fragt, ob wir noch Wünsche haben. Dirk verneint und bittet um die Rechnung. Als der Ober sie bringt, serviert er uns zwei Tsipouro. Das ist ein strenger und hochprozentiger Schnaps aus dem Norden Griechenlands. In den Restaurants ist es üblich, den Gästen nach dem Essen entweder einen kostenlosen Schnaps oder einen Nachtisch zu kredenzen. Dirk kippt den Tsipouro herunter, verzieht das Gesicht und sagt:

„Nicht mein Ding!"

„Meins auch nicht!", erwidere ich und rühre meinen Schnaps erst gar nicht an.

Als wir bei der Blues Bar ankommen, sind schon alle Tische im Vorgarten besetzt. Aber Türe und Fenster sind weit geöffnet und drinnen an der Bar sieht es sehr gemütlich aus. Eigentlich sitze ich sowieso lieber an der Bar. Wenn meine Beine unter einem Tisch sind, kommen weder sie noch meine hübschen Schuhe zur Geltung. Hinter dem Tresen stehen zwei Barmänner und eine Barfrau. Der ältere, der einen langen Bart trägt und ein Mitglied von ZZ TOP sein könnte, stellt sich als Spiros vor und fragt, was wir trinken möchten. Dirk sieht mich fragend an und ich sage:

„Ich nehme einen Cuba Libre mit Cola Zero."

Dirk bestellt. Er selbst nimmt einen Jack Daniels mit Ginger Ale. Ich sehe mich in der Bar um. Hinter dem Tresen sind Regale mit Spirituosen aller Art. Darüber hängen, wie an allen Wänden, Fotografien der Blues Größen von anno dazumal bis in die heutige Zeit. Ich erkenne John Lee Hooker, BB King und Etta James. Dirk kennt noch viele andere und nennt mir die Namen, als er auf die Bilder zeigt, aber ich kann sie mir nicht merken. Die Musik ist laut, aber nicht so, dass eine Unterhaltung unmöglich wäre. Und so prosten wir uns zu und unterhalten uns über Musik. Dirk erzählt mir, was ihm gefällt und ich erwähne Udo, meinen deutschen Lieblings-Rock'n Roller. Überrascht stellen wir fest, dass wir fast den gleichen Musikgeschmack haben. Wir wechseln das Thema und kommen über Filme, Bücher und meine Heimat wieder zu Dirks Matrosenzeit. Ich frage ihn, was an dem Gerücht dran ist, dass ein Seemann in jedem Hafen eine andere Braut hat. Dirk lacht auf und bestätigt:

„Ja, da ist was dran! – Ich habe als junger Mann irre Erfahrungen gemacht. Wir sind mit der Crew fast immer ins Bordell gegangen und ich hatte mein Lieblingsmädchen. Dem habe ich auch mal Strümpfe oder Wäsche als Geschenk mitgebracht. Einmal habe ich sie sogar aus dem Knast frei gekauft… Das war in Mexiko. – Aber das ist lange her…"

,Super! ', denke ich, ,Das ist jetzt eine gute Gelegenheit, ihm von meinem Beruf zu erzählen! '

Doch in diesem Moment klingelt mein Telefon und ich sage zu Dirk:

„Entschuldige, da muss ich rangehen!"

Auf dem Display sehe ich, dass Violet mich anruft.

„Hallo Darling, einen Augenblick bitte, ich gehe an einen Ort, wo es leiser ist." begrüße ich sie und gehe in Richtung Toiletten. Doch sie plappert sofort weiter:

„Anika! Du hast mich heute nicht angerufen. – Ich habe mir Sorgen gemacht! Was ist los, wo bist du?"

„Entschuldige bitte, Violet! Heute Morgen war ich müde von der langen Nacht auf Ägina und habe mich bis mittags ins Bett gelegt. Nachmittags hatte ich einen Termin mit Richard und momentan bin ich bei einem Fischfang. – Können wir morgen sprechen?"

„Das ist okay. Ich bin froh, dass alles in Ordnung ist bei dir!"

„Ist es. – Also hab noch einen schönen Abend, Darling. Kisses!"

Wo ich schon in der Damentoilette bin, überprüfe ich mein Aussehen und freue mich über die attraktive Frau, die mir aus dem Spiegel entgegen lächelt. Jetzt brauche ich nur noch die richtigen Worte zu finden, um den Fisch aus dem Wasser zu ziehen. Angebissen hat er meiner Meinung nach schon. Doch in meinem Oberstübchen tut sich nichts. Zurück an der Bar fragt Dirk mich:

„Ist alles okay?", und ich antworte:

„Alles bestens. Es war eine Arbeitskollegin. Nichts Wichtiges."

„Hör zu, Anika. Der Abend mit dir ist sehr nett. Ich bleibe wahrscheinlich für längere Zeit in Athen und habe mir gerade diesen Golf aus Deutschland geholt, damit ich einen fahrbaren Untersatz hier habe. – Das Schiff wird wohl die meiste Zeit im

Hafen liegen. Vorläufig jedenfalls. Wenn du Lust hast, könnten wir uns hin und wieder treffen und vielleicht mal etwas gemeinsam unternehmen…"

Ohne abzuwarten, ob ich etwas dazu sagen möchte, fährt er fort:

"Was rede ich? Wahrscheinlich hast du einen festen Freundeskreis und bist nicht daran interessiert, dich mit mir zu treffen. Dann entschuldige bitte!"

Ich bin total verdattert und weiß überhaupt nicht, was ich sagen soll. Ich finde ihn attraktiv und unterhaltsam und genieße definitiv seine Gesellschaft, aber ich will ihn als Fisch an meiner Angel sehen und keine Freundschaft mit ihm schließen!

,Ist das jetzt eine gute Gelegenheit ihm zu sagen, dass daraus nichts wird, weil ich als Callgirl arbeite? Ja! – Es müssen mir nur die richtigen Worte einfallen! '

„Dirk!"

„Ja?"

„Mein Freundeskreis ist nicht groß. Ich arbeite sehr viel und bin auch überhaupt nicht an einer Beziehung interessiert… Hin und wieder mal mit dir auszugehen, könnte ich mir sehr nett vorstellen. Es ist einfach total schön, Deutsch zu sprechen! – Ich kenne da sonst niemanden in Athen."

„Prima! Dann sind wir ja schon zu zweit!", lacht er erleichtert auf. „Es ist geradezu erholsam, sich mit dir zu unterhalten. An Bord und überall wo ich etwas zu erledigen habe, spreche ich Englisch. – Trinken wir doch noch einen! – Auf die verrückten Umstände, unter denen wir uns kennengelernt haben! – Okay?!"

Ich lächele und sage:

„Einverstanden!"

Aber in Wirklichkeit ärgere ich mich über mich selbst, weil ich die Kurve nicht kriege. Was hat mich davon abgehalten zu sagen:

,Dirk, ich arbeite im Escort-Bereich und lasse mich als Gesellschafterin bezahlen. Und wenn du Lust auf Sex mit mir haben solltest, biete ich dir gerne meine Dienste an. '

In Sekundenschnelle verrät mir mein Oberstübchen, dass es bescheuert und plump geklungen hätte...

,Mir fehlen einfach die richtigen Worte! '

Violet hätte ihn schon lange aus dem Wasser gezogen. – Sie hätte ihn kokett gefragt, ob er sich langweilt, als Deutscher so alleine in dieser großen, fremden Stadt... Und sie hätte geschickt und charmant durchsickern lassen, dass sie ihm sein Leben hier versüßen kann. Aber mir fehlt heute Abend der Esprit. Vielleicht weil ich eine schreckliche Nacht hinter mir habe? Oder vielleicht weil ich, was Fischen angeht, etwas aus der Übung bin? Ich finde keine klare Antwort darauf und tröste mich mit dem Gedanken, dass sich die Gelegenheit, den Fisch an Land zu ziehen, spätestens bei einem nächsten Treffen ergibt!

Da der Zug für heute anscheinend abgefahren ist und Selbstvorwürfe nichts bringen, stelle ich mein Smartphone auf Lautlos. Ich bin eh beschwipst und sollte keine geschäftlichen Gespräche mehr führen. Außerdem will ich mich von jetzt an nur noch vergnügen.

Der zweite Drink macht mich so locker und gesprächig, wie es nur Alkohol bei mir bewirken kann. Geübt in meinen Lügen, erzähle ich aus meinem Leben in Deutschland. Mit keiner Silbe erwähne ich meine Zeit in den Clubs und das Versteckspiel vor meinen Verwandten und Freunden. Dirk erzählt mir aus seiner Karriere in der Seefahrt. Von einer Weltumsegelung, von fremden Ländern und Menschen und ich tauche ein in eine mir unbekannte Welt und lasse mich einfach davontragen von dem Gefühl, einfach nur ein Mensch zu sein, der sich gerade köstlich amüsiert.

Weit nach Mitternacht überkommt uns beide Müdigkeit, – oder ist es die Vernunft, die uns rät mit dem Trinken aufzuhören? Das kann ich nicht mehr beurteilen. Dirk versichert mir, immer noch all seine Sinne beisammen zu haben, um sicher Auto fahren zu können und ich vertraue ihm, angeheitert wie ich bin.

Als wir kurz vor Glyfada sind, fragt Dirk mich, wo ich wohne.

„Setz mich einfach wieder an der Bushaltestelle ab.", entgegne ich.

„Das kommt nicht infrage! Um diese Uhrzeit lasse ich dich nicht alleine über die Straße laufen. Sag mir wo du wohnst. Da gibt's doch wohl kein Geheimnis draus zu machen, oder traust du mir nicht?"

„Ist schon okay. Ich vertraue dir. Ich bin einfach nur sehr vorsichtig als alleinstehende Frau."

„Das ist auch vernünftig. Also, wohin muss ich gleich abbiegen?"

Ich beschreibe Dirk den Weg und als wir in der Fivis Straße 44 vor meiner Wohnung ankommen, bin ich gespannt, wie wir uns verabschieden. Bis auf ein paar zufällige Berührungen an Beinen und Armen sind wir uns körperlich nicht näher gekommen. Dirk macht den Motor aus, ich wende mich ihm zu und sage:

„Danke für den netten Abend, Dirk. Ich schätze, wir telefonieren wieder. Gute Nacht!"

Entschlossen und beherzt öffne ich die Autotür und steige aus, ohne abzuwarten, mit welchen Worten Dirk sich von mir verabschieden wollte. Er steigt jedoch ebenfalls aus, kommt um das Auto herum auf mich zu und bei mir klingelt eine klitzekleine Alarmglocke. Doch dann passiert es einfach... Er nimmt mich in den Arm und wir küssen uns. – Nein wir knutschen! Und das eng umschlungen, mindestens gefühlte 10 Minuten lang. – Mein Gehirn ist völlig abgeschaltet. Ich spüre sein Verlangen wachsen und mache keinen Hehl daraus, dass mir gefällt, was wir gerade tun. Als wir schließlich Luft holen, gibt es nicht viel zu sagen. Es ist passiert, was passiert ist und irgendwie hatte es sich den ganzen Abend über schon angebahnt.

„Schlaf gut, Anika. Ich warte noch bis du im Haus bist. Morgen rufe ich dich an. Okay?"

„Okay, Dirk. Komm gut nach Hause und schlaf ebenfalls gut!"

Benommen von der Mischung aus Alkohol und tanzenden Hormonen schließe ich die Eingangstüre auf und schwebe die Treppen zu meiner Wohnung hinauf.

13

Der Wecker klingelt um 7 Uhr. Verschlafen öffne ich die Augen und stelle ihn ab. Die Sonne ist gerade aufgegangen. Fix krabbele ich aus dem Bett, öffne die Balkontüre und lasse die frische Athener Augustluft in mein Appartement. Auf meinem Thermometer lese ich gnädige 26°C. Das ist fast kühl und könnte ein Anzeicher dafür sein, dass die Hitzewelle abklingt. Nach meiner morgendlichen Toilette setze ich mich mit dem Frühstück auf den Balkon und genieße die ruhige Stunde des Tages. Ich bin erstaunt, dass ich nach 3 Cuba Libre keine Kopfschmerzen habe. Aber *das* beunruhigt mich nicht. – Viel mehr der Gedanke daran, dass ich Dirk heute Nacht geküsst habe… Was war da in mich gefahren? Ich kann es mir nicht erklären und versuche erfolglos, es zu analysieren.

Um 9 Uhr habe ich einen Termin für Maniküre und Pediküre und um 11 Uhr einen Termin auf der Sonnenbank. Ins Nagelstudio zu Maria gehe ich alle zwei Wochen montags und auf die Sonnenbank jeden Montag und Donnerstag. Außerdem besuche ich jeden Donnerstagmorgen den Markt in Glyfada. Diese Dinge habe ich fest in meinen Alltag eingeplant. Das sind meine Konstanten. Noch bevor ich mich auf den Fußweg mache, checke ich meine Nachrichten auf ADuLT und sehe: Arbeit erwartet mich!

Maria ist eine reizende, junge Griechin, die schlecht Englisch spricht, dafür jedoch umso besser meine Nägel macht. Während des Sommers lasse ich sie am liebsten mit rotorangenem Shellac lackieren. Diese Farbe passt gut zu meiner sommerlichen Kleidung.

„Guten Morgen!", begrüße ich sie, als ich ihr Studio betrete. Es liegt innerhalb einer kleinen Shopping Mall auf der Metaxa Straße.

„Guten Morgen, Anika. Komm, setz dich hierher. – Glaubst du auch, heute ist es kühler als gestern Morgen?"

„Definitiv. Ich hoffe, die Temperaturen bleiben heute unter 40°C."

„Das hoffen wir alle! – Hast du besondere Wünsche, was die Farbe des Shellac betrifft oder bleiben wir bei Blutorange?"

„Wir bleiben dabei."

Während Maria sich zuerst an meine Füße macht, checke ich die Tagesthemen auf dem Smartphone. Wir reden gewöhnlich nicht viel während der 1 ½ Stunden, die ich hier verbringe. Mir ist das sehr angenehm. Ich glaube, Maria ebenfalls. Manchmal hilft ihre Schwester im Nagelstudio, die ebenfalls eine Ausbildung zur Hand- und Fußpflege absolviert hat und ich habe beobachtet, wie griechische Kundinnen während ihrer Behandlung ununterbrochen reden!

Sie haben anscheinend einen sehr ausgeprägten Drang zu Schwatzen.

Nachdem ich einen Überblick übers Weltgeschehen habe, rufe ich Violet an.

„Hallo!", meldet sie sich fröhlich und ich sage:

„Guten Morgen, Violet. Ich bin gerade bei Maria und dachte, du wirst schon wach sein."

„Nicht nur wach, Anika. – Ich habe die Wohnung durchgelüftet, die Balkone nass gewischt, mein Schlafzimmer gerichtet, gefrühstückt, die streunenden Katzen vor der Haustüre gefüttert und mich fertig gemacht für Christo, der um 11 Uhr kommt, um sich sein Stößchen abzuholen. – Was machst du? Erzähl mir, wie es auf Ägina war, wen du gestern gefischt hast und wo..."

„Ägina war okay. Wir sind ausgegangen und hatten das Übliche."

Da Maria zuhören kann, drücke ich mich vorsichtig aus. Ich fahre fort:

„Alles war ganz normal. Am nächsten Morgen hat Thomas mich zur Fähre gebracht und ich hatte auf die Schnelle ein gutes Sümmchen verdient. – Gestern Nachmittag hat Richard mich angerufen und am Abend habe ich mich mit Dirk getroffen. Das ist ein Deutscher, den ich Samstagnachtmittag nach meinem Termin mit Babis an der Tankstelle getroffen und auf ungewöhnliche Art kennengelernt habe. – Das war's!"

„Wie, das war's? – Wer ist dieser Dirk? Wo seid ihr gewesen, was hat er dir gezahlt? Siehst du ihn wieder?"

Ich merke, ich komme nicht drumherum, Violet bezüglich Dirk die Wahrheit einzuschenken, – auch wenn ich weiß, sie wird sich aufregen. Was sich in Wirklichkeit auf Ägina zugetragen hat, erzähle ich ihr allerdings nicht! – Sie würde mir einen ellenlangen Vortrag halten und darauf habe ich keine Lust!

Nachdem ich ihr die Geschichte von Dirk und mir gebeichtet habe, legt sie los:

„Bist du von allen guten Geistern verlassen, Anika?! Du hast es mit einem Typen zu tun, der das Potential zu einem Stammkunden hat. Ein Deutscher, der wahrscheinlich gut verdient, der sich bestimmt während seiner ganzen Seefahrt von Hafen zu Hafen gegen Geld durchgevögelt hat und du bringst es nicht fertig ihm zu sagen, dass du ein leichtes Mädchen bist und moralisch ganz auf seiner Seite stehst, was käuflichen Sex angeht? – Das darf doch wohl nicht wahr sein! – Ich bin geschockt. Mir bleibt die Luft weg!"

„Beruhige dich bitte, Violet! – Bitte! – Ich habe darüber nachgedacht und habe eine ganz leise Ahnung, weshalb ich es verbockt habe... Sieh mal: Ich habe bisher immer nur Männer geangelt, die Englisch sprachen! – Ich denke, es hat damit zu tun, dass wir Deutsch miteinander gesprochen haben. Ich spreche anders Deutsch als Englisch... Das kannst du vielleicht nicht verstehen, weil du dich, bis auf ein Brocken Griechisch, immer nur in deiner Muttersprache unterhältst. – Wenn ich Deutsch spreche, rede ich irgendwie anders, – einfach wie eine ganz normale Frau mit einem anderen Beruf!"

„Und das soll ich dir glauben?"

„Ja, bitte. – Ich habe mir wirklich Mühe gegeben, aber der Moment, wo ich hätte einflechten können, was ich beruflich wirklich mache, ist einfach nicht gekommen!"

„Dafür ist der Moment gekommen, wo du ihn geküsst hast!"

„Das war definitiv ein Fehler. Darüber ärgere ich mich selbst! Aber wir werden uns bestimmt wiedersehen und dann kann ich alles richtigstellen!"

„Wer's glaubt, wird selig! – Anika, du musst ehrlich zu dir selbst sein. Es bringt dich nicht weiter, wenn du dir etwas vormachst. Hast du dich etwa in ihn verknallt?"

„Nein! Auf gar keinen Fall! – Ich meine, der Abend war nett. Ich habe ihn genossen. Es war auch sehr schön, Deutsch zu sprechen. Ja, das war es! Ich habe mich durch und durch wohl gefühlt. Begehrt... Irgendwie habe ich das begehrt sein auf meine Person bezogen, nicht nur auf meinen Körper. So ein Gefühl hatte ich schon länger nicht mehr. – Ich merke schon, ich habe eigentlich keine Ahnung warum das geschehen ist..."

„So hört es sich an! Vielleicht war es auch nur wegen des Alkohols. Vielleicht ist er beim nächsten Mal doch nur ein Typ für dich, den du am besten in einen gut zahlenden Stammkunden verwandelst! – Wir sind Menschen, Anika, da passieren solche Sachen. Ich würde auch nicht behaupten, dass ich dagegen gefeit bin. – Vielleicht erwischt es mich auch noch mal?!"

Sie lacht ausgelassen und ich spüre, dass ihr der Gedanke gefällt. Mir gefällt er in diesem Moment ebenfalls.

Maria deutet an, dass sie mit meinen Füßen fertig ist und nun meine Hände an der Reihe sind. Ich verabschiede mich von Violet mit Küsschen durchs Telefon und bin mal wieder froh, dass sie nicht nur meine Kollegin ist, sondern auch meine Freundin. Wenn auch manchmal eine strenge.

„Es ist gar nicht so einfach, den Richtigen zu finden.", bemerkt Maria, die mitbekommen hat, dass ich über einen Mann gesprochen habe. Ich lächele und entgegne:

„Das ist wahr. Du bist verheiratet, stimmt's?"

„Ja. Und noch bin ich glücklich."

Da ich das Thema nicht vertiefen will, schweige ich und sehe ihr zu, wie sie meine Fingernägel maniküirt.

Das Sonnenstudio ist in der gleichen Shopping Mall wie Marias Studio und ich brauche nur mit der Rolltreppe eine Etage tiefer zu fahren, um sie zu erreichen. Nicky, ein braungebrannter, tätowierter Bodybuilder, der hier arbeitet, begrüßt mich mit einem lässigen:

„Kalimera. Ti kanis, kala?!", was so viel heißt wie: ‚Guten Tag, wie geht's dir? Gut?! ‘, und führt mich zu dem Raum mit meiner bevorzugten Sonnenbank.

Schon als junge Frau habe ich es genossen, unter diesen warmen Röhren zu liegen und gleichzeitig braun zu werden. Für mich hat es etwas Meditatives. Ich kann sofort abschalten. Allerdings trage ich jetzt, für den Fall, dass mich während dieser 10 Minuten ein Kunde anruft, Ohrstöpsel, die mich mit meinem Smartphone verbinden. Und heute ist der erste Tag, an dem es wahrhaftig klingelt. Aber es ist kein Kunde, es ist Dirk. – Dirk, der *noch* keine Kunde ist!

„Guten Morgen, Anika. Wie geht es dir?"

„Danke gut. Ich liege gerade auf der Sonnenbank."

„Auf der Sonnenbank?!"

„Genau."

„Okay, dann störe ich wohl gerade. Soll ich dich später wieder anrufen?"

„Sehr gerne."

„Also, bis dann. Hol dir keinen Sonnenbrand!", scherzt er, bevor er auflegt. Es gibt Leute, die verstehen nicht, dass man in Griechenland lebt und bei all der Sonne, die dort scheint, ein Sonnenstudio besucht. Aber ich kann es erklären: Um die Bräune zu bekommen und zu erhalten, die ich im Sommer gerne hätte, müsste ich alle zwei Tage für mindestens 2 Stunden in der Sonne liegen. Diese Zeit habe ich einfach nicht! – Die Sonnenbank schafft das in 2 mal 10 Minuten pro Woche. Jeder Stadtteil in Athen hat Sonnenstudios und alle sind gut besucht, weil es außer mir noch viele andere Menschen gibt, die genauso wenig Zeit haben oder keinen Garten oder so weit vom Strand entfernt wohnen, dass sie eine lange Fahrt zum Sonnenbaden in Kauf nehmen müssten. Außerdem gibt es noch diejenigen, die gerne streifenlos braun sein möchten und zu dieser Kategorie zähle auch ich.

Als die Röhren sich abschalten, benutze ich Deotücher, kleide mich an und mache mich auf den Weg nach Hause. Dort angekommen, dusche ich und verwende anschließend eine Solarium After Sun Lotion.

Als mein Telefon klingelt ist es kurz nach 12 Uhr. Es meldet sich ein Grieche, der seine Telefonnummer unterdrückt.

„Bist du die ‚*Pretty Woman*' aus Deutschland?"

„Ja, die bin ich. Ich heiße Anika. Wie kann ich dir helfen?"

„Hi. Ich heiße Harris. Was kannst du mir über dich erzählen?"

„Ich bin 36 Jahre alt, schlank, habe blonde Haare, blaue Augen und eine Stunde Safer Sex mit mir kostet 170 €."

„Gut. Ich bin im Daros Hotel auf der Syngrou Avenue. Kannst du kommen?"

„Wann meinst du?"

„Na, jetzt gleich."

„Oh nein, entschuldige Harris. Für heute bin ich komplett ausgebucht.", lüge ich, weil ich argwöhne, er könnte ein Polizist sein. Das Gegenteil beginne ich erst zu glauben, nachdem er mich mindestens noch 2 weitere Male angerufen hat. Und zwar von ein und derselben Mobilnummer aus! – Vorher ziehe ich es nicht in Betracht, mich mit ihm zu treffen! – Vorsicht ist die Mutter der Porzellankiste, in der ich als illegal arbeitendes Callgirl sitze!

„Mh, das ist aber schade. Wenn du mich im Laufe der nächsten Stunden noch einflechten könntest, bezahle ich dir auch gerne mehr! – Na, was sagst du, *Pretty Women*?"

„Harris, ich würde dich auch gerne treffen. Ruf mich doch von deiner Mobilnummer aus zurück, dann melde ich mich bei dir per SMS, sollte es für heute noch eine Möglichkeit geben. – Oder gib mir deinen vollständigen Namen und deine Zimmernummer im Daros Hotel und ich rufe dich dort an."

„Ach, das möchte ich nicht. Niemand vom Hotel soll wissen, dass ich mir eine Puttana aufs Zimmer bestelle. Vielleicht melde ich mich später nochmal. – Oder ein andermal."

„Ganz wie du möchtest, Harris. Hab einen schönen Tag!"

Wir verabschieden uns. In mein Notizbuch schreibe ich das Datum, die Uhrzeit, den Namen Harris und das Hotel, in dem er angeblich gerade ist. Vom Daros Hotel habe ich noch nie gehört und ich werde es googlen.

Ich fahre mein Notebook hoch und öffne den ADuLT Account. Voyeur hat meine Nachricht beantwortet und mir seine Emailadresse und seinen Festnetzanschluss geschickt. Geschrieben hat er Folgendes:

‚Liebe Aleksandra, vielen Dank für deine Telefonnummer. Mich kannst du jederzeit auf der beigefügten Festnetznummer erreichen. Wenn du einen schriftlichen Austausch bevorzugst, schreibe mir gerne eine Email. Fotos würde ich diskret behandeln. – An einem Treffen bin ich sehr interessiert! Liebe Grüße, dein Voyeur, Athanasios.'

‚Super!', denke ich, greife zum Smartphone und wähle seine Nummer.

Eine männliche Stimme meldet sich mit einer griechischen Begrüßungsformel, die ich nicht verstehe.

„Hallo Athanasios, hier ist Aleksandra von der ADuLT Plattform. Du hast mir gestern Abend eine Nachricht hinterlassen."

„Genau! Schön, dass du mich anrufst. Ich glaube, so herum ist das besser, als wenn ich dich anrufe und es passt gerade nicht, weil dein Mann in der Nähe ist. – Ich möchte dir keine Schwierigkeiten bereiten! – Nun, du weißt bereits über mich, dass ich es liebe, Frauen heimlich bei allen möglichen Tätigkeiten zuzuschauen. Hast du Interesse daran, dich von mir beobachten zu lassen? – Würde dich das ebenfalls anmachen und irgendwie befriedigen?"

„Es klingt definitiv verlockend. Willst du mir nur zusehen oder mich auch anfassen und ficken?"

„Für mich ist das Wichtigste, die langsame Steigerung der Lust beim Zusehen. – Ich bin nun mal ein leidenschaftlicher Spanner. Berührungen sind dagegen nicht wichtig für mich. Auch nicht der Sexualakt. Ich wichse ganz gerne. Am liebsten würde ich dich ansehen und mit meinem Penis spielen. In etwa so, wie ich es beim Schauen von Sexfilmen mache oder beim heimlichen Beobachten eines Pärchens beim Sex am Strand… Wenn du willst, benutze ein Sexspielzeug. – Ich stehe deiner Fantasie nicht im Wege."

„Ich habe wirklich Lust darauf und spüre jetzt schon, wie die Erotik knistert! – Wir müssen auch nicht alles bis ins kleinste Detail planen. Wo würdest du dich gerne mit mir treffen? In einem Hotel oder bei dir zuhause?"

„Ich würde es bevorzugen, wenn du in meine Wohnung kommen könntest. Ich mag keine Hotels."

„Solange du nicht mehr als eine Autostunde von Glyfada entfernt wohnst, ist das in Ordnung für mich."

„Ich wohne in der Innenstadt, auf der Chalkondyli. Das ist eine Querstraße der 28 Oktovriou, nahe des Omonoia Platzes."

„Das ist okay für mich. Jetzt stellt sich mir nur noch die Frage nach deiner Großzügigkeit. Du weißt, dass ich mir ein Geschenk vorstelle?"

„Das hast du deutlich angekündigt. Verstehe ich es richtig, dass du ein Geldgeschenk erwartest?"

„Genau."

„Ich sage mal, ich könnte dir 100 € geben. Wie wäre das?"

„Darling, ich bitte dich um 200 €. Bedenke alleine, was die Taxifahrten kosten. Du wirst mich top gepflegt in teuren Dessous und Schuhen sehen. Das alles hat seinen Preis und ich möchte, dass mir noch etwas anderes bleibt, als nur die Erinnerung an die Erotik… Ich bin eine Frau. Du weißt doch sicher, wie wir ticken."

„Ja, deshalb habe ich auch keine Freundin! Den weiblichen Ansprüchen kann ich mit meinem einfachen Studentenleben nicht gerecht werden. – Aber gut. Ich bin nicht Krösus, aber

150 € würde ich dir noch anbieten. Mehr geht bei mir wirklich nicht, Aleksandra."

„Ich verstehe. Also, komme ich dir ebenfalls entgegen und sage: Einverstanden!"

Selbstverständlich seufze ich innerlich, weil der Termin nicht das bringt, was ich mir erhofft hatte. Aber was soll ich machen? 150 € sind viel Geld. Und vielleicht bucht er mich ein weiteres Mal.

„Prima. Wie sieht es denn bei dir aus? Wann ist dein Mann wieder fort?"

„Diese Woche ist er fort. Ich hätte bis dann zum Wochenende Zeit. Samstag kommt er von seiner Dienstreise zurück. Wann er wieder wegfährt, kann ich nicht sagen."

„Dann treffen wir uns innerhalb der nächsten Tage. Wann hättest du Zeit?"

Mit einem Blick auf meinen Kalender entgegne ich:

„Ich habe bisher nur heute und morgen Abend etwas vor. Such dir einen Tag und eine Zeit aus."

„Moment... Ich schaue kurz in meinen Kalender. – Wie sieht es morgen Nachmittag aus? Ich würde dich gerne bei Tageslicht sehen."

„Okay. Sagen wir um 15 Uhr? Würde das passen?"

„Das ist prima. – Toll, ich bin schon ganz aufgeregt. Heute werde ich nicht wichsen. Ich hebe mir meinen Saft für morgen auf! – Willst du aufschreiben, wie ich heiße und wo ich wohne?"

„Könntest du mir bitte eine SMS schicken?"

„Das kann ich natürlich auch machen. Also bis morgen dann, Aleksandra! Falls du noch Fragen hast, kannst du mich jederzeit anrufen!"

„Danke! Ich bin schon sehr gespannt auf dich und unser erotisches Spiel, Athanasios."

Kurz nach unserem Telefonat erhalte ich eine SMS und trage seinen vollständigen Namen und die Adresse in mein Notizbuch ein und den Termin in meinen Kalender.

,Juhu! ', freue ich mich. Der ADuLT Account ist absolut klasse. Ich bekomme eine Menge Kundschaft über ihn!

In den folgenden Stunden ist meine Aufmerksamkeit ganz auf mein Smartphone gerichtet, vergeblich warte ich darauf, dass Dirk mich zurückruft.

14

Als mein Smartphone gegen 17 Uhr klingelt, ist mein Stammkunde Bob am Apparat.

„Hallo Bob, wie geht's dir?"

„Guten Tag Anika, danke, gut soweit. Ich bin froh, dass das Wochenende vorbei ist und ich der Familie entfliehen kann. – Wie sieht es aus? Sehen wir uns heute Abend um 19 Uhr im Priamos Hotel?"

Kurz überlege ich und antworte:

„Abgemacht! Das schaffe ich."

„Also, bis heute Abend?"

„Gerne, ich freue mich auf dich!", beende ich unser kurzes Telefonat. Die Termine mit Bob dauern gewöhnlich nicht länger als 45 Minuten und das Priamos Hotel liegt auf dem Weg nach Kifissia, wo Willy wohnt. Damit reihen sich die beiden Termine wunderbar aneinander und ich bin augenblicklich bester Dinge!

Kurz nach 18 Uhr fahre ich in die Innenstadt. Das Priamos ist ein Stundenhotel und hat Stellplätze in einer nahe gelegenen Tiefgarage gemietet, so dass ich kein Problem habe, mein Auto abzustellen. Um die verbleibende Zeit bis zu meiner Verabredung mit Bob zu verbringen, streife ich um den Wohnblock, der dieses Hotel umgibt. Bei einem kleinen Lebensmittelgeschäft, einem sogenannten Minimarket kehre ich ein und kaufe einen Schokoladenriegel. Als ich ihn verputze, beschwichtige ich mein schlechtes Gewissen damit, dass ich diese extra Portion Energie gerade dringend benötige.

Mein Smartphone piepst und eine SMS von Bob informiert mich darüber, dass er auf Zimmer Nummer 661 sei und schon mal unter die Dusche gehe. Das gibt mir Zeit, einen weiteren Schokoriegel zu kaufen und zu vertilgen.

Das Hotelzimmer ist angenehm temperiert und Bob begrüßt mich in schicker Boxershorts, nach „Sauvage" von Dior duftend und haucht mir Küsschen auf die Wangen. Er ist ein großer, schlanker Grieche um die fünfzig. Ein Geschäftsmann, der einige exquisite Boutiquen in Athen besitzt.

„Warst du schon in Urlaub?", frage ich ihn.

„Gott bewahre! – Ich mache erst Urlaub, wenn die Sommersaison vorüber ist. Dann fahre ich an einen kühlen Alpensee in Österreich. Die Berge, die frische Luft, das deftige Essen, die Männer in Trachten und Frauen in geschnürten Dirndln, aus denen der Busen oben herausquillt. Ha! – Das sind Dinge, dir mir gefallen! Vielleicht fange ich in diesem Jahr mit dem Besuch des Oktoberfestes in München an. Das habe ich mir schon lange vorgenommen, mal einen Ochsen auf dem Spieß zu sehen und dazu Bier aus einem Eimer zu trinken. – Wie sieht es bei dir aus? Machst du Urlaub während des Sommers?"

„Nein, ich arbeite durch. Eventuell fahre ich im Herbst für kurze Zeit nach Deutschland, aber auch das habe ich noch nicht geplant. – Bob, ich gehe ins Bad und mache mich fertig!"

„Warte, Anika. Ich habe dir noch nicht gesagt, dass du ein sehr verführerisches Kleidchen trägst. Setz dich doch bitte erst mal in den Sessel. Ich habe Lust dir unter den Rock zu sehen!"

Dagegen ist nichts einzuwenden. Also stelle ich meine Tasche auf einen Tisch und setze mich mit gespreizten Beinen in einen der roten Samtsessel, die diesen Erotik versprühenden Raum schmücken. Bob kniet sich vor mich auf den weichen Bodenbelag und schlägt den leichten Stoff meines schwarzen Sommerkleidchens zurück.

„Kann ich dir dein Höschen ausziehen?"

„Sicher!"

Ich hebe meinen Unterleib leicht an, Bob streift mir den schwarzen Spitzenstring ab, wirft ihn auf den anderen Sessel und vergräbt sein Gesicht zwischen meinen Schenkeln. Ausgiebiger Oralverkehr gehört immer zu unseren Treffen. Manchmal beenden wir den Sex mit einem Blowjob und er ejakuliert in meinem Mund. Natürlich trägt er dabei ein Kondom! Er hat mir erzählt, dass es bei ihm zuhause keinen Oralsex mehr gibt, seit die erste Tochter geboren wurde. ‚Meine Frau kann doch nicht mit dem gleichen Mund unsere Tochter küssen, mit dem sie meinen Schwanz gelutscht hat. ', war seine Erklärung.

Und aus dem gleichen Grund hat er den Cunnilingus bei seiner Frau eingestellt. Ich bin nicht weiter darauf eingegangen, bin mir jedoch sicher, dass er seine Kinder küsst, wenn er abends nach Hause kommt, – auch wenn er mich vorher geleckt hat!

Um zu verhindern, dass mein hübsches Kleidchen verknittert oder beschmutzt wird, bitte ich Bob, kurz inne zu halten, damit ich es ausziehen kann. Ich gebe ihm auch meinen BH und er legt beide Kleidungsstücke sorgfältig auf den anderen Sessel, kommt zurück und kniet sich wieder zwischen meine Beine. Vorsichtig öffnet er meine äußeren Schamlippen und beginnt mit der Zunge meine inneren Lippen zu liebkosen. Er macht das gut und ich bedaure seine Frau, die der Kinder wegen nicht mehr in diesen Genuss kommt. Nachdem er auch meine Klitoris frei gelegt hat, haucht er sie an. Sein warmer Atem soll mich stimulieren und so gebe ich Laute der sexuellen Verzückung von mir und ermuntere ihn, meinen Kitzler so lange zu saugen bis ich zum Höhepunkt komme. Dazu fordere ich Kunden nur ganz selten auf, weil ungeschicktes oder zu starkes Lutschen an meiner Klitoris Schmerzen verursachen

138

kann. Doch Bob dosiert sein Nuckeln gut und schon eine halbe Minute später kann ich ihm einen berauschenden Orgasmus vorspielen. Nach Luft schnappend sehe ich ihn glückselig an und sage:

„Das war großartig, Bob! So komme ich selten. – Setz du dich jetzt in den Sessel. Ich will dich ebenfalls verwöhnen!"

„Darauf bin ich schon ganz scharf!"

Er zieht sich seine Boxershorts aus und macht es sich im Sessel bequem. Ich nehme das Utensilientäschchen aus meiner Handtasche und lege es geöffnet neben mich auf den Fußboden. Dann knie ich mich zwischen seine gespreizten Beine und sein aufrecht stehender Schwanz wippt mir erwartungsvoll entgegen. Ich spucke auf seine Eichel und entlocke Bob einen ersten tiefen Seufzer, als ich meinen Speichel mit der Zungenspitze über sie verteile. Langsam gleitet meine Zunge an seinem Schaft entlang nach unten. Als sie bei seinen Hoden angekommen ist, nehme ich sie nacheinander in den Mund, lutsche sie, beiße sanft in sie hinein und fahre anschließend wieder mit meiner Zunge an seinem Ständer entlang nach oben. Abwechselnd nehme ich seinen ganzen Schwanz tief in den Mund, lasse ihn wieder langsam herausgleiten, necke ihn sanft mit der Zunge an der Kuppe und liebkose seinen vor Erregung dick geschwollenen Kolben nach allen Regeln der Kunst.

Mit geschlossenen Augen genießt Bob den Blowjob und gibt nur leise Seufzer der Entzückung von sich.

„Wenn wir heute aufs Bumsen verzichten, kann ich etwas mit dir machen, das dir mit Sicherheit sehr gut gefällt."

„Was denn?"

„Eine kleine Überraschung…"

„Gut. Ich vertraue dir!"

139

Ich nehme die kleine Dose Babycreme aus meinem Täschchen, öffne sie, schiebe ihre Abdeckfolie zurück und stecke die Kuppe meines Mittelfingers in sie hinein. Als ich sie herausziehe bleibt eine dicke Portion Creme an ihr kleben. Ich fordere Bob auf, seine Beine über die Armlehnen des Sessels zu legen und ein wenig weiter nach vorne zu rutschen.

„Das ist, als wenn ich auf einem gynäkologischen Stuhl sitze!", kommentiert er seine neue Pose skeptisch und ich antworte:

„Für das was kommt, ist diese Stellung bestens geeignet. Warte es ab!"

„Willst du mir etwa einen Finger in den Po stecken?"

„Nur, wenn du das möchtest."

„Nein, – Panajia-Mou! – Ich bin doch kein Pustis!"

Pustis bedeutet Schwuler und für einen Macho wie Bob, scheint die Vorstellung, es mit einem Mann zu treiben, unrühmlich.

„Ich weiß! Deshalb bekommst du auch nur eine Analmassage, Darling.", beruhige ich ihn.

Ohne weiteres Zögern, setze ich die dick in Creme eingetunkte Fingerspitze auf sein Poloch und beginne sie mit langsamen kreisenden Bewegungen zu verteilen. Bob zieht scharf Luft durch die Zähne ein und fragt überrascht:

„Was ist das?"

„Babycreme. Ich weiß, sie fühlt sich im ersten Moment kühl an. Und, – gefällt es dir?"

„Oh mein Gott, ja! – Das ist geil!", bestätigt er mit Begeisterung in der Stimme.

Ich antworte nicht mehr, sondern tunke meinen Finger ein zweites Mal in die Dose und verteile die Creme von seinem Anus aus langsam in Richtung Damm. Eine Damm- oder Prostatamassage ist auch ohne Öl, Creme oder Gleitmittel ein

Highlight für einen Mann. Aber mit diesen Hilfsmitteln ist sie nicht mehr zu toppen! So wie jetzt führe ich sie niemals beim ersten Date aus. Die Creme benutze ich ausschließlich bei Stammkunden. Für sie halte ich gerne etwas in petto!

Ich kaufe ausschließlich die Dosen mit maximal 30 ml Inhalt. Sie sind klein und reichen für genau ein sexuelles Vergnügen. Immer wieder tauche ich meinen Finger in die Creme und weite meine Massage langsam bis auf seinen Penis aus. Bob ist verzückt und seine Erregung steigt von Minute zu Minute.

,So verdient man Easy Money! ', denke ich und freue mich über die einfache und abwechslungsreiche Arbeit, mit der ich momentan mein Bankkonto fülle!

Damit keine Langeweile aufkommt, züngele ich zusätzlich immer wieder um seine Eichel, ganz vorsichtig lecke ich auch das Häutchen zwischen ihr und der Vorhaut und stecke mir seinen Schwanz immer wieder mal tief in den Mund.

Es liegt ganz in meiner Hand, Bob einen Orgasmus zu entlocken. Mir gefällt diese Art Kontrolle über einen Mann und ich wünschte, ich könnte sie bei jedem Kunden anwenden! Doch leider ist das nicht der Fall und manchmal komme ich sogar physisch an meine Grenzen. Wenn das der Fall ist, denke ich an Sportler, die ihr Geld ebenfalls mit dem Einsatz ihres Körpers verdienen und tröste mich damit, dass es bei mir nur ausnahmsweise mal vorkommt, dass ich auf Hochtouren ficken muss und an den Rand meiner körperlichen Leistungsfähigkeit gelange.

Um Bob zum Höhepunkt zu bringen, füge ich ein kleines Schauspiel in unseren Akt ein. Ich tupfe je einen Klacks Creme auf meine Brustwarzen, stöhne lustvoll und verteile sie langsam über ihre Höfe. Bob schaut meiner Selbststimulierung mit geweiteten Pupillen zu und nachdem ich die Creme gänzlich auf meine Brüste verteilt habe, nehme ich seinen Schwanz zwischen meine Titten und besorge ihm den Rest auf Spanisch.

„Fühlt sich das irre an!", kommentiert Bob mit leiser Stimme und ich weiß genau, wovon er spricht! – Ich selbst habe mich schon oft mit dem Inhalt einer Dose Creme selbst befriedigt und es ist ein exquisiter erotischer Genuss. Als Bob soweit ist und sein heißes Sperma über meine Brüste spritzt, freue ich mich, dass ich Bob etwas Besonderes bieten konnte und ihn rundherum glücklich gemacht habe!

Nachdem sein Gehirn wieder vollständig eingeschaltet ist, fragt er mich lachend:

„Wie kriege ich das Zeugs bloß ab?"

„Ganz einfach mit viel warmem Wasser und Seife. Mach dir keine Sorgen, deine Frau wird nichts bemerken.", beruhige ich ihn.

„Anika, kann ich heute zuerst ins Bad? Meine Freizeit ist momentan knapp."

„Selbstverständlich. Ich gehe nur schnell und wasche mir die Hände."

„Danke!"

Schon bin ich aufgestanden und auf dem Weg ins Badezimmer. Man braucht wirklich viel Seife und auf jeden Fall warmes Wasser, um die überschüssige Creme gründlich abzuwaschen. Als ich fertig bin, mache ich den Schnuppertest und meine Hände riechen nur noch nach Seife. Ich schlage mich in ein Badetuch ein und gehe zurück ins Zimmer.

Bob ist aufgestanden und hat mir 150 € auf den Nachttisch des Bettes gelegt.

„Dein Geschenk, Anika!", sagt er und geht ins Badezimmer, während ich meine Sachen vom Boden aufnehme. Bei alten Stammkunden habe ich meinen Preis nicht auf 170 € erhöht.

Kein Kunde würde die Erhöhung so einfach akzeptieren und Fragen nach dem Grund meiner Honorarerhöhung gehe ich lieber aus dem Wege, weil es der geschäftlichen Beziehung schaden könnte.

Ich setze mich aufs Bett und nehme das Smartphone aus meiner Tasche. Zwei Anrufe in Abwesenheit und eine SMS von Dirk sind eingegangen. Noch bevor ich lesen kann, was er schreibt, ruft Bob mich aus dem Badezimmer:

„Anika, kannst du mal bitte nachsehen, ob ich alles abgewaschen habe und nicht mehr nach Babycreme rieche?"

„Klar doch!"

Im Badezimmer untersuche ich Bobs Unterleib und Geschlechtsteile, doch es ist keine Spur der Creme mehr zu sehen oder zu riechen.

„Alles bestens!", verkünde ich und Bob überlässt mir die Duschkabine.

Ich bin noch nicht ganz fertig, als er seinen Kopf durch die Badezimmertüre steckt, mir zuwinkt und sagt:

„Bis demnächst! Vielen Dank für die Überraschung, Anika, mach's gut!"

Ich winke zurück und seife mich ein weiteres Mal ein, bevor ich mich abdusche. In ein frisches Handtuch gehüllt gehe ich zurück ins Zimmer und setze mich wieder aufs Bett.

Da ich noch mehr als eine Stunde Zeit bis zu meinem Termin mit Willy habe kann ich noch eine Weile in diesem gut temperierten Hotelzimmer verbringen. Neugierig öffne ich die SMS von Dirk. Darin steht:

‚Hallo Anika. Da du nicht ans Telefon gehst, nehme ich an, du arbeitest. Falls ich heute Abend nichts mehr von dir höre, stehe ich morgen früh um 9 Uhr mit frischen Croissants vor deiner Haustüre und hoffe einen Kaffee zu bekommen. Bussi, Dirk.'

Was mache ich? – Ich grinse so, dass mir das Gesicht fast weh tut.

,Mein Gott, was ist los mit mir?'

Als meine Gesichtsmuskeln sich wieder einigermaßen entspannen, bleibt ein dämliches Lächeln zurück, das ich nicht weiter zu deuten wage. Stattdessen sage ich mir, dass der Abend noch lang ist und ich nach meinem Termin mit Willy noch Zeit genug habe, mit Vernunft auf diese SMS zu reagieren.

15

Noch vom Hotelzimmer aus rufe ich Willy an. Er bestätigt mir, dass er zuhause ist und mich erwartet. Vom Priamos Hotel aus fahre ich 20 Minuten bis zu seiner Adresse in Kifissia und parke meinen Wagen vor einer Villa, die von einer wunderschön gepflegten Heckenpflanze eingezäunt ist. Ich überprüfe die Anschrift, bevor ich an das hölzerne Gartentor trete und läute. Kurz nachdem ich den Klingelknopf aus Messing betätigt habe, springt das Tor auf und ich gehe über einen aus Natursteinen gepflasterten Weg zur Eingangstüre, die ich über drei im Halbkreis geschwungene Treppenstufen erreiche.

Gerade, als ich nach einer weiteren Möglichkeit suche mich bemerkbar zu machen, öffnet mir ein Hüne von Mann, gekleidet in eine Militäruniform und bittet mich herein.

„Willkommen Aleksandra!"

„Guten Abend, Willy! Ich freue mich, dich zu treffen, bin allerdings ein wenig aufgeregt."

„Das verstehe ich. Mir geht es ähnlich. Zur Beruhigung habe ich schon einen Drink gekippt. – Darf ich dir auch einen mixen?", entgegnet er höflich in seinem amerikanischen Dialekt und gibt mir die Hand. Noch bevor ich darauf antworten kann, sagt er:

„Komm mit!", dreht sich herum und geht die breite Diele entlang vor mir her. Durch eine offenstehende Türe betreten wir eine große, modern eingerichtete Küche. Noch weiß ich nicht, wohin ich zuerst schauen soll.

Willy, mit sonnengebräunter Haut, grauem kurz geschnittenen Haar und gut getrimmtem Schnurrbart ist, in seiner Uniform und mit dem Barett auf dem Kopf, ein absoluter Hingucker! Dass er seine Militäruniform trägt, hatte er mir angekündigt, weil sie Bestandteil unseres Spiels sein wird, doch so imposant habe ich ihn mir nicht vorgestellt. – Nach den Abzeichen auf seinen Schultern und den vielen Auszeichnungen auf der linken Brustseite seines Jacketts zu urteilen, war er ein hohes Tier beim Militär.

Die modern eingerichtete Küche hat eine Insel in der Mitte, Barhocker mit und ohne Rückenlehnen stehen drum herum und Willy lädt mich ein, Platz zu nehmen.

„Als erstes muss ich dir sagen, dass du eine sehr attraktive Frau bist!"

„Danke, Willy, dein Kompliment freut mich!"

„Was möchtest du trinken? Ich kann dir so ziemlich alles mixen. Ich bin ein leidenschaftlicher Hobby-Barkeeper.", lächelt er mich an.

„Willy, ich bin mit dem Auto gekommen, deshalb darf ich nichts Hochprozentiges trinken. – Einen Prosecco oder Sekt würde ich allerdings gerne nehmen."

„Darf es auch Champagner sein?"

„Es darf auch Champagner sein!"

„Gut. Ich selbst mixe mir einen weiteren Old Fashioned."

„Die Uniform steht dir sehr gut.", versuche ich etwas Nettes zu sagen und füge hinzu:

„Ich bin sehr gespannt auf unser Spiel! – Wobei ‚gespannt' der falsche Ausdruck ist. – Ich bin geradezu erregt!"

„Ich ebenfalls. Weißt du, während meiner Dienstzeit habe ich mir oft vorgestellt, dass ein Soldat mit niedrigem Dienstgrad mich hasst und mich bei Gelegenheit demütigt und sich rächt für das, was ich ihm tagtäglich antue. – Dieser Gedanke hat mich irgendwann angetörnt und ich habe schon unzählige Male darauf gewichst. – Entschuldige, aber ich kann doch offen zu dir sprechen, oder?"

„Selbstverständlich. Aber was ist ein niedriger Dienstgrad in der US Army? Ich kenne mich damit nicht aus."

„Der niedrigste Dienstgrad ist ein Privat."

„Ach ja, davon habe ich in amerikanischen Spielfilmen schon mal gehört! –

Sag mal: Soll ich schon mal ins Bad gehen und mein Lederkostüm anziehen?"

„Wenn es dir nichts ausmacht, hätte ich einen anderen Kleidervorschlag. – Lass uns erst anstoßen, danach zeige ich dir, was mir vorschwebt!"

Während Willy sich um unsere Drinks kümmert, bewundere ich die Küche. Ich würde Willy gerne fragen, ob die Villa ihm gehört und ob noch andere Leute darin wohnen… Auch würde ich ihn gerne nach seinem Dienstgrad fragen und in welchen Gebieten er während seiner Dienstzeit eingesetzt war. Als gebildeter Mensch müsste ich das alles an seinem Lametta ablesen können. Doch das kann ich nicht und will mein Nichtwissen auch nicht zur Schau stellen.

‚Bleib einfach cool, Ilona!‘, sage ich mir. *‚Es geht hier um Sex und Geld und um nichts anderes!‘*

Nachdem ich die Küche voller Bewunderung in mich aufgesaugt habe, schaue ich Willy beim Mixen seines Drinks zu und als er fertig ist, reicht er mir eine Schale Champagner und wir prosten uns zu. Ich kann meine Neugierde nicht unterdrücken und frage:

„Wohnst du alleine in dieser Villa?"

„Nein. Meine Schwester und ihr Mann bewohnen die beiden oberen Etagen. Ihnen ist es während des Sommers jedoch zu heiß in Griechenland und sie bevorzugen es, ihn in ihrer Londoner Wohnung zu verbringen."

„Gehört die Villa dir?"

„Ja, ich habe sie vor 20 Jahren gekauft und dadurch, dass meine Schwester und mein Schwager gleich zu Beginn hier eingezogen sind und Miete an mich gezahlt haben, konnte ich sie gut finanzieren. – Ich liebe dieses alte Haus! Wenn du magst, führe ich dich nachher herum. Nach hinten heraus gibt es einen herrlich großen Garten mit Terrasse und einem Swimmingpool."

„Wenn es dir nichts ausmacht, würde ich mir das gerne ansehen!", erwidere ich freudig, weil meine Neugierde befriedigt wurde.

„Es wird mir eine Freude sein!"

„Doch nun zu uns, Willy. Ich bin recht neugierig, zu erfahren, was ich anziehen soll."

„Dein Lederkostüm hätte mir mit Sicherheit sehr gut gefallen, aber komm mit und schau dir an, was ich mir heute Nachmittag ausgedacht habe!"

„Ja gerne!"

Willy geht wieder vor mir her und ich folge ihm. Von der Garderobe nimmt er einen Kleiderbügel, auf dem ein olivgrünes Feldhemd der US Armee hängt. Das erkenne ich, weil U.S. ARMY auf einem Aufnäher über der großen, linken Brusttasche steht! – Über der rechten Brusttasche steht Willys Nachname und auf dem rechten Oberarm prangt die amerikanische Flagge.

„Würdest du das zu deinen langen Lederstiefeln tragen?"

„Sehr gerne trage ich das! – Mit oder ohne Unterwäsche?"

„Mach das, wie es dir gefällt."

„Okay!"

„Ich habe mir außerdem erlaubt, im Sexshop ein paar Überraschungen für dich zu kaufen, damit du auch auf deine Kosten kommst."

„Wie aufmerksam von dir! – Ich liebe Gadgets beim Sex!"

148

„Schön! – Komm, ich zeige dir, wo das Badezimmer ist. Darin kannst du dich später umziehen."

Wieder folge ich Willy und staune, als er mir die Türe zum Bad öffnet. Weil die Villa ein altes Gebäude ist, umgeben von uralten Bäumen, habe ich mit einer dementsprechend veralteten Einrichtung gerechnet… Aber da habe ich mich geirrt! Das Badezimmer ist ebenfalls modern und mit allem Schnickschnack an neuen Techniken ausgestattet.

„Wow!", entfährt es mir.

„Gefällt es dir?"

„Sehr!"

„Ich habe es erst vor 2 Jahren renovieren lassen. Mir macht es Spaß, mein Haus zu verschönern. Wenn ich nicht Berufssoldat geworden wäre, hätte ich Innenarchitektur studiert. Zum Glück habe ich heute das Geld, mich zum Vergnügen mit dem Einrichten von Innenräumen zu beschäftigen."

Willy hängt den Kleiderbügel mit dem Hemd an eine Stange und fährt fort:

„Gehen wir zurück in die Küche?! Ich möchte dir die Präsente aus dem Sexshop geben und meinen Old Fashioned weiter trinken. Dein Champagner sollte auch nicht warm werden."

Als ich in der Küche die Papiertüte aus dem Sexshop öffne, bin ich überrascht! Ich entdecke lilafarbene Liebeskugeln mit einer weichen Silikonoberfläche und einen pink farbenen Rabbitvibrator mit 2 unabhängig bedienbaren Motoren und 7 Vibrationsprogrammen, der ebenfalls mit einem hautfreundlichem Silikonüberzug versehen ist. Das Teil hat eine Tastensperre, was ideal fürs Verreisen sein soll. – Doch damit nicht genug: Willy hat verstellbare Nippelklemmen, die mit einem goldenen Kettchen verbunden sind gekauft und eine Klitoris-Spange, die zur Zierde mit einem verspielten Kettchen aus

Strasssteinen versehen ist. Alles zusammen hat mindestens einen Wert von 200 € und ich bekomme die Sachen geschenkt!

Nachdem ich alles ausgepackt und angesehen habe, schiebt Willy einen Briefumschlag über den Tisch und sagt:

„Hier ist dein Geschenk. Ich habe die Summe aufgerundet, damit auch deine Fahrtkosten beglichen sind."

Ich blicke kurz rein und sehe 300 €. Wunderbar! – Großzügige Kunden sind mir einfach die Liebsten. Meine Freude ist groß!

Nachdem wir einzelne Punkte, die in unserem Rollenspiel enthalten sein sollen, ein letztes Mal besprochen haben, begebe ich mich ins Bad, mache mich frisch und ziehe mich um. Danach betrachte ich mich von allen Seiten im Spiegel und fühle mich außergewöhnlich sexy in den hohen, ledernen Stiefeln und dem geöffneten, viel zu großen, dunkelgrünen Feldhemd, unter dem ich nichts weiter trage als die Nippelklemmen und die Klitoris-Spange. Letztere übt eine enorm stimulierende Wirkung auf mich aus und ich überlege, mich auf die Schnelle selbst zu befriedigen. Doch bevor ich das tue, nehme ich mein Smartphone, mache einige Selfies und fotografiere mich im Spiegel.

Anschließend braucht es nur noch zwei angefeuchtete Fingerspitzen. Mit einer fahre ich über eine teuflisch erregte Brustwarze und mit der anderen reize ich meinen ohnehin vor Geilheit aufgepeitschten Kitzler, bis ich implodiere. – Während mir die Sinne schwinden, lehne ich mich an die kühlen Kacheln der Badezimmerwand und gebe mich hemmungslos den wilden Zuckungen meines Höhepunktes hin.

,Uff, war das geil!', denke ich, als ich wieder vollständig bei mir bin. Ich atme einige Male tief ein und aus, trete vor den Spiegel und erwarte, dass mir mein Orgasmus noch ins Gesicht geschrieben steht. Das tut er! Ich lasse kaltes Wasser über meine Hände laufen und benetzte damit sparsam mein Gesicht, um mir eine kleine Abkühlung zu gönnen. Und als ich erneut in Spiegel sehe, fällt mir etwas ganz anderes auf: Diesem Outfit fehlt etwas Entscheidens. Eine Kopfbedeckung!

In einen Hauch frischen Parfüms gehüllt, verlasse ich das Badezimmer. Vor der Küchentüre halte ich inne, stehe gedanklich innerlich stramm, konzentriere und sammele mich. Als ich das Gefühl habe, ich bin bereit für das neue Rollenspiel, öffne ich die Türe und bleibe im Rahmen stehen.

Willy entfährt ein „Wow!", gefolgt von einem: „Du siehst ungemein scharf aus Aleksandra! – Ich wusste, dir würde dieses Hemd gut stehen. Und mit den Nippelklemmen und dem glitzernden Klitorisschmuck törnst du mich ungeheuer an! Wenn wir es nicht anders besprochen hätten, würde ich mich sofort auf dich stürzen!"

Ich kommentiere sein Kompliment nicht, sondern fordere Willy, den ich von nun an Privat nenne, auf, mir sein Barett auszuhändigen.

„Ich bin kein Privat. – Ich bin Major!", entgegnet er, mich etwas verwirrt ansehend.

„Mir ist egal, was Sie denken, wer Sie sind, Privat!", gebe ich mit aller Selbstsicherheit und Strenge zurück, die ich aufbringen kann.

Zögerlich nimmt Willy sein Barett vom Kopf und entpuppt sich darunter als barhäuptig Seine Haarpracht beschränkt sich auf einen grauen Kranz von Ohr zu Ohr und ich frage:

„Haben Sie Probleme damit, Privat?"

„Nein, Madam.", sagt er und reicht mir sein Barett.

Ich setze es auf und hoffe, es sitzt korrekt auf meiner blonden Löwenmähne.

„Stehen Sie stramm, Privat. Was denken Sie sich dabei, in meiner Gegenwart zu sitzen?

„Entschuldigung, Madam. Selbstverständlich, Madam!",
gibt Willy in einem militärisch emotionslosen Ton zurück,
springt von seinem Hocker auf, schlägt die Hacken zusammen
und salutiert vor mir. Noch bin ich nicht ganz in der Rolle des
kommandierenden Majors angekommen und ich muss mich
wahnsinnig konzentrieren. Dass ich mich zum Major erhebe
und Willy zum Privat degradiere, hatten wir nicht abgesprochen. Doch Überraschungen machen ein Rollenspiel gewöhnlich lebendiger und in diesem Fall geben sie mir die Freiheit
nach meinem Gutdünken zu agieren.

„Wissen Sie, was Sie sind, Privat?"

„Ja, Madam. Ich bin ein Privat. Ich bin ein Soldat der US
Army, Madam!"

„Nein, Sie sind nicht mehr als ein Furz, Privat. Und das
werden Sie bald verstehen. Glauben Sie es mir!"

„Jawohl, Madam!"

„Ziehen Sie Ihre Hose aus, Privat!"

„Jawohl, Madam!"

Willy zieht sich zuerst die Schuhe aus und streift dann seine
Uniformhose ab.

„Werfen Sie die Hose da drüben hin, Privat!", befehle ich
ihm und zeige mit ausgestrecktem Arm auf einen willkürlich
ausgesuchten Platz auf dem gefliesten Küchenboden.

„Sehr wohl, Madam!", bestätigt Willy, sich in den Gehor-
sam eines Privat fügend. Durch die Akzeptanz seiner neuen
Rolle fühle ich mich in meiner ebenfalls bestärkt und das gibt
mir einen Schub Sicherheit.

Ich nehme ein paar schwarze Latexhandschuhe von dem roten Seidentuch, auf dem ich meine mitgebrachten Gerätschaf-
ten, die Liebeskugeln und den neuen Vibrator, griffbereit aus-
gebreitet habe.

„Ziehen Sie auch Ihre schreckliche Unterhose aus, Privat. Bei ihrem Anblick wird mir übel. Ich hoffe für Sie, Sie erfreuen mich mit dem, was in der Hose steckt!"

„Jawohl, Madam! Ich werde mein Bestes geben, Madam!", antwortet Willy wie aus der Pistole geschossen und streift sich die ganz normale, weiße Boxershorts ab. Natürlich gibt es an ihr nichts auszusetzen, aber ich versuche, ihn zu erniedrigen oder beleidigen wo es geht.

„Werfen Sie diesen ekelhaften Lappen zu Ihrer Anzughose, Privat!"

„Selbstverständlich, Madam!"

„Drehen Sie sich um und bücken Sie sich, Privat!"

„Jawohl, Madam."

Man merkt ihm an, dass er lange beim Militär war und gedient hat. Seine Antworten kommen postwendend und er vergisst kein einziges Mal, mich Madam zu nennen. Willy hat sich nach vorne gebeugt und stützt sich mit den Händen auf einem der hohen Hocker ab. Ich ziehe die Latexhandschuhe an, schiebe sein Hemd und die Uniformjacke hoch und sehe mir seinen Hintern an. Der passt zu seiner Statur. Er ist groß und drall. Ich feuchte meinen rechten Mittelfinger an und schiebe ihn, auf der Suche nach der Öffnung seines Anus, zwischen seine Pobacken.

„Lassen Sie locker, Privat, sonst helfe ich nach. Und ich verspreche Ihnen, das wird schmerzhaft für Sie!"

„Jawohl, Madam. Ich tue mein Bestes, Madam!"

Falls er wirklich versucht sich zu entspannen, gelingt ihm das nicht. Seine Muskeln bleiben steinhart. Bevor ich mich weiter erfolglos abmühe, meinen Finger in sein Poloch zu stecken, nehme ich mein schwarzes, ledernes Spanking Paddel und gebe ihm einen Klaps auf den Oberschenkel. Willy zuckt zusammen. Er bekommt einen weiteren harmlosen Schlag auf sein Gesäß und danach lasse ich das Paddel voller Wucht auf beide Pobacken gleichzeitig knallen.

„Au!", schreit er überrascht auf, dreht seinen Kopf und sieht mich über die Schulter hinweg an.

„Ich habe es versprochen! – Wenn Sie nicht locker lassen, werde ich Sie weich klopfen, Privat!"

„Madam, Entschuldigung, Madam! – Bitte um Erlaubnis meine Beine zu spreizen, damit ich meine Muskeln besser entspannen kann!"

„Erlaubnis erteilt, Privat!"

Willy spreizt die Beine und wahrhaftig lockert sich sein Fleisch. Ich feuchte meinen Mittelfinger erneut an und schiebe ihn langsam in sein Poloch. Willy stöhnt auf. Ich kann nicht sagen, ob vor Lust oder Schmerz. Mit langsamen Bewegungen lasse ich meinen Finger in seinem Po kreisen, bevor ich ihn wieder langsam herausziehe.

„Drehen Sie sich um und knien Sie sich vor mich auf den Boden, Privat!", befehle ich ihm.

Willy bestätigt den Befehl verbal und folgt meiner Anweisung. Seine Augen hält er auf den Boden geheftet. Das gehört sicherlich zur militärischen Ausbildung, einem Vorgesetzten nicht direkt in die Augen zu sehen, denke ich bei mir.

„Sehen Sie mich an, Privat!", ordne ich als nächstes an.

Wieder bestätigt Willy und sieht zu mir auf. Ich halte ihm meinen Mittelfinger unter die Nase und frage:

„Riechen Sie das, Privat?"

„Jawohl, Madam."

„Wissen Sie was das ist?"

„Ja, Madam. Das ist ein stinkender Finger in einem Latexhandschuh, Madam!"

„Nein, Privat, – das ist Ihr körpereigener Geruch. Das sind Sie, Privat! – Ein stinkendes Stück Kot. Mehr sind Sie nicht!"

„Jawohl, Madam!"

„Sind Sie zufrieden damit, ein stinkendes Stück Kot zu sein, Privat?"

„Nein, Madam. Das befriedigt mich nicht."

„Gut, dann versuchen Sie mir zu beweisen, dass Sie ein ehrbares Mitglied der US Army werden wollen, Privat. – Stehen Sie auf!"

Willy bestätigt und stellt sich, Augen geradeaus, vor mich hin. Trotz meiner 10 cm hohen Absätze überragt er mich um einen Kopf.

„Nehmen Sie Ihre Schuhe und stellen Sie sie auf die Anrichte."

„Madam, wenn ich das bemerken darf, Schuhe auf einen Tisch zu stellen, bedeutet, Unglück naht."

„So wird es sein. Unglück für Sie, Privat, nicht für mich, wenn Sie nicht genau das tun, was ich Ihnen sage!"

„Sehr wohl, Madam. – Wie Madam wünschen.", entgegnet er, nimmt seine polierten Lederschuhe von Boden auf und stellt sie auf die Tischplatte der Insel. Bei Willy scheinen Mechanismen zu greifen, die er sich viele Jahre seines Lebens zu Eigen gemacht hat.

„Stellen Sie einen Hocker zwischen uns und legen Sie Ihren Schwanz auf die Sitzfläche."

„Wie Sie wünschen, Madam!"

Was jetzt kommt, war abgesprochen.

„Geben Sie mir Ihren linken Schuh, Private!"

„Sehr wohl, Madam. Bitte sehr, Madam!"

„Stehen Sie stramm, Private und singen Sie voller Inbrunst, was ich Ihnen vorspreche!", befehle ich, nachdem ich seinen Schuh entgegen genommen habe.

Willy schlägt die Hacken zusammen und lässt seine Arme wie ein Klappmesser gegen seine Körperseiten schnappen. Seinen Blick richtet er emotionslos und konzentriert ins Leere.

Ich lege das Blatt Papier mit dem Text eines Marschliedes, das Willy mir vor Spielbeginn gegeben hat, so neben mich auf die Tischplatte, dass ich den Text gut ablesen kann.

Dann beginne ich mit der ersten Zeile des Liedes und spreche:

„Mama und Papa liegen im Bett."

Wie US Army Soldaten das im Chor beim Marschieren machen, wiederholt Willy den Satz in lautem Sprechgesang. Ich fahre mit der zweiten Zeile fort und gebe vor:

„Mama sagt: – ,Papa, sei doch so nett! ' "

Als Willy den Satz wiederholt hat, schlage ich ihm wegen fehlendem Enthusiasmus in der Stimme mit der Schuhsohle auf den Penis. Er schreit auf!

„Ich will hören, dass Sie so laut singen, wie Sie vor Schmerz brüllen können, Privat! – Haben Sie das verstanden?"

„Jawohl, Madam, ich habe verstanden, Madam!", winselt er, sich immer noch vor Schmerzen windend. Er hat mir versichert, dass ich fest zuschlagen kann und das tue ich. Selbstverständlich haben wir auch ein Zeichen zum Abbruch vereinbart, für den Fall, dass die Schmerzen für ihn unerträglich werden sollten.

Weiter geht's im Text und ich gebe vor:

„Besorg es mir durch die Hintertür."

„Besorg es mir durch die Hintertür!" wiederholt Willy laut gellend.

„Was kann der arme Jung dafür?", gebe ich die nächste Zeile vor und er antwortet mit dem gleichen Satz.

So geht es eine Weile weiter. Ich gebe die Liederzeile vor, er singt sie nach und ich schlage zu, wenn ich der Meinung bin, die Leidenschaft in seiner Stimme hat nachgelassen. Sein Penis ist stark gerötet. Doch jedes Mal wenn Willy vor Schmerz zusammengezuckt ist, legt er ihn anschließend wieder auf den Hocker. Mir ist unbegreiflich, wie man während solch eines Aktes sexuelle Erregung empfinden kann, aber ich gebe mir auch keine Mühe das zu verstehen. Ich mache einfach meinen Job und freue mich, wenn mir jemand bestätigt, dass ich ihn gut mache.

Als Willy schließlich das vereinbarte Zeichen zur Unterbrechung nutzt und seine Hand in die Höhe streckt, lege ich den Schuh beiseite und stütze mich mit den Pobacken auf einen Hocker hinter mir. Willy schnauft erschöpft. Auch sein Kopf ist rot angelaufen und mich wundert es nicht, dass er eine Pause einfordert.

„Ich denke, das war's mit diesem Part, Aleksandra. Ich halte nicht noch mehr Schläge aus. – Aber es war fantastisch! Ich bin wahrhaftig an meine Grenzen gekommen. Selbst kann ich mir solche Schmerzen nicht zufügen. – Vielen Dank!"

„Du hast tatsächlich einiges weggesteckt! Ich habe damit gerechnet, dass du viel früher deine Hand hebst."

„Ich war in der Army, Aleksandra. Du hast keine Ahnung, was das bedeutet. – Aber jetzt etwas anderes: Ich brauche noch einen Drink und du magst sicher noch einen Champagner, stimmt's!"

„Sehr gerne!", gebe ich zurück.

Die Klitoris-Spange zwickt und während Willy seinen Old Fashioned mixt, nehme ich sie ab und lege sie erleichtert zu den anderen Sexspielzeugen. Mit meiner nackten Muschi möchte ich mich nicht auf die Sitzfläche des Hockers setzen, deshalb ziehe ich das lange Feldhemd hinten noch ein Stückchen weiter runter und nehme es als Unterlage. Der Champagner ist köstlich. Ich kann ihn ohne schlechtes Gewissen trinken, weil ich ihn, genauso wie Sekt oder Prosecco sehr gut vertrage und auch nach einer halben Flasche noch sicher Auto fahren kann.

„Wie fühlen sich deine Nippelklemmen an?"

„Sie stimulieren mich und ich hätte nichts dagegen, nach unserem Drink mit den Liebeskugeln und dem Vibrator von dir verwöhnt zu werden. Hast du Lust dazu, Privat, es mir nachher zu besorgen?"

„Selbstverständlich! – Das Barett steht dir übrigens sehr gut. Trägst du oft Hüte?"

„Notgedrungen im Sommer, wenn ich zu Fuß unter der Sonne unterwegs bin. Ansonsten eher weniger."

„Ich trage gerne Kopfbedeckungen, weil man dann nicht sieht, dass ich eine haarlose Platte habe.", lacht Willy.

„Die steht dir aber gut! Sie ist gebräunt und wird von deinem grauen Haarkranz positiv hervorgehoben."

„Aleksandra, du bist eine charmante Schmeichlerin.", erwidert er schmunzelnd, reicht mir die Champagnerschale und wir prosten uns zu.

Nach ein wenig Smalltalk kehre ich zu unserem Spiel zurück und schlüpfe wieder in die Rolle seiner Vorgesetzten. Ich nehme die lilafarbenen Liebeskugeln in die Hand und sage:

„Privat, ziehen Sie Ihre Kleider aus und werfen Sie sie rüber zu den anderen Klamotten."

„Sehr wohl, Madam!", gibt Willy mit einem amüsierten Grinsen zurück.

„Finden Sie das witzig, Privat?"

„Nein, entschuldigen Sie, Madam!"

„Ich hätte kein Problem damit, Ihre Albernheit aus Ihnen heraus zu prügeln, Privat. – Seien Sie sich dessen besser bewusst, bevor es zu spät ist!"

„Sehr wohl, Madam, ich habe Sie verstanden und bin von jetzt an ganz konzentriert, Madam!"

„Dann hören Sie auf zu schwatzen und tun Sie was ich Ihnen auftrage."

Knapp bestätigt Willy und scheint wieder ganz bei unserer Sache zu sein. Ich stütze mich an der kurzen Rückenlehne des Barhockers ab und hake mich breitbeinig mit den Absätzen meiner Stiefel in die oberste Fußstütze des Hockers ein. Meine Muschi ist in dieser Stellung einen Spalt geöffnet und präsentiert sich Willy. Dann nehme ich die lilafarbenen, dicken Liebeskugeln und denke:

,Wenn ich sie nur ansehe und in der Hand halte, könnte ich schon wieder geil werden… − Wie schön, dass Willy mich so reichlich beschenkt hat!'

„Schieben Sie die beiden Kugeln nacheinander in meine Möse, Privat."

„Jawohl, Madam!", entgegnet er militärisch schnell, nimmt sie in seine gepflegten, großen Hände und ich denke:

,Wenn seine Finger so geschickt sind, wie sie aussehen, könnte das Kommende ein Vergnügen werden.'

Und genauso ist es. Willy öffnet meine feuchte Vagina, setzt die erste Kugel an und schiebt sie vorsichtig in mich rein. − Als sie in meiner Pussy steckt, sitzt die zweite Kugel direkt vor ihrer Öffnung und berührt meinen Kitzler. Mir schießen die wildesten Sachen durch den Kopf, die ich mit meinen neuen Spielzeugen anstellen könnte, reiße mich jedoch zusammen, unterdrücke jegliche aufkommende Erregung und konzentriere mich auf meine Arbeit!

„Soll ich die nächste Kugel hinterher schieben, Madam?"

„Haben Sie eine andere Idee, Privat?"

„Nein. Entschuldigung, Madam!"

Willy steht nackt vor mir und sieht konzentriert auf meinen Vaginal-Bereich. Sein Schwanz scheint von meinen Schlägen keinen Schaden genommen zu haben, – er steht wie eine Eins!

Langsam schiebt Willy die zweite Liebeskugel in mich hinein und ein Gefühl der Völle macht sich in meiner Muschi breit. Ich besitze viele Sexspielzeige. Es sind auch Liebeskugeln dabei, aber sie sind kleiner als diese und ich spüre jetzt, dass die Größe bei der Stimulation eine Rolle spielt.

„Knien Sie sich auf den Boden, Privat, und lecken Sie mich bis ich zum Höhepunkt komme. – Und ich warne Sie! Länger als 2 Minuten sollte das nicht dauern!"

„Selbstverständlich Madam, ich werde mein Bestes geben!"

Aus meiner Muschi hängt das Bändsel, an dem die Liebeskugeln befestigt sind und mit dem ich sie wieder herausziehen kann. Doch das stört Willy beim Lecken nicht. Sein Schnauzbart kitzelt mich, als er mit seiner Zunge über meine Schamlippen fährt. Während der nächsten 2 Minuten muss ich mir darüber klar werden, wie ich unser Spiel fortsetze. Es stehen noch 3 Punkte auf unserer Liste: Mein Orgasmus, sein Orgasmus und dass ich ihn anpinkele. Mein Orgasmus steht bevor. Willy macht sich wild über meine Muschi her. In der Stellung, die ich gerade einnehme, kommt er mit seiner Zunge auch an meine Rosette und er leckt jeden Millimeter zwischen meinen Beinen und Pobacken voller Leidenschaft. Ich stöhne und gebe das Nachdenken auf, weil ich meinen Pseudohöhepunkt auch verbal vorbereiten muss.

„Privat, Sie machen Ihre Sache gut. – Ausnahmsweise muss ich Sie loben. Wenn Sie mich genauso gut ficken, möchte ich in Zukunft nicht auf Sie in meiner Kompanie verzichten!"

„Ich kann Sie so ficken, dass Ihnen die Sinne vergehen, Madam. Darauf können Sie wetten."

„Seien Sie nicht so ein Großmaul, sondern beweisen Sie es mir, Privat! – Sprücheklopfer kann ich nicht ausstehen und wenn Sie mich enttäuschen, wird das in Zukunft große Nachteile für Sie haben!"

Wieso sollte Willys Höhepunkt nicht beim Ficken erfolgen?! Das ist überhaupt eine gute Idee, finde ich und Willy, dem der Gedanke gefällt, seinen Major in mich hineinzuschieben, bestätigt:

„Es wäre mir eine große Ehre Sie zu ficken, Madam! – Bitte um Erlaubnis, mir ein Kondom anzuziehen!"

„Erlaubnis erteilt, Privat!", gebe ich zurück und reiche ihm einen Pariser, den ich ebenfalls schon zurechtgelegt hatte.

„Vielen Dank, Madam!", gibt er zurück und erhebt sich. Ich ziehe vorsichtig die Liebeskugeln aus meiner Muschi und lege sie auf das Tuch zu den anderen Spielsachen. Willy tritt nah an mich heran und fragt:

„Madam, bitte um Erlaubnis, Sie während des Aktes anfassen zu dürfen!"

„Erlaubnis erteilt, Privat und jetzt legen Sie endlich los! – Die 2 Minuten sind lange vorbei und ich will wissen, ob Sie nur ein Angeber sind, oder ob Sie wirklich etwas auf dem Röllchen haben!"

„Sehr wohl, Madam!", bestätigt Willy ein letztes Mal, tritt nah an mich heran, schiebt seinen Major in meine von den Liebeskugeln geweitete Pussy, packt mit seinen großen Händen meine Hüfte und beginnt zu stoßen. Sein Schwanz passt ebenfalls zu seiner Statur. Er ist groß und prall.

Viele Männer würden Willy um ihn beneiden. Da bin ich mir sicher. Es gibt so viele Männer, die nach außen selbstbewusst auftreten und mich im Bett fragen, ob ihr Penis groß, durchschnittlich oder vielleicht sogar klein ist. Sie meinen, ich könnte das mit all meiner Erfahrung beurteilen. Leider muss ich dann schon mal lügen. Der Durchschnitt hat nämlich keine wirklichen Prachtkerle.

Willys harte Stöße nehmen an Tempo zu und ich begebe mich wieder in die Rolle einer nach Abenteuern lechzenden Ehefrau und stöhne:

„Privat, ich habe Ihnen Unrecht getan, Ihr Geschoss ist eine Granate und ich bin kurz vor einer Explosion!"

Keine Minute später, haue ich einen gespielten Höhepunkt heraus, der sich hören lassen kann! – Willy lässt nicht lange auf sich warten und noch während ich stöhnend nach Luft japse, brüllt er laut los und zuckt im Rhythmus seiner Orgasmuswellen.

„Ziel erreicht und Auftrag ausgeführt. ', denke ich befriedigt, klopfe mir gedanklich auf die Schultern und schenke Willy ein Lächeln.

„Glückwunsch Privat, beim nächsten Einsatz sind Sie wieder dabei!"

Willy grinst schnaufend, zieht seinen zusammengefallenen Major aus meiner Pussy, rollt das Kondom ab, wirft es auf den Boden und sagt:

„Madam, es war mir eine Ehre Sie zu befriedigen. Ich stehe immer wieder gerne zu Ihrer Verfügung!"

Jetzt lachen wir beide und Willy fährt fort:

Wenn es dir nichts ausmacht, Aleksandra, verschieben wir die Golden Shower auf ein andermal."

„Sicher Willy, es war dein Wunsch und ich hätte ihn dir gerne erfüllt, – aber ich verschiebe diese Partie auch gerne auf ein anderes Mal... – Ich bin froh, dich über ADuLT kennengelernt zu haben. Du bist eine angenehme Überraschung und eine tolle Abwechslung zu meinem Eheleben. – Mir hat unser Spiel im Militär-Jargon sehr gut gefallen!"

„Das freut mich. Komm, lass uns noch einen heben! – Geh ins Bad, mache dich frisch und danach setzen wir uns mit den Drinks nach draußen in den Garten!"

„Das ist eine gute Idee!", gebe ich zurück, raffe meine Klamotten zusammen und gehe im Badezimmer unter die Dusche, bei der ich froh bin, gleich zu Anfang die richtigen Hebel betätigt zu haben.

Als ich wieder fertig angekleidet, frisch geschminkt und frisiert bin, nehme ich meine Tasche und gehe zurück in die Küche. Willy hat sich einen leichten Bademantel angezogen, nimmt unsere Gläser und geht vor mir her in den Garten. Es ist ein wunderschön, lauer Sommerabend. Der Swimmingpool sowie einige Bäume und Sträucher sind diskret angestrahlt und wir nehmen in gepolsterten Sesseln auf der mit Naturstein gepflasterten Terrasse Platz.

„Cheers!", proste ich Willy zu.

„Cheers, hübsche Soldatin!", erwidert Willy.

Ich nippe an dem Champagner und denke:

,In solch einer Villa mit Garten und Pool lässt es sich gut aushalten. Das würde mir auch gefallen!'

Eine halbe Stunde später sitze ich im Auto und fahre in Richtung Glyfada, – 300 € und 4 Orgasmus-Beschleuniger reicher!

16

Während der Fahrt nach Hause überlege ich, Dirk eine SMS zu schreiben und ihm mitzuteilen, dass er morgen früh bitte nicht zu mir nach Hause kommen soll. Ich könnte das damit begründen, dass ich ausschlafen möchte. *‚Muss ich es überhaupt begründen?‘*, frage ich mich... Ja! – Wenn ich ihn nicht vor den Kopf stoßen will, sollte ich eine freundliche Erklärung parat haben, antwortet mir mein Verstand. Die Tatsache, dass er sich einfach zum Frühstück angekündigt hat, amüsiert mich immer noch. Und im Grunde genommen, gefällt mir der Gedanke so sehr, dass ich ihm gar nicht absagen will. –

‚Soll er doch kommen! Lasse ich mich einfach mal auf ein Abenteuer ein!‘ – Doch kaum labe ich mich an dieser Vorstellung, flüstert eine andere Stimme mir eindringlich ins Gewissen, dass das sehr unprofessionell wäre, jemanden den ich als Kunde angeln will, in meine Wohnung zu lassen.

Wer kennt das nicht? Engelchen und Teufelchen toben zwischen den Ohren und Engelchen kann argumentieren wie es will, Teufelchens Vorschlag gefällt einem besser!

Erst als ich vor meiner Wohnung in eine Parklücke fahre und aussteige, fälle ich die Entscheidung: Ich werde Dirk nicht mehr antworten, sondern abwarten, ob er morgen früh kommt. – Teufelchen hat gesiegt!

Mein Wecker klingelt um 7.30 Uhr. Im Sommer fällt es mir leicht, um diese Uhrzeit aufzustehen, auch wenn ich manchmal noch bis weit nach Mitternacht arbeite. Noch gestern Abend habe ich die Sexspielzeuge gereinigt, meine Dessous und alles, was mit meinem Job zu tun hat, in Schränke verstaut und bin mit dem Staubwedel über einige Möbel gefahren.

Als ich unter der Dusche stehe meldet sich Engelchen wieder und versucht, mir ins Gewissen zu reden. Doch Teufelchen ist schnell zur Stelle und nennt sie eine Spaßbremse und einen Spielverderber. – Ich hingegen bin schlicht aufgeregt! Außer Violet hat mich noch niemand in meiner Wohnung besucht. Wie jeden Morgen gieße ich die beiden großen, herrlich rosa blühenden Oleander Topfpflanzen, die rechts und links an den Begrenzungen meines Balkons stehen, koche eine Kanne Kaffee und decke draußen den kleinen Tisch. Die heruntergelassene Markise sorgt für angenehmen Schatten und als ich kurz von 9 Uhr das hellblaue, mit Gänseblümchen bedruckte Sommerkleid von Laura Ashley anziehe und mich im Spiegel betrachte, finde ich mich zum Anbeißen!

Als die Klingel in der Diele ertönt, überschlägt sich mein Herz.

,Ruhig Blut, Ilona, du wusstest genau, dass du diesen Besuch nicht emotionslos wegstecken würdest. Also: Keine Panik! – Atme gleichmäßig und tief. – Alles ist gut!'

Ich drücke auf den Türöffner und rufe ein „Hallo!" in die Gegensprechanlage.

„Hier ist Dirk. In welche Etage soll ich kommen?", tönt es verzerrt zurück und ich antworte:

„In die zweite. Ich stehe an der Türe."

Danach höre ich noch ein Klicken und dann auch schon Dirks Schritte auf der Treppe. Mein Herz scheint zerbersten zu wollen.

,Hätte ich doch besser auf Engelchen gehört!', denke ich kurz, doch dann steht Dirk schon vor mir, beugt sich leicht zu mir runter und haucht mir einen Kuss auf die Wange. Er trägt knielange dunkelblaue Shorts, ein weißes, kurzärmeliges

Hemd und seine blauen Augen strahlen, wie die eines Honigkuchenpferdes.

„Guten Morgen, komm herein! Woher wusstest du, welche Klingel du drücken musst?"

„Das war einfach. Vertongen ist der einzige Name der nicht griechisch geschrieben ist.", gibt er frech grinsend zurück.

„Hier sind Croissants und für den Fall, dass du lieber etwas Herzhaftes zum Frühstück möchtest, ein belegtes Baguette."

„Oh, danke, ich nehme gerne von beidem. – Wie sieht es bei dir aus?"

„Ich fange mit einem Stück Baguette an und esse dann eins der kleinen Butter-Croissants."

„Bitte geh hier links durch den Wohnraum hindurch auf den Balkon. Dort habe ich den Tisch gedeckt. Ich komme gleich mit dem Kaffee nach. Du trinkst doch Kaffee, – oder lieber Tee?"

„Nein, einfach schwarzen Kaffee."

In der Küche nehme ich das Frühstücksgebäck aus den Papiertüten, lege es dekorativ auf einen Teller und auch noch ein scharfes Messer dazu. Kaffeetassen, Frühstücksteller, Besteck, Servietten und 2 Gläser Orangensaft habe ich vorher schon auf ein Tablett gestellt. Als ich alles beisammen habe, trage ich es auf den Balkon. Dirk hat sich hingesetzt und sagt:

„Hübsch hast du es! Wohnst du schon lange hier?"

„Seit Anfang letzten Jahres."

„Seit du in Athen bist?"

Schnell überlege ich, was ich sagen soll. Wenn ich antworte, dass ich vorher schon in Hotels gewohnt habe, könnte das weitere Fragen aufwerfen. Und so lüge ich:

„Nein. Ich habe vorher in Piräus gewohnt."

Damit hat sich das Thema erledigt. Ich schenke uns Kaffee ein und sage:

„Ich glaube, wir haben alles. – Guten Appetit!"

„Guten Appetit, Anika. Es freut mich wirklich, dich wiederzusehen!"

Feige wie ich bin, lasse ich den Satz einfach so stehen.

Dirk teilt das Baguette in 4 Teile und legt mir ein Stück auf den Teller.

In den folgenden Minuten schweigen wir, trinken Kaffee und beißen in unsere Brötchen. Ich schaue Dirk an und bemerke, dass auf der linken Brusttasche seines Hemdes mit blauem Garn der Name ‚Panda' gestickt. Mich an die Militäruniformen von gestern Abend erinnernd, frage ich mich, ob das Dirks Nachname ist. Wir hatten uns nur mit Vornamen vorgestellt, also wäre das durchaus möglich. Doch als ich ihn darauf anspreche, fängt er an zu lachen und sagt:

„Nein! Das ist der Name der Segeljacht, die ich fahre! – Mein Nachname, ha, ha, ha, – diese Vorstellung ist ja lustig…"

Ich finde es überhaupt nicht lustig und fühle mich, als wenn ich etwas total Blödes gesagt hätte. Deshalb bemerke ich trotzig:

„Entschuldige, aber ich habe noch nie einen Kapitän oder sonst jemand, der auf einer Jacht oder auf einem Schiff arbeitet, kennengelernt, – wohl aber Mitglieder der Bundeswehr und der Army. Und bei denen steht an dieser Stelle ihr Nachname!"

„Oh, tut mir leid Anika! Ich wollte dich nicht auslachen, – es ist in meiner Branche nur so selbstverständlich wie nur irgendetwas, dass alle Crewmitglieder den Namen des Schiffes, auf dem sie fahren, auf der Uniform tragen. – Ich heiße übrigens Petersen mit Nachnahmen."

Versöhnlich, weil er sich entschuldigt hat, gebe ich zurück:

„Ist okay. Ich habe einfach keinerlei Ahnung von Schiffen… – Ich komme aus einem Bauerndorf mitten in der Provinz!"

„Das verstehe ich. Ich wüsste nichts über Kühe, Hühner oder Schweine. Ich wollte dich wirklich nicht beleidigen, Anika! – Übrigens habe ich sowieso vor, dir die ‚Panda' zu zeigen. Sie ist ein sehr schönes Segelschiff und ich bin stolz darauf, ihr Kapitän zu sein."

„Und dann wirst du mir alle Fragen beantworten, die ich habe und keine einzige für dumm halten?"

„Natürlich nicht! Es gibt keine dummen Fragen, nur dumme Antworten. – Aber mal etwas anderes: Als ich dich gestern angerufen habe, warst du auf der Sonnenbank. Das habe ich doch richtig verstanden, oder?"

„Ja."

„Wieso gehst du dahin? Ich meine, wir haben Sommer und das natürlichste wäre, sich zum Bräunen an den Strand zu legen."

„Weil ich keine Zeit dazu habe. Ich arbeite sozusagen auf Abruf. Wenn mein Telefon klingelt, kann das jederzeit Arbeit in der Bar bedeuten. Außerdem würde ich am Strand nicht nahtlos braun werden. Und ich mag keine Bikinistreifen!"

„Hm, das verstehe ich. Wo gehst du denn schwimmen?"

„Ich gehe eigentlich überhaupt nicht schwimmen… Ebenfalls, weil ich keine Zeit dazu habe."

„Das hört sich ja furchtbar an! – In Griechenland zu leben und weder in die Sonne noch ins Meer zu gehen. Magst du überhaupt Schwimmen oder bist du eher wasserscheu?"

„Ich liebe Schwimmen! Ich bin eine absolute Wasserratte, – aber mir fehlt einfach die Zeit dazu… Gehst du viel Schwimmen?"

„Klar! Wenn wir mit dem Schiff unterwegs sind, gehe ich jeden Morgen, wenn die Gäste noch schlafen. Zurzeit fahre ich manchmal mit dem Beiboot raus zu einer kleinen, Vouliagmeni vorgelagerten Insel. Dort werfe ich den Anker und springe für eine Weile ins Wasser."

„Das hört sich gut an!"

„Das ist es! – Anika, du hast doch sicher morgens Zeit. Oder musst du auch vormittags im Pub arbeiten?"

„Eher nicht. Manchmal muss ich Besorgungen machen. Das kann vorkommen. Wieso?"

„Wie wäre es, wenn ich dich hin und wieder morgens früh um 8.00 Uhr abhole, mit dir zur ‚Panda' fahre, wir das Beiboot nehmen und zusammen für eine halbe Stunde vor der Insel Fleves schwimmen gehen? – Danach könnten wir zusammen frühstücken und jeder von uns würde danach seiner Arbeit nachgehen. – Was hältst du davon?"

Was für ein Vorschlag! In Windeseile wäge ich ab: Ich hätte unglaublich große Lust dazu! Morgens früh würde das auch gut passen. – Wenn ich keinen Termin habe, läuft mir zuhause nichts weg. Warum also sollte ich es nicht wenigstens einmal versuchen? – Ohne länger zu überlegen, antworte ich:

„Das hört sich fantastisch an! –Ich müsste allerdings spätestens um 10.30 Uhr wieder zuhause sein."

„Sicher. Mehr Zeit habe ich auch nicht. Die Maler kommen zurzeit an Bord. Eigentlich liegt jeden Tag etwas anderes an, weil die ‚Panda' renoviert wird. Ich kümmere mich um alles und bin entweder vor Ort, fahre kreuz und quer durch Athen um Firmen aufzusuchen, tätige Einkäufe oder erledige sonst was. – Aber es freut mich, dass du Lust dazu hast! – Wie sieht es aus: Kann ich dich morgen früh um 8.00 Uhr abholen?"

„Abgemacht!", gebe ich glücklich lächelnd zurück. Jedes Mal wenn der Gedanke auftaucht, dass ich Dirk als Kunde angeln will, verblasst er in Sekundenschnelle und es bleibt nicht einmal ein schlechtes Gewissen zurück. Engelchen und Teufelchen haben ihren Streit beigelegt!

Dirks Vorschlag, uns hin und wieder zu treffen und etwas zusammen zu unternehmen, gefällt mir immer besser! Und dass wir vor meiner Haustüre geknutscht haben, schreibe ich einfach dem Alkoholkonsum dieses Abends zu und mache einen Haken dahinter.

Wir plaudern noch über Athen, die Griechen und die Hitzewelle, bis Dirk mich fragt, wann ich das nächste Mal abends frei habe. Er möchte mich zu meinem Lieblingsitaliener einladen.

„Das weiß ich nicht genau. Ich weiß nur, dass ich ab heute Nachmittag arbeite. Morgen wird es wahrscheinlich genauso so sein."

„Hm. Macht dir das nichts aus, keine festen Arbeitszeiten zu haben?"

„Nein. Ich habe keine Familie und flexibel zu sein, fällt mir leicht."

„Ich habe im Grunde auch keine festen Arbeitszeiten. Genau genommen arbeite ich 10 Monate im Jahr und bin in dieser Zeit rund um die Uhr im Dienst bzw. auf Abruf. – Meine freien Stunden nehme ich, wenn ich abschätzen kann, dass es an Bord auch ohne mich gut läuft. Momentan abends, wenn die Arbeiter fort sind und nur noch die Crew dort ist. Es ist nur wichtig, dass jemand auf dem Schiff nach dem Rechten sieht. Sollte es ein Problem geben, würde ich einen Anruf bekommen und müsste sofort hin. – Das ist aber noch kein einziges Mal vorgekommen, seit wir in Athen liegen."

„Dann verstehst du mich ja und weißt, dass es halb so schlimm ist."

„Stimmt! – Anika, ich muss jetzt los! Es war schön, mit dir zu frühstücken. Ich hole dich morgen um 8.00 Uhr ab. Hab einen guten Arbeitstag und wenn du Lust hast, kannst du mich jederzeit anrufen! – Ich höre gerne von dir!"

„Danke Dirk! Hab du auch einen schönen Tag!"

Er steht auf und ich folge ihm in die Diele. Dort dreht er sich zu mir um, nimmt mich in den Arm und versucht mich zu küssen. Da ich ihm nur meine Wange hinhalte, stoßen unsere Köpfe ungeschickt aneinander. Darüber müssen wir beide lachen und dann küssen wir uns richtig.

Als Dirk fort ist, räume ich den Tisch ab, mache Musik und kümmere mich vergnügt um meinen kleinen Haushalt. Gegen 11 Uhr rufe ich Violet an.

„Guten Morgen, Darling, wie geht's dir?"

„Mir geht es gut, Anika! Ich war früh auf den Beinen, habe Wäsche gewaschen und den Haushalt gemacht. Gleich fahre ich mit dem Rad noch schnell zum Minimarkt und dann wird es Zeit, mich für Homer fertig zu machen. Er kommt in seiner Mittagspause um 14 Uhr. Danach habe ich Leerlauf bis zum Abend. – Für 20 Uhr habe ich mir ein Taxi zum Prominent Hotel bestellt und treffe Conor. Du weißt schon, der Ire, der mich immer für den ganzen Abend bestellt. Na ja, es sind eigentlich nur 3 Stunden. Aber er bezahlt sie mir gut und will mehr Reden und Streicheln als Bumsen. Soweit meine Pläne für heute. – Gestern am frühen Abend war Jack hier. Er hat eine Flasche Prosecco mitgebracht, die ihm ein Klient geschenkt hat. Jetzt gehört sie mir. Nachdem er wusste, dass ich keinen Kunden erwarte oder fort muss, hat er mich gebeten, ihm einen Drink zu machen und ich habe ihm einen Whisky Soda gemixt. Den hat er runtergekippt, mich auf den Arm genommen, ins Schlafzimmer getragen, mich ungeschickt aufs Bett gelegt und gesagt:

„Zieh dich aus!"

Dann hat er seinen Krawattenknoten gelockert, den Schlips über den Kopf ausgezogen und auf den Boden geworfen. Es folgten seine restlichen Klamotten. Ich brauchte nur den Gürtel meines kurzen Hausmantels zu lösen, ihn abzustreifen und meinen Slip auszuziehen. Ich trug noch nicht mal einen BH oder andere Sexwäsche, weil ich nicht auf Kundschaft vorbereitet war, als er an der Tür klingelte. Wie so oft kam er unangemeldet… Dann hat er sich ein Kondom vom Nachttisch genommen, es übergezogen und sich auf mich gestürzt. Weißt du, ich kann mir Jack gar nicht anders vorstellen und mir gefällt die Art, wie er mich nimmt. Als er fertig war, hat er sich schnaufend neben mich gelegt, mich gebeten, ihm seine Zigaretten zu geben und als er sich eine angesteckt hatte, sagte er:

,Du bist die einzige Frau, die mir wirklich etwas bedeutet, Violet. Du machst mir einen Drink, lässt dich von mir vögeln und reichst mir die Zigaretten. Genau das habe ich gebraucht, um mich wieder wie ein Mensch zu fühlen. Der heutige Tag war schrecklich! Meine Sekretärin hat nur herumgenörgelt, ein Kunde ist von einem großen Projekt abgesprungen und der Strom war für 3 Stunden ausgefallen, was bedeutet, wir hatten keine Klimaanlage… – Du warst meine Rettung, Baby. – Komm, lass uns noch etwas zusammen trinken. ' – Das ist Jack! Bevor er gegangen ist, hat er mir 120 € in den BH geschoben, den ich mittlerweile angezogen hatte, frech gegrinst und gesagt: ,Deine Gesellschaft ist mir jeden Cent wert. ' – Soll ich dazu noch etwas sagen?"

„Nein, das brauchst du nicht. Wir wissen beide, dass ihr eine besondere Beziehung habt. Und das meine ich positiv. Ihr gebt euch, was ihr braucht."

„Ja. – Ich war den ganzen Abend guter Dinge. – Aber jetzt erzähl du, wie lief es bei dir gestern?"

Ich erzähle Violet von Bob und Willy und als ich fertig bin, fragt sie mich:

„Hast du von Dirk nichts mehr gehört?"

„Doch. Er war heute Morgen zum Frühstück bei mir."

Entsetzt schimpft sie los:

„Du hast ihn bei dir übernachten lassen?! – Bist du verrückt geworden, Anika?"

Doch ich kann sie beruhigen, indem ich ihr erzähle, wie es dazu gekommen ist. Als ich meine Geschichte damit abschließe, dass wir morgen früh zusammen schwimmen gehen, ist es für ein paar Sekunden still am anderen Ende der Leitung und dann gibt sie ganz ruhig zurück:

„Du bist verliebt!"

„Nein, bin ich nicht! – Mir ging es danach nur genauso gut wie dir gestern nach dem Besuch von Jack!"

Froh, diesen Trumpf im Ärmel zu haben, spiele ich ihn sofort aus. Doch Violet ist noch lange nicht fertig.

„Das ist etwas ganz anderes. Er ist mein Kunde und wir kennen uns seit über 10 Jahren. Dirk weiß noch nicht einmal, mit wem er gefrühstückt hat und mit wem er morgen schwimmen geht. Ich bitte dich nur, pass auf dich auf! – So viele Frauen haben ihren gut bezahlten Job an den Nagel gehängt, weil sie einen Kerl kennengelernt haben, in den sie sich verknallt haben und der ihren Körper für sich alleine haben und nicht mit anderen Männern teilen wollte! – Was denkst du, wie Dirk reagiert, wenn er erfährt, dass du nicht im ‚Greyhound' arbeitest, wie du ihm seit Tagen vorgaukelst? Glaubst du im Ernst, dass du ihn noch als Kunden an Land ziehen kannst!? Der Zug ist abgefahren! – Und ich sage es nochmal: Du bist verliebt!"

Jetzt bin ich es, die einige Sekunden nicht antworten kann. Eher stotternd und leise beginne ich:

„Ich bin nicht verliebt. Aber ich freue mich, dass er in mir nichts weiter sieht als eine attraktive Frau, um deren Gunst er sich bemüht… Seine Gesellschaft tut mir gut. Sie ist anderes als die Gesellschaft der Freier. – Ich weiß, ich belüge ihn und das ehrt mich nicht, aber irgendwie will ich diesen Zauber noch eine kleine Weile aufrechterhalten und genießen. – So wie einen Luxus, den ich mir gönne! – Was meinen Job angeht, kann ich dir versichern, dass ich ihn niemals wegen ihm aufgeben würde! Niemals, Violet!"

„Dein Wort in Gottes Ohr, Liebes! Ich gönne dir diese Gefühle und will dir nicht schlecht machen, was dir guttut. – Ich will dich nur darauf aufmerksam machen, dass eine Gefahr darin lauert. Sei dir dessen einfach bewusst. – Dann wird alles gut."

„Klar doch! – Und jetzt machen wir einen Haken hinter das Thema! – Heute Nachmittag bin ich mit einem weiteren Typen von ADuLT verabredet. Und heute Abend sehe ich einen älteren, griechischen Herrn in Neo Psychiko. Das Geschäft läuft also."

„Dann alles Gute mit deinen neuen Kunden. Ich muss jetzt langsam los zum Supermarkt. Pass auf dich auf, Anika."

„Danke, dir auch einen guten Arbeitstag. – Kisses!"

Violet hat recht. Es gibt viele Frauen, die ihren Job als Sexarbeiterin aufgeben, weil sie vor der Wahl stehen: Beruf oder Partner. Das ist ziemlich traurig und es ist gut, dass sie mich daran erinnert hat. Aber nach all den Jahren, die ich in der Branche arbeite und mit all den Erfahrungen, die ich bisher gemacht habe, bin ich mir sicher: Mir passiert das nicht! – Schon in Deutschland habe ich auf eine Beziehung verzichtet, weil sie bedeutet hätte: Schluss mit der Arbeit im Club. Doch meinen Job aufzugeben, dazu war ich *bei aller Liebe* nicht bereit.

17

Nach telefonischer Rücksprache mit dem Voyeur Athanasios mache ich mich gegen 14 Uhr auf den Weg in die Innenstadt. Auch wenn wir nicht mehr von einer Hitzewelle sprechen können, ist es tierisch heiß. Bei 38°C geht man keinen Meter freiwillig durch die Sonne. Das ist auch der Grund, weshalb ich kaum Menschen auf den Gehwegen sehe. Die Menschen sind zuhause, auf der Arbeit, halten eine Siesta oder sind im Urlaub. Aber zu meinem Glück gibt es noch einige, die genau in dieser langen, träg dahinfließenden Mittagszeit Sex wollen. So wie mein nächster Kandidat.

Mein Navi führt mich zu Athanasios Adresse und ich bin froh, einen Parkplatz im Schatten einer Häuserreihe zu ergattern. Er wohnt in einem Altbau mit hohen Decken. Die Fassade des Gebäudes ist grau und schmutzig, so wie die meisten Außenwände der Häuser in der Innenstadt Athens. Aber jede Wohnung hat einen kleinen Balkon, mit einer Umrandung aus verschnörkeltem Schmiedeeisen. Auf einigen von ihnen wachsen Bougainvilleas und dies wiederum verleiht dem Gebäude eine große Portion Charme.

Nach meinem Klingeln öffnet Athanasios mir und ich steige die breite, knarrende Holztreppe hinauf bis in den dritten Stock. Dort erwartet mich in der halb geöffneten Wohnungstür ein sehr junger, schlanker Mann mit schulterlangen, schwarzen, lockigen Haaren. Er wirkt schüchtern.

„Hallo Aleksandra, komm herein. Ich freue mich, dich zu sehen."

„So geht's mir ebenfalls, Athanasios. Du siehst sehr jung aus, wenn ich das bemerken darf."

„Das darfst du. Ich mache keinen Hehl daraus, dass ich erst zwanzig bin. – Spielt mein Alter eine Rolle für dich?"

„Nicht wirklich. Ich würde mich nur nicht mit einem Jugendlichen treffen."

„Das ist klar. Komm, ich zeige dir meine Wohnung." Ich betrete einen engen Flur, von dem rechts und links Türen in die verschiedenen Zimmer führen. Athanasios zeigt mir die Küche, das Bad, das Wohnzimmer, ein Schlafzimmer und ein Arbeitszimmer. Alles darin ist aufgeräumt und sauber.

„Was möchtest du trinken, Aleksandra? Wasser, Cola, Saft, – oder soll ich dir einen griechischen Kaffee machen? Auch Tee kann ich dir anbieten."

„Ich nehme gerne ein Glas Wasser.", entgegne ich und schaue mich noch immer staunend in seiner Altbauwohnung um. Durch ihr fein aufeinander abgestimmtes Mobiliar, dass aus den fünfziger Jahren zu stammen scheint und dem diffus durch die langen Vorhänge hereinfallenden Licht, bietet sie eine tolle Fotokulisse.

„Hast du die Wohnung so eingerichtet?", frage ich neugierig.

„Nein, sie gehörte meiner verstorbenen Großtante. Meine Eltern stellen sie mir zur Verfügung, solange ich studiere. Ich weiß, ihr Mobiliar ist altertümlich."

„Überhaupt nicht, – ich finde sie sehr geschmackvoll eingerichtet!"

„Das mag sein. Wenn man sie sein Leben lang kennt, fällt das einem nicht mehr auf. Ich persönlich würde mich modern einrichten.", entgegnet er und fährt kurz darauf fort:

„Ich will nicht unhöflich erscheinen, weil ich direkt zur Sache komme, aber welcher Raum gefällt dir am besten, um dich ungezwungen und frei zu bewegen?"

Kurz überlege ich und antworte:

„Wenn ich im Badezimmer beginnen könnte, mir danach in der Küche ein Glas Wasser holen und danach in dein Arbeitszimmer gehen könnte, würde mir das gut gefallen. Anschließend gehe ich ins Schlafzimmer. Wäre so eine Reise durch deine Wohnung okay für dich?"

„Wunderbar! – Du siehst übrigens ziemlich scharf aus. Bei der Vorstellung dich ungeniert beobachten zu können, regt sich jetzt schon was in meiner Hose."

Ich schaue in seinen Schritt und wahrhaftig, in der eng sitzenden Shorts macht sich etwas breit! – Athanasios geht in die Küche und ich frage:

„Kann ich schon ins Bad gehen? – Ich lasse die Türe offenstehen."

„Klar doch. Ich werde mich von jetzt an im Hintergrund halten."

Im Badezimmer nehme ich eine kleine, goldene Clutch aus meiner großen Umhängetasche, die ich mit dem neuen Rabbitvibrator, den Liebeskugeln und einem Handspiegel bestückt habe und schalte mein Smartphone auf Lautlos.

Als ich höre, dass Athanasios die Küche verlassen hat, beginne ich mit meiner Show. Sie sollte so natürlich wie möglich wirken. Doch schon als ich den Reißverschluss am Rücken meines Kleides öffne, spüre ich, dass es nicht einfach ist, so zu tun, als sei ich alleine.

‚Konzentriere dich, Ilona! – Stell dir vor, du bist in einem Hotel Appartement in Urlaub, draußen ist es brütend heiß und du willst dich für einen Mittagschlaf fertig machen.'

Ohne zu zaudern streife ich mein rotes, enganliegendes Sommerkleid nach unten ab und steige aus ihm heraus. Genau so, wie ich es in jedem fremden Bad machen würde, hänge ich das Kleid über einen Haken und betrachte mich anschließend mit meinen roten Peep-Toe-High-Heels und den roten Spitzendessous im Spiegel. Obwohl es nicht nötig ist, ziehe ich eine Haarbürste aus der Tasche und fahre damit durch meine Haare, bis sich alle Knoten darin gelöst haben. Danach beuge ich mich mit gespreizten Beinen nach vorne und bürste meine Haare kopfüber. Das gibt ihnen Volumen und als ich mich wieder aufrichte, kann ich sie mit den Fingern in die von mir favorisierte Löwenmähne kämmen. Verzückt von meinem eigenen Spiegelbild, ziehe ich mein Höschen runter und setze mich auf die Toilette. Ein paar Tropfen kann ich tatsächlich pinkeln. Obwohl ich den Voyeur in den Augenwinkeln wahrnehme, vermeide ich es, ihn anzusehen. Nachdem ich mir die Hände gewaschen habe, nehme ich die Liebeskugeln aus der Clutch, setze mich mit heruntergelassenem Höschen auf den Toilettendeckel, spreize die Beine und schiebe mir die Kugeln nacheinander in die Pussy. Ich stehe auf, ziehe mein Höschen wieder hoch, nehme meine Clutch und gehe in die Küche. Ich sehe das Glas Wasser, das Athanasios für mich bereit gestellt hat, nehme es in die Hand, gehe neugierig rüber zum Küchenfenster, schiebe die Gardine zur Seite und sehe in den Innenhof des Altbaus. Jede Wohnung hat Fenster und Balkone zum Hof hin. Auf einem sind Leinen gespannt und Wäsche ist aufgehängt, auf einem anderen stehen viele Blumenkübel und auf einem weiteren steht nur Gerümpel. So interessant der Ausblick ist, ich fahre fort mit meiner Show, drehe mich um und gehe schnurstracks in Athanasios Arbeitszimmer. Dort trinke ich das Glas Wasser in einem Zuge leer und stelle es auf seinen Schreibtisch. Der Junge ist ordentlich. Oder er hat extra für mich aufgeräumt. Das weiß ich natürlich nicht. Ich nehme in seinem Schreibtischsessel Platz und schaue auf den eingeschalteten PC. Ein Bildschirmschoner zeigt Fotos von Pärchen, die am Strand Sex haben. Zu gerne würde ich ihn fragen, ob er die Fotos selbst geschossen hat, doch die Frage hebe ich mir für später auf. Ich schaue noch eine Weile zu, wie die Bilder nach jeweils 3 Sekunden wechseln und bin nicht überrascht, als ich auch nackte Jungs sehe, die miteinander rummachen und zwischendurch nackte Frauen, die einfach nur am Strand liegen und nichts davon ahnen, dass sie gerade abgelichtet werden.

Die Kugeln in meiner Muschi fühlen sich gut an und ich lasse es zu, dass sie mich sexuell stimulieren. Das wiederum tut diesem Rollenspiel gut, weil es meine Fantasie anregt, Dinge zu tun, die auch Athanasios antörnen. Und so drehe ich mich mit dem Sessel herum, spreize meine Beine und reibe mit der Hand über den Spitzenstoff in meinem Schritt. Mein Kitzler reagiert freudig, doch ich flüstere ihm zu:

,Ruhig Blut, Baby, wir sind hier bei der Arbeit. Du kommst oft genug auf deine Kosten! – Also halt einfach jetzt still und genieße nur die Vorfreude auf eine ausgiebige Massage! '

In diesem Beruf habe ich sehr schnell gelernt, sexuelle Gefühle geschickt zu steuern. Ganz zu Anfang war es am einfachsten, sie komplett auszuschalten. Erst nach einem offenen Gespräch mit einer älteren Kollegin habe ich sie hin und wieder zugelassen und mir genau wie sie, ab und zu mal einen Höhepunkt gegönnt. Diese Kollegin lebte in einer ausgeglichenen sexuellen Beziehung zwischen sich, den Freiern und ihren privaten One-Night-Stands, die sie sich von Zeit zu Zeit gestattete. – Sie war einfach eine Frau, die wusste, was sie wollte und sie nahm es sich.

Auf dem Weg ins Schlafzimmer gehe ich dicht an Athanasios vorbei, sehe ihn jedoch nicht an. Neben einem King Size Bett stehen zwei Nachttische und an den Wänden eine antike Frisierkommode mit klappbaren Spiegeln und ein ebenfalls antiker Kleiderschrank. Außerdem werden sie von erotischen schwarz-weiß Fotografien nackter Körper geschmückt.

Als ich mich auf das ordentlich gemachte Bett setze, rieche ich, dass es frisch überzogen worden ist. Mein Voyeur hat sich gut auf seinen Besuch vorbereitet. Ich genieße diese saubere Atmosphäre, schütte den Inhalt meiner Clutch auf einen Nachttisch und lege mich mit angewinkelten Beinen aufs Bett. Meinen Kopf bette ich auf die gestapelten Kissen, schließe die Augen und hole meine Brüste aus den elastischen Spitzenkörbchen meines BHs hervor.

Der Showdown beginnt: Zwischen Mittelfinger und Daumen knete ich meine Brustwarzen. Es ist leicht, sie hart zu kriegen. Zur Abwechslung feuchte ich meine Fingerkuppe an, drücke einen Nippel zwischen meinen Fingern fest zusammen und verteile meinen Speichel darauf. Meine Lenden bleiben nicht unberührt von diesen Reizen und in meinem ganz natürlichen Rhythmus bewege ich sie, presse meine Schenkel zusammen, spüre wie die Liebeskugeln sich in mir bewegen und meine Pussy vor Gier pulsiert. Neugierig öffne ich meine Augen und sehe Athanasios im Türrahmen stehen. Er hat den Schlitz seiner Shorts geöffnet und seinen Dicken herausgeholt. Langsam wichst er ihn und sieht dabei zu mir rüber. Ich lasse meine Möpse los, drehe mich auf den Bauch und gehe in die Hündchenstellung. Mit einer Hand greife ich meinen Schritt, schiebe das elastische Spitzenhöschen zur Seite und ziehe an dem Bändchen der Liebeskugeln, bis eine heraus flutscht. Der Abstand zwischen den Kugeln ist nur sehr gering und mit einer Kugel drinnen und einer draußen, hat sich der sexuelle Reiz verändert. Meine Klitoris begehrt auf und ich reibe die äußere Kugel an ihr. – Ich bin bei der Arbeit und habe noch einiges zu tun. Deshalb gebe ich dem aufflammenden Verlangen meines Körpers nicht nach, sondern ziehe auch die zweite Kugel aus meiner Pussy und lasse sie neben mich aufs Bett fallen. Der Anblick, den ich Athanasios in den letzten 2 Minuten geboten habe, hat dazu geführt, dass er sich auf den Boden gekniet hat und seinen strammen Burschen ordentlich wienert. Immer noch trägt er seine Shorts, aber sein Blick hat etwas Abwesendes bekommen. Wahrscheinlich ist das sein Blick hinter den Seegrasbüschen in den Dünen, wenn er ein Wichsobjekt vor Augen hat und kurz vorm Ejakulieren steht. Ich drehe mich wieder auf den Rücken, nehme vom Nachtisch den pink farbenen Rabbitvibrator, den Handspiegel und mein Smartphone. Dann winkle ich meine Beine an und lasse den Vibrator auf Stufe 1 schnurrend und gemächlich an meiner Muschi schnuppern, bevor ich mir sein dickes Ende in den Schlitz schiebe. Als nächstes nehme ich den Handspiegel und halte ihn so zwischen meine Beine, das ich sehen kann, wie sich der Vibrator in meiner Pussy bewegt. Es ist ein schönes ästhetisches Spielzeug und ich freue mich über Willys Geschenk. Mich nur um mich selbst kümmernd, feuchte ich eine Fingerspitze an und streichele damit über meinen Kitzler. Mir den Sex mit mir selbst im Spiegel anzusehen, macht mich ebenfalls zu einem Voyeur und damit zu einem Komplizen Athanasios. Ich lege den Spiegel zur Seite und nehme mein Smartphone. Selfies vom Masturbieren sind heutzutage Mode. – Ich würde sie zwar nie zu meinem privaten Vergnügen verschicken, aber vielleicht ist ja später ein Foto dabei, dass ich auf der ADuLT Plattform posten kann. Und so knipse ich ein paarmal drauf los und mache auch ein kleines Movie von dem vibrierenden Sexspielzeug in meiner Muschi. – Athanasios hat sich mittlerweile erhoben und ist an die Bettkante herangetreten.

„Kann ich dir auf die Titten spritzen?", fragt er heiser.

„Sicher!", entgegne ich ruhig, ohne ihn anzusehen und ziehe schnell meinen BH aus, weil ich nicht will, dass er seine Suppe abbekommt!

Danach entspanne ich mich, schalte den Vibrator zwei Stufen schneller und gebe vor, mich einem Höhepunkt zu nähern. Das ist für Athanasios der Auslöser seines Orgasmus.

„Oh, oh, oooooooh!", heult er auf, während er mir sein heißes, klebriges Sperma auf die Brüste spritzt.

Ich schalte den Vibrator aus und ziehe ihn aus meiner Pussy. Das Teil arbeitet perfekt und wird mir eines Tages auch privat ein herrliches Vergnügen bereiten. Dessen bin ich mir sicher. Athanasios atmet schnell und erschöpft, so als sei er die Treppenstufen zu seinem Appartement hochgerannt.

„Wow!", bringt er schließlich hervor. „Weißt du, was für mich total geil war?"

„Nein, sag es mir!"

„Dass ich einfach mal Laute von mir geben durfte. Endlich mal den Orgasmus rausbrüllen! Das kann ich beim Spannen nie!"

„Hm, daran habe ich überhaupt nicht gedacht... Es war übrigens geil zu wissen, du schaust mir zu. Ich bin mir allerdings nicht sicher, ob ich bei einem wirklichen Spanner auch so empfinden würde... Ich denke, das würde mir eher Angst machen."

„Das kann ich nachvollziehen. Es gibt ja Typen, die sich auf die Frauen stürzen und diese vergewaltigen... Aber so einer bin ich nicht! Ich fühle mich als Zuschauer absolut wohl, das langt mir zu meiner vollsten Befriedigung."

„Das glaube ich dir. Ich meine, es wäre bei unserem Spiel möglich gewesen, dass du mich berührst, oder dass du mich sogar fickst. – Aber dir haben meine Titten zum Draufspritzen gereicht."

„Ja! Das war auch mal etwas anderes, als immer nur in ein Taschentuch oder in den Sand..."

Athanasios lacht auf. Er hat seinen Johnny wieder in die Hose gesteckt und den Reißverschluss hochgezogen.

„Du kannst ins Bad, wenn du möchtest. Ich hole dir währenddessen noch ein Glas Wasser. Oder möchtest du jetzt lieber eine Cola?"

„Nein danke. Wasser ist perfekt!"

Ich nehme meine Sachen, gehe ins Bad, steige unter die Dusche und denke: ‚Das war ein guter Auftritt. Ich hätte vielleicht auch eine gute Schauspielerin abgegeben. – Aber dieser Zug ist abgefahren!'

18

Um mich nach unserem voyeuristischen Spielchen schnell von Athanasios verabschieden zu können, gebe ich vor, mein Mann hätte versucht, mich telefonisch zu erreichen. Athanasios gibt mir einen vorbereiteten Briefumschlag mit 150 € und wir verabschieden uns ohne Handschlag oder Küsschen, jedoch mit einem freundlichen Lächeln.

Bis zu meinem nächsten Termin habe ich viel Zeit. Mich freut das, weil es mir Gelegenheit gibt, ausgiebig durch die Innenstadt zu streifen und mich unter die Touristen zu mischen. Ich fahre meinen Wagen in ein unterirdisches Parkhaus gleich in der Nähe der Ermou, die zu einer der beliebtesten Einkaufsstraßen Athens zählt. Dort tausche ich meine hochhackigen, roten Pumps gegen flachere, goldene Sandaletten und bummele die schattige Fußgängerzone entlang. Mein Smartphone habe ich wieder auf Laut und Vibration gestellt und um ja keinen Anruf oder eine eingehende Nachricht zu verpassen, steckt es im Außenfach meiner Handtasche, die dicht an meinem Körper anliegt.

Während ich umherschlendere und in den Geschäften nach Schnäppchen Ausschau halte, denke ich, dass es praktisch wäre, wenn Richard mich jetzt anrufen würde. Er wohnt ganz in der Nähe und wäre ebenfalls ein Schnäppchen... wenn auch anderer Art.

Nachdem ich einige meiner Lieblingsgeschäfte durchstöbert habe und mir eine neue Sonnenbrille sowie einen türkis farbenen Bikini gekauft habe, setze ich mich unter die Markise eines Cafés in der Altstadt, das Ventilatoren mit Wasserkühlung installiert hat. Diese Sprühnebel Ventilatoren sind in Griechenland weit verbreitet und haben einen enorm erfrischenden Effekt.

Ich bestelle ein Schokoladeneis mit Krokant und Sahne, lehne mich zurück und beobachte die Menschen, die an mir vorbeigehen. Mein Smartphone lege ich auf den Tisch, doch es bleibt still. Diese Tatsache nehme ich mittlerweile wesentlich gelassener hin, als noch vor einem Jahr. Solange ich mehr als 4000 € im Monat verdiene, beschwere ich mich nicht! – Die Jagd nach Kunden und Geld kann nämlich sehr stressig sein. Das habe ich am eigenen Körper bis hin zur Nervosität und Schlaflosigkeit gespürt. Als ich Violet davon erzählte, hat sie mir geraten, mein Telefon nachts abzuschalten, um besser zur Ruhe zu kommen. Aber das will ich nicht. Es gibt immer wieder Kunden, die mich in der Nacht sehen wollen und gut dafür bezahlen. Stattdessen übe ich seit geraumer Zeit, meine Freizeit hochzuschätzen und bewusst zu genießen. – So wie jetzt im Moment, in der größten Sommerhitze Athens, betrachte ich meine freie Zeit genauso als Geschenk wie einen gutbezahlten Kundentermin. Zu dieser Übung passt es auch gut, dass ich mich mit Dirk für morgen früh zum Schwimmen verabredet habe. – Ich muss mich nur noch entscheiden, ziehe ich den neuen Bikini an oder einen älteren, den ich ebenfalls noch nie getragen habe…

Innerlich über meine kleinen Sorgen lachend, löffele ich das Eis und horche auf, als sich zwei ältere deutsche Damen an meinem Nachbartisch niederlassen. Sie reden über ihre Männer und ich belausche sie schamlos.

,Das gehört sich nicht! ', denke ich bei mir. Aber ein wirklich schlechtes Gewissen stellt sich nicht ein… Also lausche ich weiter und erst als sie das Thema wechseln und über eine gemeinsame Freundin herziehen, wird die Unterhaltung uninteressant für mich und ich nehme mein Smartphone zur Hand und studiere die Nachrichten des Tages.

Auf einmal klingelt mein Telefon! Ich sehe mich um und stelle fest, die deutschen Damen sind fort und es ist auch sonst niemand in meiner nächsten Nähe, der mein Telefonat mit anhören könnte. Doch wie immer, wenn ich mich in der Öffentlichkeit befinde, spreche ich nur mit gedämpfter Stimme und mit einem leisen „Hallo!", nehme ich das Gespräch an.

„Hi Anika, hier ist Harris. Wir haben gestern schon gesprochen. Erinnerst du dich?"

Selbstverständlich erinnere ich mich an ihn! Er wollte, dass ich ins Daros Hotel komme. Blöderweise habe ich es noch immer nicht gegoogelt und weiß nicht, ob es ein Stundenhotel oder ein ganz normales Hotel ist…

„Sicher, ich erinnere mich an deinen Anruf.", gebe ich zurück und er fragt:

„Und wie sieht es aus? Hast du heute Zeit für mich?"

Wie gestern unterdrückt Harris seine Telefonnummer. Um mehr über ihn herauszufinden, ist es am besten, ich plaudere ein wenig mit ihm.

„Harris, es sieht auch heute nicht gut aus… Bist du immer noch im Daros Hotel?"

„Ja, ich werde noch für mindestens zwei Wochen hier sein."

„Bist du nur zu Besuch in Athen oder weshalb wohnst du in einem Hotel?"

„Nein. Ich wohne in der Nähe des Hotels. – Aber unsere Wohnung wird zurzeit renoviert. Deshalb habe ich meine Familie in den Urlaub geschickt und bin selbst in dieses Hotel gezogen. So kann ich die Arbeiten überwachen."

‚Das klingt plausibel. ‚, denke ich und fahre fort:

„Ach, so ist das! – Für wann hättest du gerne meinen Besuch?"

„Ich bin flexibel. Wenn du mir sagst, du kannst heute noch kommen, wäre das toll!"

„Harris, schick mir doch bitte eine SMS mit der Adresse und Telefonnummer des Hotels. – Dann melde ich mich in einer Viertelstunde bei dir und lasse dich wissen, ob es heute noch klappt oder nicht."

„Okay, das kann ich machen. Und wenn es heute nicht klappt, könnten wir vielleicht für morgen etwas fest machen? – Ich will mir wirklich die deutsche ‚Pretty Woman‘ gönnen!", lacht er unbefangen.

„So machen wir das! – Also, ich warte auf deine SMS und melde mich kurze Zeit später wieder. – Bis dann, Harris!"

Ob ein Polizist sich so etwas ausdenken würde, um ein Callgirl in die Falle zu locken? Durchaus möglich. Ich bin mir immer noch nicht sicher, ob ich Harris trauen kann oder nicht. Mein Smartphone piepst und Harris hat mir die gewünschte Nachricht geschickt. Damit habe ich zumindest seine griechische Mobilnummer. Ich google das Hotel und finde heraus, es ist ein kleines 2 Sterne Hotel, genau wie er gesagt hat, in der Nähe der Syngrou Avenue Fest steht, dass ich ihm für heute absage. Das mache ich per SMS. — Nur weil ich Leerlauf habe, werde ich keine Risiken eingehen! – Mein Telefon klingelt erneut und es ist wieder Harris.

„Schade, dass es nicht klappt. Könntest du vielleicht morgen gegen 19 Uhr in mein Hotel kommen? Hast du dann Zeit?"

„Ja, das können wir vereinbaren. Gib mir dazu bitte deinen vollständigen Namen und deine Zimmernummer, damit die Rezeption mich morgen mit dir verbinden kann."

„Oh! – Muss das sein? Kannst du nicht einfach so zu mir aufs Zimmer kommen? Ich möchte nicht, dass die Angestellten des Hotels erfahren, dass ich Damenbesuch bekomme…"

„Das muss sein, Harris! Ich gehe nie in ein Hotel ohne mich vorher zu vergewissern, dass der Kunde auf dem Zimmer ist. Das ist in unserer Branche üblich. – Wusstest du das etwa nicht?"

„Nein. Ich nehme mir gewöhnlich eine Frau von der Straße und gehe mit ihr zusammen in ein Stundenhotel. – Mh... Damit habe ich jetzt nicht gerechnet. Könntest du eine Ausnahme machen, Anika? Meine Zimmernummer ist 33."

Er hält kurz inne und noch bevor ich etwas erwidern kann, fährt er fort:

„Ach, was solls: Ich heiße Harris Grivas! – Ruf im Hotel an. Die werden das wieder vergessen. Du könntest doch einfach eine Bekannte sein... Zieh dich bitte nur ordentlich an, wenn du kommst! – Das wäre mir peinlich, wenn man anhand deiner Kleidung deinen Berufstand erahnen könnte."

„Alles klar, Harris, darüber brauchst du dir keine Sorgen zu machen. Rufe mich morgen Nachmittag nochmal kurz zur Bestätigung mit deiner sichtbaren Mobiltelefonnummer an und dann werde ich morgen Abend in dein Hotel kommen."

„Alles klar, Anika, ich werde auf dem Zimmer sein. Ich freue mich, das es morgen klappt!"

Dieses Gespräch hat mich beruhigt. Harris könnte tatsächlich einfach nur ein Typ sein, der ein sexy Date will... Mit einem Blick auf die Uhr sehe ich, dass ich noch Zeit habe für einen weiteren Bummel durch die Altstadt Athens.

In einer der engen Gassen am Fuße der Akropolis, wo sich ein Touristenladen an den nächsten reiht, bleibe ich vor dem Verkaufsgestell eines Geschäfts stehen, an dem bemalte hölzerne Penisse hängen. Sie sind beliebte Souvenirs. Man findet sie über ganz Griechenland verteilt, überall dort, wo Touristen sich tummeln. Als ich sie vor vielen Jahren im Urlaub auf einer griechischen Insel das erste Mal gesehen habe, war ich erschrocken. – Jedes Kind kann sie sehen, anfassen und damit spielen!

Erstaunt haben mich damals auch die Figuren des *Priapos*. Er ist ein gemeinsamer Sohn von Aphrodite und Dionysos und wird als Gott der Fruchtbarkeit verehrt. Zum Verkauf angeboten werden seine Skulpturen meist in Kupfer oder Bronze. Er ist daran zu erkennen, dass er Flöte spielt und einen riesengroßen, erigierten Ständer hat! – Irgendwann wollte ich die ganze Geschichte über ihn erfahren und habe ein Buch über die griechische Mythologie gelesen.

Hiernach war Hera, die Schwester und Gattin des Zeus, über die Liaison von Dionysus und Aphrodite nicht erfreut und dank ihrer Zauberkraft versah sie den armen Priapos mit einer dauerhaften, übergroßen Erektion. – Missgestaltet, wie er nun war, schämte die schöne Aphrodite sich für ihren Sohn und setzte ihn kurzerhand aus. – Die griechischen Götter haben nie lange gefackelt!

Gegen 20 Uhr lässt die Hitze langsam nach und weil ich vor meinem nächsten Termin noch etwas essen muss, setze ich mich in der Nähe des Monastiraki-Platzes an den Tisch eines Restaurants und bestelle einen Tomatensalat mit Feta-Käse und schwarzen Oliven. Auf Wein oder Ouzo verzichte ich, weil ich noch im Dienst bin.

Um 21 Uhr bezahle ich und mache mich auf den Weg zu der Tiefgarage, in der mein Auto steht. Schön, dass es kühl darin ist! – Nach meinem Navigationsgerät brauche ich 20 Minuten bis zu Vangelis Adresse in Neo Psychiko. Ich rufe ihn an und als er mir bestätigt, dass er zuhause ist, fahre ich los.

19

Vangelis Wohnung liegt in einer Einbahnstraße und ich finde einen Parkplatz in unmittelbarer Nähe seines Hauses. Neo Psychiko gehört zu einem der besseren Wohnviertel Athens. Das erkennt man unter anderem an den vielen SUV's, die hier fahren und parken. Zudem ist die Gegend sauberer als manch andere.

Bis genau 22 Uhr bleibe ich im Wagen sitzen. Ich lasse den Motor während dieser 10 Minuten laufen, damit ich weiterhin von der Klimaanlage profitiere. Sicher ist das weder ökonomisch noch umweltfreundlich, aber in diesem Falle stelle ich mein eigenes Wohl an erste Stelle. In meinem Beruf gibt es kaum etwas Schlimmeres, als verschwitzt bei einem Kunden anzukommen.

Nach nur 50 Metern erreiche ich die Haustüre und klingele bei Karagiannis. Vangelis wohnt im ersten Stockwerk und ich nehme die Treppe. Er begrüßt mich mit Handschlag und Küsschen und ich sage:

„Guten Abend Vangelis! Schön, dich zu sehen!"

„Du bist hübscher, als ich gehofft habe, Anika. Eine echte ,Pretty Woman'! – Komm ins Wohnzimmer, ich hole uns etwas zu trinken."

„Vielen Dank! Ein Wasser wäre fantastisch."

Vangelis ist ein mittelgroßer, korpulenter Mann mit spärlichen, graumelierten Haaren. Er hat dichte Augenbrauen und seinen griechischen Schlafzimmerblick umrunden dunkle Augenringe. Er ist wahrlich keine Sahneschnitte. Aber das macht überhaupt nichts. Ich gehe im Wohnzimmer umher, während er uns etwas zu trinken holt. Schwere Eichenmöbel und dicke Perserteppiche werben um Aufmerksamkeit. Sie erinnert mich an die Einrichtung meiner Großeltern, allerdings ohne ein heimeliges Gefühl in mir zu erwecken. Um mich nicht unnötig lange bei Vangelis aufzuhalten, lehne ich es freundlich ab, mich zu setzen, als er mit den Getränken ins Wohnzimmer kommt. Ich nehme ihm mein Glas Wasser ab und stoße mit seiner Bierflasche an.

„Vangelis, wo darf ich dich verwöhnen? Und wo ist das Badezimmer? Ich möchte mich gerne frisch machen."

„Wenn du ausgetrunken hast, zeige ich dir das Bad. Ich dachte, wir könnten anschließend ins Schlafzimmer gehen. Was hältst du davon?"

„Sehr gerne! – Darf ich dich fragen, ob du dich auch schon frisch gemacht hast?"

„Ja, das habe ich. Ich war vorhin duschen."

„Das ist sehr schön.", gebe ich zurück, gehe auf ihn zu und lege meine Hand auf seinen Oberkörper.

„Du bist ein starker Mann! Ich spüre deine Muskeln. – Was für Sport treibst du?"

„Oh, ich treibe eigentlich überhaupt keinen Sport mehr… Als ich jung war habe ich Beachvolleyball gespielt. – Nun, das ist lange her."

„Aber du machst einen vitalen Eindruck auf mich! – Bestimmt magst du Sex und kannst mich gleich beeindrucken. Das sehe ich dir an!"

Vangelis lächelt geschmeichelt. Dass ich zum Wohlbefinden eines Freiers ein wenig flunkere macht überhaupt nichts! – Komplimente sind Höflichkeiten, die jeder Mensch gerne hört, – auch wenn sie übertrieben sind.

„Okay, zeig mir das Bad und das Schlafzimmer. Ich schlage vor, wir treffen uns im Bett wieder! – Wie gefällt dir das?"

„Anika, ich möchte dir vorher etwas sagen: Du bist eine Professionelle, hast viele Männer im Bett und mehr Erfahrung als ich, was Sex betrifft, – aber ich würde dich gerne sexuell verwöhnen. Wenn es etwas gibt, das du gerne magst, dann werde ich es tun. Ich bin nicht so ein Kerl, dem es nur um seine eigene Befriedigung geht."

„Das habe ich dir längst angemerkt, Darling. Lass uns warten, bis wir im Bett sind, dann flüstere ich dir, was mir persönlich sehr gut gefällt! – Einverstanden?!"

„Einverstanden!", gibt er strahlend zurück und zeigt mir die anderen Zimmer.

Da alles in seiner Wohnung altmodisch und auch seine Kleidung sehr konservativ ist, entscheide ich mich für ein zweiteiliges, elegantes, weißes Spitzenset. Um meiner Erscheinung außerdem etwas Edles zu verleihen, lege ich synthetischen Perlenschmuck an und stecke meine Löwenmähne hoch.

Mein Spiegelbild flüstert mir: ‚*Das müsste ihm gefallen!* '

Die Alternative zu dieser Garnitur wäre ein knapper, schwarzer Netzbody gewesen, aber irgendetwas sagt mir, dass ich Vangelis' Vorstellung von einer ‚*Pretty Woman*' in weißer Spitze eher entspreche.

Nach einen paar frischen Spritzern ‚Must de Cartier' verlasse ich das Badezimmer und begebe mich in sein Schlafgemach. Sicher ist es auch das Schlafgemach seiner Frau... Aber wenn er sie ausblenden kann, kann ich das ebenfalls.

Vielleicht gibt es Menschen, die mein Denken als moralisch verwerflich einstufen, aber ich lebe nicht im letzten Jahrhundert und wenn ein Mann, der schon lange verheiratet ist und sexuell keine vollständige Befriedigung mehr im ehelichen Beischlaf findet, sich eine freiwillig arbeitende Prostituierte bestellt, die auf seine Bedürfnisse eingeht... warum sollte *er* das nicht genießen und *sie* sich nicht für die Sexarbeit bezahlen lassen? Wir schaden weder der Ehefrau noch gefährden wir die Ehe. Wir tun nur das, was sich gut anfühlt, ohne jemand anderem Leid zuzufügen.

Vangelis hat sich bis auf die Unterhose ausgezogen und sein weißer, dicker Bauch, der spärlich behaart ist, lässt nicht mehr ahnen, dass er früher Beachvolleyball gespielt hat. Ich setzte mich neben ihn aufs Bett und schiebe meine Hand frech durch eine Beinöffnung in seinem Slip und lege meine Hand auf sein Geschlecht. Er stöhnt entzückt auf und ich fühle seinen schnell wachsenden Penis.

„Vangelis, hättest du Lust mich zu lecken?"

„Wenn du das möchtest, sehr gerne!"

„Ich würde es lieben, langsam und zärtlich von dir geleckt zu werden. Das wäre eine schöne Art mich zu verwöhnen und danach erfülle ich dir fast jeden Wunsch!"

„Sicher Anika! Das mache ich liebend gerne!"

Als ich seinen Schwanz hart gestreichelt habe, hole ich seine Eichel oben aus dem Bund der Unterhose heraus, sehe sie mir genau an und als ich den Eindruck habe, Vangelis ist gesund, fahre ich einmal langsam mit der Zunge darüber. So wie er darauf reagiert, habe ich kurz die Befürchtung, er spritzt zu früh ab. – Aber alles geht gut!

„In welcher Stellung willst du mich lecken? Soll ich mich aufs Bett legen oder über dein Gesicht setzen?"

„Mach es so, wie es dir am bequemsten ist.", gibt Vangelis zurück.

Da ich ahne, dass er nicht sehr beweglich ist, lasse ich ihn auf dem Rücken liegen, ziehe meine Pumps und mein Höschen aus und klettere auf ihn drauf.

„Ich bin schon ganz feucht, bei der Vorstellung deine Zunge an meiner Muschi zu spüren. Beim Vorspiel geht doch nichts über Oralverkehr, findest du nicht auch, Baby?!"

Heiser antwortet er:

„Ja, und ich versuche, es dir richtig schön zu machen, ,Pretty Woman'!"

„Davon bin ich überzeugt, mein großer Grieche!"

Ich halte meine Vagina genau über seinen Mund. Vangelis legt seine Hände auf meine Pobacken und als ich mein Gesäß weiter absenke, spüre ich seine Zunge an meiner Klitoris. Es war gut, zu betonen, dass er mich langsam und zärtlich lecken soll. So fühlt sich dieser Cunnilingus nicht anders an, als wenn ein nasser Schwamm über meine Muschi fährt. In dieser 69er Stellung kann ich mich gleichzeitig geschickt um Vangelis Geschlechtsteile kümmern. Sein Schwanz ist durchschnittlich groß und weder beim Oralverkehr noch beim Koitus etwas, vor dem ich mich fürchten müsste.

„Oh, mein Gott, du machst das unglaublich gut! – Ich werde schneller kommen, als ich dachte.", kündige ich meinen Orgasmus nach kurzer Zeit an und spiele ihm, mit immer schneller aufeinanderfolgenden Seufzern, meinen Höhepunkt vor. Wie erschöpft lasse ich mich danach neben ihn aufs Bett fallen und japse:

„Gib mir ein paar Augenblicke, Darling, ich bin gleich wieder bei dir."

„Lass dir Zeit! – Es war schön für mich, deinen Orgasmus zu erleben. Meine Frau und ich schlafen seit langem nicht mehr miteinander und ich hatte fast vergessen, wie berauschend das auch für mich ist, wenn eine Frau zum Höhepunkt kommt."

Vangelis hat sich aufgesetzt und während er redet, bemerke ich, dass sein Schwanz wieder schlapp wird. Aber das darf er nicht! – Schnell, setze ich mich auf meine Fersen und ziehe mein Oberteil aus. Als er meine Brüste sieht, stiert er sie an.

„Willst du sie anfassen oder an meinen Nippeln saugen? Ich kann auch deinen Peos mit ihnen verwöhnen… Sag mir, was

194

dich am meisten antörnt! – Denn jetzt bist du an der Reihe, Agapi-mou!"

Ich habe das griechische Wort für Penis benutzt und ihn gleichzeitig Liebster genannt. Meist amüsieren sich meine griechischen Kunden über meine deutsch-vertonte Aussprache des Griechischen. Aber das macht nichts. Es trägt zur Unterhaltung bei.

„Würdest du mir einen Blowjob geben? Ohne Kondom...", fragt Vangelis mich geradeheraus.

Da ich schon Gelegenheit hatte, mir seinen Schwanz genau anzusehen und ich ihn oberflächlich beurteilt für gesund befunden habe, springen meine Gedanken im Zickzack zwischen:

,Eigentlich nein.'– ,Wäre schon okay.' – ,Wieso sollte ich? ' und: ,Ja, warum nicht?!'

Da langes Überlegen nur meine eigene Unsicherheit betont, ich ihm jedoch nicht den Eindruck vermitteln möchte, ich wüsste nicht, was ich will, antworte ich schnell:

„Ich mache eine Ausnahme, Baby! – Aber nur, weil ich glaube, du bist gesund."

„Das bin ich definitiv, Anika! Mach dir deshalb keine Sorgen!"

„Bleib so sitzen und spreize einfach deine Beine. Dann komme ich gut an dein Prachtstück ran.", entgegne ich und verliere keine weitere Zeit.

Auf Knie und Ellbogen gestützt, lasse ich mich zu ihm herunter und nehme seinen halbschlaffen Helden in den Mund. Es dauert keine Minute und ich lutsche einen steifen Schwanz. Alles läuft wieder nach Wunsch und kurze Zeit später schlage ich vor, zum Koitus überzugehen.

Vangelis ist einverstanden, auch damit, dass ich mich auf ihn setze und reite. Geschickt stülpe ich einen Pariser über seinen Harten und besteige ihn. Als sein Schwanz tief in mir drin steckt, reite ich ihn in gleichmäßigem Tempo, begleitet von leisen Seufzern der vorgespielten Lust. Nach vorn gebeugt halte ich ihm meine Möpse vors Gesicht. Er greift danach und saugt an meinen Nippeln. Noch spüre ich keine Annäherung an seinen Orgasmus. Wenn eine Stellung nicht zum erwünschten Erfolg führt, bietet es sich in der Regel an, sie zu wechseln. Und so frage ich Vangelis, ob er mich von hinten in Hündchenstellung nehmen will. Er bejaht und ich steige von ihm ab, werfe einen kurzen Blick auf das Kondom und befinde es für tauglich, uns weiterhin zu dienen. In der Hündchenstellung strecke ich meinen Po keck in die Höhe und spreize meine Beine. Wenn man mich so von hinten betrachtet, ist das eine hocherotische Angelegenheit. Auch Vangelis lässt sich ein paar Sekunden Zeit, bevor er nah an mich heranrückt und seinen Schwanz in meine Pussy steckt. – Jetzt bestimmt er das Tempo. Nach ein paar langsamen und tiefen Stößen beschleunigt er und in einem flotten Rhythmus, fickt und fickt er…, ohne dass ich den Eindruck bekomme, er erreicht bald sein Ziel. – Etwas ungeduldig, weil ich mit einem Blick auf meine Armbanduhr sehe, dass wir schon eine halbe Stunde lang intensiven Sex praktizieren, schlage ich ihm vor, dass wir es uns in der Löffelchen-Stellung gemütlich machen und er mich wieder von hinten bummst. Vangelis ist einverstanden und diesmal tausche ich sicherheitshalber das Gummi. Während dem Wechsel, stecke ich mir seinen Johnny tief in den Mund und blase ihn für ein paar Sekunden. Das bringt Vangelis in Fahrt. Mein nächster Versuch, ihm einen Höhepunkt zu entlocken, misslingt genauso wie alle vorherigen. Ich frage mich, was ich machen soll!?

„Darling, kann ich etwas tun, das deine Lust steigert und dich in den Wahnsinn treibt?", frage ich.

„Ich weiß, du willst, dass ich langsam abspritze, Anika. –
Aber es liegt am Kondom, dass ich mich nicht zu einem Höhepunkt steigern kann. Es hat nichts mit dir zu tun. – Es ist
dieses verfluchte Gummi!"

Eine Sache ist ganz klar: Ich ficke nicht ohne Schutz! Und
Vangelis wird das wissen. Ich will ihn auch nicht fragen, ob er
mit anderen Mädels ungeschützten Sex hat. Ich will einfach
nur, dass er kommt! – Deshalb schlage ich freundlich vor:

„Ich könnte dir einen geilen Handjob mit Öl geben! Was
hältst du davon?"

„Das ist genau, was ich selbst immer mache... Sorry, Anika,
aber für einen Handjob habe ich dich nicht angerufen..."

„Dann biete ich dir an, dass ich deinen Schwanz ohne Kondom bis kurz vor dem Explodieren lutsche. – Aber du musst
mir versprechen, dass du ihn rechtzeitig herausziehst. Ich will
keinen einzigen Tropfen deines Spermas in den Mund bekommen!"

„Okay, das verstehe ich. Lass uns das machen! So gerne wie
ich dich ficke, das Kondom hält mich ab davon, so zu fühlen
wie ohne den Pariser. Diese Dinger sind nicht mein Ding!"

,Tja! ', denke ich, ,Du bist aufgewachsen ohne HIV und hast
noch die gute, alte Freiheit vom Schleimhautkontakt während jeden
Sexualaktes genossen. – Früher war das Kondom nur dazu da,
Schwangerschaften zu verhindern. – Heute ist es wegen des Virus
nicht mehr wegzudenken. '

„Okay! – Dann geh in die Stellung, die dir beim Blowjob
das größte Vergnügen bereitet."

„Lass uns, wie vorhin, in die Stellung 69 gehen. – Dabei
kann ich dir auf die Pussy schauen und dich fingern. Deine
Möse törnt mich total an."

„Klar! – Also runter mit dir!", gebe ich kurz und knapp zurück, ziehe ihm den Pariser ab und werfe ihn auf den Boden.

Ich hocke mich mit weit gespreizten Beinen über ihn und gebe mein Bestes, um ihm den ersehnten Orgasmus zu bescheren.

Vangelis klappt meine Schamlippen auseinander und fingert ungeschickt in meiner Muschi herum. Ich hätte ihm eine Anleitung geben sollen. Nicht um mich zu stimulieren, sondern nur, um es angenehmer für mich zu gestalten. Zum Glück dauert es nicht allzu lange und ich spüre, wie sein Bolzen pulsiert und er am ganzen Leib zuckend einen intensiven Höhepunkt erlebt.

Das lässt bei mir nicht nur Erleichterung sondern auch Freude aufsteigen! – Unter mir liegt ein glücklicher, zufriedener Kunde. Ob er mich jemals wieder anrufen wird, ist nicht sicher. Wenn seine Frau zurück ist, wird er sich wieder mit anderen Mädchen, wie er sie nennt, in Hotels treffen. Aber das macht nichts! – Ich habe ihn glücklich gemacht und werde bei ihm als ‚Pretty Woman' in Erinnerung bleiben.

Nachdem ich im Badezimmer war und wieder angekleidet ins Wohnzimmer gehe, überreicht mir Vangelis, der sich mittlerweile seine Unterhose angezogen hat, mein Honorar. Strahlend nehme ich drei Fünfziger und zwei Zwanziger entgegen und küsse ihn auf die Wange.

„Vielen Dank für das Trinkgeld, Vangelis, – es war schön, dich kennenzulernen und besonders schön, von dir geleckt zu werden!"

„Komm gut nach Hause, ‚Pretty Woman'! – Und danke für dein Verständnis, was das Kondom anging."

„Kein Problem!", mache ich ihm vor und verlasse seine Wohnung. Der Innenraum meines PKW's ist nicht mehr so heiß wie am Tag, aber ich schalte die Klimaanlage trotzdem ein. Auch in der Nacht kühlt es sich zurzeit nicht unter 24 Grad ab.

Glücklich über einen gut gelungenen Job und ein Trinkgeld von 20 € lenke ich den Wagen auf die Leoforos Kifisias und fahre in Richtung Süden.

20

Die Nacht ist noch jung und ich bin hellwach. Als ich mein Smartphone gecheckt habe, waren keine neuen Nachrichten oder Anrufe in Abwesenheit eingegangen. Dabei hätte ich jetzt noch die Energie, einen weiteren Freier zu bedienen. Es gibt sie, diese Tage an denen ich vor Energie strotze. Ich überlege, ob ich noch einen Stopp in der Innenstadt einlege und der Gedanke ist so verlockend, dass ich einen Abstecher nach Pagkrati mache, einem Stadtviertel, in dem das antike Olympische Stadion liegt. Mit seinen vielen neuen, kreativ gestalteten Bars und Restaurants entwickelt es sich gerade zu einem beliebten Ausgehviertel für junge Griechen.

Es dauert nicht lange, bis ich einen Parkplatz finde und kurz darauf schlendere ich die stark befahrene und laute Straße entlang bis zu einem Pub, der den schmalen Bürgersteig vor seinem Laden zur Außenterrasse umfunktioniert hat. Kleine runde Metalltischchen in unterschiedlichen Farben sind dicht umringt von den typisch griechischen Holzstühlen, die hier bunt lackiert wurden. Flickenteppiche dienen als Sitzkissen, auf jedem Tisch steht ein Windlicht und aus den geöffneten Fenstern der Bar ertönt griechische Popmusik.

Ich ergattere einen Platz neben einer Gruppe junger Leute, die 2 kleine Hunde dabei haben. Als die junge Kellnerin kommt, bestelle ich einen Virgin Mary, lehne mich zurück und sauge die Atmosphäre eines typischen Athener Sommerabends in mich auf. Das einzige was mir fehlt, ist jemand mit dem ich mich unterhalten kann... Ich denke an Dirk und daran, wie schön es wäre, mich nach der Arbeit hier mit ihm zu verabreden und in belanglosen Gesprächen einfach die Seele baumeln zu lassen. – Ich gestatte mir, zu träumen!

Der Virgin Mary wird mir mit einer Schale Pringles Chips serviert und obwohl ich mir vorgenommen habe, die Finger von solchen Kalorienbomben zu lassen, widerstehe ich nicht und schiebe mir einen nach dem anderen in den Mund...

Mein Telefon klingelt. Ich stehe auf, entferne mich schnellen Schrittes ein paar Meter von der lauten Musik, halte mir ein Ohr zu und nehme das Gespräch an.

„Guten Abend, mit wem spreche ich?"

„Hallo, bist du Anika, die beim OAD Escort Service annonciert hat?"

„Ja, die bin ich!"

„Gut, ich bin Marcel. Ich habe Interesse an einem Date. Hast du Zeit?"

„Meinst du jetzt sofort?"

„Ja."

„Wo bist du? Und woher bist du?"

„Ich bin im Olivia Hotel. Und falls du es nicht an meiner Aussprache gehört hast, ich komme aus der Schweiz."

„Ach ja, – jetzt wo du es sagst! Ich war mir nicht sicher, ob du vielleicht ein Niederländer bist. Die betonen manche Worte ähnlich, – finde ich zumindest..."

Marcel lacht darüber, dass ich Schwyzerdütsch mit Holländisch vergleiche und in Nullkommanichts habe ich einen Termin mit ihm.

Um mir noch Zeit zu geben, meinen Virgin Mary einigermaßen gemütlich auszutrinken, habe ich ihm gesagt, ich sei in einer dreiviertel Stunde bei ihm. Das schaffe ich leicht, weil das Olivia Hotel in der Innenstadt liegt und ich in nur 10 Minuten mit dem Auto dort sein kann. – Juhu! Ich habe weitere Arbeit! Und mit einem Male ist es mir wieder ganz recht, dass ich alleine hier bin! – Was hätte ich gemacht, wenn Dirk hier gewesen wäre? – Hätte ich zu ihm gesagt: ‚*Sorry, aber ich muss los. Ich habe noch einen Termin.* ‘ ?

Da ich mir diese Frage nicht ehrlich beantworten kann, schiebe ich sie beiseite, zahle meinen Drink und mache mich auf den Weg zu Marcel Huber aus Zürich.

Das Olivia Hotel liegt in der Nähe des Hadrianstor und aus Erfahrung weiß ich, dass ein Portier meinen PKW gegen ein Trinkgeld entgegennimmt und parkt, sobald ich selbstsicher verkünde, dass ich eine Verabredung mit Herrn ‚Sowieso‘ im Hotel habe und nach spätestens 2 Stunden wieder zurück bin. Die Portiers wissen, was ich mache, aber sie tun so, als ob sie keine Ahnung hätten. Sie sind höflich und nehmen gerne das Trinkgeld.

Als ich das Hotel betrete ist es nach Mitternacht. Für Termine in der Nacht berechne ich gewöhnlich 250 €, aber Marcel hat mich noch vorher angerufen…

Da mein Honorar für den Tag, die Nacht und für alle Extras in meinem Profil aufgelistet stehen, müsste er wissen, dass mein Service jetzt 250 € anstatt 170 € kostet. Nicht ganz sicher, ob ich später darauf bestehen soll, betrete ich den Aufzug und fahre in die dritte Etage.

Marcel ist auf Zimmer 348. Als ich anklopfe, öffnet er mir umgehend.

„Guten Abend, Marcel!“

„Grüezi Anika! Komm herein und fühl dich wohl!“

„Danke, Darling. Was verschlägt einen Schweizer nach Athen?“

„Die Geschäfte. Ich arbeite für eine Bank.“

„Bist du aus beruflichen Gründen öfter in Athen?“

„Nein, dies ist das erste Mal. – Und du? Bist du permanent hier oder wechselst du dein Arbeitsgebiet?“

„Nein, ich arbeite seit zwei Jahren hier und habe vor, vorläufig zu bleiben."

„Möchtest du etwas trinken? Die Minibar ist gut bestückt."

„Vielen Dank, wenn ein Prosecco dabei ist, gerne."

„Ich schaue nach."

„Wenn es dir nichts ausmacht, würde ich mich in der Zeit schon mal frisch machen."

„Sicher. Das Bad ist dort drüben."

„Danke!"

Marcel ist ein großer, leicht gebräunter, schlanker Mittvierziger mit dunkelblondem Haar. Er trägt eine graue Hornbrille und eine ausgefallene Armbanduhr, – sicherlich ein Schweizer Fabrikat.

In dem geräumigen Badezimmer mit Marmorbadewanne, Marmorwaschbecken und vergoldeten Wasserhähnen hänge ich mein rotes Kleidchen an einen Handtuchhalter, mache mich frisch, ziehe den schwarzen Netzbody an und sprühe einen frischen Hauch Parfüm hinter meine Ohren. Mein Smartphone stelle ich auf Lautlos. Dann nehme ich mein Utensilientäschchen und gehe zurück in den Wohnzimmerteil der geräumigen Suite.

Marcel hat es sich auf dem Sofa bequem gemacht und vor ihm auf dem Tisch stehen zwei gefüllte Gläser.

„Es ist Champagner, aber ich hoffe, das ist okay für dich."

„Sicher! – Sag mal, Marcel, hast du dich auch schon frisch gemacht?"

„Ich habe geduscht, nachdem ich dich angerufen habe."

„Das ist sehr schön. Dann lass uns anstoßen!"

Ich setze mich schräg zu ihm aufs Sofa, – kerzengerade versteht sich, – schlage meine Beine übereinander und nehme ihm die Champagnerschale ab, die er mir reicht. Wir prosten uns zu und trinken.

„Scharf siehst du aus in diesem Netzfummel. – Deine Profilfotos bei OAD halten, was sie versprechen."

„Danke, das freut mich. – Du trägst übrigens eine interessante Armbanduhr."

„Ebenfalls danke, es ist eine *Seamaster Planet Ocean America's Cup Edition*. Von Omega."

„Hast du etwas mit dem America's Cup zu tun?"

„Nein, aber ich bin Segler und habe sie mir selbst zum Geburtstag geschenkt, Ich kann mein Geld doch nicht einfach auf der Bank herumliegen lassen...", schließt er seinen Satz scherzend ab und wir lachen beide. Dabei denke ich:

Ja, das ist vernünftig! – Geld will fließen! '

„Hast du einen besonderen Wunsch, was den Sex angeht?"

„Eigentlich nicht. In der Beziehung bin ich nicht so anspruchsvoll. Ich habe einfach Bock auf Sex. Du kannst damit anfangen, mir einen zu blasen, wenn du magst."

„Gerne!"

Ich stelle meinen Champagner auf den Couchtisch und frage:

„Darf ich dir beim Ausziehen deiner Hose helfen?"

„Nein warte, ich ziehe mich selbst aus. – Ist es in Ordnung, wenn wir erst mal auf dem Sofa bleiben?"

„Klar doch! Ich knie mich zwischen deine Beine."

„Ja, das gefällt mir!"

Marcel streift sein mintfarbenes Sommerhemd und seine braune Shorts ab. Darunter ist er nackt. Er trägt keine Unterhose. So wie er ist, setzt er sich wieder aufs Sofa, trinkt seinen Champagner aus, spreizt seine langen, schlanken, behaarten Beine und legt seine Arme rechts und links neben sich auf die Rückenlehne des Sofas. – Er ist bereit!

Ich nehme einen Pariser aus meinem Mäppchen und knie mich zwischen seine Beine. Doch sein Schwanz ist noch schlaff wie eine Socke und in diesem Zustand kann ich ihm das Kondom nicht überziehen. Also, was tue ich, um ihn hart zu machen? Seine Eier lecken! – Marcel nimmt seine Brille ab und zieht auch seine Uhr aus. Er beugt sich zu mir runter und legt eine Hand unter mein Kinn.

„Lass das. Komm und setz dich über mich. – Küsst du?"

„Wenn du magst."

„Gut, lass uns knutschen. – Trink zuerst noch einen Schluck Champagner, damit ich nicht meine Eier auf deiner Zunge schmecke."

Das ist auch mir angenehm und ich leere mein Glas in einem Zuge, setze mich auf seine Oberschenkel und beuge mich vor, bis unsere Lippen sich berühren. Etwas zögerlich steckt er seine Zunge in meinen Mund und lässt sie kreisen. Es fällt mir leicht, mich auf ihn einzustellen. Ich greife mit einer Hand nach hinten, um sein Geschlecht zu stimulieren und freue mich, als sein Schwyzer Bub wächst! Marcel streichelt mit einer Hand über meinen Rücken und Po und sagt auf einmal:

„Zieh dich nackt aus. Ich will nur noch deine Haut spüren."

Flink öffne ich die beiden Schnallen an meinem Netzbody und kann ihn abstreifen ohne aufstehen zu müssen. Marcel gefällt das und sein Verlangen nimmt Fahrt auf. Das merke ich an der Intensität seiner Küsse und an dem Zucken seines Schwanzes.

„Jetzt kannst du mir einen blasen. – Mensch, bin ich auf einmal geil!", japst er nach einem weiteren langen Zungenkuss.

Ich knie mich zwischen seine Beine und ziehe ein Kondom der Größe XL über seinen Ständer. Als er noch schlaff baumelte, habe ich nicht damit gerechnet, dass sein Penis zu dieser Größe heranwachsen kann. Ohne weiteres orales Necken stecke ich ihn mir tief in den Mund und entlocke Marcel einen tiefen Seufzer. Ich lege einen festen Ring aus Daumen und Zeigefinger um seine Peniswurzel und sauge kräftig seinen Schaft. Zu meiner Freude sagt er kurz darauf:

„Ich bin total scharf. Lass uns vögeln. Gehen wir aufs Bett."

Mir ist das sehr recht und ich stehe auf.

„Gib mir noch ein Kondom.", sagt Marcel. „Ich ziehe noch ein zweites drüber."

„Warum willst du ein zweites drüber ziehen?", frage ich total verblüfft, weil es das erste Mal ist, dass ein Freier diesen Wunsch äußert.

„Einfach zur Sicherheit.", gibt er knapp zurück und ich reiche ihm einen weiteren XL Pariser.

„Leg dich hin. Ich nehme dich als erstes in der Missionarsstellung.", weist er mich an und ich lege mich breitbeinig, mit einladend angewinkelten Beinen, auf das herrlich große Kingsize Bett.

Marcel begibt sich in Liegestützstellung über mich, stützt sich mit nur einer Hand neben meinem Körper auf und führt seinen Schwanz mit der anderen in mein feuchtes *Schnäggli*, wie die Schweizer eine Scheide nennen. Nach ein paar langsamen Stößen, rammelt er los, als ob er an einem Wettbewerb teilnimmt. Die großen Kissen unter mir fangen seine heftigen und schnellen Bewegungen zwar auf, aber trotzdem werde ich ordentlich durchgeschüttelt. Als ihm die Puste ausgeht, japst er:

„Dreh dich um und geh auf die Knie! – Ich pimper dich jetzt von hinten."

Das ist mir angenehm, weil meine Gehirnzellen mittlerweile stark durchgeschüttelt sind und ihnen eine Erholungspause gut tut.

„Wie sehen die Gummis aus?", frage ich ihn.

Marcel überprüft sie und meint:

„Sie sind okay. Wir brauchen nicht zu wechseln."

Kaum habe ich mich breitbeinig in die Hündchenstellung gebracht, spüre ich seinen Seckel in mich eindringen. Wie bei einem Fick-Marathon pimpert er wieder los und ohne für mich wahrnehmbare Vorankündigung erreicht er mit einem gewaltigen Aufschrei sein Ziel!

Ich bin auf die Kondome gespannt. Bei der Wucht, mit der er mich gebumst hat, war der doppelte Schutz wahrscheinlich angebracht. Als Marcel seinen erschlaffenden Schwanz aus mir rauszieht, werfen wir beide neugierig einen Blick auf sie. – Sie sind heile geblieben! – Das stärkt mein Vertrauen in die Marke, die ich verwende!

„Es ist noch Schampus da. – Komm, wir gönnen uns noch ein Gläschen.", schlägt Marcel vor und ich willige gerne ein. Um nicht nackt neben ihm zu sitzen, hole ich aus dem Bad ein Handtuch, schlage mich darin ein und als wir auf dem Bett sitzen und trinken, erzählt er mir von seinem Job, – vom Handel mit Aktien, Anleihen und Rohstoffen. Ich höre aufmerksam zu, weil ich hoffe, dass mir dieses Wissen in meiner Rolle als ‚Aleksandra', der Frau eines Investmentbankers, von Nutzen sein kann.

Das erste, was Marcel sich unserer Plauderei wieder anzieht, ist seine schicke, sportliche Omega. Erst danach greift er zu seiner Brille.

Ich gehe ins Badezimmer, dusche, richte mein Make-Up und meine Haare und als ich wieder angezogen bin, kehre ich zurück ins Zimmer. Marcel, immer noch nackt bis auf Armbanduhr und Brille, zieht Geldscheine aus seinem Portemonnaie, zählt sie ab und überreicht sie mir mit den Worten:

„Bitteschön, Anika! Es hat mir Spaß gemacht, dich zu vögeln. Vielleicht sehen wir uns ja mal wieder. – Ade!"

Ohne mich lange darüber zu grämen, dass es nur 170 € sind, die er mir überreicht, entgegne ich:

„Das wäre schön! – Vielen Dank und viel Erfolg bei deinen Geschäften!"

Wir verabschieden uns mit Küsschen und Müdigkeit spürend, mache ich mich auf den Weg nach Hause.

21

Kurz vor 2 Uhr in meinem Appartement angekommen, leere ich meine Tasche. Ich entnehme meine heutige Einnahme, rechne sie zusammen, fächere die Geldscheine in einem Halbkreis und lege sie auf die Schreibtischplatte. Schön sehen sie aus, der grüne Hunderter, die brauen Fünfziger und die blauen Zwanziger! Es sind zusammen 510 € und ich bin ganz schön stolz auf meine Tageseinnahme.

Da es sehr spät ist, beeile ich mich, meinen Safe zu öffnen und das Geld in den Umschlag zu meinen anderen Einnahmen zu legen. Freudig schreibe ich die Zahl 4190 darauf und lege den Umschlag zurück in den Safe. – Ich liebe Geld! – Daraus mache ich keinen Hehl. Am Ende jeden Monats bringe ich einen großen Teil meiner Einnahme zur Bank und halte eine gewisse Summe für meinen Unterhalt zurück. Sparen gibt mir das Gefühl, auch mal eine geschäftliche Flaute überstehen und mir etwas leisten zu können.

Nachdem ich mich im Bad für die Nacht fertig gemacht habe, schalte ich das erste Mal seit über 2 Jahren mein Smartphone aus. Dann schlafe ich erschöpft ein.

Mein Wecker klingelt um 6.45 Uhr und ich weiß sofort, was heute ansteht. Ohne zu zögern, schlage ich das Bettlaken zurück, stehe auf, öffne die Balkontüre und lasse die frische Morgenluft Griechenlands in mein Appartement. Dirk wird mich um 8 Uhr zum Schwimmen abholen.

‚Soll ich mich am ganzen Körper mit Sonnenschutz eincremen? ‛, überlege ich, während ich im Bad bin und entscheide: ‚Für die eine Stunde langt es, wenn ich mein Gesicht und Dekolleté schütze. ‛

Vor der geöffneten Kleiderschranktür stehend, entscheide ich mich, den neuen türkis farbenen Bikini und ein Strandkleid der gleichen Farbe aus Leinen anzuziehen. Als ich fertig bin, habe ich noch Zeit, eine Tasse Kaffee zu trinken, einen Keks zu essen und meine Badetasche zu packen.

Ich bin ziemlich aufgeregt. Das muss ich mir einfach eingestehen! Um 7.55 Uhr klingelt mein Telefon und als ich rangehe, ist es Dirk, der sagt:

„Guten Morgen Anika, ich warte im Auto vor deiner Haustüre. Komm runter, wenn du fertig bist."

„Guten Morgen, Dirk. Ich bin gleich da."

Herzklopfend schultere ich meine Badetasche und verlasse die Wohnung.

Dirk öffnet mir die Beifahrertüre seines Golfs und ich steige ein. Er trägt wieder seine Crewuniform aus weißem, kurzärmligem Hemd und dunkelblauen Shorts. Nach einem flüchtigen Begrüßungskuss fährt er los. Auf der Fahrt in die Marina Vouliagmeni fragt er mich nach meinem gestrigen Arbeitstag und ich erzähle, dass ich erst gegen 2 Uhr Feierabend hatte. Nach knappen 10 Minuten biegt Dirk in den Jachthafen ein und parkt den Wagen auf einem markierten Platz gegenüber einer stattlichen, weißen Segeljacht.

„Das ist die ‚Panda'.", sagt er. „Komm, wir steigen direkt ins Beiboot, ich habe schon alles vorbereitet."

In diesem Hafen liegt eine massige Motorjacht neben der anderen. Ich habe noch nie so viele riesige Privatjachten an einem Platz gesehen. Die ‚Panda', mit ihren beiden hohen Masten, setzt sich jedoch deutlich von den Motorjachten ab. Ich weiß nicht, wohin ich zuerst schauen soll. Alles beeindruckt mich! – Doch ich folge Dirk wortlos an den Rand des Kai. Dort liegt ein langes, flaches Motorboot. Im vorderen Drittel ist ein Deck, das sich zum Bug hin zuspitzt, in der Mitte sind Cockpit und Sitzplätze und das hintere Drittel besteht aus einem großen Sonnenbett. Geschickt steigt Dirk in das Boot ein und sagt:

„Gib mir zuerst deine Tasche, dann deine Hand."

Als ich an Bord bin, fragt er:

„Brauchst du noch etwas aus deiner Tasche oder kann ich sie in die Kajüte stellen?"

„Ich will nur noch etwas reinstecken.", gebe ich zurück, ziehe meine hübschen Badelatschen aus und stecke sie zu meinen anderen Sachen in die Tasche. Dirk verstaut sie in einer kleinen Kajüte im Vorderteil des Bootsrumpfes, lässt den Motor an, macht die Leinen los und schon setzen wir uns in Bewegung.

„Komm, setz dich neben mich.", sagt er lachend und zeigt auf einen Sitz am Steuerstand. Doch ich bleibe, wie er, stehen.

Es ist das erste Mal, dass ich mit so einem großen Motorboot fahre. Als wir den Hafen verlassen, nimmt Dirk Fahrt auf! – Adrenalin schießt mir ins Blut und ich könnte vor Freude jauchzen. Dirk sieht mich an und fragt:

„Na, gefällt's dir?"

„Und wie!", gebe ich strahlend zurück. Meine offenen Haare wehen im lauwarmen Sommerwind, vor mir erstreckt sich das blaue Mittelmeer und hinter mir lässt das verwirbelte Kielwasser eine weiß schäumende Spur auf der Wasseroberfläche zurück. Ich halte mich mit einer Hand an einem Bügel neben dem Steuerrad fest und spüre die Bewegungen des Bootes unter meinen Füssen. In einem Affentempo nähern wir uns der kleinen Insel Fleves. Ich fühle mich wie in einem Rausch.

„Ich habe dich gar nicht gefragt, ob du seekrank wirst?!", höre ich Dirks Stimme im Fahrtwind.

„Ich weiß es selbst nicht. – Aber das hier macht einfach nur Spaß und mir wird alles andere als übel dabei!", gebe ich lautstark, gegen den Wind, zurück und Dirk nickt mir lächelnd zu und hebt den Daumen.

Als wir uns der Küste Fleves' nähern, nimmt er das Gas zurück und wir werden langsamer.

„An der Ostseite ist eine hübsche, kleine Bucht. Da ankern wir.", informiert er mich. Ich nicke nur und sehe mir die nahe Felsenküste an, an der wir langsam vorbeituckern. Ohne den Fahrtwind fühle ich, wie die stark die Sonne an diesem Morgen wieder brutzelt. Laut Wettervorhersage kehrt die Hitzewelle mit über 40°C zurück. Wir erreichen die Bucht und Dirk steuert das Boot langsam mittig hinein.

„Da sind wir!", sagt er, bringt das Boot zum Stillstand und lässt den Anker fallen.

„Gefällt es dir?"

„Und wie! – Ich kann kaum glauben, dass ich hier bin. Es ist wunderschön. – Und wie klar das Wasser ist! Ich kann bis auf den Grund sehen. In Glyfada ist es immer trübe."

„Vielleicht weil der Untergrund dort sandig und das Meer ständig in Bewegung ist. – Wie sieht's aus? Gehen wir schwimmen?", fragt er und entriegelt am Heck eine Klappe. Geöffnet und auseinandergefaltet kommt eine Treppe zum Vorschein, die er ins türkisfarbene Wasser gleiten lässt. Es ist keine Badeleiter, es ist wahrhaftig eine Treppe. – Wie feudal! Noch ehe ich antworten kann, kommt Dirk zurück ins Cockpit, zieht sein Hemd aus, hängt es über das Steuerrad und lässt seine Shorts runter.

„Ich gehe immer nackt baden.", sagt er noch, grinst mich an und dann ist er auch schon vom Bootsrand aus mit einem Kopfsprung im Wasser verschwunden.

Auf geht's, Ilona! Nacktbaden ist doch deine Sache. Jetzt ziere dich bloß nicht!'

Ich ziehe mein Badekleidchen aus, mein Bikini-Oberteil...
und dann zögere ich. *Soll ich wirklich nackt baden gehen?* – *Ja!
– Es ist nichts dabei! Damit lässt du ihn doch nicht zum Sex ein!* '

Also runter mit dem Bikini-Höschen, das eh nicht mehr ist
als ein aufreizendes Stückchen Stoff. – Ich lege meine Sachen
ordentlich auf einen Sitz, klettere über das große Sonnenbett
hinweg zum Heck und steige bis zu den Knien ins Wasser,
bevor ich mich abstoße und schwimme.

Das Wasser ist herrlich erfrischend! Ich tauche unter und
wieder auf, schwimme auf dem Rücken und auf dem Bauch.
Ich kraule und nach ausgiebigem Planschen, lasse ich mich,
auf dem Rücken liegend, einfach nur vom Salzwasser tragen
und genieße den Augenblick. Dirk sehe ich nicht mehr. Er
scheint weiter raus geschwommen zu sein. Ich drehe eine
Runde um das Boot herum und lese die Aufschriften: *Monte
Carlo Offshorer 32* und *Tender to Panda*. Das Erste wird der Name des Boot-Modells sein und das Zweite der Hinweis darauf,
dass es sich um ein Beiboot der ,Panda' handelt.

Ich halte mich an der Ankerkette fest und schaue mich in
der Bucht um. Oberhalb der Felsen wachsen Mastixbüsche,
Pinien, verwilderte Olivenbäume und andere Sträucher, die
ich nicht kenne. Außer dem Zirpen der Zikaden ist nichts weiter zu hören, als hier und da das Plätschern von Wasser. Es ist
eine so friedvolle Atmosphäre, wie ich sie seit langem nicht
mehr erfahren habe. Athen ist laut und hektisch. Ich bin daran
gewöhnt. – Aber hier spüre ich, dass tief in mir drin ein Reso-
nanzfeld für diese Ruhe in der Natur existiert und dass mich
diese Augenblicke ungemein befriedigen. Ich tanke etwas auf,
das mich mindestens genauso glücklich macht, wie gutes
Geld, dass ich verdiene. – Das Glücksgefühl hat nur eine andere Quelle!

Dann höre ich Dirk, der mit dem Kopf unter Wasser, kraulend auf mich zukommt. Ich schwimme zurück zum Heck und treffe ihn dort.

„Puh!", prustet er, „Das hat gutgetan."

„Bist du um die ganze Insel geschwommen?", frage ich im Scherz.

„Dazu habe ich leider morgens keine Zeit, ansonsten wäre das mal eine Herausforderung. – Komm ich zeige dir, wie die Dusche funktioniert!"

Flink steigt er die Treppenstufen hoch, klappt einen kleinen, runden Deckel in der Bootswand auf und zieht einen Schlauch mit Duschkopf heraus.

„Drück auf diesen Hebel und das Wasser läuft. Es ist ganz einfach."

Er duscht sich ab und führt es mir damit gleichzeitig vor.

„Ah!", sagt er genüsslich, nachdem er fertig ist.

„Steck den Schlauch nachher einfach wieder in die Öffnung und schließe den Deckel. Wir haben genug Wasser an Bord. Du brauchst nicht sparsam damit umzugehen."

Ich steige auf die erste Stufe der Treppe, er reicht mir den Duschkopf und ich nehme ihn entgegen. Dirk klettert über das Sonnendeck hinweg ins Cockpit und kommt mit zwei großen Badelaken zurück. Ich versuche derweil freihändig meine Balance auf der Treppenstufe zu halten und mich gleichzeitig abzuduschen. Es geht besser, als ich dachte! – Nachdem ich fertig bin, schiebe ich den Schlauch genauso zurück in die Öffnung, wie Dirk es mir gesagt hat, schließe den Deckel und klettere an Bord. Dirk wirft mir eins der Badetücher zu.

„Die sind von der ‚Panda'. Mach dir keine Gedanken darüber, dass ich dir eins gebe. Wir haben eine Waschmaschine und einen Trockner an Bord!"

Mit einem Blick auf die Uhr fügt er hinzu:

„Wir haben noch gute 15 Minuten zum Sonnenbaden. Danach müssen wir zurück."

Ich tupfe mich nur leicht ab und sehe zu, wie Dirk sein Badetuch auf dem Sonnenbett ausbreitet und sich darauf legt. Ich tue es ihm gleich.

Im Abstand von einem Meter liegen wir nebeneinander. Ich liege auf dem Bauch, Dirk auf dem Rücken. Nach ein paar Minuten entspanntem Sonnenbaden öffne ich meine Augen einen Spalt und sehe zu Dirk rüber. Er hat einen Ständer. Schnell schließe ich die Augen wieder und drehe meinen Kopf zur anderen Seite. Dann höre ich, wie Dirk sich ebenfalls auf den Bauch dreht. Ob er bemerkt hat, dass ich seine Latte gesehen habe, weiß ich nicht. Mir wird klar, dass ich ihm signalisiere:

,Stopp! Anfassen verboten! ' Ich versprühe keine Einladung sich mir körperlich zu nähern, wie ich das beim Fischfang mache oder wenn ich mit einem Freier zusammen bin. Ich drehe mich auf den Rücken und genieße entspannt die frühmorgendlichen Sonnenstrahlen auf meiner noch feuchten Haut. Das Leben ist schön und ich fühle mich wohl in Dirks Gesellschaft. Nach einer Weile räuspert er sich und sagt:

„So schön es ist, aber ein Blick auf die Uhr sagt mir, wir sollten langsam los. Ich habe jetzt auch einen Mordshunger und freue mich aufs Frühstück. Wie sieht es bei dir aus?"

„Alles klar! Ich bin auch bereit zu frühstücken."

Dirk steht auf, nimmt die Treppe hoch, schließt ihre Klappe und klettert ins Cockpit.

„Wirfst du mit bitte meine Kleider rüber?!", bitte ich ihn.

Er nimmt meine zusammengelegte Wäsche und reicht sie mir. Ich schlüpfe in den Bikini und ziehe mein Kleid über. Als ich mich umdrehe, ist Dirk ebenfalls angekleidet. Er lässt den Motor an und holt den Anker hoch. Die Kette rasselt, bis der

Anker mit einem Rumms in seiner Halterung sitzt. Dirk steht wieder neben mir am Steuerstand und fährt langsam los.

„Das war fantastisch, Dirk. Vielen Dank für die Einladung! So könnte meinetwegen jeder Tag beginnen."

„Wenn du Lust hast, wiederholen wir es. Für mich ist das kein Problem. Ich freue mich über deine Gesellschaft."

Als wir aus der Bucht raus sind, gibt Dirk Gas. In gefühlten 5 Sekunden beschleunigen wir von 0 auf 70 Km/h und schießen zurück in den Jachthafen. Der Bug hebt sich aus dem Wasser und hinter mir spritzt wieder das aufgewirbelte Wasser in einem Bogen in die Höhe und hinterlässt unsere Spur im Meer. Gleichzeitig befördert das Adrenalin mich in einen Geschwindigkeitsrausch und diesmal strecke ich einen Arm in die Luft und jauchze vor Vergnügen!

„Findest du das auch so geil?", frage ich Dirk und sehe ihn an.

„Zeig mir einen Mann, dem das nicht gefällt.", gibt er lachend zurück.

Ja!', denke ich, *Es ist wie Sex. Ich kenne keinen Mann, dem Sex nicht gefällt. Ob ich mit Dirk Sex haben werde? – Darauf wird es wohl hinauslaufen...*', gestehe ich mir und auch, dass der Zug abgefahren ist, einen Kunden aus ihm zu machen.

Vor der Einfahrt in den Jachthafen nimmt Dirk das Gas zurück. Der Bug senkt sich wieder ins Wasser und gemächlich steuert er das Boot an seinen Liegeplatz. Ein Filipino, der die gleiche Uniform trägt wie Dirk, kommt angelaufen, nimmt die Leinen entgegen und sagt:

„Hallo Käpt'n. Brauchen Sie noch weitere Hilfe?"

„Nein danke, alles okay, Jimmy. – Halt, warte! Nimm die Badetücher mit auf die ‚Panda'. – Ich fahre noch Frühstücken und komme danach an Bord. – Das hier ist übrigens Anika."

„Hallo Madam!", begrüßt Jimmy mich vom Kai aus.

„Hallo Jimmy!", erwidere ich aus dem Cockpit und winke ihm freundlich zu.

Dirk reicht ihm die beiden Badelaken, Jimmy nimmt sie entgegen, dreht sich um und geht zurück zur ‚Panda', von der er anscheinend gekommen ist.

„Ein Kollege?", frage ich Dirk.

„Jimmy ist Deckshand und Steward. Ein feiner Kerl. Er ist schon seit 7 Jahren auf der ‚Panda'. Ich möchte ihn nicht missen. – Hier ist deine Tasche. Komm, lass uns zu mir Frühstücken fahren. Die Kaffeemaschine läuft gerade. Ich habe sie auf 9.30 Uhr programmiert."

„Du bist ja organisiert!", entgegne ich erstaunt.

„Organisation ist alles in meinem Beruf. Ohne die bist du als Kapitän nichts wert."

Ich lasse das so stehen, obwohl ich es nicht verstehe, weil ich glaube, als Kapitän muss man nur das Schiff fahren können. Stattdessen reiche ich Dirk meine Hand und er hilft mir, wieder sicher an Land zu gelangen. Ich hätte das auch alleine geschafft, aber es hätte wahrscheinlich nicht so elegant ausgesehen…

Das Häuschen, das er möbliert gemietet hat, ist nur ein paar Autominuten von der Marina entfernt. Es wurde, genau wie meine Wohnung, in der englischsprachigen Wochenzeitung ‚Athens World' annonciert und während der Fahrt dorthin, frage ich mich, ob er auch die Escort Spalte gelesen hat. Er könnte dort auf meine Anzeige und meine Telefonnummer gestoßen sein… Da es nichts bringt, darüber nachzudenken, konzentriere ich mich wieder auf das, was gerade passiert. Und das ist Folgendes: Dirk steuert den Wagen in eine Einfahrt neben einem 4 stöckigen, neuen Mehrfamilienhaus und sagt:

„Da hinten ist es, mein Häuschen."

Wir steigen aus dem Auto und gehen hinter dem Neubau einen gepflasterten Pfad entlang, der durch einen mediterranen Garten führt, in dem Kakteen, Palmen und Oleander wachsen. Das Häuschen ist ein kleiner Bungalow. „Der Vater des Eigentümers ist darin aufgewachsen, als Voula noch ein Dorf voller Olivenhainen war. Es war früher ein Farmhaus. Das ganze Grundstück war bis vor 15 Jahren mit Oliven bepflanzt, doch die waren nicht lukrativ. Ein Mehrfamilienhaus bringt bessere Einkünfte.", klärt Dirk mich auf.

„Wahrscheinlich ging es den Nachbarn ähnlich. Ich sehe in Voula nirgendwo mehr ein Feld voller Olivenbäume.", entgegne ich, während ich ihm ins Innere des Hauses folge. Es hat ein Wohnzimmer, eine Küche, ein Bad und ein Schlafzimmer. Alle Räume sind hell und die Möbel modern. Vor dem Häuschen gibt es eine überdachte Terrasse, auf der Gartenmöbel stehen.

„Ich nehme an, dir ist es recht, draußen zu frühstücken.", schlägt Dirk vor und ich bejahe. Ich helfe ihm, den Tisch zu decken. Bald sitzen wir, mit Blick in den Garten, an einem tollen Frühstückstisch.

Wir reden über belanglose Dinge, bis ich ihn frage:

„Macht es dem Eigentümer der ‚Panda' nichts aus, dass du mich auf dem Beiboot mitnimmst?"

„Nein, wieso sollte es? Vielleicht wirst du ihn mal kennenlernen. Er hat andere Sorgen, als sich Gedanken darüber zu machen, mit wem sein Kapitän Schwimmen fährt. Zurzeit ist er mit seiner Motorjacht auf Mykonos. Die ganze Familie ist an Bord. Sie kommen erst nach dem 20. August wieder zurück. Und auch wenn er hier ist, kommt er nur selten an Bord und lässt sich von mir erzählen, wie die Arbeiten auf der ‚Panda' vorangehen. – Er ist bisher ganz okay."

„Womit verdient er sein Geld?"

„Er ist ein erfolgreicher Reeder."

„Okay, darunter kann ich mir etwas vorstellen."

„Anika, wenn du Lust und Zeit hast, könnten wir übermorgen einen ganzen Tag mit dem Beiboot verbringen. Es ist der 15. August, ein Feiertag, und wie ich gehört habe, hat er für die Griechen die gleiche Bedeutung, wie für die Italiener das Ferragosto Fest. – Meinst du, du kannst freibekommen?"

Zu solch einem Ausflug hätte ich riesige Lust! – Aber ich kann Dirk nicht hier und jetzt zusagen. Um Zeit zu gewinnen, erwidere ich:

„Ich spreche mit meinem Chef! Es könnte möglich sein, dass er mir für den Tag freigibt. Ich sage dir spätestens morgen Vormittag Bescheid!"

„Prima! Ich muss nichts anmelden oder vorbereiten. Ich bin das ganze Wochenende abkömmlich, weil bis Montag keine Arbeiter mehr an Bord kommen. Wir könnten nach Ägina fahren. Und wenn du Wasserski laufen willst, könnte ich dich mit dem Boot ziehen."

„Wasserski?!"

„Ja, die Frau meines früheren Eigners ist jeden Morgen gelaufen und ich habe sie gezogen. – Kannst du Wasserski laufen?"

„Nein, leider nicht.", gebe ich lachend zurück und die Idee, dass ich Wasserski laufe, kommt mir so absurd vor, wie der Gedanke daran, einen Helikopter zu fliegen… Doch Dirk entgegnet allen Ernst:

„Wenn du willst, zeige ich es dir! – Es macht Spaß."

„Danke. Ich werde darüber nachdenken!", gebe ich immer noch lachend zurück.

Ich sehe auf mein Smartphone, dass ich auf ‚Leise' gestellt habe und lese die Uhrzeit ab.

„Was meinst du? Soll ich dir noch helfen abzuwaschen und danach fährst du mich nach Hause?"

„Lass gut sein! Ich stecke alles in den Geschirrspüler. Dann kann es losgehen."

Wir stehen auf, räumen den Tisch ab und ein paar Minuten später sitzen wir wieder in seinem Auto. Alles läuft so vertraut ab, als wenn wir uns schon lange kennen. Vor meiner Haustüre angekommen, sage ich:

„Das war super! Danke, Dirk! – Du beeindruckst mich mit deinen Fähigkeiten."

„Andere Männer spielen Gitarre, um eine Frau zu beeindrucken. Ich versuche es mit dem Motorboot meines Eigners.", gibt er frech grinsend zurück.

Dann lachen wir beide. – Ich steige aus, Dirk ebenfalls und im Schatten eines Olivenbaumes küssen wir uns leidenschaftlich, bevor ich mit einem breiten, glücklichen Grinsen die Stufen zu meiner Wohnung hochsteige.

22

Zuhause öffne ich Türen und Fenster. Bisher sind es erst 33°C und eine angenehme Brise weht vom Meer her in mein Appartement. Ich fahre mein Notebook hoch, koche Kaffee, gehe ins Bad und mache mich für eine eventuelle Arbeit fertig. Nachdem ich meine Nachrichten auf ADuLT gecheckt und beantwortet habe, trage ich zwei neue Termine in meinen Kalender ein.

Jim, ein Pilot, den ich seit letztem Jahr kenne und schon einige Male im 6 X Hotel getroffen habe, möchte sich mit mir am nächsten Dienstag um 19 Uhr treffen. Er schreibt mir über die ADuLT Plattform, weil er Angst davor hat, dass seine Frau die Nachrichten auf seinem Mobiltelefon checkt. Er hat einen Latex Fetisch, den er mit ihr nicht ausleben kann und steht auf sehr lange Fingernägel. Da ich die nicht habe, klebe ich mir jedes Mal welche aus dem Karnevalszubehör an. Die sind preiswert und erfüllen ihren Zweck.

Der zweite Termin ist mit Voula und Stefanos, einem Pärchen aus Nikea. Sie haben mir auf meine Fragen geantwortet, dass sie eine offene Beziehung führen, um ihre Sexualität frei ausleben zu können. Beide haben den Wunsch nach einem Dreier mit einer Frau. Am besten mit einer sexuell toleranten Frau und noch besser mit einer Nicht-Griechin. Deshalb sei ihre Wahl auf mich gefallen. Da es sich nach einem unproblematischen Termin anhört, habe ich ihnen geantwortet, ich sei einverstanden, würde mir jedoch ein Geschenk in Höhe von 300 € wünschen. Nachdem sie dem zugestimmt haben, habe ich ihnen unser Treffen am Montagabend um 20 Uhr zugesichert. Alle Kandidaten der ADuLT Plattform glauben, ich sei verheiratet und mein Mann gehe oft auf Geschäftsreisen. – Dieser Geschichte bleibe ich treu!

Gegen Mittag rufe ich Violet an.

„Hallo Liebes, wie geht's dir? Wie war dein gestriger Tag?"

„Anika, die Hitzewelle kehrt zurück! Ich habe es heute in den Nachrichten gehört. Mir wird nichts anderes übrig bleiben, als mit einem Taxi zum Supermarkt zu fahren und einen Großeinkauf an Wasser und anderen Vorräten zu machen, damit ich in den nächsten Tagen nicht vor die Türe muss. – Außer zu Kundenterminen, versteht sich! – Homer hat gestern ewig gebraucht, bis er ins Kondom gespritzt hat. Das hat genervt! Wir hatten einen Stellungswechsel nach dem anderen. Er hat sich bemüht, endlich zum Abschluss zu kommen. Das gebe ich zu. Vielleicht hat es mit seinem Diabetes oder dem Alter zu tun. – Wer weiß! – Er hat definitiv die 70 Jahre überschritten."

„Vangelis, den ich gestern Abend gesehen habe, hatte auch so ein Problem. Bei ihm lag es daran, dass er es nicht gewohnt ist, beim Sex ein Kondom zu tragen."

„Das kenne ich! Sogar bei Jüngeren. – Und kennst du auch die, die über längere Zeit mit viel Druck ihrer Hand wienern oder etwas beim Masturbieren benutzen, was den Penis stark zusammendrückt?"

„Genau! – Und wenn sie an den Druck gewöhnt sind, ist ihnen unsere Muschi zu weich und fein. Insgeheim denken sie vielleicht, dass wir als Prostituierte wegen des vielen Verkehrs eine ausgeleierte Muschi haben!"

„Oh Gott, dieser schreckliche Mythos! – Ich weiß, dass viele Leute das immer noch glauben… Mir hat man als junges Mädchen gesagt, ich solle in meinem Leben darauf achten, nicht viel Sex zu haben, weil das meine Vagina weitet! Diese Ammenmärchen haben mich durch meine Pubertät begleitet. – Stell dir das vor!"

„Mir haben sie das auch erzählt, um mich vor einem ausschweifenden Sexualleben zu bewahren. Und das Schlimme war, fast alle Jugendlichen glaubten es und trugen es weiter in die Welt hinaus... Eine Zeitlang habe ich es ebenfalls geglaubt und hatte Angst davor, dass meine Muschi mit jedem Sex mehr ausleiert... Der Gedanke war ganz schlimm für mich!"

„Das glaube ich! Dabei lernen die Muskeln bei regelmäßigem Sex erst, sich zu dehnen und wieder zusammenzuziehen."

„Ja, aber mir scheint, nicht jeder weiß das und viele Männer denken immer noch, wenn sie nicht genügend Reibung spüren, dass es an der Weite der Vagina liegt und nicht an ihnen oder daran, dass ihr Schwanz vielleicht zu klein ist oder sie mit zu viel Druck auf ihn masturbiert haben..."

„Auf der anderen Seite ist ein Orgasmus auch für einen Mann nicht so etwas wie eine Pizza, die man bestellt und prompt geliefert bekommt. – Auch Männer unterliegen Gemütsschwankungen..."

„Das stimmt wohl! – Aber sag mal, Violet, ich habe für die nächsten Stunden keinen Termin. Ich könnte dich mit dem Auto abholen und wir machen den Einkauf gemeinsam. Was hältst du davon? Anschließend könnten wir noch ein Eis essen gehen. – Na?"

„Oh, Anika, das ist eine grandiose Idee! Wenn du Zeit hast und das machen würdest, wäre das fabelhaft. – Lass mich kurz nachdenken... Meinst du in einer Stunde könntest du mich abholen?"

„Klar! Lass uns jetzt nicht mehr lange telefonieren, dann bin ich pünktlich bei dir."

„Super! Bis gleich dann, Darling!"

Wenn ich schon in einen großen Supermarkt fahre, kann ich auch für mich ordentlich einkaufen. Mit Notizblock und Kuli bestückt, gehe ich durch meine Wohnung und schreibe auf, was ich brauche. Am Ende ist die Liste länger, als ich gedacht hätte!

Als ich vor Violets Wohnung parke, rufe ich sie an. Sie ist schon fertig, kommt und steigt in meinen Golf. Die Klimaanlage läuft und im Wageninneren sind es angenehme 21°C.

„Zum Glück ist es kühl in deinem Auto! Auf dem Weg von der Eingangstüre bis hierher bin ich fast gestorben! – Ich komme nicht mehr gegen diese Hitze an, Anika!"

Wir plaudern während der ganzen Fahrt, während des Einkaufs und beim Eis essen. Nachdem ich ihr von meinem wunderbaren, morgendlichen Bootsausflug mit Dirk berichtet habe, sagt sie:

„Anika, du strahlst!"

„Wie meinst du?"

„Du strahlst absolutes Glücklich Sein aus, wenn du von Dirk, dem Boot, dem Schwimmen und eurem Frühstück erzählst. – Ich freue mich für dich! – Auch wenn ich mich frage, wohin das Ganze führen wird!?"

„Ach, Violet, das weiß ich selbst nicht..."

„Du wirst es ihm sagen müssen!"

„Ich weiß..."

Es folgt ein Schweigen, in dem wir unseren Gedanken nachhängen. Aber keine von uns spricht sie aus und so versandet das Thema fürs erste.

Als ich um 14 Uhr wieder zuhause bin und einen guten Vorrat an Getränken, Joghurt, Milchschnitten, Keksen, Küchenrollen und Toilettenpapier verstaut habe, lege ich mich aufs Sofa und schließe die Augen. Ich habe es Violet nicht gesagt, aber mich schlaucht so ein heißer Tag ebenfalls.

Ich denke an den herrlichen Bootsausflug von heute Morgen und stehe schließlich auf, um in meinen Notizen zu checken, wie viele Kunden ich in den letzten Jahren um den 15. August herum hatte. Es waren immer ruhige Tage und am ‚Tis Panagias', dem Fest der Allerheiligen Muttergottes, hatte ich keinen einzigen Kunden! – Das heißt, ich kann Dirk ohne schlechtes Gewissen zusagen, den Tag mit ihm zu verbringen. – Und ja, ich freue mich darauf!

Als ich zum Telefon greife, sehe ich, dass eine SMS eingegangen ist mit der Nachricht, dass Natascha fünf Mal versucht hat, mich telefonisch zu erreichen. So ein Mist! Ich hatte nichts gehört. Schnell rufe ich sie zurück.

„Hallo Babitschka, ich dachte, du seist mit einem Kunden zusammen. – Macht aber nichts, dass wir jetzt erst sprechen. ‚Journalist', du weißt schon, wen ich meine, will uns heute Abend sehen. Ich soll dich fragen, ob es um 20 Uhr im Orion Hotel klappt."

„Natascha, 20 Uhr schaffe ich nicht! Ich sehe einen neuen Kunden um 19 Uhr in der Nähe der Syngrou Avenue... Wenn Spiros mit 21 Uhr einverstanden ist, klappt es, ansonsten muss ich leider absagen."

„Kein Problem, ich frage ihn und rufe dich zurück. – Es ist wieder verdammt heiß heute, was?!"

„Das kannst du laut sagen! – Also vielleicht bis heute Abend. Es wäre schön, dich zu sehen!"

„Alles klar, Anika-Mou! Ich melde mich wieder!"

Nach unserem Telefonat, rufe ich Dirk an. Mein Herz klopft, obwohl ich ihm nur sagen will, dass ich am Freitag frei bekomme. Als er sich meldet, legt mein Herz sogar noch einen Zacken zu und ich habe Angst, er kann es am anderen Ende der Leitung hören. Aber er freut sich nur und sagt:

„Wenn du heute Abend Feierabend hast, ruf mich an. Wir könnten zusammen irgendwo einen Drink nehmen! Vor 2.00 Uhr gehe ich eh nicht schlafen. Es ist viel zu heiß!"

„Mal sehen... Ich kann es nicht versprechen. Aber ich melde mich auf jeden Fall wieder. Okay?"

„Okay! Bis dann, Anika!"

Dirk macht sich mächtig an mich ran. Aber er bedrängt mich nicht und das gefällt mir! Mit ein paar tiefen Atemzügen verlangsamt sich mein Herzschlag wieder und ich gehe zu meinem gut gefüllten Kühlschrank und nehme zwei Hanuta Waffeln heraus.

Süßes beruhigt die Nerven! ', sage ich mir, als es mich nach einer dritten Waffel gelüstet und ich dem Gang zum Eisschrank nicht widerstehe.

Natascha ruft mich zurück und sagt, Spiros, der Journalist sei einverstanden, uns erst um 21 Uhr zu treffen. Ich trage den Termin in meinen Kalender ein. Da es vorläufig nichts weiter zu tun gibt, lege ich mich aufs Sofa und döse vor mich hin. Gegen 16.30 Uhr klingelt mein Telefon. Es ist Harris und ich sehe, er ruft von der gleichen Mobiltelefonnummer wie gestern an. Um 17 Uhr stehe ich auf, packe meine Taschen für die beiden abendlichen Termine und mache mich schließlich fertig für die Fahrt zum Daros Hotel.

Um 18 Uhr rufe ich dort an und lasse mich mit Harris Grivas verbinden. Er ist im Zimmer und ich mache mich zügig auf den Weg.

23

Beim Daros Hotel angekommen, fahre ich einige Male um den Block und checke, ob irgendwo ein weißer Citroën geparkt steht. Doch ich sehe keinen, nehme den nächstgelegenen Parkplatz und gehe zum Eingang. Eine Dame mittleren Alters begrüßt mich an der Rezeption. Ich sage ihr, dass ich mit Herrn Grivas auf Zimmer Nr. 33 verabredet bin. Sie nickt nur und weist mir den Weg zum Aufzug.

Als ich an Harris Zimmertür klopfe, öffnet er sofort und begrüßt mich.

„Hallo Anika, komm schnell herein. – Was hat die Rezeptionistin gesagt?"

„Keine Panik, Harris, sie hat mir nur gezeigt, wo der Aufzug ist. Ich glaube, sie hat mich noch nicht einmal richtig angesehen. Und wie du siehst, bin ich gekleidet wie eine Geschäftsfrau und nicht wie eine Puttana!"

„Ich danke dir! Das ist gut. – Du siehst übrigens umwerfend aus! – Darf ich dir etwas zu trinken anbieten, ,Pretty Woman'?"

„Gerne. Ich nehme ein Glas Wasser. Davon kann man heute nicht genug trinken. Weißt du, auf wieviel Grad das Thermometer geklettert ist?"

„Vor einer Stunde waren es satte 44°C im Schatten. – Ohne Klimaanlagen, wäre die Hälfte der Athener Bevölkerung in diesem Sommer wahrscheinlich schon gestorben."

Ich lächele, weiß jedoch, dass die Sommer-Todesrate in Athen vor der Zeit der Klimaanlagen tatsächlich sehr viel höher war als heute. Dass Harris kein Polizist ist, habe ich schnell gecheckt, als er mir die Türe geöffnet hat. Er ist ca. 55 Jahre alt, groß, schlank und er trägt Sandalen. Wenn er ein jüngerer, sportlicher Kerl mit Turnschuhen gewesen wäre, hätte ich wahrscheinlich Bedenken gehabt, er könne *doch* ein Polizist sein. Dann hätte ich mich entschuldigt und gesagt, dass ich mich in der Zimmertüre geirrt habe... Doch das blieb mir *Gott sei Dank* erspart!

„Harris, ich gehe und mache mich frisch. Warst du auch schon im Bad?"

„Nein, wieso?"

„Es ist üblich, dass der Kunde sich zumindest die Geschlechtsteile wäscht, bevor wir zum Spaß übergehen."

„Entschuldige, das wusste ich nicht."

„Ist schon okay. Wenn du willst, helfe ich dir dabei. Ich habe das schon oft gemacht und kann es sehr erotisch gestalten, einen Schwanz zu waschen."

„Entschuldige, Anika, aber das mache ich lieber selbst. Ich käme mir vor wie ein Baby. – Das ist nichts für einen griechischen Mann!"

„Okay. Macht nichts. Ich geh dann mal ins Bad."

Ich hoffe, dass Harris sich nicht nur den Schwanz wäscht, sondern ganz unter die Dusche geht. Er hat große Schweißringe unter den Armen und ich mag keine verschwitzten Kunden, – und schon gar keine, die müffeln.

Ich ziehe ein getigertes Set, bestehend aus Push-Up-BH, einem Tanga mit Schlitz im Schritt und schwarzen halterlosen Stümpfen an und trage dazu schwarze Lack-Pumps. Ich nehme die Nadel aus meinen hochgesteckten Haaren, schüttele sie und lasse meine Löwenmähne locker und ungekämmt über meine Schultern hängen. Dann trage ich dunkelroten Lippenstift auf, umrande meinen Augen mit einem schwarzen Kajal und, um das Bild einer Wildkatze weiter zu unterstreichen, ziehe ich getigerte, fingerfreie Stulpen an. Ich gefalle mir außerordentlich gut im Spiegel und denke:

‚Na, wenn das keine ‚Pretty Woman' ist, weiß ich es nicht!'

Harris geht ins Bad, als ich herauskomme und sagt nur: „Wow!", als er mich sieht.

Ich höre, dass er die Dusche benutzt und das gefällt mit. Als er zurück ins Zimmer kommt ist er pudelnackt und legt seine Kleider über einen Stuhl. Derweil habe ich mich in verführerischer Pose auf die Lehne des Schreibtischsessels gesetzt und halte ein Kondom bereit.

„Du siehst heiß aus, Anika. Wie eine Wildkatze!"

„Ich habe gehofft, du erkennst das.", sage ich scherzend, stehe auf und gehe auf ihn zu. Trotz meiner hochhackigen Pumps ist er einen halben Kopf größer als ich. Ich schmiege mich an ihn, fasse mit einer Hand an seine Hoden und massiere sie. Schnell wächst ein dickes Teil heran. Ich gehe in die Knie, lecke seine Eier und den Schaft seines Phallus. Dann greife ich nach dem Kondom.

„Halt warte! – Wollen wir aufs Bett gehen? Das ist bequemer.", schlägt Harris vor.

„Gerne. Welche Stellung soll ich einnehmen?"

„Leg dich flach auf den Bauch."

„Okay. Ich freue mich auf deinen dicken Bolzen!"

„Das ist gut. – Ich habe nämlich vor, es dir ordentlich zu besorgen, *Pretty Woman*!"

Das klang fast wie eine Androhung, aber wahrscheinlich will er sich nur selbst darin bestärken, ein toller Hecht zu sein. Also lege ich mich bäuchlings auf das breite Hotelbett, hebe mein Hinterteil an, öffne den Schlitz im Schritt meines Tangas und lege das Kondom neben mir ab.

„Einen geilen Arsch hast du. Aber das weißt du sicher.", sagt Harris, als er über meinen Oberschenkeln kniet. Mit beiden Händen fasst er meine Pobacken und lässt sie wie Pudding wackeln. Dann rutscht er höher und legt seinen harten Schwanz in meine Poritze.

„Spürst du, wie dick und groß er ist?"

„Au ja! – Keine Frage, du hast einen Prachtkerl!"

„Kann ich dich auch in den Arsch ficken?"

‚So ein Mist! ', denke ich, ‚Bei der Größe könnte das problematisch werden. '

Um ihm jedoch nicht sofort eine Absage zu erteilen, antworte ich:

„Das kostet dich 50 € extra, Darling. Bist du sicher, die willst du ausgeben?"

„Vielleicht... Was bietest du sonst noch für Extras an? Sex ohne Kondom? Kann ich dir für Aufpreis in den Mund spritzen? Oder darf ich dich schlagen?"

„Nichts dergleichen!", gebe ich selbstsicher und bestimmt zurück.

„Ich biete verschiede Rollenspiele an und kann dich dominieren. Dazu habe ich auch die entsprechenden Toys und Outfits, aber auf so etwas bin ich jetzt nicht vorbereitet. – Deshalb bleibt es beim Safer Sex und Analverkehr für 50 € Aufpreis."

„Du machst mich geil, mit deiner Coolness. Ich würde sie dir am liebsten herausprügeln. – Aber keine Angst! Ich spiele nur den bösen Buben. Damit turne ich mich selbst an. – Ich tue dir nichts! – Ich will dir nur ein bisschen Angst machen. Sonst nichts."

Mein Herz schlägt schneller und ich weiß nicht, was ich glauben soll. Dass er den bösen Buben nur spielt, oder ob er wirklich einer ist... Ich versuche abzuwägen, ob ich mich in Gefahr befinde. – In meinem Oberstübchen überschlagen sich die Gedanken.

„Würde es dich antörnen, wenn wir spielen, du vergewaltigst mich?", frage ich ihn spontan. Dabei bin ich mir nicht mal sicher, ob es eine gute Idee ist, ihm diesen Vorschlag zu machen!

„Hey, du zeigst dich ideenreich! Das gefällt mir. Lass uns einfach sehen, wie es sich entwickelt. Den Analverkehr halte ich mir offen."

Während er das sagt, presst er meine Pobacken mit den Händen zusammen und massiert damit seinen Bolzen. Es macht für mich keinen Sinn, in irgendeiner Art aktiv zu werden. Erst als er mir einen Klaps auf den Po gibt, kreische ich übertrieben auf und beschwere mich:

„Hey! – Ich habe gesagt, keine Schläge!"

„Ach komm, das war doch nur ein leichter Klaps... Ich werde nicht fester zuhauen. Versprochen! – Aber ein kleiner Schlag wird doch wohl drin sein. Oder muss ich dich etwa knebeln, damit du dich nicht mehr so lautstark beschwerst!?"

Jetzt wird mir mulmig.

„War nur ein Scherz!", sagt Harris beschwichtigend und fährt fort: „Du musst mir glauben, ich tue dir nichts! – Ich will nur ein bisschen Spaß. Solchen, wie ich ihn mit meiner Frau nie haben könnte. Diese Spielchen mache ich auch mit anderen Puttanas von der Straße. Sie kennen mich. Und alle sind wohlauf und nehmen mich immer wieder gerne mit in ein Hotel. – Ich bin harmlos!"

Meine Nerven beruhigen sich langsam wieder und ich sage mir:

,Ilona, das ist ein Rollenspiel und du bist gut in Rollenspielen! – Also spiele ihm jetzt etwas vor, das ihn antörnt! – Du lässt dich weder fesseln noch knebeln! Damit setzt du Grenzen. – Aber einen Klaps hier und da verträgst du. – Also: Mach jetzt das Beste aus den nächsten 40 Minuten. Du schaffst das!'

„Okay, ich lasse das jetzt als Spiel gelten und wenn es bei solch einem Klaps bleibt, werde ich dir die ängstliche Hure vorspielen."

„Das gefällt mir! Und zeig mir auch, dass du dich wehren kannst. Versuche, dich unter mir zu befreien. Ich will deine Bewegungen spüren. Winde dich! Das macht mich unglaublich an. – Los, fang an, sonst setzt es was!"

Ich stütze mich auf die Ellbogen und versuche, nach vorne zu krabbeln. Dabei drehe ich meinen Körper in Schlangenbewegungen und stöhne vor Anstrengung. Doch sein Gewicht drückt mich auf die Matratze und lässt mich nur auf der Stelle hin und her wälzen.

„So ist es gut, meine kleine Puttana. Streng dich an! Zeig mir, dass du Willen hast. Ich zeige dir meinen!"

Er nimmt seinen Schwanz aus meiner Poritze, fasst meine beiden Backen und lässt sie wieder wackeln. Diesmal kommen meine eigenen Befreiungsversuche zu den Bewegungen hinzu.

„Lass mich los!", zische ich durch zusammengebissene Zähne und füge hinzu:

„Du Hurenbock, ich werde dich umbringen, wenn du mich nicht loslässt!"

„Oh ja, du kleines, wildes Luder. Ich werde dich zähmen, bevor du nur den Versuch unternehmen kannst!", gibt er zurück und auf einmal ist alle Angst von mir gewichen und ich spüre, ich bin in dem Schauspiel angekommen. Dass es so schnell ging, überrascht mich selbst!

Ich versuche mit aller Kraft, mich aus der Umklammerung seiner Beine zu befreien. Doch Harris presst seine Beine zusammen, als wenn er ein Pferd reitet. Er beugt sich vor und haucht mir in den Nacken:

„Ich werde dir jetzt meinen Schwanz in die Möse schieben. Dein geöffneter Slip ist eine Einladung dazu. Und du wirst auf der Stelle liegen bleiben und ihn bis zum Anschlag in dir aufnehmen. Verstanden?!"

„Das glaubst du nur! Du wirst es nicht schaffen, in mich einzudringen! Und weißt du warum? – Weil ich es nicht will!"

„Dann lass uns wetten! Wenn ich es schaffe, ficke ich dich anschließend in den Arsch und du wirst stillhalten! – Traust du dich, diese Wette anzunehmen?"

„Selbstverständlich! Ich habe keine Angst vor dir. In Wirklichkeit bist du ein Schlappschwanz!"

„Oha! – Was für vorlaute Töne spuckt unsere ‚Pretty Woman' auf einmal aus!"

Ich spüre, dass er sich zur Seite beugt und nach dem Kondom greift. Das unterbricht kurz meine eigene Besessenheit von diesem verrückten Rollenspiel und etwas in mir flüstert:

‚Es läuft gut. Er will dich nicht wirklich vergewaltigen, sonst hätte er auf das Kondom verzichtet. '

Doch eine andere Stimme in mir meldet sich ebenfalls zu Wort und wispert: ‚Vielleicht hat er nur Angst davor, sich eine Krankheit von dir zu holen, du Närrin! '

Als Harris das Gummi übergezogen hat, legt er sich flach auf mich und schiebt seinen Schwanz geschickt in mich rein. Innerhalb von Sekunden steckt er bis zum Anschlag in meiner Muschi und dann bleibt er einfach unbeweglich liegen und zischelt:

„Los, beweg dich! Ich will spüren, wie du dich windest. – Übrigens habe ich die Wette gewonnen und du weißt, was das bedeutet: Dein Arsch gehört mir! – Aber wir lassen uns Zeit. Zuerst will ich spüren, wie du meinen Adonis stimulierst. – Also beweg dich endlich!"

Für einen Augenblick dachte ich, ich bekomme keine Luft unter diesem schweren Körper. Aber Harris stützt sich auf seine angewinkelten Ellbogen und gibt mir so Platz, mich zu bewegen. Sein Schwanz fühlt sich an, wie ein dicker Dildo. „Ich werde dich aus mir rausschieben. Pass auf! Du wirst nicht in mir abspritzen, das garantiere ich dir!"

„So ist es gut, meine kleine Puttana! Schimpf mich aus. Wehre dich. Ich werde dir zeigen, wer hier die Gewalt hat."

Als er das gesagt hat, stößt er seinen Unterleib mit voller Kraft nach vorne. Ich wehre mich, ich bewege mich so gut es geht und als Antwort stößt er immer wieder feste zu. Ich stelle mir vor, ich bin in einem Fitnessstudio und trainiere Verteidigung. – Erfolglos versteht sich… – Nur für den Muskelaufbau.

„Du hast viel Kraft für deine Statur, *Pretty Woman'*. Es macht Spaß dich zu kontrollieren! – Zur Belohnung darfst du dich jetzt umdrehen. Ich habe noch anderes mit dir vor."

Harris steigt von mir ab und ich verschnaufe erst mal, bevor ich mich erschöpft auf den Rücken rolle.

„Was willst du noch, du elender Hurensohn?", frage ich so frech, wie es mir möglich ist.

„Sieh an, sieh an! – Sie ist noch immer wild. Ich muss sie weiter gewaltsam zähmen, unsere kleine Wildkatze."

„Einen Scheißdreck wirst du! – Die Wildkatze wird dich beißen und kratzen!"

„Na, das wollen wir doch nicht hoffen! – Oder bettelt sie hier gerade darum, geknebelt und gefesselt zu werden…?"

,Oh Gott, so sollte er das nicht verstehen! – Ich muss achtgeben, was ich sage!'

„Nein, das tut sie nicht!", gebe ich schnell zurück und hoffe, damit das Fesselthema vom Tisch zu wischen.

„Sie ist nur wütend. Wütend und geil. Mittlerweile gefällt ihr nämlich dieses Spiel und sie will mehr!"

„Wütend und geil? Diese Wende gefällt mir! – Winkle deine Beine an und lass mich zwischen sie. Ich werde der kleinen, wütenden und geilen ‚Pretty Woman' jetzt zeigen, wo ihr G-Punkt ist!"

Erleichtert, dass ich so schnell die Kurve gekriegt habe, spreize ich meine Beine und hebe sie an. Harris kniet sich zwischen sie, öffnet den Schlitz in meinem Tanga und schaut auf das, was in der Öffnung zum Vorschein kommt: Geschwollene Schamlippen. – Er öffnet sie mit den Fingern beider Hände und sagt:

„Eine wahrlich heiße Fotze!"

Dann spuckt er auf den geöffneten Spalt und schiebt seine Eichel in mich rein. – Nur seine Eichel. – Anschließend verharrt er und sieht mich lüstern an.

„Leg deine Arme hinter den Kopf, ich will sie festhalten. – Und wenn du mehr von meinem Prachtkerl willst, musst du es dir holen. – Das geht wieder nur mithilfe deiner Bewegungen. Also streng dich an und sauge ihn tief in dich rein. Erst wenn er deinen G-Punkt berührt, erlöse ich dich und ficke dir dein kleines Katzengehirn aus dem Schädel!"

Ich verschränke meine Hände über dem Kopf und Harris packt meine Handgelenke. Das tut weh, weil er richtig feste zudrückt.

„Du Mistkerl!", schleudere ich ihm wütend entgegen. „Lockst mich mit Frischfleisch und hältst es zurück. – Wenn du denkst, ich werde verhungern, kennst du mich nicht!"

Mit all meinen gebündelten Kräften versuche ich mich nach vorne zu stoßen und Harris Rute tiefer in mich hineinzusaugen. Dabei kreische ich vor Anstrengung.

„Gut so, Kleines! Mir gefällt, wie du dich anstrengst. Du bist wild und heiß, stimmt's? – Sehnst dich schon danach, meine Kanone endlich tief in dir aufzunehmen. – Klar! Ich sehe es dir an! Du bist heiß auf einen Orgasmus. Aber dieser Orgasmus wird dir nicht in den Schoß fallen. Du wirst ihn dir

235

hart erarbeiten müssen. – Kämpfe um ihn! – So ist es gut, Wildkätzchen!"

Mir tun die Handgelenke weh, aber ich will seine Erregtheit nicht dadurch bremsen, dass ich mich darüber beschwere. Worauf ich es anlege ist, ihn so heiß zu machen, dass er beim Ficken gegen meinen G-Punkt abspritzt. Dazu werde ich ihm einen Orgasmus vorspielen, der ihn nicht kalt lässt. – Ich weiß, dass ich das kann und gebe alles dafür! Viele Männer reagieren darauf, wenn die Frau kommt und kommen dann ebenfalls. – Auf die 50 € für den Analverkehr verzichte ich bei der Größe seines Geschlechtsteils liebend gerne! – Also mobilisiere ich weiterhin all meine Kräfte und schaffe es, meinen Unterleib immer näher an ihn heranzubringen und gleichzeitig den Schaft seines Phallus zu verschlingen. Als ich der Meinung bin, er ist tief genug in mir drin, beginne ich, ihm mein gesteigertes Verlangen vorzutäuschen und fordere ihn auf:

„Los, wenn du kein Loser bist, dann zeig es mir jetzt! Wo bleibt der versprochene heiße Fick eines Supergriechen? Kommt etwa nur heiße Luft aus deinem Gebläse oder kannst du mir beweisen, dass du ein echter Kerl bist? – Los besorg es mir! Ich habe einen Höhepunkt der Superlative verdient!"

Meine Worte prallen nicht an Harris ab! Sie treffen auf seinen griechischen Stolz und mit einem Male lässt er meine Handgelenke los, stützt sich neben meine Schultern auf und rammelt mit der ganzen Wucht seiner Lenden. – Und dann, als ich mich in meinen gespielten Orgasmus steigere, ertönt ein tiefer Aufschrei, gefolgt von abgehaktem Röcheln. Sein ganzer Körper zuckt. Juhu! – Zeus sei Dank! Es ist vollbracht!

Harris rollt sich neben mich auf den Rücken und japst noch eine Weile. Ich stehe auf, reibe meine schmerzenden Handgelenke und trinke einen großen Schluck Wasser aus dem Glas, das er für mich bereitgestellt hat. Auf einmal lacht er auf.

„Was gibt es zu lachen.", frage ich verwundert.

„Du wolltest mir die ängstliche Hure vorspielen und warst in Wirklichkeit nur rotzfrech! – Du kannst wohl nicht anders, was?!"

Ich überlege. – Es ist was dran, an dem was er sagt… Ich kann anscheinend noch nicht einmal die Devote spielen… Geschweige denn tatsächlich unterwürfig sein.

„Stimmt! – Das war mir überhaupt nicht bewusst. Es fällt mir offenbar leichter zu kämpfen als aufzugeben."

„Ja. – Und es hat Spaß gemacht, dich in Rage zu sehen. Auf diese Weise habe ich vergessen, dass ich dich eigentlich in den Arsch ficken wollte."

‚Zum Glück! ‘, denke ich und fahre fort: „Ich geh dann mal ins Bad. Okay?!"

„Klar doch!", antwortet er müde mit im Nacken verschränkten Armen und geschlossenen Augen.

Im Bad überlege ich, ob es noch Sinn macht, Harris darauf anzusprechen, dass ich für Rollenspiele 200 € nehme? – ‚Nein! ‘, entscheide ich. – Ich sollte mir jedoch überlegen, den Preis dafür auf 250 € zu erhöhen. Sie fordern mich mehr als gewöhnlicher Sex.

24

Mit drei Fünfzigern und einem Zwanziger mehr in meinem Portemonnaie verlasse ich zufrieden das kleine, altbackene Daros Hotel, ohne dass die Dame an der Rezeption mich beachtet. Sie schaut auf ihr Tablet.

Bis zum Orion Hotel, in dem ich meinen nächsten Termin habe, sind es gut 20 Minuten Autofahrt. Als ich es erreiche, parke ich bei einer nahegelegenen, kleinen Plateia und rufe Natascha an.

„Hallo Babitschka, ich bin gerade ins Auto gestiegen. Ist alles in Ordnung?", fragt sie mich.

„Ja, ich bin schon in der Nähe des Hotels. Es wäre gut, wenn wir ein paar Minuten reden könnten, bevor wir zu Spiros aufs Zimmer gehen. Ich stehe mit dem Auto an der kleinen Plateia gleich um die Ecke des Orion Hotels."

„Gut, ich komme zu dir. Bis gleich."

Während der Fahrt hierher habe ich nicht nur an Dirk gedacht, sondern auch daran, dass es mir offensichtlich schwerfällt, in eine unterwürfige Rolle zu schlüpfen. Spiros, den Natascha ‚Journalist' nennt, weil er für eine griechische Tageszeitung schreibt, ist ein sehr dominanter Mann. Und das hat mich auf eine Idee gebracht.

Als Nataschas Auto um die Ecke kommt, gebe ich ihr ein Zeichen und zwei Minuten später sitzt sie neben mir im Wagen.

„Was würden wir ohne Klimaanlage im Auto machen, Babitschka!?", begrüßt sie mich und ich antworte:

„Zerfließen!"

Wir lachen und dann fragt sie mich, was ich mit ihr besprechen will.

„Es geht um folgendes, Natascha: Ich hatte vorhin einen Kunden, der mich in der Rolle einer ängstlichen und unterwürfigen Frau sehen wollte. Aber ich konnte ihm diese Rolle nicht vorspielen. Ich meine, es ist nur eine Rolle, genau wie die eines Schulmädchens oder einer Gefängniswärterin. Aber ich hab's nicht hingekriegt! – Deshalb dachte ich, anstatt Spiros, wie gewöhnlich, die Lesben vorzuspielen, könnten wir ihm eine Sub / Dom Nummer bieten. Was hältst du davon?"

„Die Idee finde ich gut! – Vor allen Dingen, weil ich die dominante Rolle spielen werde. Ich täte mich wahrscheinlich ebenfalls schwer damit, die Unterwürfige zu sein."

„Prima! – Jetzt ist nur noch die Frage, wie gehen wir die Sache an?"

„Ich könnte Spiros erzählen, dass ich uns eine Sexsklavin mitgebracht habe. Ich wette, darauf springt er an!"

„Ja, das ist eine gute Idee."

„Hast du Handschellen oder so etwas dabei?"

„Die habe ich im Kofferraum. Eine komplette Ausstattung für Domination. Dazu gehören Peitschen, ein Paddle, Hand - und Fußfesseln und viele andere Toys."

„Wenn du eine Sexsklavin spielen willst, wird er dich in den Arsch ficken und dir in den Mund spritzen wollen. – Du kennst ihn doch."

„Nur wenn er 50 € extra bezahlt, darf er mich von hinten besuchen und in den Mund spritzen lasse ich mir nur mit Kondom. – Er weiß, dass ich keine Ausnahme mache und es bei mir nur Safer Sex gibt."

„Er weiß es, aber er wird es trotzdem versuchen. Er ist Grieche, Agapi-mou. – Das weißt du doch!"

„Ja, ich weiß… Wenn er Anal will, musst du ihm klarmachen, dass er *dich* dafür bezahlen muss! Tu so, als ob du mich an ihn verkaufst. Wie gefällt dir das?"

„Hey, das gefällt mir gut! Ich werde von ihm verlangen, dass er bezahlt, bevor er dich fickt. – Dieses Spiel wird ihn amüsieren! Er wird uns wieder loben, weil wir so erfinderisch sind. Und ich finde auch, wir sind ein super gutes Team, Anika!"

„Genau. Das sind wir, Natascha!"

Ich sehe auf die Uhr und stelle fest, dass Spiros zu spät kommt. Das passiert hin und wieder. Er gehört zu der Sorte Griechen, die Pünktlichkeit für eine schlechte Angewohnheit halten.

„Enthält deine Ausrüstung ein Halsband, Anika?"

„Eines, das mit Nieten besetzt ist."

„Hast du auch eine Leine oder Kette?"

„Ich habe mehrere dünne Ketten und einige Karabinerhaken, mit denen ich die einzelnen Teile zu einer ganz langen Kette zusammenfügen kann. Ein Kunde wollte mal, dass ich seinen ganzen Körper komplett in eine Kette wickele. – Aber *ich* möchte nicht in eine Kette gewickelt werden!"

„Nein, ich nehme ein kleines Stück als Leine für das Halsband. Wenn wir umgekleidet aus dem Bad kommen, führe ich dich an der Leine ins Zimmer und stelle dich ihm vor. Deine Hände liegen auf dem Rücken in Handschellen und ich nenne dich ‚Muschkima'. Das ist ein schöner Name für eine Sexsklavin. Außerdem ist es ein griechisches Wort und bedeutet so viel wie ‚feucht'."

„Du bist ja ungemein fantasievoll, Natascha! – Du solltest dich auf diese Art Spiele spezialisieren. Ich wette, einige deiner Kunden würden es schätzen, von dir an die Leine genommen zu werden."

„Und andere würden es lieben, mich an die Leine zu nehmen und in Ketten zu legen. – Die meisten meiner Kunden sind Griechen, Babitschka... Machos, genau wie russische Männer!"

„Trotzdem! Dem einen oder anderen wird es gefallen. Du hast doch mittlerweile auch englische Touristen als Kundschaft. Denen könntest du anbieten, ihre Befehlshaberin zu sein und sie sexuell zu benutzen. – Ich glaube, Engländer stehen auf so etwas! "

„Das mag sein. Aber lass uns dieses Spiel zuerst bei Spiros ausprobieren. Vielleicht stärkt das mein Selbstbewusstsein und ich traue mich danach, es jemandem anzubieten. Lust dazu habe ich definitiv! – Mensch, Spiros ist schon zehn Minuten über die Zeit. Soll ich ihn anrufen?"

„Gib ihm noch fünf Minuten. Oder hast du anschließend noch einen Termin?"

„Nein."

„Ich auch nicht."

Während wir weiter warten, unterhalten wir uns über die Hitzewelle, die Touristen und unsere Autos. Dann klingelt Nataschas Telefon und Spiros ist am Apparat. Er sagt unseren Termin ab!

„So ein Mist!", faucht Natascha.

„Hat er einen Grund genannt?", frage ich.

„Einen Termin um 20 Uhr hätte er einhalten können, aber um 21 Uhr ist ihm zu knapp, weil er später noch etwas vorhat... Tut mir leid Anika, aber was soll ich machen?"

„Dir braucht nichts leid zu tun! – Mir tut es leid, dass du diese Einnahme nicht bekommst, weil ich nicht um 20 Uhr kommen konnte."

„So ist das Leben, Babitschka. Aber keine Sorge: Ich weine dem Geld nicht hinterher. Im Prinzip sind der Termin und unser Rollenspiel nur verschoben. Wir ziehen es beim nächsten Mal durch, oder?"

241

„Genauso machen wir es! – Uns zu beklagen, hilft jetzt wirklich nicht weiter. Ich fahre nach Hause, kümmere mich um den Haushalt und ruhe mich aus. Das ist bei der Hitze das Gescheiteste, was ich machen kann."

„Das stimmt. Also, bis demnächst! – Lass es dir gutgehen. Kalinichta!"

Als Natascha ausgestiegen ist, fahre ich zu meiner Wohnung und tue das, was ich angekündigt habe. Aber mein Ausruhen ist begleitet von dem Gedanken daran, dass ich Dirk anrufen und mich mit ihm auf einen Drink verabreden könnte…, könnte…, will…, – mache!

Als das Telefon bei ihm klingelt, hüpft mir das Herz fast aus dem Brustkorb.

Ilona!, ermahne ich mich. *Bleib Cool! – Letzen Endes ist er nur ein Typ!*

„Anika! Was für eine Überraschung!", nimmt Dirk das Gespräch an.

Ich habe mir genau überlegt, was ich ihm sagen werde und da ich es in Gedanken schon gefühlte 100 Mal vor mich hergesagt habe, fällt es mir leicht, die Worte jetzt laut auszusprechen:

„Hallo Dirk. Im Pub war nicht viel Betrieb und mein Boss hat mich nach Hause geschickt. – Ich komme auf deinen Vorschlag zurück und frage mich, ob das Angebot, gemeinsam einen Drink zu nehmen, noch steht."

„Sicher steht das noch! – Ich sitze zuhause am PC und habe nichts weiter zu tun, als zum Zeitvertreib online Poker zu spielen. – Wo bist du jetzt? Schon zuhause oder noch im Pub?"

„Ich bin schon zuhause."

„Prima! Dann bin ich in ca. 15 Minuten bei dir! Können wir zu Fuß eine Bar erreichen oder nehmen wir das Auto?"

„In meiner Nähe sind zwei amerikanische Restaurants mit integrierten Bars im Außenbereich. Beide machen ganz gute Drinks. Wenn es dir passt, gehen wir zu Fuß. Jetzt am Abend ist es angenehm, ein bisschen an der Luft zu sein."

„Sehr gut! Ich freue mich und bin gleich bei dir!"

Nach dieser positiven Artwort hüpft mein Herz vor Freude und ich ziehe schnell ein blau-weiß kariertes Kleidchen im Bayrischen Stil an, schlüpfe in goldene Peeptoes und nehme eine weiße Clutch. Sicherheitshalber stecke ich auch ein paar Kondome ein…

25

Kurz darauf ruft Dirk mich an und ich verlasse meine Wohnung. Vor der Haustüre sehe ich, wie er auf dem Gehsteig auf mich zukommt. Er ist ein verdammt gut aussehender Mann. Das ist überhaupt keine Frage. Zum Feierabend trägt er ein hellblaues Hemd und eine beige Shorts. Wir begrüßen uns fröhlich mit Küsschen und er sagt:

„Echt schön, dass du dich gemeldet hast! – Sag deinem Boss ‚Danke', dass er dir freigegeben hat."

„Im Pub macht sich bemerkbar, dass es auf Maria Himmelfahrt zugeht. Es ist wie zu Ostern: Die meisten Griechen fahren in die Dörfer zu ihren Verwandten oder irgendwohin in den Urlaub."

„Glück für uns!", entgegnet Dirk.

„Zu den Lokalen geht's hier lang.", weise ich ihm die Richtung und wir schlendern nebeneinander her über die Lazaraki Straße. Dirk erzählt mir von seinem Tag und als wir das erste Lokal erreichen, entdecken wir in seinem Vorgarten nette Sitzplätze auf Hockern an einem Bartisch und nehmen nebeneinander Platz. Meine Clutch lege ich auf die Tischplatte, so dass ich mein auf Laut gestelltes Telefon höre, falls es denn klingelt... Auch wenn ich für heute keinen Termin mehr annehme, will ich es nicht ausschalten oder auf Leise stellen.

Nachdem wir die Getränke- und Speisekarte studiert haben, bestelle ich einen Lemon Daiquiri und Dirk einen Whisky Sour.

„Möchtest du auch etwas essen?", fragt Dirk mich, immer noch das Menü studierend.

„Nein, danke!", gebe ich zurück. „Ich habe schon zu Abend gegessen. Aber hin und wieder esse ich in diesem Lokal. –

Mein Lieblingsgericht ist Cheddar-Kartoffelpüree zu gegrilltem Lachs."

„Das hört sich gut an! – Ich habe ebenfalls schon gegessen, aber wenn ich die Fotos in der Speisekarte sehe, bekomme ich Appetit. – Ich bestelle zu den Drinks einfach eine Schale Cheddar & Bacon Potato Skins. Ein bisschen Knabberei ist immer gut zum Drink!"

Insgeheim stimme ich ihm zu und erwähne nicht, dass ich mir vorgenommen habe, auf jegliche Art Knabberzeug zu verzichten, weil es sich schlecht auf meine Figur auswirkt. Snack und Drinks werden uns serviert, wir stoßen an und dann entsteht eine Gesprächspause. Meine Gedanken drehen sich darum, Dirk zu sagen, was ich beruflich mache. Und das führt dazu, dass sich ein unangenehmes Gefühl in mir breit macht. Alleine die Tatsache, dass ich es als Geständnis betrachte, stört mich an der Angelegenheit! – Wieso kann ich von meinem Beruf nicht mit dem gleichen Stolz und der gleichen Gelassenheit berichten, wie Ärzte, Krankenschwestern, Masseure und Bestatter? – Sie alle fassen menschliche Körper an. Und bis auf die Toten sind alle froh, dass es Personen gibt, die diese Berufe ausüben. Dirk spürt anscheinend, dass ich mich gedanklich mit Negativem beschäftige und fragt:

„Ist alles okay Anika, oder geht's dir nicht gut?"

Ich atme tief durch, sehe ihm in seine fragenden, blauen Augen, – sehe tief in sie hinein und denke:

,Schluss jetzt damit, Ilona! – Noch ist es nicht zwingend erforderlich, dass du ihm sagst, dass du als Callgirl arbeitest. Gib dir noch Zeit und amüsiere dich! – Das ist es doch, was du willst: Eine schöne Zeit mit ihm verbringen. '

„Ach, ich bin vielleicht etwas erschöpft von der Arbeit und dachte gerade daran, dass die Hitzewelle mich in diesem Jahr mehr schlaucht, als in den vorherigen Jahren."

„Wenn ich nicht wüsste, dass du erst Sechsunddreißig bist, würde ich sagen, das hat mit dem Alter zu tun. – Aber bei so einem jungen Hüpfer wie dir, kann das nicht sein! – Vielleicht war das frühe Aufstehen und Schwimmen ungewohnt für dich?! – Wenn du lieber früh schlafen gehen möchtest, ist das auch kein Problem. Dann gehen wir nach dem Drink."

„Nein! – Auf gar keinen Fall! Ich bin nicht müde. Ich finde es toll, hier mit dir zu sitzen und den späten Abend zu genießen."

Dirk lächelt erleichtert und ich denke:

‚Noch etwas, was ich ihm verheimliche..., nämlich, dass ich schon 44 Jahre alt bin!‘

„Was für Cocktails mixt du in eurem Pub?", fragt Dirk mich ganz unvermittelt, um ein neues Gesprächsthema zu beginnen.

„Eigentlich gar keine. Einen Whisky Soda oder Bacardi Cola kann man nicht wirklich als Cocktails bezeichnen. – Und das ist schon fast alles, was wir an Mixgetränken verkaufen. – Der größte Teil unserer Gäste trinkt Bier. – Fassbier, versteht sich. Wir haben Jail Ale, Otter Bitter, Sea Fury, London Pride, Oyster Stout, – und dann natürlich Irisches Bier wie Guinness und Kilkenny. Aber wir verkaufen auch Heineken, Myhtos, Mammos, Fix und mindestens 20 andere Sorten Bier in Flaschen. – Unser Pub ist eine echte Bierkneipe!"

„Habt ihr auch Fischer Bier?"

„Klar! – Wir haben sogar das australische Fosters."

„Was? Ihr habt Fosters? – Das Lagerbier?"

„Ja!"

„Und du gestattest mir nicht, in den Pub zu kommen?"

Uff, – jetzt habe ich mir ein Eigentor geschossen! – Da mein Vater und meine Freunde in Deutschland Biertrinker sind und alle glauben, ich arbeite in einem echten, englischen Pub, habe ich mir einige Biernamen eingeprägt. Es gibt sogar Fotos von mir, wie ich hinter der Theke des ‚Greyhound' stehe und Bier zapfe. Eddi, der Besitzer des Pubs hat ein Auge auf mich geworfen und wenn ich ihn besuche, um neue Fotos von meiner angeblichen Arbeitsstelle zu machen, die ich meinen deutschen Freunden und Verwandten schicke, flirtet er mit mir. Das kommt mir sehr gelegen und ich bin ganz gut darin, ihm immer wieder neue Hoffnung auf ein Techtelmechtel zu machen. – Wie dem auch sei, – hier sitze ich gerade in der Patsche!

„Äh, Dirk…", stammele ich unbeholfen und hoffe darauf, die richtigen Worte zu finden, um mich selbst aus dem Schlamassel zu ziehen.

„Bitte sei mir nicht böse, aber ich habe die Befürchtung, dass es mich sehr von der Arbeit ablenken würde, wenn du an der Theke sitzen würdest- Das verstehst du sicher. Wenn wir uns ein bisschen besser kennen, dann sage ich dir, wie der Pub heißt, wo er ist, und dann darfst du auch gerne mal kommen und ein Fosters trinken, – aber bitte jetzt noch nicht!"

„Meinst du, wenn wir uns näher kennenlernen, verschwindet dein Bedürfnis, dich mit mir zu unterhalten?"

„Nein! So ist das nicht gemeint! – Ich weiß nicht, wie ich es besser ausdrücken soll… Es wäre mir momentan einfach unangenehm, wenn du mir bei der Arbeit zusiehst."

„Oder hast du eher Angst davor, dass ich mich die ganze Zeit nur mit dir unterhalten will und dies deinem Chef und den anderen Gästen missfällt?"

„Vielleicht auch."

„Du hast wahrscheinlich viele Verehrer dort. Das kann ich verstehen. So geht es den meisten Frauen, die hinter der Theke arbeiten. Und es ist der Grund, weshalb hübsche und intelligente Frauen wie du als Barfrau so beliebt sind. – Sie ziehen die Kundschaft an!"

Dirk lacht, als hätte er einen Scherz gemacht, aber was er sagt, stimmt. Jeder Gaststättenbesitzer freut sich, wenn er attraktive Bedienungen hat. Und die Kundschaft freut es ebenfalls. – Ich wäge ab, ob das jetzt eine gute Gelegenheit ist, Dirk zu sagen, dass ich aus meinem Körper und meinem angenehmen Wesen anderwärtig Kapital schlage...

‚Nein!‘ schreit etwas in mir auf. ‚Damit wäre der nette Abend gelaufen!‘

War es die Stimme des Engelchens oder des Teufelchens? – Ich weiß es nicht... Allerdings stimme ich ihr sofort zu und bin dankbar für den Tipp!

„Ja, das mag sein... Einigen wir uns darauf, dass ich dir in Bälde sage, wo der Pub ist? – Vielleicht gehen wir das erste Mal zusammen hin und ich stelle dich vor. – Das wäre doch ganz nett!"

„Liebend gerne! Aber ich will dich nicht unter Druck setzen. Ich sterbe nicht, wenn ich kein Fosters trinke.", nimmt Dirk es mit Humor und ich bin froh, die Situation irgendwie gerettet zu haben.

Doch wenn ich glaube, damit sei ich der Lügenkiste entkommen, täusche ich mich. Als nächstes fragt Dirk mich nach meinen Zukunftsplänen. Auch hier ist eine ehrliche Antwort nicht möglich und so spinne ich ihm vor, dass ich über kurz oder lang in Athen eine eigene Bar eröffnen und mich selbstständig machen will. Beim Erzählen bekommt meine Fantasie Flügel und ich lüge das Blaue vom Himmel herunter!

Dirk gefällt meine Idee. Und als ich ihn frage, wie er sich seine nahe Zukunft vorstellt, antwortet er:

„Ich würde gerne ein paar Jahre in Athen bleiben. Nach einer Weltumseglung und vielen Sommern mit dem Schiff im

Mittelmeer, und etlichen Wintern in der Karibik, könnte ich gut eine Pause vertragen. – Mir gefällt es, in diesem kleinen Häuschen zu wohnen, anstatt nur die Kapitänskajüte an Bord für mich selbst zu haben und alles andere tagein tagaus mit der Crew zu teilen... Und mir gefällt der Gedanke, währenddessen mit dir auszugehen und dich eines Tages in deiner eigenen Bar zu besuchen!"

Ich spüre, wie mir bei seinem letzten Satz das Blut vor Verlegenheit in den Kopf schießt und schalte mein Telefon aus. Von jetzt an lasse ich mich nur noch von unserer Unterhaltung, aus der ein heißer Flirt geworden ist, davontragen... und unsere nächste Gesprächspause füllen wir mit einem langen, feuchten, leidenschaftlichen Kuss!

Weit nach Mitternacht spazieren wir Hand in Hand zurück zu meiner Wohnung. Vor der Haustüre angekommen, fragt Dirk:

„Gehen wir noch zu dir oder zu mir?"

Ohne lange zu überlegen, entgegne ich:

„Zu mir!"

26

Nach dem Sex kuschele ich mich in Dirks Arm und lausche seinem Atem.

‚Träume ich, oder habe ich soeben wirklich mit ihm geschlafen?'

Wobei geschlafen das falsche Wort ist... Wir haben uns leidenschaftlich geliebt! – Ich schließe meine Augen und glätte seine Brusthaare, die mich an der Nase kitzeln. Die Konsequenzen der letzten Stunde wollen sich mit aller Gewalt in den Vordergrund meines Bewusstseins drängen, aber ich schaffe es, sie zurückzuhalten und vertröste sie auf den nächsten Morgen.

„Bist du jetzt müde?", fragt Dirk mich mit leiser Stimme und ich nicke und entgegne schlaff:

„Ja. – Du auch?"

„Worauf du wetten kannst! – Ich stehe jetzt auf und fahre nach Hause. Das ist dir sicher recht, oder?"

„Ja, das ist wohl am besten... Ich bin es nicht gewohnt, mein Bett zum Schlafen mit jemandem zu teilen.", gebe ich müde zurück und drehe mich auf die andere Seite. Dirk schiebt meine Haare im Nacken zur Seite, busselt ihn und übersät auch meine Schultern und meinen Rücken mit weiteren, sanften Küssen. Ich lächele glücklich in mich hinein. Wenn dies ein Traum ist, ist es ein wundervoller Traum!

„Gute Nacht, Süße! Ich finde alleine raus. Bleib liegen und schlaf gut! – Ich rufe dich morgen an."

Ich drehe mich auf den Rücken, ziehe ihn zu mir herunter und wir küssen uns ein letztes Mal lang und innig.

„Komm gut nach Hause und schlaf ebenfalls gut!", flüstere ich und sehe in seine freundlichen Augen.

Dirk steht auf, nimmt das zugeknotete Kondom vom Boden auf und geht ins Bad. Ich höre, wie er es im Mülleimer entsorgt. Dann zieht er sich an und geht. Ich höre, wie die Wohnungstür leise ins Schloss fällt und danach ist es ruhig. Eigentlich müsste ich ins Bad, um mir die Zähne zu putzen, aber ich habe Angst, dabei aus einem wundervollen Traum aufwachen... Und so drehe ich mich wieder auf die Seite und schlafe ein.

Beim frühen Aufwachen am nächsten Morgen ist der schöne Traum kein Traum mehr sondern pure Wirklichkeit. Ich habe mich mit Dirk amüsiert, hatte Sex mit ihm und wir sind so etwas wie eine Beziehung eingegangen. Menschen in unserem Alter sehen das jedenfalls so. Jüngere legen das möglicherweise anders aus.

Als erstes gehe ich ins Bad und putze mir die Zähne. Sie fühlen sich an, als ob sie mit Schmelz zugekleistert wären. Als ich in den Spiegel schaue, sehe ich nicht anders aus als an anderen Tagen, aber in mir drin fühlt es sich anders an!

Auf der einen Seite bin ich total glücklich, aber auf der anderen Seite, weiß ich,

dass mein Glück auf sehr wackeligen Beinen steht. Ich habe Dirk mit Lügen überschüttet, Lügen, mit denen ich ein Bild von mir erschaffen habe, das von der Wahrheit weit entfernt ist. Als diese Tatsache ganz in meinem Bewusstsein angekommen ist, wird mir übel!

Ich dusche, mache meine gewohnte Morgentoilette und koche Kaffee. Dann fällt mir ein, dass mein Smartphone seit gestern Abend ausgeschaltet ist.

Schnell mache ich es an und als piepsend einige Nachrichten eingehen, bin ich dankbar für die Abwechslung. Ich habe drei Anrufe verpasst. Zwei von einem Stammkunden. Mich darüber zu ärgern hilft, mich in einen anderen Gefühlszustand zu versetzen. Doch dann öffne ich eine SMS von Dirk in der steht:

‚Danke für den wundervollen Abend, Süße. Ich freue mich, dass wir uns begegnet sind. Hab einen angenehmen Tag, wir sprechen später. – Bussi, dein Dirk!'

‚Süße! – Bussi und Dein Dirk!' Wie diese Worte mir schmeicheln und ich mich in ihnen suhle… Schon bin ich wieder total durch den Wind!

Am besten ist, ich frühstücke und rufe danach Violet an. Ich brauche dringend jemand, mit dem ich offen reden kann, um einen klaren Kopf zu bekommen.

Als es soweit ist, meldet sie sich wie immer mit ihrer fröhlichen, hellen Stimme und merkt mir sofort an, dass etwas im Argen ist. Auf ihre Frage, was denn los sei, antworte ich:

„Es geht um Dirk."

„Was ist mit ihm?"

Ich erzähle ihr, dass wir gestern Abend aus waren und was danach passiert ist.

„Ach Anika! Du sitzt ganz schön im Schlamassel…"

„Das weiß ich. Hast du eine Idee, wie ich da wieder raus komme?"

„Entweder schenkst du ihm so schnell wie möglich reinen Wein ein oder du spielst dieses Spiel solange weiter, bis er es selbst rauskriegt und dann ist es ganz gewiss aus zwischen euch."

„Gibt es noch weitere Möglichkeiten?"

„Was willst du hören?"

„Na, sowas wie: Ist vollkommen okay, ihn nicht gleich in dein wahres Leben einzuweihen. Oder: Ist doch nur ein Typ, der im Endeffekt auch nur Sex mit dir haben will."

„Sicher kannst du dir das einreden. Aber was ist mit deinen Gefühlen für ihn? Die sind doch dein Problem."

„Ach Mensch! – Ich glaube, ich brauche noch Zeit. Wenn wir uns noch ein paarmal getroffen haben, dann wird mir vielleicht klar, wie ernst es mir mit ihm ist und auch umgekehrt… Davon könnte ich es abhängig machen, ob ich ihn in meine Arbeit einweihe oder nicht."

„Mach, womit du dich gut fühlst. Zumindest klingt das wie ein Plan. – Ich hoffe, er hilft dir, wieder ruhig zu werden."

„Das hoffe ich ebenfalls!"

„Gehst du heute Morgen noch zum Wochenmarkt?", wechselt Violet das Thema.

„Ja, auf jeden Fall. Nach der Sonnenbank. – Und du?"

Doch Violet sagt, ihr sei es zu heiß draußen und kurz darauf beenden wir unser Telefonat.

Als ich eine Stunde später auf dem Markt bin, mische ich mich unter die griechischen Frauen und wühle wie sie auf dem Grabbeltisch nach Schnäppchen. Die Marktschreier preisen lauthals ihre Waren an und einer versucht den anderen zu übertönen. Dieser große Wochenmarkt in Glyfada mit Obst, Gemüse, Fischen, Eiern, Honig, Blumen, Haushaltartikeln, Bettwäsche, Schmuck, Schuhen, Kleidung, Handtaschen und vielem mehr ist ein wöchentliches Highlight für mich. Im Gegensatz zu Violet, die hier meist nur frische Lebensmittel kauft, gebe ich mein Geld am liebsten für Bekleidung und Handtaschen aus. Einige der Marktleute erstehen die Kleidung, die in den Geschäften nicht verkauft wurde, kiloweise und verscherbeln sie hier zu Dumpingpreisen. Dabei habe ich schon des Öfteren für wenig Geld Designerklamotten erstanden, – was mich jedes Mal freut wie eine Schneekönigin. Mein gewinngieriges Verhalten entschuldige ich vor mir selbst damit, dass ich nur den Urtrieben von Jägern und Sammlern unterliege.

Trotz meiner Wühlsucht schießt Dirk mir allerdings immer wieder durch den Kopf und schließlich setze ich mich am Rande des Markts auf die überfüllte Terrasse eines Cafés, beobachte das bunte und laute Treiben um mich herum und versuche gleichzeitig, Klarheit im Kopf zu bekommen. Ja, ich mag Dirk. – Ja, ich könnte mir vorstellen, mit ihm liiert zu sein. – Nein, ich würde meinen Job nicht für ihn an den Nagel hängen und auch nicht weniger arbeiten. – Kann ich mir überhaupt vorstellen, dass er mit meinem Job einverstanden wäre? – Bei unserem ersten Abend in der Blues Bar hat er erzählt, dass er früher mit Kollegen zusammen regelmäßig die Bordelle der Häfen aufgesucht hat. In jedem Hafen eine andere Braut. – Ganz wie man es Seeleuten nachsagt! – Wieso sollte er also Probleme damit haben, dass ich eine Prostituierte bin? – Vielleicht hätte er das wirklich nicht, – aber vielleicht würde diese Tatsache ausschlaggebend dafür sein, dass er kein Interesse mehr an einer tieferen Freundschaft bzw. einer Liebesbeziehung mit mir hat… Das wäre durchaus möglich!

Meine Gedanken fahren wieder Karussell und, um das zu stoppen, bezahle ich meinen Kaffee, mische mich erneut unter die Menschenmasse auf dem Markt und bin hoch erfreut, als ich für wenig Geld ein kostbares, hellblau gestricktes Oberteil erstehe. Gut gelaunt mache ich mich danach mit meiner Beute auf den Heimweg.

Als am Nachmittag mein Telefon klingelt, ist es Werner, ein gemeinsamer Kunde von Violet und mir. Wir besuchen ihn zuhause in einer Villa im Norden Athens. Mit Violet sitzt er im Wohnzimmer auf dem Sofa, sie trinken Wein, reden und haben anschließend Blümchensex. Wenn er mich bestellt, hat er andere Wünsche und zwar solche, die Violet ihm nicht erfüllen will, weil sie ihr zu wunderlich erscheinen.

Ich verabrede mit Werner, dass ich um 22 Uhr bei ihm zuhause sein werde. Froh über einen abendlichen Termin, checke ich meinen ADuLT Account und mache es mir danach mit einem Buch auf dem Sofa gemütlich. Doch konzentrieren kann ich mich nicht auf den Lesestoff. Immer wieder schaue ich auf mein Smartphone und warte sehnlichst darauf, dass Dirk anruft. – Stattdessen bekomme ich zwei Anrufe von griechischen Interessenten, die sich nach meinem Aussehen, meiner Arbeitszeit, meinen Diensten und meinem Honorar erkundigen und sagen, sie würden sich wieder melden.

Als ich bei einem weiteren Klingeln meines Smartphones endlich Dirks Namen auf dem Display sehe, hüpft mir das Herz fast aus der Brust!

„Hallo Süße, tut mir leid, dass ich jetzt erst anrufe. Ich hoffe, du bist noch nicht bei der Arbeit?"

„Nein, ich mache mich in einer halben Stunde auf den Weg. Wie geht es dir?"

„Gut soweit. Ich hatte den ganzen Tag zu tun und keine Zeit für einen Anruf. – Schade, dass du gleich schon los musst, ich hätte dich gerne heute noch gesehen."

‚Ich dich auch!‘, denke ich und bereue, dass ich gesagt habe, ich müsse in einer halben Stunde fort!

In der Hoffnung, dass meine Stimme nicht zittert entgegne ich:

„Das ist wirklich schade, – aber wir sehen uns ja morgen. Sollen wir besprechen, wann und wo wir uns treffen?"

„Genau! Ich muss morgen früh nochmal an Bord, etwas mit der Crew besprechen. Ich dachte, danach, so gegen 11 Uhr hole ich dich ab und dann machen wir uns einen schönen Tag! – Was meinst du?"

„Nur eins: Ich freue mich riesig darauf!"

„Ich mich auch! Du glaubst nicht wie sehr!"

Mein Gott, er hört sich verknallt an! Ich könnte Luftsprünge machen und jauchzen!

Mit einem breiten Grinsen im Gesicht, das er zum Glück nicht sieht, verabschiede ich mich von ihm und wir schicken uns noch Küsschen durchs Telefon.

‚Wie Teenager! ‘, denke ich und fühle mich, als wäre ich vierzehn!

Lesen geht jetzt gar nicht mehr. – Ich schiebe eine CD in den Player, drehe die Lautstärke auf und höre mehrmals hintereinander den Song ‚Take Me Tonight‘.

Dann mache ich mich beflügelt an die Arbeit und bereite alles für meinen abendlichen Termin mit Werner vor.

27

Nach über einer Stunde Fahrt erreiche ich kurz vor 22 Uhr Ekali, der Bezirk, in dem Werner wohnt. Meinen Wagen parke ich einige Villen weiter, damit er nicht mit einem Besuch bei ihm in Verbindung gebracht wird. Als ich mich davon überzeugt habe, dass niemand weiter auf der Straße ist und mich sehen kann, steige ich aus und gehe raschen Schrittes den gepflasterten Weg hoch bis zum Haus und klingele an der doppelflügeligen Eingangstür. Werner, ein charmanter, schlanker, hochgewachsener Luxemburger, öffnet mir und wir begrüßen uns vertraut mit Küsschen.

„Schön, dass du heute Zeit hast! Meine Familie ist schon auf Spetses, da findet morgen das große Spektakel statt."

„Was ist auf Spetses so besonders an Maria Himmelfahrt?"

„Es ist wie überall in Griechenland: In den der heiligen Jungfrau gewidmeten Kirchen und Kathedralen werden feierliche Gottesdienste abgehalten und danach dreht sich alles nur noch ums Essen, Trinken und Tanzen! Meine Tochter wartet nur darauf, abends mit ihren griechischen Freunden durch die Clubs zu ziehen, meine Frau trifft sich mit anderen Damen der Gesellschaft in vornehmeren Lokalitäten und ich bezahle die ganze Chose. – Es geht nur darum, dabei zu sein und gesehen zu werden. Keiner von uns ist religiös."

„Ich dachte es mir fast."

Während unseres Plauderns sind wir ins Wohnzimmer gelangt und Werner bietet mir einen Hocker vor der Hausbar an.

„Was möchtest du trinken, Anika?"

„Erst mal nur ein Wasser. Ich bin mit Auto da und muss mit Alkohol ein bisschen vorsichtig sein."

„Vielleicht eine Weißweinschorle? Die ist erfrischend und hat wenig Umdrehungen."

Schon hat er mich überredet und während er sich um unsere Getränke kümmert, frage ich ihn:

„Soll ich schon mal ins Bad gehen und mich umziehen?"

„Nein, warte noch bis ich ebenfalls soweit bin. Zuerst möchte ich etwas mit dir trinken."

Vor zwei Jahren, als Werners Mutter gestorben ist und er ihre Kleidung sortiert hat, hat er einem inneren Drang nachgegeben und heimlich ihre Unterwäsche angezogen. Sie zu fühlen und sich darin im Spiegel zu betrachten, hat ihn sexuell sehr erregt. Zuerst hat er sich dafür geschämt und Angst gehabt, pervers zu sein. Außer mit mir, hat er nur mit Violet darüber gesprochen und auch wenn sie keinen Sex mit ihm haben will, wenn er das Satinnachthemd seiner Mutter trägt, hat sie doch mit Verständnis auf ihn reagiert und ihm nahe gelegt, mit mir darüber zu sprechen. – Irgendwie ist ihm die Sache immer noch peinlich und so haben wir nur Sex in einem fast vollständig verdunkelten Raum. Anfangs hat er mich gebeten, ebenfalls ein altmodisches Damenunterhemd mit passendem Unterrock zu tragen. Danach langte es ihm, wenn ich ein kurzes Hemdchen und eine Nylonstrumpfhose trug. Beim letzten Mal wollte er sich von mir überraschen lassen und ich habe ein Mieder mit Straps-Strümpfen getragen. Für heute habe ich lediglich ein Satin Negligé mit Spaghettiträgern mitgebracht.

„Cheers!", sagt er, lächelt mich charmant an und reicht mir mein Glas.

„Cheers!", gebe ich zurück, stoße mit ihm an und trinke durstig einen großen Schluck Weinschorle.

„Ich erinnere mich gerne an den ersten Abend, an dem ich dich kennengelernt habe und wir nackt miteinander getanzt haben. – Von daher würde ich mir wünschen, dass du dich heute einfach nackt ausziehst und auf jegliche Dessous verzichtest. Ist das okay für dich?"

„Selbstverständlich!", gebe ich zurück, weil es bei ihm tatsächlich okay ist. – Bei einem jüngeren Mann oder einem neuen Kunden würde ich das nicht machen, weil ich in reizvoller Wäsche mehr Sexappeal versprühe als nackt.

„Du kannst das Badezimmer im Parterre benutzen. Ich gehe derweil hoch, ziehe mich um und komme ins Wohnzimmer zurück. – Mir ist es lieber, heute hier zu bleiben."

„Wie es dir am genehmsten ist, Darling. Ich gehe dann mal!"

Da ich im Bad nicht viel zu tun habe, trödele ich ein bisschen, um Werner Zeit zu geben, alles zu richten. Als ich höre, dass er wieder zurück ist, gehe ich, nur mit goldenen Pumps an den Füßen, in das verdunkelte Wohnzimmer. Nur noch die Bilder an den Wänden werden dezent angestrahlt und hinter der Bar brennt ein kleines Licht.

Werner steht an der Stereoanlage und hat leichten Swing aufgelegt. Er dreht sich zu mir um. Diesen stattlichen Mann mit den blonden Haaren, dem Seitenscheitel und dem gepflegtem Ziegenbart in einem wadenlangen, langärmeligen, weißen, bis zum Hals zugeschnürten Nachthemd einer alten Frau zu sehen, wirkt auch auf mich fremd. – Ich versuche es mir nicht anmerken zu lassen. Mir ist klar, dass dieses Bild von einem Mann in Frauenkleidern genauso wenig in die Köpfe der meisten Menschen passt, wie das Bild einer Frau, die Geld dafür nimmt, dass sie Sex mit jemandem hat.

Es sind unsere Glaubensmuster, die uns von Kindheit an geprägt haben und die uns daran hindern, so etwas als normal anzusehen. Bei meiner Arbeit stoße ich immer wieder auf Verhaltensweisen und Vorlieben, die den meisten Menschen seltsam oder unnatürlich erscheinen. Eine alte Frau in einem langärmeligen und hochgeschlossenen Nachthemd empfinden wir als normal. Auch ein Priester in seiner bodenlangen Kutte und ein Araber in seinem Gewand sind uns vertraut und wir zweifeln nicht am Verstand oder Geschmack des Trägers. Aber ein europäischer Geschäftsmann mit dem Faible sich in weiche, fließende Stoffe zu kleiden wirkt abartig. – Wieder einmal frage ich mich:

,Was ist normal? – Gibt es das überhaupt? '

Werner unterbricht meine Gedankengänge und fragt:

„Ist alles in Ordnung, Anika?"

„Ja, aber du solltest vielleicht die Vorhänge schließen, – man kann nie wissen, ob jemand vom Garten aus hereinschaut.", entgegne ich schnell und bringe mich zurück in die Gegenwart.

„Du hast recht, man kann es nie wissen!", gibt er zurück und als er den letzten Vorhang schließt, gehe ich auf ihn zu und umarme ihn von hinten. Er hält meine Hände vor seinem Bauch fest und sagt:

„Ich trage heute kein Höschen unter dem Nachthemd. Willst du mal fühlen?"

„Sehr gerne!", gebe ich zurück und bin neugierig darauf, wie unser heutiges Treffen sich entwickelt.

Werner rafft den Rock des Nachthemdes hoch und führt meine Hand an sein Geschlecht. Es befindet sich im Wachstum.

„Oh, das fühlt sich gut an! – Hey, du trägst ja einen Hüftgürtel mit Strümpfen unter deinem Gewand!"

„Ja, und ich fühle mich so sexy damit. Fühlst du dich auch sexy wenn du Dessous trägst?"

„Selbstverständlich! Es sind nicht nur Männer und deren Schwänze, die Frauen antörnen. Auch wenn die Herren der

Schöpfung das gerne glauben. – Ich bekomme Lust, wenn ich mich sexy gekleidet im Spiegel betrachte. Lust auf mich oder mein Gegenüber. Das variiert."

„Schön, dass ich offen mit dir darüber reden kann, Anika. Komm, gehen wir aufs Sofa. Ich bin scharf."

Mit einem Kondom, das ich schnell aus meinem Kosmetikmäppchen angle, knie ich mich vor Werner hin, der mittig auf der Couch sitzt.

Jetzt erst fällt mir auf, dass seine haarigen Beine in hautfarbenen Strümpfen stecken und er beige Filzpantoffeln dazu trägt. Ich schiebe sein Nachthemd langsam bis über die Knie und spreize seine Beine, damit ich einen besseren Blick auf das habe, was dazwischen liegt. Es benötigt Geschick, die verstärkten Ränder der Strümpfe gleichmäßig vorne und hinten in die Halterungen des Hüftgürtels zu klemmen. Werner hat das perfekt hingekriegt, stelle ich anerkennend fest.

Sein steifer Schwanz wölbt das Nachthemd und bildet ein Zelt. Ich streichele langsam von unten nach oben an seinen Beinen entlang, beuge mich runter und fahre mit der Zunge über die nackten Innenseiten seiner Schenkel. Werner stöhnt auf und schiebt das Nachthemd weiter hoch, so dass Hüftgürtel und Penis für mich sichtbar werden.

„Wow!", sage ich. „Was für ein Anblick!"

Und das meine ich tatsächlich. Ein behaarter Sack und ein steifer Schwanz sind nicht das, was man gewöhnlich unterhalb eines Strumpfgürtels erwartet. Ich öffne das Kondom, rolle es geschickt über Werners Ständer und lecke weiter an den Innenseiten seiner Schenkel entlang bis hoch zu seinen Hoden. Kaum nehme ich sie in den Mund, spüre ich ein loses Schamhaar, das sich an meinem Schneidezahn verfängt. Davon angeekelt, wende ich mich von seinen Eiern ab und mache mich an seine, in ein Kondom verpackte, Rute. Die zu lutschen lässt mich das Schamhaar schnell vergessen. Gleichzeitig streichle ich mit einer Hand über seine Brust und spüre durch den dünnen, geschmeidigen Stoff des Nachtgewands, dass seine Nippel hart geworden sind.

„Setzt du dich auf mich drauf?", fragt Werner.

„Gerne.", gebe ich zurück und lasse kurz darauf seinen nass gelutschten Schwanz langsam in meiner Pussy verschwinden. Dabei gebe ich einen Seufzer der Lust von mir, beuge mich leicht vor und stütze mich mit den Händen neben Werners Kopf an der Rückenlehne des Sofas ab. Werner umfasst meine Pobacken und als ich mich langsam hebe und senke, lässt er mich das Tempo des Aktes bestimmen.

„Du bist sehr schön, Anika."

„Danke.", murmele ich und freue mich ehrlich über sein Kompliment.

Mit der Zeit bringe ich mehr Abwechslung in meine Bewegungen, drücke meine Muschi fest auf seinen Schwanz und lasse sie dort kreisen, bevor ich mich wieder hebe und senke. Ich spiele Werner meine sich steigernde Lust vor, setze mich aufrecht hin, fasse mit einer Hand nach hinten an seine Eier und massiere sie. Er schnauft mittlerweile vor Erregung und als ich glaube, wir steuern aufs Finale zu, sagt er mit rauer Stimme:

„Lass uns aufstehen. Stell dich an den Barhocker. Ich will dich von hinten nehmen!"

„Alles was du willst! ', denke ich, klettere von ihm runter, checke dabei unbemerkt das Kondom, das noch gut aussieht und gehe rüber an die Bar. Werner folgt mir, zieht währenddessen sein Nachthemd aus und lässt es auf den Boden fallen. Nur in Hüftgürtel, Strümpfen und Pantoffeln kommt er auf mich zu und nimmt mich in den Arm.

„Mensch, fühlst du dich nackt gut an!", sagt er, beugt sich zu mir runter und beginnt mich zu küssen. Ich stecke meine Hände unter seine Strapshalter und sage:

„Komm, fick mich jetzt. Ich bin geil auf dich!"

Ohne ein weiteres Wort lässt er mich los, ich drehe mich um, beuge mich leicht vor, stütze mich auf dem Barhocker ab und recke ihm mit gespreizten Beinen meinen Po entgegen. Werner findet mein Loch, steckt seinen Schwanz hinein und steigert seine langsamen Stöße allmählich zu einem schnellen und kraftvollen Fick. Ich stöhne wild, weil ich weiß, dass ihn das anmacht und er braucht tatsächlich nicht mehr lange, bevor er ein röchelndes: „Ich komme!" von sich gibt und zuckend ins Kondom spritzt. Während seiner letzten Orgasmuswellen umschlingt er mich mit seinen Armen und drückt mich feste an sich.

„War das gut! – Mensch, das war so gut, Anika. Ich danke dir!", japst er und hält mich weiter fest. Ich habe das Gefühl, ich sollte auch etwas sagen.

„Die Begeisterung ist auch auf meiner Seite, Darling. Ich muss gestehen, ich fand es sehr verführerisch, dich in diesen Kleidern zu sehen und zu fühlen."

„Das freut mich. Weißt du, ich befürchte jedes Mal, du könntest mich insgeheim vielleicht doch für einen Spinner halten. – Aber ich glaube dir und fühle mich jetzt so richtig wohl in meiner Haut… und in der Wäsche! – Komm, lass uns noch etwas trinken!"

Vorsichtig ziehe ich ihm das Kondom ab und frage:

„Soll ich es wieder ins WC spülen?"

„Ja bitte! Ich mache uns in der Zwischenzeit etwas zu trinken. Bleib noch nackt, Anika. Ich möchte dich so noch eine Weile ansehen."

Nachdem ich gepinkelt habe, spüle ich das Kondom runter, schaue nach, ob es wirklich verschwunden ist, wasche mir die Hände, spüle meinen Mund aus, nehme eins der Gästetücher, gehe zurück in den Wohnraum und lege das kleine Handtuch auf den Barhocker, bevor ich mich darauf niederlasse. Ich bin sehr pingelig und achte darauf, wohin ich mich mit meiner nackten Muschi setze.

Werner hat sich einen Cognac eingeschenkt und mir eine weitere Weißweinschorle auf den Tresen gestellt.

„Komm und setz dich zu mir vor die Bar!", fordere ich ihn auf. Er macht ein fragendes Gesicht und reibt sich seinen Ziegenbart.

„Meinst du? – So, wie ich bin?"

„Ja, steh zu deinem Outfit! Du willst mich sehen, ich will dich sehen. Was ist dabei? – Wir sind unter uns!"

„Stimmt.", entgegnet er, kippt den Cognac in einem Zuge runter, schenkt sich einen neuen ein und fügt hinzu:

„Ich gehe noch kurz ins Bad. Bin gleich wieder bei dir."

Während ich warte, schlage ich meine Beine übereinander und nehme eine aufrechte Position ein. Brust raus und Schultern zurück, so wie ich es in meiner Kindheit gelernt habe. Tatsache ist, dass ich in dieser Haltung immer noch die beste Figur abgebe. Als Werner zurück ist, weiß er nicht so recht, wie er sich hinsetzen soll. Schließlich wendet er sich mir zu, hakt seine Füße in die unteren Streben seines Barhockers ein und spreizt leicht die Beine. Sein rundherum dicht behaartes Prachtstück sieht aus, als wenn es schläft. Wir heben die Gläser, prosten uns zu und um eine peinliche Stille zu vermeiden, plaudere ich drauf los und erzähle Werner von einer Cross-Dressing-Party, auf die ich mal eingeladen war.

Interessiert hört er zu, als ich ihm schildere, wie ungewöhnlich erotisch sich der Abend entwickelte und dass ich, komplett in Herrenwäsche gekleidet, ein Gefühl dafür entwickeln konnte, wie man sich mit einem geschwollenen Schwanz in der Hose fühlt. Mein männlicher Begleiter, der ein kurzes, viel zu enges Kleidchen trug und einen meiner Spitzenschlüpfer anhatte, tanzte mit Hüftschwung und bewegte sich sehr weiblich. Auch wenn es unter anderem dem Alkohol geschuldet war, landeten wir beide in einem der Séparées, die es in der Lokalität gab. Der anschließende Sex war berauschend. Das Befummeln unserer Körper hatte eine neue Dimension erreicht, als seine Hand durch den Schlitz einer Männerunterhose meinen Kitzler fand und ich einen dicken Ständer unter dem Spitzenhöschen berührte.

Mit meiner Erzählung habe ich nicht nur Werners ganze Aufmerksamkeit erlangt, sondern auch die seines vorhin noch selig schlafenden Freundes unterhalb des Strapsgürtels!

Megaschnell ist mir klar, dass wir vor einem zweiten Koitus stehen und da Werner ein großzügiger Kunde ist und ich Zeit habe, beuge ich mich zu ihm vor und nehme seinen Ständer in die Hand.

„Meinst du wir können nochmal?", fragt er mich erregt.

„Ich glaube, wir müssen es sogar tun.", antworte ich und nehme ein neues Kondom aus meinem Mäppchen. Ich stehe auf, gehe zwischen seinen Beinen in die Hocke und lecke seine Rute einmal von unten nach oben, bevor ich ihm den Pariser überziehe. Danach setze ich mich mit weit gespreizten und angewinkelten Beinen wieder auf meinen Hocker und stütze mich mit den Ellbogen hinter mir auf dem Tresen ab. Werner stellt sich vor mich und ich muss ihm nur noch kurz helfen, seine Rute in meine Pussy zu schieben. Den Rest kann er alleine. Ich freue mich total, dass ich diesen Mann heute Abend so glücklich machen kann! – Als er zum Höhepunkt kommt, drückt er mich wieder feste an sich und röchelt:

„Mein Gott. – Oh mein Gott!"

Ja, der liebe Gott wird wahrscheinlich selten so innig verehrt wie beim Sex. Und plötzlich frage ich mich, ob Muslime wohl den Namen Allahs stöhnen, wenn sie zum Orgasmus kommen?! – Doch ich habe keine Zeit diesen Gedanken zu vertiefen. Werner lässt mich los und als er sich erschöpft auf seinem Hocker niederlässt, schlage ich meine Beine wieder übereinander und nehme einen großen Schluck Weinschorle.

Werner zieht sich selbst das vollgesuppte Kondom ab, ich strecke meine Hand aus und er sagt:

„Gerne, wenn du so lieb bist. – Das war phantastisch, Anika!"

„Das fand ich auch.", sage ich, stehe auf und gehe ins Bad, um das Kondom ins WC zu spülen. Als ich zurückkehre, ist Werner ebenfalls aufgestanden und hat sich hinter der Bar einen weiteren Cognac eingeschenkt.

„Kann ich dir noch etwas anderes zu trinken anbieten?", fragt er.

„Nein danke, ich trinke aus und danach mache ich mich auf den Weg nach Hause."

„Sicherlich!"

„Sag mal, was machst du mit deiner Unterwäsche und dem Nachthemd?"

„Feinwäsche ‚Kurz' und danach geht sie in den Trockner. Das geht ganz schnell. Anschließend kommt sie wieder in die Memory Box meiner Mutter. – Meine Frau interessiert sich zum Glück nicht für ihren Inhalt."

„Das ist gut!"

„Ja, sie hat auch eine Memory Box von ihrem verstorbenen Vater. Da ist seine gesamte Rasierpinselsammlung drin."

„Oh!", sage ich.

„Wieso: Oh?"

266

„Nur so… Könnte auch nettes Spielzeug sein. – Aber entschuldige, ich wollte nicht taktlos werden!", bereue ich meine unbedachte Aussage sofort und würde am liebsten im Erdboden verschwinden!

Aber Werner lacht nur amüsiert und sagt:

„Keine Sorge, Anika, ich liebe deine Spontanität!"

Froh, dass er mir diesen Fauxpas nicht übel nimmt, trinke ich aus, nehme mein Täschchen und verabschiede mich ins Badezimmer.

Als ich 20 Minuten später in mein Auto steige, bin ich nicht nur dankbar für die 400 € Honorar sondern auch für die zusätzlichen 100 € Trinkgeld. Außerdem freut mich, dass Werner voll auf seine Kosten gekommen ist und ein kleines bisschen mehr Sicherheit in Bezug auf seinen Faible dazugewonnen hat.

28

Auf dem Nachhauseweg denke ich immer wieder an Cross-Dressing und schmunzele über die Geschichte mit der Party, die ich Werner aus dem Stegreif erzählt habe. Ja, ich war tatsächlich mal auf einer Cross-Dressing-Party. Aber es war nicht so erotisch, wie ich es geschildert habe und es gab auch keine Séparées und keinen Sex. Jedenfalls nicht, dass ich davon wüsste. Dass die Geschichte erfunden war, spielt im Nachhinein keine Rolle. Sie hatte ihre Wirkung. Sogar auf mich als Erzählerin. Darauf kam es an. Im Kopf spielt die Musik!

Als ich in die Innenstadt komme, verspüre ich einen Anflug von Hunger und überlege, wo ich noch einen kleinen Mitternachtssnack zu mir nehmen kann.

Kurzentschlossen halte ich am nächsten Schnellrestaurant, an dem es mir möglich ist, kurz meinen Wagen zu parken und kaufe einen Hotdog.

Gierig verschlinge ich ihn und als ich mich satt und befriedigt wieder ans Steuer setze und losfahre, überlege ich, immer noch in Anlehnung meines Treffens mit Werner, Angela einen kleinen Besuch abzustatten.

Sie ist eine niederländische Transvestitin und Prostituierte, die ich im letzten Winter kennengelernt habe und mit der ich seitdem hin und wieder ein Schwätzchen halte. – Angela ist ein Mann, der sich generell mehr als Frau fühlt. Eine Hormonbehandlung hat bei ihr zum Wachsen eines Busens geführt und privat wie beruflich trägt sie Frauenkleider. Gewöhnlich steht sie nach Mitternacht an einer Parallelstraße der Syngrou Avenue. Dort sind auch Hotels, Nachtclubs, Striptease Bars und Sexshops ansässig, was eine ideale Location ist, um das Netz nach Kundschaft auszuwerfen. Als ich in die Gegend komme, fahre ich langsam die Parallelstraße entlang und halte Ausschau nach ihr. Schließlich entdecke ich sie in einem super-mini, roten Lackkleid und auf Plateauschuhen vor dem Schaufenster eines Autohauses flanieren. Ich biege die nächste Straße rechts ab, stelle meinen Wagen am Straßenrand ab und gehe zu ihr rüber.

„Schätzchen! Wie geht es dir?", begrüßt sie mich.

„Hervorragend! Ich komme gerade von einem Kunden in Ekali und musste an dich denken. Wie schaut's bei dir aus?"

„Alles bestens. – Die Nacht ist mein Freund und ich bin die Geliebte der Freunde der Nacht. Die Kasse klingelt und in diesem Sommer treffe ich tolle Typen."

„Super! Der Kunde von dem ich komme, hat seit einem Jahr seine Vorliebe für Frauenunterwäsche entdeckt und ich bin seine Partnerin beim Sex."

„Ach, der Süße! – Schick ihn doch mal zu mir. Wir könnten eine Orgie für ihn arrangieren und ihn verwöhnen. Ich hätte Lust auf solch ein Spektakel. – Erzähle ihm von mir!"

„Das werde ich machen. – Aber ich glaube, er ist noch nicht soweit. Er schämt sich immer noch ein bisschen."

„Was hast du mit ihm gemacht?"

„Ich hab ihm einen Blowjob gegeben, wir haben gefickt, – ich habe ihn spüren lassen, dass sein Faible okay ist und habe seine Fantasie ein bisschen angeheizt."

„Sehr gut! – Sag mal, manchmal fragen mich Männer nach einem Dreier mit einer Frau. Dann meinen sie meist so ein Püppchen wie dich. – Bis vor kurzem hatte ich eine Schlampe, die ich anrufen konnte. Versteh mich nicht falsch, Liebes, sie war wirklich eine Schlampe. Sie nahm Drogen, war unsauber und machte es für genügend Knete auch ohne Kondom. – Aber sie ist von den Bullen aufgegriffen und außer Landes gewiesen worden... Nicht wirklich schade drum. Aber seitdem habe ich keine Partnerin mehr und ich habe keinen Bock auf eine nächste Schlampe, die sich nicht an Regeln halten kann. – Hättest du Lust, mich mal zu begleiten? – Wäre natürlich mitten in der Nacht. Du kennst ja meine Arbeitszeit. Und du müsstest gegebenenfalls schnell deine Hufe schwingen und in ein Hotel kommen, dass ich dir nenne."

„Was würde dabei herausspringen?"

„Je nach Kunde zwischen 100 € und 200 €. Das kann ich erst sagen, wenn er ins Netz gegangen ist."

„Generell hätte ich Lust, mich mal unter die Nachtvögel zu mischen. Aber unter 150 € geht um diese Uhrzeit nichts bei mir... Sorry, Darling!"

„Das verstehe ich. – Hier ist meine Nummer. Klingel mich an, dann habe ich deine. Vielleicht lernst du ja auch mal jemand kennen, der gerne eine heiße Transe auspacken und vernaschen möchte... Aber ich fange nicht vor 22 Uhr an zu arbeiten, hab das auf dem Schirm!"

„Ich halte es im Hinterstübchen, Angela.", sage ich, als wir die Telefonnummern gesichert haben.

„Gut. Und jetzt verzieh dich langsam! Ich will nicht, dass jemand deinetwegen stoppt. Meinetwegen sollen sie anhalten. Du stehst in meinem Revier, Prinzessin!", lacht sie mit ihrer tiefen Stimme und ihre blauen, stark geschminkten Augen funkeln scherzhaft, als sie sich eine Zigarette anzündet.

„Okay, bis bald dann und guten Umsatz für heute Nacht!"

„Tschüssie, Engelchen!", flötet sie mir hinterher und ich spüre, wie ich müde werde und sehne mich nach meinem Bett. Mal einen Job zusammen mit Angela zu machen, könnte ich mir durchaus vorstellen.

Neuen Erfahrungen stehe ich meist offen gegenüber.

29

Freitagmorgen. Maria Himmelfahrt. Dirk. – Als ich wach werde, sind das die ersten Sachen, die mir durch den Kopf schießen. Mein Wecker hat noch nicht geklingelt, aber um kurz vor 7 Uhr bin ich hellwach. Das heißt, ich habe noch satte 4 Stunden, bevor Dirk mich abholt.

Mitte August spürt man morgens und abends gut, dass der Sommer bald vorbei ist. Die Sonne geht viel später auf als noch vor einem Monat. Draußen ist es mit angenehmen 18°C für mein Empfinden kühl.

Ich schalte mein Telefon ein und erhalte umgehend eine Nachricht, dass ich heute Morgen um 5.30 Uhr 3 Anrufe von **René Bosquier** verpasst habe. Jetzt ärgert es mich, dass ich vor dem zu Bett gehen, schon wieder mein Telefon ausgeschaltet hatte! Damit sind mir 150 € durch die Lappen gegangen. – Ich gehe ins Bad, frühstücke auf dem Balkon, schalte auch mein privates Smartphone ein und checke meine Whatsapp Nachrichten. Es gibt keine. Der Kontakt zu den Freunden meiner alten Reiterclique in Deutschland ist ziemlich eingeschlafen und ich plane in diesem Jahr auch keine Reise in meine Heimat. Mein Vater hat sich damit abgefunden, dass ich im Ausland lebe und wir nur alle zwei Wochen mal miteinander telefonieren und meine beste Freundin Lisa hat sich ebenfalls zurückgezogen, seit sie mit ihrem Freund Tim zusammengezogen ist.

‚Aus den Augen aus dem Sinn! ', – dieses Sprichwort trifft zwar auf uns zu, aber ich weiß, dass unsere Freundschaften weiterleben, auch wenn wir alle lange Zeit mal nichts voneinander hören.

Nach dem Frühstück räume ich den Tisch ab und bringe meine Wohnung in Ordnung. Der Gedanke daran, dass ich einen ganzen Tag mit Dirk verbringen werde, macht mich irgendwie nervös. Ich packe meine Badetasche und probiere mehrere Outfits an. Bis zu der Entscheidung, ob ich ein Kleid oder Shorts mit T-Shirt anziehe, brauche ich fast eine Stunde und bin mir danach immer noch nicht sicher, ob Shorts die richtige Wahl sind!

Dann ist es plötzlich kurz vor 11 Uhr und mein Telefon klingelt... Aufgeregt gehe ich ran und sage:

„Hallo Dirk!"

„Guten Morgen, Süße. Bist du soweit? Ich will mich gerade auf den Weg zu dir machen."

„Ja, ich bin fertig!"

„Okay, bis gleich dann. Bussi!"

Mit Kribbeln im Bauch schaue ich nochmal in den Spiegel und tausche meine Shorts doch wieder gegen ein Kleid. Ein letztes Mal überprüfe ich, ob ich alles eingepackt habe, was ich für den Tag brauche. Das Kribbeln wird stärker und ich atme einige Male tief ein und aus, doch es hilft nichts! Um etwas zu tun, verlasse ich schon mal meine Wohnung und stehe auf einmal auf dem Gehweg.

,Wie sieht das aus, wenn ich hier schon stehe und warte...? – Was für einen Eindruck macht das? ', schießt es mir durch den Kopf und überhastet schließe ich wieder die Eingangstüre auf und gehe ins Treppenhaus. Dem Kribbeln im Bauch folgt lautes Herzklopfen. – Ich glaube, verrückt zu werden!

, Reiß dich zusammen, Ilona! ', ermahne ich mich aufs Strengste.

Endlich ruft Dirk an und sagt, er sei angekommen. Ich schalte mein Telefon auf lautlos und verlasse das Haus, um direkt in seinen Armen zu landen.

„Komm, steig ein.", sagt er nach einem langen Kuss. „Hübsch siehst du aus!"

„Danke!", entgegne ich und bin froh, dass ich mich doch für das Kleid entschieden habe!

Während wir uns über den gestrigen Tag austauschen und ich ihm eine nette Lügengeschichte auftische, erreichen wir die Marina. Dirk hat das Beiboot schon für unseren Ausflug vorbereitet und so können wir direkt an Bord und losfahren. Außerhalb des Jachthafens gibt er ordentlich Gas und wir düsen nur so übers Wasser.

„Wohin wollen wir?", fragt er mich laut gegen den Fahrtwind.

„Schaffen wir es bis zur Insel Ägina?"

„Klar, in einer halben Stunde können wir da sein."

„An der Nordküste soll es schöne Stellen zum Baden geben."

„Dann suchen wir uns doch die Schönste aus!", gibt er feixend zurück und schiebt den Gashebel noch weiter vor.

‚Nur Fliegen ist schöner!', denke ich, jauchze ungeniert vor Freude auf und lasse dem Adrenalin freien Lauf.

In einem Affentempo entfernen wir uns von Athen und nähern uns der Insel Ägina. Als wir dicht an die Küste kommen, nimmt Dirk das Gas zurück und schaut immer wieder auf eine der Armaturen am Steuerstand. Es ist eine digitale Seekarte, auf der er Untiefen erkennen kann. Langsam tuckern wir an einem weißen Sandstrand vorbei, der hinter Dünen in einen Nadelwald übergeht. Traumhaft schön sieht das aus!

„Was meinst du? Gefällt es dir hier?"

„Oh ja! Es ist wundervoll!"

„Dann bleiben wir doch.", gibt Dirk zufrieden zurück und lässt den Anker fallen.

Ich schaue genau zu, was und wie er alles macht und hoffe, dabei etwas zu lernen. Danach klappt er ein Bimini-Verdeck auf und schon haben wir Schatten über dem Steuerstand und dümpeln im ruhigen, türkisfarbenen Wasser. Kein Boot oder Mensch ist weit und breit zu sehen. Wir sind ganz alleine hier.

„Darf ich versuchen, die Badetreppe auszuklappen?", frage ich, weil ich glaube, es ist das nächste, was zu tun ist.

„Klar, wenn du dich erinnerst, wie es geht."

Zum Glück tue ich das wirklich und *schwups die wups* gleitet sie sanft ins Wasser. Dirk nickt mir anerkennend zu und ist schon dabei sich auszuziehen. Mit einem eleganten Kopfsprung verlässt er das Boot und als ich ebenfalls ausgezogen bin, steige ich die Treppe am Heck hinab, stoße mich auf der letzten Stufe ab und tauche in das herrliche Nass.

‚Genau so liebe ich mein Leben! ', schießt es mir durch den Kopf und ich schwimme und tauche, trunken vor Glück.

Dirk war bis zum Strand geschwommen und als er zurückkehrt, treffen wir uns am Bug des Bootes, halten uns an der Ankerkette fest und küssen uns. Wieder an Deck ist es nur selbstverständlich, dass wir uns auf dem großen Sonnenbett lieben.

Danach liege ich in seiner Armbeuge und auf meine Frage nach seinem beruflichen Werdegang erzählt er mir sein halbes Leben.

„Wie sieht es aus? Hast du auch Lust, bald eine Kleinigkeit zu essen?", fragt er mich nach einer Weile, in der wir geschwiegen und nur unseren Gedanken nachgehangen haben. Ich mache den Vorschlag nach Ägina Stadt zu fahren.

Wir kühlen uns nochmal im Meer ab und danach klappe ich die Badetreppe hoch, während Dirk den Anker lichtet.

„Hast du Lust, es mal zu fahren?", fragt Dirk mich, nachdem wir wieder angekleidet sind.

„Meinst du, dass *ich* dieses Boot fahren soll?"

„Klar, was sonst?"

„Oh! – Wenn ich darf, sehr gerne!", gebe ich strahlend zurück.

„Dann komm her und stell dich ans Steuer. Ich zeige dir, wie es geht.", sagt er.

Ein wenig aufgeregt stelle ich mich vor das Lenkrad und Dirk erklärt mir Schritt für Schritt, was ich zu tun habe und ich folge seinen Anweisungen.

„So, jetzt brauchst du nur noch Gas zu geben. Dann geht's los!"

Ich drücke den seitlichen Knopf am Gashebel, schiebe ihn vorsichtig nach vorne und das Boot setzt sich in Bewegung. Dirk ermutigt mich und experimentierfreudig fahre ich Kurven, halte an, fahre wieder los, gebe mal *fast* Vollgas und quietsche vor Vergnügen!

Nach einiger Zeit brauche ich eine Atempause und Dirk übernimmt wieder das Steuer. Als er mich fragt, ob ich Ägina gut kenne, erzähle ich ihm, dass ich bisher nur einige Tagesausflüge auf die Insel gemacht habe. Die Erinnerung an mein berufliches Treffen mit Thomas erinnert gleichzeitig schmerzlich daran, dass ich Dirk irgendwann sagen muss, was ich tatsächlich beruflich mache…

Als wir um das Nord-West Huk Äginas fahren, taucht die Hauptstadt der Insel mit ihren auffälligen Kirchentürmen und der Hafenanlage auf. Es herrscht reger Bootsverkehr. Eine Fähre tutet, nachdem sie vom Kai abgelegt hat und Dirk schaut konzentriert, als wir in den Hafen reinfahren. Der ist ziemlich voll, doch wir entdecken eine Lücke zwischen den Fischerbooten, in der Platz für unser Boot wäre. Dirk spricht einen Mann am Kai an, der wohl ein Fischer ist und dieser bestätigt, dass die Lücke bis heute Abend frei ist und wir solange dort anlegen können.

Wieder schaue ich Dirk genau zu, wie er das Boot sozusagen einparkt. Der Fischer legt sein Netz beiseite und nimmt eine Leine von Dirk entgegen, zieht sie durch einen Festmachring und wirft sie ihm wieder zurück an Bord. Dirk zieht das Boot nah an den Kai heran und als er überprüft hat, ob der Anker hält, die Leinenspannung stimmt und die Fender rechts und links vom Boot gut angebracht sind, sagt er:

„Fertig! – Jetzt können wir los."

„Das Einparken eines Autos ist einfacher.", kommentiere ich die Aktion.

„Das mag sein, aber das Anlegen eines Bootes ist auch nur eine Übungssachesache. Alles halb so wild. – Komm lass uns gehen. Ich freue mich jetzt auf was Leckeres zu essen. Wie wäre es mit Fisch?"

„Das hört sich gut an!"

An Land ziehen wir unsere Schuhe an und Dirk bedankt sich bei dem Fischer für seine Hilfe. Er fragt ihn, in welchem Restaurant man den besten Fisch serviert bekommt und der alte Grieche freut sich, dass er um Rat gefragt wird und erklärt uns den Weg zu seinem favorisierten Restaurant.

Bald schon sitzen wir auf der schattigen Terrasse eines Lokals, die bis aufs Meer hinaus gebaut ist. Von hier aus sehen wir den regen Schiffsverkehr außerhalb des Hafens und hören das Geschrei der Möwen, die die Schiffe begleiten. Es weht eine angenehme Brise und ich fühle mich pudelwohl.

Dirk bestellt eine Flasche Weißwein, dann begleitet er den Kellner in die Küche, um einen Fisch auszusuchen. Er bestellt eine Seezunge. Als sie auf einer großen Edelstahlplatte serviert wird, trennt Dirk das Fleisch von den Gräten und legt mir die Filetstücke auf den Teller. Er ist so ein Gentleman! – Das Kribbeln in meinem Bauch hat sich als Schmetterling vorgestellt und mir geflüstert, dass ich verliebt bin. Ich akzeptiere das widerspruchslos und genieße sein Flattern.

Nach dem Essen serviert der Kellner uns auf Kosten des Hauses einen Teller in Würfel geschnittene Wassermelone und Mastiha, einen süßen **Likör** mit Harzaroma. Den mag ich besonders gerne und da ich heute nicht arbeite, darf ich ihn ohne schlechtes Gewissen trinken. So ein freier Tag hat definitiv seine Reize!

Anschließend schlendern wir Händchen haltend durch die engen, schattigen Gassen der Stadt; schauen in Geschäfte rein; kaufen einige Produkte, hergestellt aus Äginas berühmten Pistazien; besuchen den Fischmarkt und setzen uns an der Promenade in eins der vielen Cafés. Dirk raucht eine Zigarre und wir plaudern. Er will noch vor dem Dunkelwerden wieder in Vouliagmeni sein und nach der ‚Panda' sehen.

„Möchtest du nachher nochmal Schwimmen?", fragt er mich.

„Gerne. Wenn es sich zeitlich einrichten lässt."

„Das geht, aber dann lass uns bald losfahren. Wir könnten wieder da baden gehen, wo wir vorhin waren. Dann haben wir die Hälfte der Strecke hinter uns und können uns noch etwas Zeit lassen."

Ich stimme zu und als Dirk seine Zigarre zuende geraucht und wir unseren Kaffee ausgetrunken haben, machen wir uns auf den Weg.

Erst gegen 19.30 Uhr erreichen wir wieder die Marina Vouliagmeni. Dirk nimmt mich mit auf die ‚Panda' und stellt mich der Crew vor. Es sind drei **Filipino** und ein Engländer, die mich freundlich begrüßen. Dirk führt mich durchs Schiff und ich komme aus dem Staunen nicht heraus. Die luxuriöse Eignerkabine am Heck des Schiffes hat ein großes Bad mit Badewanne. Der Saloon mit seinen verstreuten Sitzgelegenheiten ist aufgeteilt in eine Bibliothek mit offenem Kamin und in einem anderen Teil ist eine Orgel eingebaut. Auch die Gästekabinen haben jede ihr eigenes Bad, genau wie die Kapitänskabine, in der zudem ein Schreibtisch steht.

„Das ist ein geiles Schiff, stimmt's?", fragt Dirk mich.

Ich nicke und sage:

„Jetzt weiß ich, weshalb du stolz darauf bist, ihr Kapitän zu sein. Es ist traumhaft schön!"

„Vor allem beim Segeln. Vielleicht ergibt sich mal die Gelegenheit, dich mitzunehmen. Es wird dir gefallen!"

Wir beenden den Rundgang unter Deck und beschließen, einen Spaziergang entlang der Strandpromenade in Vouliagmeni zu machen.

„Bleibst du heute Nacht bei mir?", fragt Dirk mich, als wir auf einer Bank sitzen und den letzten Badegästen zuschauen, wie sie ihre Sachen zusammenpacken.

Ich habe vorher schon darüber nachgedacht und mich entschieden.

„Nein, es tut mir leid. Ich muss um 11 Uhr früh in den Pub. Morgen hat meine Kollegin einen freien Tag und ich muss fit sein."

„Meinst du, das wärst du nicht, wenn du bei mir übernachtest?"

„Genau! Weil wir wohl immer wieder übereinander herfallen und Sex haben würden.", gebe ich wahrheitsgemäß und schmunzelnd zurück.

„Das könnte wohl stimmen…", lächelt Dirk und wir küssen uns.

278

30

Gegen 23 Uhr lasse ich mich von Dirk nach Hause bringen. Obwohl die Versuchung sehr groß ist, ihn noch in meine Wohnung zu bitten, setzt sich meine Vernunft durch und wir belassen es bei einem leidenschaftlichen Abschied vor der Haustüre.

Wieder in meinem Appartement schaue ich als erstes auf mein Smartphone und stelle ernüchternd fest, dass ich einige Anrufe verpasst habe. Einen von Jason, der mich vorige Woche schon vergebens angerufen hat, als ich mit Dirk in der Blues Bar war... – Allzu oft darf mir das nicht passieren! – Er ist ein angenehmer Stammkunde, der mir 200 € zahlt.

Die anderen Telefonnummern sagen mir nichts. Ich sortiere meine Wäsche, fahre mein Notebook hoch und checke meinen ADuLT Account. Doch es gibt keine interessanten Nachrichten für mein Geschäft. Um diesen außergewöhnlichen Tag nochmal in Ruhe zu reflektieren, kauere ich mich gemütlich in den Liegestuhl auf meinem Balkon. In jedem Bild, das mir durch den Kopf schießt, taucht Dirk auf. Dabei lächele ich verliebt in mich hinein.

Als ich wenig später müde zu Bett gehe, kuschele ich mich an meine Kopfkissen und streichele sie, als wären sie Dirks Brust. Dabei komme ich mir albern vor und frage mich, wie es sein kann, dass ich ihn jetzt schon vermisse? Wenn ich mir sage:

,Er ist doch auch nur ein Kerl! ', widerspricht etwas ganz vehement in mir und wenn ich denke:

,Er ist etwas ganz Besonderes. ', bekomme ich die vollste Zustimmung. Es ist verdammt lang her, dass ich mich so gefühlt habe.

Als mein Telefon mich aus dem Tiefschlaf reißt, erschrecke ich so sehr, dass ich zuerst nicht weiß, woher das Geräusch kommt. Mein Herz klopft immer noch wild, als ich auf das Display meines Smartphones schaue und den Namen René Bosquier lese.

„Guten Morgen, Darling!", begrüße ich ihn, wieder einigermaßen Herrin meiner Sinne.

„Hi Sexy. Bist du bereit, mir den Druck abzulassen? Ich bin wahnsinnig geil."

„Aber sicher, Baby!", antworte ich lachend und bin schon mit einem Bein aus dem Bett, glücklich über Renés Anruf und die 150 €, die ich nach seinem verpassten Anruf von gestern Morgen schon abgeschrieben hatte.

Nachdem ich frisch geduscht, frisiert und geschminkt bin, entscheide ich mich für pinke Dessous und ziehe ein rosa Kleidchen mit Spaghettiträgern an.

Es ist noch dunkel als ich meinen Wagen unweit von Renés Wohnhaus abstelle. Ich klingele ihn an und als ich das Gartentor erreiche, steht er schon in der geöffneten Haustüre und hält wie immer den Zeigefinger über seine Lippen.

Auf Zehenspitzen tripple ich den gepflasterten Weg zu seinem Haus entlang, damit meine Absätze keine klackenden Geräusche machen. Frech öffnet René seinen Bademantel und begrüßt mich grinsend mit dem Anblick seines stramm stehenden Freundes. Ich mag René. Er ist ein sehr gut aussehender, charmanter Franzose, um die 45 Jahre, groß, schlank, hat dunkles gewelltes und morgens früh meist strubbeliges Haar. Wir sehen uns gewöhnlich, nachdem er mit Arbeitskollegen oder Kumpels eine Nacht in den Clubs verbracht hat. Selbstverständlich ist er jedes Mal ordentlich beschwipst, aber nie unangenehm betrunken. In seinem Schlafzimmer liegt ein

Futon auf dem Boden, auf dessen linker Seite sich ungeordnet Bücher und Magazine stapeln und rechts daneben steht eine Leselampe. René streift seinen leichten Bademantel ab, lässt ihn fallen und legt sich bäuchlings auf den Futon.

„Du siehst hübsch aus in dem rosa Kleidchen. Es macht dich jünger, als du bist."

„Danke! Das ist bei meinem Job von Vorteil.", entgegne ich schmunzelnd über sein Kompliment, in dem er mich auf mein fortgeschrittenes Alter aufmerksam macht.

Ich streife mein Kleid über den Kopf ab und ziehe meinen BH aus. René schaut nicht mehr zu mir rüber, sondern wartet auf die Massage, mit der ich gewöhnlich meine Arbeit beginne. Über seine Oberschenkel hockend, verreibe ich Öl in meine Handinnenflächen.

Bei seinem Lendenbereich beginnend, massiere ich leicht kreisend und mit abwechselndem Druck seinen Rücken von unten nach oben. Dort angekommen knete ich die Schulterblätter und gebe seinem Nacken eine extra Behandlung. Nach all der Zeit die wir uns kennen, weiß ich, was ihm am besten gefällt und guttut. Zehn Minuten später beende ich die Rückenmassage, knie mich neben ihn und konzentriere mich auf seinen knackigen Po. Ich streichele ihn, teile die Backen und fahre mit den Fingerspitzen langsam die Ritze entlang bis zu seinen Hoden. René hebt sein Hinterteil und spreizt die Beine. Wir kommen zu dem Part, der ihn am meisten erregt. Ich ziehe mir einen Latexhandschuh über die linke Hand und massiere seinen Anus mit frisch aufgetragenem Öl. Dann schiebe ich meinen Mittelfinger sanft in sein Poloch. Renés wollüstiger Seufzer bestätigt, dass ich meine Arbeit gut mache. Gleichzeitig massiere ich mit meiner rechten Hand seine strammen Eier und lege Hand an seinen harten, vor Geilheit fast platzenden Franzosen. René schiebt seinen Po noch weiter in die Höhe, wodurch er meinen Mittelfinger regelrecht in seinen Anus saugt. Schnell nähert er sich seinem Höhepunkt. Um ihn letztendlich auszulösen, beuge ich mich zwischen seine gespreizten Beine und lecke seinen Damm.

„Oh mein Gott!", winselt René in sein Kopfkissen und gibt sich den heftigen Zuckungen seines Orgasmus hin. Ich spüre, wie sein heißer Saft in meine Handinnenfläche fließt, stoppe die Bewegungen meines Fingers in seinem After und höre auf ihn zu lecken. Erst nachdem sein Höhepunkt abgeklungen ist, ziehe ich meinen Finger behutsam aus dem Po und lasse seinen Schwanz los. René liegt keuchend, selig, erschöpft und platt wie eine Flunder auf seinem Futon.

Ich ziehe meinen Handschuh ab und flüstere:

„Ich gehe ins Bad! Bin gleich wieder zurück."

René nickt unmerklich und flüstert:

„Du weißt wo alles ist. Bediene dich!"

Im Bad spüle ich meinen Mund mit antiseptischem Wasser, gurgele, wasche gründlich meine Hände und erneuere das verwischte Make-Up. Zurück im Schlafzimmer, hat René sich aufgesetzt und eine Zigarette angezündet.

„Was täte ich ohne dich?", fragt er, mich von oben bis unten wohlwollend betrachtend.

„Du hättest eine andere.", gebe ich augenzwinkernd zurück und ziehe meinen BH an.

„Vielleicht… – Weißt du, ich habe wieder jemanden kennengelernt. Sie ist mittelgroß, blond, verdammt hübsch und… na ja, Griechin. Das heißt, unverbindlicher Sex ist unmöglich. Sie hat sich sehr bemüht, mich ins Bett zu kriegen, aber ich weiß, was danach folgt. Deshalb habe ich sie mit ihren Verführungskünsten abblitzen lassen und einen auf volltrunken gemacht. Ich traue ihr nicht. Ich bin mir sicher, ich hätte sie für lange Zeit an der Backe und es würde Dramen geben, wenn ich nicht nach ihrer Pfeife tanze. Zwei Beziehungen mit Griechinnen haben mir gelangt, um zu verstehen, dass sie geheiratet werden wollen. Sie ist nicht wie deutsche oder schwedische Frauen, die aus Spaß an Sex und Abenteuer zu einem One-Night-Stand bereit sind oder ihn sogar bevorzugen... – Hinter ihrem Flirten steckt eine grausame Absicht."

„Na, übertreibst du da nicht?"

„Nein! Sogar meine griechischen Kumpels bestätigen das."

„Und was sagen die griechischen Männer über ihre eigenen Absichten?"

René lacht auf und gesteht:

„Die wollen eine Frau nur bumsen!"

Das dachte ich mir! ', denke ich, sage aber nichts weiter dazu, auch wenn mir der Gedanke kommt, dass das Verhalten der Frauen dann doch irgendwo verständlich ist. – Wer will nur die Gebumste sein? – Vollständig angekleidet nehme ich meine Handtasche und sage:

„Du bist sehr munter nach deinem heutigen Frühsport. Bringst du mich zur Türe?"

„Klar! Und danach haue ich mich ins Bett und schlafe bis zum Nachmittag meinen Rausch aus. – Danke fürs Kommen, Sexy! – Ich mag dich echt gerne."

Mich freut dieses kleine Geständnis und wahrheitsgemäß erwidere ich:

„Ich dich auch!"

Mit drei Fünfzigern mehr in meinem Portemonnaie fahre ich nach Hause und lege mich nochmal ins Bett, obwohl ich gar nicht mehr müde bin. Aber im Bett lässt es sich so schön träumen…

31

Als ich erneut vom Klingeln meines Telefons aus dem Tiefschlaf gerissen werde, ist es kurz vor 9 Uhr und der Anruf kommt von Dirk!

„Guten Morgen, meine Liebste!", höre ich seine angenehm, tiefe Stimme an meinem Ohr und schmelze augenblicklich dahin.

„Oh, guten Morgen, – ich habe gar nicht mit deinem Anruf gerechnet.", antworte ich verlegen und noch halb verschlafen.

„Hast du schon gefrühstückt?"

Da ich ihm nicht gestehen will, dass er mich aufgeweckt hat, weil das um diese Uhrzeit Fragen aufwerfen könnte, da ich um 11 Uhr doch angeblich bei der Arbeit im Pub sein muss, sucht mein Hirn blitzschnell nach einer passenden Ausflucht und ich höre mich sagen:

„Ich wollte gerade anfangen! Du hast sicher schon gefrühstückt, oder?"

„Klar, aber auf einen Kaffee komme ich noch schnell zu dir. Ich verspreche auch, es wird nur für die Länge eines Kaffees sein, keine Minute länger. – Und bitte mach dir keine Umstände. Mir geht es nur darum, dich zu sehen!"

Ehe ich Einspruch erheben kann, schickt er mir Küsse durch den Äther und legt auf. Total verdattert sitze ich im Bett und als ich kapiere, was es heißt, dass er auf einen Kaffee zu mir kommt, schalte ich den Turbo ein.

Ich springe aus den Federn, öffne die Balkontüre und ihre Verschläge; setze Kaffeewasser auf, eile ins Bad, mache mich Ruck Zuck fertig und greife zu den gleichen Kleidern, die ich heute Morgen zu **René** getragen habe.

‚Sie machen mich jünger als ich bin…‘, schießt es mir durch den Kopf und mit Herzklopfen mache ich mein Bett, stelle meine Tasche mit den Arbeitssachen in den Kleiderschrank, schaue mich in der Wohnung um und befinde sie für sauber. – Sauber in dem Sinne von: ‚Es liegen keine verdächtigen Gegenstände herum, die auf meine Arbeit als Callgirl hinweisen könnten.‘

Schnell decke ich den Tisch auf dem Balkon und gerade als ich fertig bin, klingelt es an meiner Wohnungstüre.

Dirk gibt sich erst gar keine Mühe sich zusammenzureißen. Er nimmt mich stürmisch in die Arme und auch ich lasse mich einfach gehen und erwidere seine feuchten Schlabberküsse. Schließlich bekommt ein Funke Vernunft in meinem Oberstübchen die Chance sich zu melden und nach Luft ringend, bringe ich hervor:

„Der Kaffee, du wolltest Kaffee. – Er ist fertig!"

Dirk hält mich immer noch in seinen Armen, doch jetzt sieht er mich an und sagt feixend:

„Den hatte ich schon vergessen. – Mensch, ich bin total verrückt nach dir!"

„Oh mein Gott! Wir benehmen uns wie die Teenager.", entgegne ich, löse mich aus seiner Umarmung und fahre fort:

„Aber irgendwie ist es schön!"

„Ich bin froh, dass du genauso empfindest.", sagt Dirk und folgt mir auf den Balkon.

Ich schenke uns Kaffee ein und bestreiche mir ein Toastbrot mit Leberwurst und Marmelade.

„Igitt!", lacht Dirk. „Du hast ja einen seltsamen Geschmack."

„Wobei? – Bei dem was ich frühstücke oder bei Männern, mit denen ich mich einlasse?"

„Bei ersterem, natürlich!"

Wir lachen beide.

Sein kurzer Besuch endet damit, dass ich ihm verspreche, ihn nach Feierabend anzurufen. Sollte es nicht zu spät sein, wollen wir einen gemütlichen Drink in ‚unserer Bar‘ um die Ecke nehmen. Nach einem letzten langen Kuss im Rahmen meiner geöffneten Wohnungstüre schiebe ich ihn über die Schwelle und sage mit aller Konsequenz, die ich aufbringen kann:

„Geh jetzt! – Oder hast du keine Arbeit?“

„Doch, aber ich vermisse dich schon bei dem Gedanken daran, dich für ein paar Stunden nicht zu sehen.“

Kopfschüttelnd und stumm vor mich hin lächelnd schließe ich die Türe und gönne mir auf dem Balkon einen tiefen Seufzer des Glücks.

Bei einer weiteren Tasse Kaffee rufe ich Violet an.

„Hallo Darling, wie geht's dir? Was hast du gestern gemacht?“

„Oh Anika, guten Morgen. – Es war wie verhext! In all den vorigen Jahren hatte ich an Maria Himmelfahrt weder einen Termin noch eine spontane Anfrage für Sex oder Gesellschaft und gestern kamen sie Schlag auf Schlag! – Es ging morgens um 11 Uhr schon los mit Jack, der so mir nichts dir nichts ohne Ankündigung an meiner Wohnungstüre klingelte! Ich öffnete ihm, er nahm mich auf den Arm, trug mich ins Schlafzimmer und vögelte mich, dass mir schwindelig wurde. Er fragte, ob ich den restlichen Tag mir ihm verbringen wolle, aber ich sagte: ‚Nein Jack! Wir sind kein Paar. Wir tun so etwas nicht!‘ Schließlich rauchte er eingeschnappt zwei Zigaretten, legte mir 120 € auf dem Nachtisch und nachdem er sich mit Feuchttüchern gesäubert und wieder angezogen hatte, verließ er mich. – Ich war so erregt, nachdem er fort war, dass ich mich selbst befriedigt habe. Jack löst jedes Mal eine Welle der Wollust in mir aus. Noch während ich stöhnend auf dem Bett lag und der Vibrator in mir drin steckte, klingelte mein Telefon. – Ein Franzose aus dem Hilton. Schnell habe ich mir ein Taxi bestellt und bin hingefahren. Er war um die 70 Jahre und wollte Fotos von meinem roten Busch machen. Natürlich habe ich ihm das nicht gestattet. Auf Ideen kommen die Männer manchmal! Ich meine, wollte er sie nur für sich? Oder hätte er sie jemandem gezeigt? Seinen Freunden? Ich habe keine Ahnung! – Der nächste Anruf kam, als ich wieder zuhause war und gemütlich, nicht mehr an Arbeit denkend, auf dem Sofa saß und in einem Modemagazin blätterte. Es war Kevin, ein Deutscher. Er ist Fotograf. Aber er wollte keine Fotos von mir machen. Ihn habe ich im Asti Palace besucht. Er wollte, dass ich mich komplett nackt ausziehe und dann hat er seine Latte eingeölt und sie mir zwischen meine Oberschenkel, zwischen die Fußsohlen, zwischen die Pobacken und unter meine Achseln gesteckt. Zwischen meinen Brüsten ist er schließlich gekommen. Er sagte, er hasst Kondome und den Schwanz in eine Pussy zu stecken, sei nicht das A & O für ihn. – Damit hatte ich an diesem Tag schon eine Einnahme von 420 €! – Der Tag wurde jedoch damit getoppt, dass ein Zypriot sich meldete und fragte, ob ich ins King George Hotel kommen könne. Also habe ich mir wieder ein Taxi bestellt und bin hingefahren. Er war ein sehr netter Gentleman so um die 50 Jahre. Ich habe ihm einen Blowjob gegeben, er hat mich von hinten gebumst und nach 30 Minuten war ich wieder um 150 € reicher! – So und jetzt bist du dran! Wie war dein Tag mit Dirk?"

Ich erzähle ihr ausführlich von allem, was ich erlebt habe und neugierig fragt sie mich nach dem Sex.

„Bist du etwa gekommen?"

„Nein. Ich spiele es ihm vor. Aber das macht überhaupt nichts. Zum Höhepunkt zu kommen, hat nichts mit Zuneigung oder Liebe zu tun. – Wenn ich ihn etwas besser kenne, weiß ich, wie ich mir einen Orgasmus bei ihm abhole, falls mir danach ist… – Er ist definitiv der Typ, bei dem ich das hinkriege! Ich genieße den Sex mit ihm."

„Befriedigung hängt auch nicht von ein paar Sekunden sexueller Ekstase ab. Ich behaupte sogar, dass Jack mich alleine durch das, was er in meinem Kopf auslöst, sexuell befriedigt. – Sag mal, wieso ist der Höhepunkt eigentlich so eine heikle Sache, dem so viel Bedeutung beigemessen wird? Warum dürfen Männer nicht wissen, dass wir ihn nur vorgaukeln? – Wir täuschen ihnen doch ständig etwas vor: Wir sagen, wir seien jünger, als wir sind; wir färben unsere Haare, wir benutzen Make-Up, wir lassen uns Botox spritzen; andere Frauen lassen sich sogar die Brüste vergrößern oder komplett liften! – Schon alleine mit einem Push-Up-BH täuschen wir eine Körbchengröße vor, die wir nicht haben und mit den High-Heels verlängern wir unsere Beine! – Mein Gott, was mir da alles einfällt! Denk an Shapewear und lackierte Fingernägel… – All das wird von den Männern akzeptiert. Nur der vorgetäuschte Orgasmus ist ein Problem!"

„Klar. Weil in der Männerwelt nichts demütigender ist, als ein Liebhaber zu sein, der ihn nicht hinkriegt. – Und deshalb finde ich es auch völlig legitim, ihn beim Sex vorzuspielen. Die Absicht dahinter ist eine gute!"

„Das stimmt! Wir wollen damit nur ihr Bestes! Es gibt eben gute und schlechte Lügen. – Apropos Lügen: Wann sagst du Dirk, dass du als Callgirl arbeitest?"

Ich schlucke und seufze…

„Lass mich bitte noch eine Weile auf Wolke 7 weilen… Ich bin sehr lange nicht so hoch geflogen, Darling und ich genieße es so sehr! Es gibt mir ungeheure Energie. – Der Tag wird kommen, an dem ich es ihm sage. Da bin ich mir sicher. Sicher aus dem Grund, weil ich weiß, ich will mit ihm zusammen sein!"

„Dann solltest du nicht mehr allzu lange warten, Anika! Je länger du es hinauszögerst, umso mehr Lügen häufen sich und die nehmen an Gewicht zu. Glaub mir! – Und ich möchte dich nicht trösten wollen, wenn er dir sagt: ‚Das hättest du mir früher sagen sollen!‘ und sein Vertrauen in dich zerstört ist."

„Ich werde es so bald wie möglich tun! Dann, wenn wir Zeit haben. Also nicht morgens früh und nicht abends spät, sondern, wenn wir das nächste Mal einen Tag miteinander verbringen! Das nehme ich mir jetzt vor. – Basta!"

„Gut! Wenn er der Typ Mann ist, den du mir schilderst, haut es ihn zumindest nicht komplett aus den Schuhen."

„Das hoffe ich!"

Wir beenden unser Gespräch, ich mache meine Buchführung und schaue in den Terminkalender. Für heute und morgen ist er leer, aber am Montag habe ich eine Verabredung mit Voula und Stefanos. Und am Dienstag mit Jim, dem Piloten. Ob ich Dirk schon an diesem Wochenende in meine tatsächliche Arbeit einweihen soll? Ich könnte ihm sagen, dass ich am Sonntag nochmal frei bekomme… – Aber dann entscheide ich feige, es nicht zu überstürzen.

Mittags klingelt mein Telefon. Eine deutsche Nummer ist auf dem Display zu sehen und ich denke sofort an den Fotografen, den Violet gestern getroffen hat.

„Guten Tag, spreche ich mit Anika?"

„Das stimmt. Mit wem habe ich die Ehre?"

„Ich bin Markus."

„Hallo Markus, was kann ich für dich tun?"

Da er meinen Namen kennt, weiß ich, dass er meine Telefonnummer von der OAD Website hat.

„Bist du das auf den Bildern, die ich im Profil von *Anika* sehe?"

„Selbstverständlich!"

„Und wieso zeigst du nur Fotos von deinem Körper, aber keins von deinem Gesicht?"

Diese Frage wurde mir schon oft gestellt. Und so erläutere ich Markus meine Gründe:

„Ich zeige mein Gesicht nicht, weil ich neben meinem Job als Callgirl auch ein Privatleben habe und es durchaus sein könnte, dass meine Freunde oder Verwandte in dieser Website stöbern. Wenn sie mich dort sehen, könnte das unangenehme Folgen für mich haben. Das verstehst du sicher, oder?"

„Ja klar! Ich möchte als Kunde auch inkognito bleiben. – Also, du hast blonde lange Haare und blaue Augen, so wie es in deinem Profil beschrieben ist und du bist hübsch?"

„Genau!"

„Ich habe noch eine Frage zu deinem Service."

„Bitte!"

„Küsst du?"

„Wenn du nicht schlecht aus dem Mund riechst und mir deine Zähne gefallen, ist das gut möglich. Ich entscheide es, wenn ich dich sehe."

„Dann ist alles okay. Ich habe gesunde Zähne und keinen Mundgeruch."

„Das klingt gut."

„Ich wohne im Asti Palace. Das ist in Voula. Kennst du das Hotel?"

„Sehr gut sogar. Möchtest du, dass ich komme?"

„Genau. Heute im Laufe des Nachmittags, wenn es geht. Vielleicht gegen 15 Uhr."

„Das schaffe ich.", sage ich mit einem Blick auf die Uhr, die gerade erst 12.30 Uhr anzeigt.

„Bist du jetzt auf deinem Zimmer?"

„Ja."

„Dann nenne mir bitte deinen vollständigen Namen und deine Zimmernummer. Ich rufe dich nach unserem Gespräch dort an, um zu checken, ob alles richtig ist und ich ohne Probleme zu dir kommen kann."

„Meinen Namen? Reicht meine Zimmernummer nicht?"

„Nein. Mein Anruf wird von der Rezeption nicht zu dir durchgestellt, wenn ich deinen Namen nicht weiß."

„Ach so. Na gut. Ich heiße nämlich nicht Markus sondern Lukas. Lukas Grubhammer. Zimmer 307. Du rufst mich also gleich hier an?"

„Das werde ich tun. Und keine Bange, ich sage der Telefonistin nicht, weshalb ich dich anrufe. – Sag mal, ich habe den Eindruck, dass du sehr jung bist. Stimmt das?"

„Na ja, wenn man mit 20 Jahren jung ist, dann bin ich das wohl."

„Und dich stört es nicht, dass ich viel älter bin als du?"

„Nein. Ich mag erfahrene Frauen im Bett."

Schmunzelnd entgegne ich:

„Schön, also bis gleich. Ich lege jetzt auf und rufe dich im Hotel an."

„Okay!"

Nachdem ich ihn im Asti Palace zurückgerufen habe, freue ich mich, dass es Arbeit für mich gibt. Ansonsten wäre mir dieser Tag ohne Dirks Gesellschaft doch vergeudet erschienen.

32

Das Hotel ist sehr beliebt bei Touristen. Es liegt an der Strandpromenade des Außenbezirks Voula, hat einen großen Pool innerhalb seiner mediterranen Gartenanlage, die mit den großen Palmen sehr exotisch wirkt und es ist schwer, dort in der Nähe einen Parkplatz zu finden. Deshalb bestelle ich mir ein Taxi für 14.45 Uhr und überlege, was ich zum Besuch eines Zwanzigjährigen anziehe. Mein rosa Kleidchen hängt noch über der Sessellehne und ich denke schmunzelnd: *,Das ist doch goldrichtig, da es mich jünger macht, als ich bin!'*

Das Taxi ist pünktlich. Nach einer kurzen Fahrt betrete ich das Asti Hotel und fahre mit dem Lift in die dritte Etage. Als Lukas mir die Türe öffnet und mich mit Küsschen begrüßt, stehe ich einem jungen, mit Muskeln bepackten Mann gegenüber, der einem Modeprospekt entsprungen sein könnte. Die Tür des Zimmerbalkons ist weit geöffnet, man hört das laute Lachen der spielenden Kinder am Pool und das hereinscheinende Tageslicht macht mich definitiv *nicht* jünger als ich bin. Deshalb gehe ich geradewegs auf die Balkontüre zu, schließe sie und ebenfalls die Vorhänge an der gesamten Fensterfront.

„So ist es gemütlicher!", bekunde ich selbstbewusst lächelnd meine Aktion und füge hinzu: „Außerdem nervt mich der Lärm der Kids."

„Kein Problem.", entgegnet Lukas locker und fügt hinzu: „Du siehst wirklich gut aus. Also auch dein Gesicht."

,Was habe ich für ein Glück!', denke ich und wundere mich insgeheim über die merkwürdige Art der Komplimente, die ich heute bekomme.

Lukas hat mittellanges, dunkelblondes, volles Haupthaar. Er trägt es mit Seitenscheitel voluminös nach hinten gekämmt. Seine grünen Augen mit den dichten Wimpern und gleichmäßigen Augenbrauen sind ein magnetischer Hingucker und durch seinen kurzen Bart strahlt er Verwegenheit aus. Er trägt nur eine Unterhose und ist von oben bis unten gleichmäßig gebräunt, was mich neidisch macht! – Wie fange ich eine Konversation mit solch einem Bilderbuchburschen an? – Es kommt selten vor, dass ich verlegen bin, aber diesmal ist es so. Ich helfe mir selbst aus der Patsche, indem ich verkünde:

„Ich gehe ins Bad. Mache es dir bequem, wo du willst und überlege dir, worauf du Lust hast."

Im Bad ziehe ich ein erotisches Set, bestehend aus weißem Netz und Lackleder an und, um die meinem Alter geschuldeten Fältchen über den Knien zu verbergen, entscheide ich, ebenfalls die dazugehörigen halterlosen Netzstrümpfe zu tragen. Ich überarbeite mein Make-Up und trage sogar Puder auf, doch der große Altersunterschied von immerhin 24 Jahren lässt sich nicht wegschminken! Also atme ich einmal tief durch und gehe so langsam und elegant wie möglich zurück ins Zimmer. Lukas hat sich breitbeinig in einem Sessel niedergelassen und schnalzt anerkennend mit der Zunge, als er mich von oben bis unten betrachtet.

„Du siehst echt heiß aus in diesen Klamotten!"

„Danke, freut mich, dass sie dir gefallen. Hast du dir überlegt, was du möchtest, oder überlässt du es mir, was ich mit dir anstelle?"

„Ich will küssen.", sagt Lukas gerade heraus und steht auf.

„Okay!", entgegne ich und schon beugt er sich zu mir runter, schließt mich in die Arme und steckt mir seine Zunge tief in den Mund. Sie fühlt sich hart und steif an und ich kriege es nicht hin, mich auf ihre Bewegungen einzustellen. Deshalb unterbreche ich unseren Kuss und sage:

„Entschuldige, aber so geht das nicht. Das merkst du doch auch, oder?"

Lukas sieht mich perplex an und sagt:

„Sag nicht, ich kann nicht küssen! – Das habe ich nämlich schon von mehreren Frauen gehört, – oder sie sagen es erst gar nicht, machen einfach Schluss mit mir und hintenherum erfahre ich, ich wäre ein schlechter Küsser."

Was jetzt folgt ist extrem peinlich... Ich muss Lukas irgendwie schonend beibringen, dass das, was er Küssen nennt, eine furchtbar mechanische unerotische Angelegenheit ist.

„Pass auf! Sicher kannst du küssen, aber es könnte sich besser anfühlen. Du steckst deine Zunge sehr weit in meinen Mund und machst sie steif. Versuche sie mal ganz locker zu bewegen. – Also los!"

Wir machen den nächsten Versuch und ich spüre, wie Lukas versucht, etwas anders zu machen. Er steckt sie nicht mehr so tief in meinen Mund, doch es bleibt bei einem krampfhaften Versuch, es besser zu machen. Deshalb unterbreche ich wieder und sage:

„Das war schon viel besser. Aber ich spüre, dass du über jede Bewegung deiner Zunge nachdenkst. Sie kommt nicht in Fluss, wenn du weißt, was ich meine!?"

„Oh mein Gott! – Ist es denn wirklich so schlimm?"

Mir fällt es schwer, ehrlich darauf zu antworten. Und so rede ich um diesen heißen Brei herum.

„Vielleicht liegt es auch an mir. Ich küsse privat leidenschaftlich gerne und habe mit Sicherheit meinen Stil. Aber wenn du mich so direkt fragst, deiner törnt mich nicht wirklich an, Baby..."

„Mist! Vorhin hatte ich noch einen Ständer, aber wie du siehst, hat sich der Frust auf meinen Schwanz übertragen... Da unten herrscht jetzt tote Hose!"

„Das kriegen wir wieder hin! – Pass auf, mach du jetzt mal nichts anderes als mich imitieren. Ich küsse dich und versuche deine Zunge sanft dazu zu bewegen sich meinen Bewegungen anzupassen. Was hältst du davon?"

„Na gut. Einen Versuch ist es wert."

Wieder nimmt er mich in die Arme, ich lege den Kopf zur Seite, lächele ihn aufmunternd an und fasse gleichzeitig an seinen strammen Hintern. Diesmal fühlt es sich für mich an, als wenn ich einen nassen Schwamm lecke. Er macht überhaupt nichts mehr mit seiner Zunge. Doch ich gebe nicht auf und necke sie sanft, ziehe mich schließlich zurück, sehe ihn an und sage:

„Schließe deine Augen. Das entspannt."

Dann nähere ich mich langsam und vorsichtig seinen halb geöffneten Lippen und versuche seine Zunge anzuregen, sich wenigstens ein bisschen mit meiner zu beschäftigen. Ich habe noch nie jemandem das Küssen beigebracht und fühle mich unsicher in meiner Rolle als Knutschlehrerin.

„Hey, es wird besser. Ich verspüre Lust dich weiter zu küssen!", lüge ich mit schmeichelnder Stimme, nehme seine Hand vom Rücken weg, führe sie weiter runter an meinen Po und gebe einen gespielten Seufzer der Erregung von mir.

„Das ist gut. Mach weiter so!", ermuntere ich ihn und schmiege mich an sein Sixpack. In der Hoffnung, dass sich bald wieder etwas in seiner knappen Unterhose tut, küsse ich ihn leidenschaftlicher. Doch seine Zunge wird wieder steif und er stößt hektisch damit in meinem Mund herum. Ohne das zu bemängeln, unterbreche ich unseren Kuss, um ihn ein paar Sekunden später fortzusetzen. Lukas tut mir leid. So ein super aussehender und gut gebauter Bursche, der miserabel küsst, muss für jede junge Frau ein Drama sein.

„Komm, lass uns aufs Bett gehen, ich will, dass du mich noch woanders küsst... Und danach will ich dir meinen Pussyschleim von der Zunge lecken."

„Wow. Das ist eine Ansage!", entgegnet Lukas und folgt mir aufs Bett.

„Zieh deine Unterhose aus! Ich will deinen Prachtkerl sehen."

Als er sie runter zieht, erschrecke ich fast. Nicht wegen der Größe seines Halbstarken, sondern weil die Haut unter seinem Slip weiß wie Kalk ist!

Wie kann das sein?', frage ich mich, habe jedoch keine Zeit, dieses Phänomen zu erörtern. Ich richte die Kissen in seinem Bett so, dass ich mich bequem in sie reinkuscheln kann. Dann spreize ich meine Beine und öffne den BH.

„Zieh mir den Slip aus! Ich bin schon feucht.", fahre ich fort zu täuschen und lege meinen Busen frei. Lukas kniet sich zwischen meine Beine und ich erwarte seine harte Zunge an meiner Muschi. Doch überraschenderweise setzt er sie vorsichtig und sanft an und umkreist meinen Kitzler mit viel Geschick.

Warum hier und nicht beim Küssen?', schießt es mir durch den Kopf. – Wahrscheinlich hat er eine Anleitung fürs Lecken einer Muschi gelesen oder es sich in einem Pornofilm abgeguckt. Das Knutschen kann man nicht so anschaulich verfilmen... Das wird das Problem sein!

„Das machst du wahnsinnig gut, Baby! Wow, komm hoch und lass mich meinen Saft schmecken! – Küss mich!"

Grinsend vor Glück nähert sich Lukas meinem Gesicht. Ich öffne leicht meine Lippen und hauche:

„Leck meine Zunge genauso wie meinen Kitzler. Das machst du so großartig, dass ich wahrscheinlich dabei kommen werde."

„So bringe ich die Frauen immer zum Höhepunkt", tönt er aufschneidend, doch das kaufe ich ihm nicht ab. Tatsächlich aber ist sein Kuss ganz anderes, als er versucht sich vorzustellen, er leckt eine Klitoris. Mein Muschisaft schmeckt gut und so gebe ich ihm reichlich Zeit zu üben.

„Ich habe Bock dich zu ficken. Nachdem ich gekommen bin, lecke ich dich gerne fertig. Passt das?"

„Das passt! Wie willst du es?"

„Komm, stell dich hin. Ich ficke dich im Stehen. Und zieh deine Strümpfe und Schuhe aus. Die stören."

Also stehe ich auf, entblöße meine Beine und bin mir sicher, er guckt sie sich überhaupt nicht so genau an, wie ich befürchtete hatte. Die Fältchen über meinen Knien bemerke nur ich. Sein Kopf ist auf etwas ganz anderes ausgerichtet. Er sagt:

„Setzt dich breitbeinig aufs Sofa und schling deine Arme um meinen Hals.

Den Rest mache ich."

Gesagt getan! Und als ich in der Position bin, halte ich ihm ein Kondom hin, das er selbst anzieht. Dann geht er vor mir in die Knie und steckt seinen Schwanz in meine feuchte Möse. Ich verschränke meine Hände hinter seinem Hals, er greift mit beiden Armen unter meine Kniekehlen, steht auf und hebt mich mit an. So eine Aktion habe ich noch nie erlebt! Dieser junge Mann hat eine ungeheure Kraft. Er trägt mich bis vor den Spiegel, stellt sich seitlich davor und betrachtet uns. Langsam beginnt er, seine Hüfte rhythmisch zu bewegen, wobei seine Latte mehr oder weniger tief in meine Muschi dringt. Er beobachtet sein Tun ganz genau, bis er auf einmal an Geschwindigkeit zulegt und ich nur noch so gegen seine Lenden klatsche. Er hat den Akt vollkommen unter Kontrolle und ich spüre, er hält mich mit Leichtigkeit. Da seine Rute von überdurchschnittlicher Größe ist, stößt sie jedes Mal bis zum Anschlag in meine Pussy. Ich wage einen Blick in den Spiegel, doch mir wird nur schwindelig vom Zusehen. Lukas ist regelrecht in Fahrt gekommen und ich bin mir sicher, diese Stellung ist ihm schon lange geläufig. Mutig werdend wirft er meine Hüfte sogar ein kleines Stück in die Höhe, während meine Arme weiterhin fest um seinen Nacken geschlungen sind. Ich kann nicht anders als vor Schreck aufschreien. Doch er fängt mich auf und setzt mich wieder treffsicher auf seinem Schwanz ab. Mein Körper ist zu einem hüpfenden Spielball geworden und ich japse vor Verblüffung und Fassungslosigkeit. Auf diese Art Akrobatik beim Sex sollte man vorbereitet sein! – Er wird doch hoffentlich nicht glauben, mit so einer Überraschung könne er Frauen beeindrucken... Wie dem auch sei, ich habe keine Zeit darüber nachzudenken, sondern fliege nur so von seinem Schwanz runter und wieder drauf. Als ich schon glaube, das war es an Unerwartetem, hebt er mich ganz unvermittelt hoch und stemmt mich wie ein Gewichtheber über seinen Kopf. Ich habe keinerlei Einfluss, auf das was geschieht, hoffe nur, er lässt mich nicht fallen. Lukas sieht in mein erschrockenes Gesicht, das über seinem schwebt und grinst. Dann lässt er mich langsam wieder runter und setzt mich geübt auf seiner Latte ab. Als sie wieder in mir drin steckt setzt Lukas seinen Akrobatenfick fort. Ich japse ununterbrochen und bin erleichtert, als er mich wieder über seinen Kopf hebt und fragt:

„Gehen wir aufs Bett?"

„Ja bitte!"

„Jetzt will ich kommen. Das kann ich besser im Liegen. Reitest du mich?"

„Gerne!", gebe ich erschöpft zur Antwort und denke, schlimmer als jetzt kann es nicht kommen. Als er mich auf dem Bett abgesetzt hat, brauche ich eine Minute zur Erholung und sage, dass ich auf die Toilette muss. Im Bad hole ich tief Luft und versuche mich zu beruhigen. Er nutzt den Sex zum Krafttraining! Das ist so unglaublich… Bevor sein steifer Kolben die Lust verliert, gehe ich schnell zurück ins Zimmer. Lukas liegt schon rücklings auf dem Bett und ich wechsele das Kondom und setze mich auf ihn. Das Reiten strengt mich an. Ich bin immer noch erschöpft vom durch die Luft fliegen. Lukas legt seine Hände wieder auf meine Hüfte und bestimmt den Takt. Das ist gut, denn so nähert er sich seinem Orgasmus mit Höchstgeschwindigkeit. Unter heftigen Zuckungen und mit einem lauten Schrei spritzt er ab und ich lasse mich müde neben ihn aufs Bett fallen und versuche, meine Gedanken und Gefühle zu sortieren.

Lukas ist ebenfalls erledigt. Er hält seine Augen geschlossen und atmet tief und laut durch den Mund. Nach einer Weile stehe ich auf und frage:

„Ist es okay, wenn ich uns Wasser hole?"

„Au ja! Bring die Flasche gleich mit. Ich trinke mehr als ein Glas."

Als ich mit einem Glas Wasser wieder neben ihm auf dem Bett sitze, schaue ich auf die weiße Stelle, wo vorhin seine Unterhose saß.

„Wie kommt es, dass du genau dort, wo dein Slip gesessen hat, so weiß bist?"

„Weil ich die Hose anbehalte, wenn ich besprüht werde."

„Du meinst, deine Bräune kommt nicht von der Sonne, sondern von einer Bräunungsdusche?"

„Ja, ich bin Unterwäschemodel. Ist dir das nicht in den Sinn gekommen, als du mich gesehen hast?", fragt er verschmitzt und ich muss schlucken. *,Klar ist mir das in den Sinn gekommen...', denke ich!* „Ich darf nicht in die Sonne.", fährt er fort. „Auch wenn mich das gerade hier in Griechenland sehr reizt. Ich darf noch nicht mal an den Pool. Wir sind mit einem großen Team hier, das für eine bekannte Modemarke arbeitet. Die Fotos die geschossen werden, sind für den nächsten Frühjahr / Sommerkatalog. – Meist arbeiten wir am frühen Morgen oder späten Nachmittag, wenn die Sonne nicht so grell ist. – Und momentan habe ich Pause."

„Okay, das erklärt definitiv dein Aussehen und deine gleichmäßige Bräune."

Und noch bevor ich das Thema anschneiden kann, fragt er: „Wie fandest du das Ficken im Stehen?"

„Sehr beeindruckend, wie stark du bist! Man merkt, das hast du nicht zum ersten Mal gemacht. – Aber ich wäre glücklicher gewesen, wenn du mich darauf vorbereitet hättest! So war es ein Überraschungshammer, den ich erst mal verarbeiten musste."

„Sorry, daran habe ich nicht gedacht! Und ja, ich habe es schon ein paarmal gemacht. Ich übe es, weil ich mich in der Pornoindustrie als Model und Schauspieler bewerben will. In meinem Alter und bei meinem Körper kann man da viel Kohle machen. Wenn der Körper zu alt ist, will einen keiner mehr. Darum muss ich mich jetzt bemühen."

„Dann war das vorhin eine Übungseinheit für deinen künftigen Job?"

„So könnte man das sehen."

„Machst du sonst noch etwas beruflich?", frage ich.

„Ich studiere Betriebswirtschaft. Dabei helfen mir meine natürlichen Talente jedoch nicht. Leider… – Aber sag mal, können wir nochmal küssen? Mich törnt das echt ab, dass ich als ein schlechter Küsser eingestuft werde!"

„Sicher, das machen wir. Dazu will ich dir allerdings folgendes sagen: Du bist ein fantastischer Pussylecker! Wahrscheinlich brauchst du das auch beim Film. Und jetzt stell dir beim Küssen einfach vor, du leckst und verwöhnst eine Klitoris. Sei behutsam. Bewege deine Zunge langsam. Versuche zu erfühlen, was die andere Zunge will. – Ich wette, das bringt dich weiter! Und schließe deine Augen beim Küssen. Versuche es nicht wie einen Job zu machen, so wie beim Sexualakt. Probiere es selbst schön und stimulierend zu finden. – Mehr kann ich dir dazu momentan überhaupt nicht sagen…"

„Das hilft schon. – Dann komm und lass uns nochmal knutschen!"

Ich stelle mein Wasserglas auf den Nachttisch und beuge mich zu Lukas runter. Er schließt seine Augen und öffnet seine Lippen. Sachte führe ich meine Zunge in seinen Mund und suche seine. Der Kuss bekommt zwar keine Auszeichnung, aber Übung macht den Meister.

Und so gehe ich kurz darauf ins Bad und ziehe mich an. Lukas überreicht mir 170 € und ich wünsche ihm Glück für seine Zukunft. In welchen beruflichen Bereichen auch immer.

33

Bis zum Abend vergeht die Zeit im Schneckentempo. Ich kann mich nicht daran erinnern, so oft auf die Uhr geblickt zu haben. Ich warte… auf einen weiteren Termin, der die Dauer bis zu Dirks Wiedersehen verkürzen würde. Aber ich bekomme nur Anrufe, bei denen ich Auskunft über mich und meine Dienstleistungen gebe. Gewissenhaft notiere ich alle neuen Telefonnummern und die dazugehörigen Namen in meinem Adressbuch. Es ist erstaunlich, wie viele Nummern ich unter George und John gespeichert habe. Dicht gefolgt von Nikos und Spiros. Unter den englischen Namen machen Bob und Bill das Rennen. Inzwischen schreibe ich Notizen zu den unterschiedlichen Bobs, Bills und Georges. Ich kann nicht bei jedem Anruf von einem George fragen: ‚Welcher George bist du? Hilf mir doch mal bitte auf die Sprünge!' – Über die gespeicherten Stichpunkte bin ich meist schnell im Bilde, mit welchem ich spreche.

Als es endlich auf 22 Uhr zugeht, wähle ich Dirks Nummer.

„Hallo meine Süße! Hast du schon Feierabend?"

„Fast. In einer halben Stunde bin ich zuhause. Hast du noch Lust, mich zu treffen?"

„Selbstverständlich! Wie lange brauchst du, dich etwas zu erholen und frisch zu machen?"

Überrascht, dass er an so etwas denkt, antworte ich:

„ Zwanzig Minuten. Wenn du gegen 22.50 Uhr hier bist, müsste es passen."

„Ich freue mich! Also bis später und Bussi!"

‚ Weitere 50 Minuten quälende Warterei! ', denke ich, gehe ins Bad und mache mich fertig. Zu einem weißen, enganliegenden Kleidchen trage ich meine verführerischen hellblau/silbernen

Pumps und eine silberne Clutch, – beides von meinem italienischen Lieblingsdesigner. Ich kröne mein Outfit mit wenig dezentem Schmuck und schaue selbstverliebt in den großen Spiegel.

‚Das wird ihn umhauen! ‘, prophezeie ich mir selbst und bin äußert zufrieden mit meiner Kombinationsgabe.

Der Anruf, dass er seinen Wagen geparkt hat, kommt pünktlich und ich verlasse aufgedreht meine Wohnung. Es ist ein wunderschöner Sommerabend, einer der schönsten in meinem Leben, scheint mir.

„Du weißt, dass du hinreißend aussiehst, gell?! – Mein Gott, bist du eine hübsche Frau!“, sagt Dirk, nachdem wir uns zur Begrüßung in den Armen gelegen und geküsst haben.

„Du siehst ebenfalls sehr gut aus. – Ich freue mich, mit einem so gutaussehenden Herrn auszugehen.“, flirte ich zurück und Dirk lächelt erfreut, nimmt meine Hand und wir schlendern los. Als wir das Restaurant mit der gemütlichen Bar im Garten erreichen, können wir uns an den gleichen Platz setzen wie beim ersten Mal. Das wirkt genauso vertraut, wie mit Dirk Hand in Hand spazieren zu gehen.

„Sollen wir morgen früh zum Schwimmen mit dem Boot raus?“, fragt Dirk mich, nachdem wir uns mit Whisky Sour und Prosecco zugeprostet haben.

„Gerne! Soll ich selbst mit dem Auto zur Marina kommen und wir treffen uns dort?“

„Das könntest du machen... Aber ich habe noch eine andere Idee: Was hältst du davon, wenn wir gleich schon deine Badesachen und etwas für die Nacht aus deiner Wohnung holen und du bei mir schläfst? – Dann fahren wir morgen gemeinsam in die Marina und ich bringe dich später nach Hause.“

Ich schlucke. Selbstverständlich habe ich Lust dazu. Aber was ist mit meinem Job? Ich müsste mein Telefon ausschalten… Mein Pflichtbewusstsein meldet sich und gibt sich große Mühe, mir diese Nacht in Dirks Bett auszureden. Ich schlucke nochmal und sage:

„Es klingt verführerisch, aber bitte lass mir ein wenig Zeit darüber nachzudenken."

„Sicher! – Ich will dich auf keinen Fall drängen, dachte nur, das käme uns beiden entgegen."

Wir schweigen eine Weile. Kopf oder Bauch. Wer sagt hier was? Ich weiß es nicht! Ich kann die beiden zurzeit nicht klar unterscheiden.

„Erzähl mir etwas aus deiner Vergangenheit.", eröffnet Dirk ein neues Gespräch und ich bin froh, über etwas anderes nachzudenken.

Ohne zu lügen, erzähle ich ihm von dem Dorf, in dem ich aufgewachsen bin, von meiner Schulzeit und meiner Sehnsucht danach, dieses Kaff eines Tages zu verlassen, um dort zu leben, wo andere Urlaub machen: Nämlich in der Sonne und am Meer.

„Du hast es geschafft! Du bist hier!", freut Dirk sich für mich und erzählt mir, dass er einer Seemannsfamilie angehört und sich ebenfalls seit seiner Kindheit zum Meer hingezogen fühlt. Während unserer Unterhaltung versuche ich bewusst, ihm keine neuen Lügen aufzutischen. Damit muss jetzt Schluss sein!

Über unser lockeres Geplauder vergesse ich, dass mein Smartphone noch auf Laut gestellt ist und als es klingelt, erschrecke ich heftig und sage:

„Entschuldige, da muss ich rangehen."

Schnell verlasse ich das Gartenlokal und nehme den Anruf entgegen. Dabei sehe ich, der Teilnehmer ist Noah, ein israelischer Geschäftsmann, der hin und wieder in Athen zu tun hat.

„Hallo Anika. Wie geht's dir?"

„Danke gut, Noah. Bist du etwa in Athen?"

„Genau. Ich fliege Sonntagabend weiter in die USA und dachte, es wäre schön, eine Massage von dir zu bekommen. Ich wohne im Grand Bretagne Hotel. Kannst du kommen?"

Gewohnheitsmäßig sehe ich auf die Uhr und meine Gedanken purzeln durch mein Oberstübchen. Dabei gibt es nur eins zu entscheiden: Nehme ich den Termin wahr, der mir um diese Uhrzeit immerhin 250 € einbringen würde oder nicht… Ich weiß nicht, wie ich Dirk plausibel erklären könnte, weshalb ich mich so plötzlich von ihm verabschieden muss. Und dies hier wäre wohl der schlechteste Moment ihn darüber aufzuklären, dass ich als Callgirl arbeite! – Mir bricht der Schweiß aus und ich spüre, ich habe schon viel zu lange mit meiner Antwort gezögert.

„Noah, Darling, – es tut mir furchtbar leid, aber ich bin gerade auf dem Weg zu einem anderen Termin. Das passt heute Nacht leider überhaupt nicht."

„Oh, das ist schade. Wüsstest du eine Kollegin, die ich anrufen kann? Ich brauche dringend Gesellschaft."

„Nein, tut mir leid, Baby. Darum musst du dich selbst kümmern. Ich wünsche dir jedenfalls noch einen schönen Aufenthalt in Athen und freue mich darauf, dich beim nächsten Mal wiederzusehen und ordentlich zu verwöhnen!"

„Danke, dir ebenfalls noch eine gute Nacht, Anika!"

Wieder zurück auf meinem Barhocker, lächele ich Dirk an, obwohl es mir schwerfällt. Die nächste Lüge lautet:

„Das war eine Freundin aus Deutschland. Sie wollte einfach nur reden, als sie hörte, dass ich Feierabend habe. – Ich rufe sie morgen zurück."

„Du hättest ruhig mit ihr sprechen können! Mach so etwas bitte nicht davon abhängig, ob du mit mir zusammen bist oder nicht."

„Ich wollte aber nicht! Ich habe ihr erzählt, dass ich jemanden date. Jetzt ist sie ganz gespannt darauf, was ich ihr morgen erzähle."

„Hoffentlich nur Gutes!", lacht Dirk. „Jedenfalls gebe ich mir Mühe, dass es nur Gutes von mir zu berichten gibt."

Das bestätige ich, indem ich ihn leidenschaftlich küsse und frage mich danach ängstlich:

,Wie reagiert er, wenn ich ihm sage, dass ich ihn von Anfang an belogen habe? Muss ich ihm auch gestehen, dass der Anruf meiner Freundin erfunden war und es in Wirklichkeit ein Kunde war, auf dessen Geld ich verzichtet habe? – Gehören solche Sachen auch in die Geständnistruhe? – Wieviel packe ich da überhaupt noch rein?'

Immer noch völlig verlegen wegen dieser erneuten Lüge spüre ich, wie die Angst davor, ihn zu verlieren in mir hochsteigt und sich ausbreitet. Ich werde heute Nacht bei ihm schlafen! Diese eine Nacht will ich auf jeden Fall haben. Egal was danach passiert. Und so sage ich kurz entschlossen:

„Ich hab's mir anders überlegt, ich bleibe heute Nacht doch bei dir! Lass uns nach diesem Drink gehen."

Die folgende Nacht ist alles andere als ein Highlight. Mein schlechtes Gewissen erdrückt mich und ich kann weder den Sex noch seine Zärtlichkeiten ohne Wehmut genießen. Schlafen kann ich auch kaum. Zum einen liegt es daran, dass ich wegen meiner Lügen nicht entspannen kann und zum anderen daran, dass ich es nicht gewohnt bin, jemanden neben mir im Bett zu spüren und atmen zu hören. Ich bereue meine Entscheidung und wälze mich hilflos von einer Seite auf die andere, bis ich in einen erschöpften Schlaf falle.

Noch bevor der Wecker klingelt, werde ich von Dirks Hand geweckt, die zärtlich über meinen Oberarm streichelt. Ich drehe mich auf den Rücken, lege meinen Kopf zur Seite und blicke in seine liebevollen Augen.

„Guten Morgen. Hast du gut geschlafen?", frage ich.

„Wie ein Bär. Und du?"

„Nicht so gut. – Das fremde Bett, die fremde Umgebung, die Tatsache, dass ich hier mit dir zusammen liege, – alles bewegt und beschäftigt mich."

„Das tut mir leid, Liebes. Vielleicht sollten wir das nächste Mal bei dir nächtigen. Was meinst du?"

„Vielleicht.", gebe ich ahnungslos und hilflos zurück.

„Stehen wir auf! Lass und auf die Schnelle frühstücken und danach fahren wir in die Marina, okay?"

„Lass uns das machen! Nach einer Dusche und einem Kaffee geht's mir bestimmt besser."

Dirk beugt sich über mich und wir küssen uns.

‚Immerhin habe ich ihn heute Morgen noch nicht belogen, denke ich…'

34

Obwohl es noch so früh am Tage ist, brutzelt die Sonne, als ob sie vor lauter Energie und Lebensfreude nicht weiß wohin mit ihrem Feuer. Da ich keinen Hut dabei habe, gibt Dirk mir eine dunkelblaue Schirmmütze, auf der in goldenen Buchstaben der Name ‚Panda' gestickt ist.

„Du kannst sie behalten, wir haben ausreichend davon an Bord. Sie gehört zur Ausstattung der Crew.", sagt er, setzt sich die gleiche auf, nimmt meine Badetasche und hilft mir ins Beiboot. Erst als wir den Hafen verlassen haben, nehme ich die Mütze ab und der Fahrtwind kühlt meinen Kopf und beruhigt meine aufgewühlten Gedanken.

‚Was will ich? ', frage ich mich. ‚Das hier will ich! ', kommt die Antwort wie aus der Pistole geschossen aus meinem Inneren.

‚Ich will mit Dirk zusammen sein, mit ihm in diesem Boot zum Schwimmen fahren, mit ihm ausgehen, mit ihm reden, kuscheln, ihn lieben und meinen Job weiter ausüben... , – aber geht das? ', frage ich mich weiter und bekomme keine Antwort.

Als wir unsere Badebucht erreichen, ankert Dirk und spannt das Bimini-Verdeck auf. Ich sehe ihm gerne zu, wie er das Boot händelt. Er ist so ein verdammt gut aussehender, liebevoller, intelligenter, geschickter und attraktiver Mann. Ein Gentleman! – Ich gerate regelrecht ins Schwärmen und denke nicht im Traum daran, diese wunderbare, rosarote Brille abzusetzen.

Mittags, als ich wieder alleine in meiner Wohnung bin, checke ich die Nachrichten auf meinem Handy. Natascha hat heute Morgen versucht, mich anzurufen und mir anschließend eine SMS geschrieben, in der steht:

‚Hallo Babitschka, können wir uns morgen Nachmittag um 15 Uhr im 6 X Hotel treffen? Achilles, einer meiner Kunden, hat nach einer zweiten Puttana gefragt. Er zahlt 80 € und steht auf Busen. '

‚Hallo Natascha, danke dass du an mich denkst. Klar komme ich! Hab einen schönen Sonntag! '

80 € ist zwar nicht die Welt, aber bei dem was ich an Terminen wegen Dirk verpasst habe, sollte ich das Geld unbedingt mitnehmen.

Ich schaue in meinen Terminkalender, checke meinen ADuLT Account und antworte einem jungen Mann, der an Wrestling-Sex interessiert ist. Er wohnt noch im Haus seiner Mutter, aber da diese an den Wochenenden verreist, hat er von Freitag bis Sonntag sturmfreie Bude. Ich schreibe zurück:

‚Hallo Panos, danke für deine Nachricht. Du hast Glück, mein Mann ist für zehn Tage auf Geschäftsreise und ich habe Lust mit dir zu ringen und wrestlen und das Ganze in einem sexuellen Akt enden zu lassen. Wie du aus meinem Profil entnehmen kannst, treffe ich mich nur mit großzügigen Herren. Falls du einer bist, schicke mir bitte zur telefonischen Kontaktaufnahme eine SMS an SEX neun 9 siebenacht 69 zweiundzwanzig 69. Danach können wir genaueres besprechen. Liebe Grüße, Aleksandra.'

Zufrieden mache ich mir ein zweites Frühstück und denke währenddessen ununterbrochen an Dirk.

Ein Anruf von Richard reißt mich gegen 14 Uhr aus meiner Traumwelt.

„Sweetie, kommst du?"

„Hallo Darling, schön von dir zu hören. Meinst du jetzt gleich?"

„Klar, ich kann nämlich keinen Mittagsschlaf machen. Es ist zu heiß! Vielleicht klappt es, nachdem wir gefickt haben."

„Okay, ich bin innerhalb einer Stunde bei dir. Also bis dann, Baby!"

Euphorisch checke ich, ob ich alles was ich benötige, in meine Arbeitstasche gepackt habe, ziehe das bezaubernde, hellblaue, mit Gänseblümchen bedruckte Laura Ashley Kleid an und fahre mit dem Auto in die Innenstadt. Kurz vor meiner Ankunft klingelt mein Telefon wieder und obwohl es strengstens verboten ist, während der Autofahrt zu telefonieren, gehe ich ran. Es ist wieder Richard, aber dieses Mal ruft er mich über sein Mobiltelefon an. Der Grund ist, dass es in der Innenstadt einen Stromausfall gibt. Das bedeutet unter anderem, dass der Aufzug nicht funktioniert und ich sechs Etagen zu Fuß bis in seine Penthouse-Wohnung hochsteigen muss...

„Möchtest du den Termin verschieben? Soll ich besser ein anderes Mal kommen, wenn der Strom zurück ist?", frage ich.

„Nein, Sweetie, komm. – Ich brauche dich jetzt!"

,Klar!', denke ich, ,Er muss die Treppen ja nicht hochlaufen.'

Als ich sein Haus erreiche, klemmt in der Eingangstüre eine Fußmatte, weil die elektrischen Türöffner wegen des Stromausfalls nicht funktionieren. Da hat also jemand mitgedacht! – Im Treppenhaus ist es stickig und die schlechte Luft nimmt von Etage zu Etage zu. Als ich im vierten Stockwerk angekommen bin, japse ich vor Erschöpfung und lege ein Päuschen ein. Erst als ich wieder normal atmen kann, steige ich langsam Stufe um Stufe weiter hinauf und achte darauf, mich nicht übermäßig anzustrengen. Schließlich will ich gut aussehen, wenn ich in Richards Penthouse ankomme. Auch wenn er nur 75 € zahlt, soll er die beste Version vom Callgirl Anika bekommen!

Vor seiner Haustüre gebe ich mir noch ein paar Sekunden zum Verschnaufen, dann klopfe ich kräftig an. Richard öffnet mir die Türe in weißer, lose baumelnder Herrenunterhose, ausgetretenen Schlappen und einem offenstehenden, mit Palmen bedruckten Hemd.

„Hallo Sweetie, erschrecke nicht, – aber es ist heiß in der Wohnung."

Das kann ich umgehend bestätigen! Der Ausfall der Klimaanlage gleicht einer Katastrophe. Das Penthouse ist zu einem Backofen mutiert.

„Oh mein Gott, Baby, das ist ja grauenvoll! – Habt ihr so etwas öfter in der Innenstadt?"

„Es ist diesen Sommer das fünfte Mal. Meistens kriegt das Elektrizitätswerk es hin, die Überlastung innerhalb von zwei Stunden zu beheben. Weißt du, es liegt an den hunderttausenden Klimaanlagen, die alle auf vollen Touren laufen. – Hoffentlich ist der Sommer bald vorbei. – Ich hasse ihn!"

Wir gehen in sein Büro. Ich stelle meine Tasche auf den Schreibtisch und nehme ein Kondom heraus.

„Hast du dich schon frisch gemacht?", frage ich.

„Sicher, Sweetie! Ich kenne doch deine Regeln."

„Prima, – ich bin gleich wieder bei dir.", gebe ich zurück und gehe ins Bad.

Dort würde ich am liebsten eine kalte Dusche nehmen, doch spare ich mir das voller Vorfreude für später auf.

„Komm und lutsch meinen Champion. Nachdem die Klimaanlage ausgefallen ist, ist er zusammengesackt wie bei einem K.O. Ich habe schon versucht, ihn zu rubbeln, aber es tut sich nichts.", jammert der ehemalige Boxer.

Er hat seine Unterhose ausgezogen und sitzt, nur noch mit dem Hemd bekleidet, auf dem Sofa.

„Ich schau mal, was ich machen kann.", entgegne ich und gehe nackt vor ihm in die Hocke.

Aber ob ich an seinem Schaft lecke, seine Hoden zupfe oder knete... es passiert nichts. – Der Champion bleibt am Boden und ich bin ratlos.

„Weißt du was, setz dich auf den Stuhl dort drüben und ich gebe dir einen Lapdance. Vielleicht bringt ihn das wieder auf die Beine!?"

„Alles was du willst, mein Sweetheart. Du bist so schön und es tut mir leid, dass er schlapp ist und dir keine Ehre erweist."

„Mach dir keine Sorgen! Ich kenne doch den Grund und weiß, dass er gewöhnlich scharf auf meine Muschi ist."

Richard nimmt auf dem Stuhl Platz und ich wähle auf meinem Smartphone ein langsames, erotisches Musikstück aus, für das ich einen Lapdance eingeübt habe. Als die ersten Takte erklingen, gehe ich langsam auf ihn zu, stelle mich zur Eröffnung meiner Performance an seine Seite, lege sanft meine Hand auf seine Schulter, hebe mein linkes Bein, stelle meinen silbern glitzernden High Heel auf seinen rechten Oberschenkel und lasse meine Hüfte verführerisch kreisen. Bei diesem langsamen Tänzchen gebe ich Richard fantastische Einblicke zwischen meine Beine, auf meinen Busen und meinen Po. Die Show dauert etwas über fünf Minuten und bewirkt... nichts!

Ich lasse mir meine Frustration nicht anmerken, sondern überlege krampfhaft, was ich als nächstes ausprobieren könnte, um Richard zu erregen.

„Sweetie, hol mir doch bitte aus dem Kühlschrank ein Tonic und bring dir selbst auch etwas zu trinken mit."

Froh über diesen Auftrag, der mir Zeit gibt, darauf zu warten, dass mir etwas einfällt, gehe ich in die Küche. Richard hat einen dieser großen, amerikanischen Kühlschränke und als ich seine Türe öffne, strömt mir kalte Luft entgegen. – Kalte Luft!

Wie herrlich! – Schnell schließe ich die Tür wieder und rufe ins Arbeitszimmer:

„Richard, du musst unbedingt herkommen! Und bring bitte das Kondom mit, das auf dem Schreibtisch liegt."

Schwerfällig schleppt sich der große Mann zu mir in die Küche.

„Ich habe eine Überraschung, Baby! Komm her und gib mir das Gummi.", freue ich mich.

„Hast du eine Flasche Champagner gefunden oder was macht dich so fröhlich?", fragt Richard.

„Nein. Etwas viel besseres: Kalte Luft!", antworte ich und öffne die Kühlschranktüre.

„Oh mein Gott! – Lass mich ganz nah ran! Das ist ja himmlisch!"

„Eben!"

„Meinst du wir könnten hierbleiben?"

„Selbstverständlich! – Ich hole einen Stuhl und du machst es dir darauf gemütlich. Möchtest du immer noch das Tonic?"

„Später. Zuerst will ich dich!"

Glücklich über diese Wendung und die Aussicht auf einen erfolgreichen Abschluss meiner Arbeit, rücke ich den Stuhl zwischen Kühlschrank und seine weit geöffnete Tür. Richard setzt sich, ich gehe in die Hocke und schwupp die wupp wächst sein Schwanz in meinen Händen zu voller Größe. Ich lecke seine Hoden, ziehe ihm das Kondom über und setze mich auf ihn drauf.

„Du hast so tolle Titten, Anika!", sagt Richard, während ich sie ihm vors Gesicht halte. Er zupft mit seinen Lippen an meinen Nippeln, während ich mich langsam rhythmisch auf seinem Schwanz auf und ab bewege.

„Soll ich weitermachen, bis du kommst oder hast du Lust aufzustehen und mich von hinten im Stehen zu nehmen?"

„Ich stehe auf, Sweetie! – Meine Kraft ist zurückgekehrt und ich werde dich ficken wie zu meinen besten Zeiten! Ich weiß, dass du das magst!"

„Prima! Ich bin schon ganz feucht bei dem Gedanken an deine heftigen Stöße!"

„Dann lass uns nicht länger warten!"

Ich steige von ihm ab, schiebe den Stuhl zur Seite, stelle mich, auf Butter, Käse, Wurst und Joghurt schauend vor den Kühlschrank, spreize meine Beine und spüre wie Richard von hinten in mich eindringt. Wir sind ein gut eingespieltes Team. In vielen Fällen hilft Routine, den Sex entspannt zu genießen. Mir hilft sie momentan, meine Arbeit locker abzuwickeln. Als er kurz vor seinem Höhepunkt ist, rammelt Richard seinen Unterleib wild gegen mein Gesäß, während er mich an der Hüfte festhält. Sein lauter Aufschrei geht in Keuchen über, der feste Griff seiner Hände löst sich, sein Champion schrumpft und als Richard nur noch hechelt, helfe ich ihm, seinen Schwanz aus meiner Muschi zu ziehen. Ich überprüfe das Kondom und sehe: Es ist heile geblieben.

„Komm, setz dich wieder!", sage ich leicht unterkühlt und schiebe den Stuhl wieder zwischen den offenen Kühlschrank und seine Türe. Doch in diesem Moment geht das Licht darin an und er fängt an zu brummen.

Juhu, der Strom ist wieder da! ' – Richard und ich sehen uns lachend an und hören wie auch die Klimaanlage wieder ihren Betrieb aufnimmt. Schnell nehme ich den Stuhl fort und schließe die Kühlschranktür wieder.

„Jetzt steht meinem Mittagsschlaf nichts mehr im Wege!", kommentiert Richard.

„Und ich gehe und nehme eine kalte Dusche!", sage ich und mache mich auf den Weg ins Bad.

Wieder angekleidet und bereit die Wohnung zu verlassen, überreicht Richard mir 75 €. Ich bedanke mich mit Küsschen auf seine Wange und bin froh, dass ich mit dem Aufzug ins Parterre fahren kann.

Vor der Eingangstüre des Hochhauses angekommen, erinnere ich mich aus irgendeinem Grund daran, wie und wann ich Richard kennengelernt habe.

Ich schmunzele und schicke ein Dankeschön in den blauen Athener Himmel für diesen treuen und einfachen Stammkunden.

35

Es sind all die unvorhersehbaren Ereignisse, die meinen Beruf als Callgirl spannend und interessant machen. Die verschiedenen Männer mit ihren vielseitigen Bedürfnissen und Wünschen geben mir Einblick in einen Teil des Lebens, der vielen verschlossen bleibt. Die dabei erforderliche Flexibilität meinerseits übt einen zusätzlichen Reiz auf mich aus. Dass ich von einem Teil der Bevölkerung schief angesehen werde, weil ich als Dienstleistung Sex anstelle von z.b. Massagen anbiete, das stört mich zugegebenermaßen... und es ist der Grund, weshalb ich meinen Beruf geheim halte. – Dabei wünsche ich mir tief im Inneren, dass entweder Sexarbeit so natürlich und selbstverständlich in unserer Gesellschaft wird wie jede andere Arbeit, oder dass ich eines Tages den Mut finde, mich zu outen. – Doch beides scheint mir noch in weiter Ferne.

Da mein Auto ausnahmsweise gebührenfrei in der City parkt, tausche ich meine große Arbeitstasche gegen eine kleinere und schlendere durch die angenehm schattigen Gassen der Altstadt Athens. Wie die Touristen schaue ich mir die ausgelegten Waren vor den Geschäften an, genieße die kühle Luft, die aus ihren weit geöffneten Türen heraustritt, betrete hin und wieder einen Laden und warte darauf, dass mir etwas so außerordentlich gut gefällt, dass ich ihm nicht widerstehen kann.

Doch das einzige, was mich trotz vieler schöner Dinge an diesem Nachmittag reizt, ist ein Schokoladeneisbecher mit Sahne, den ich auf der Terrasse eines Cafés genieße. Verschwenderisch strömt währenddessen auch hier die kalte Luft einer Klimaanlage aus der Eingangstüre. An den Stromausfall von vorhin denkend, wird mir plötzlich mulmig. Ich habe gerade Eis gegessen, das vielleicht geschmolzen war. ‚*Hoffentlich habe ich mir keine Salmonellen eingefangen!* '

Während ich noch in der Innenstadt bin, bekomme ich ein paar Anrufe von Männern, die sich nach meinen Konditionen erkundigen. Einer ist ein Chinese aus Piräus, der offen sagt, ich sei ihm zu teuer. Ohne weitere Arbeit in Aussicht, mache ich mich kurz vor 18 Uhr auf den Heimweg.

Panos, der Wrestler vom ADuLT Account, hat mir eine SMS geschickt und fragt, ob er mich anrufen kann.

Ich schreibe ihm, dass jetzt eine gute Zeit dazu wäre. Kurz darauf klingelt mein Telefon.

„Hallo Aleksandra! Schön, dass wir telefonieren können."

„Das freut mich ebenfalls."

„Darf ich offen zu dir sprechen?"

„Selbstverständlich!"

„Weißt du, ich hatte mal eine Freundin aus dem Wrestling Club. Wir haben oft privat zusammen trainiert und jedes Mal habe ich einen Ständer bekommen, wenn wir so verschwitzt am Boden lagen. Einige Male hatten wir Sex nach dem Training. Das war geil! – Sie wohnt nicht mehr hier, aber ich denke viel daran, wie toll das damals war. Deshalb freut es mich, dass du offen für so eine Aktion bist! – Aber sag mal, was stellst du dir unter großzügig vor?"

„Ich verstehe darunter, dass du mir ein Geldgeschenk in Höhe von 250 € machst. Damit wären unter anderem meine Taxifahrten für dieses Treffen bezahlt. – Sehe es als eine Art Wertschätzung mir gegenüber."

„Du sprichst von einer großen Summe..."

„Ich bitte dich: Es geht um Sex! – Ich begebe mich in deine Hände. Findest du nicht, dass dies eine große Sache ist?"

„Doch, natürlich!"

„Panos, hör zu: Wir müssen uns nicht treffen. – Wir können dieses Gespräch beenden und keiner von uns braucht sich danach schlecht zu fühlen."

„Nein! – Ich bin froh, dass du bereit bist zu Wrestlen und Sex! – Ich hatte es einfach nur aus meiner Sicht betrachtet und nicht aus deiner. Ich habe das Geld. Bitte Aleksandra, mach keinen Rückzieher!"

„Na gut. Dann lass uns darüber sprechen, wie unser Date ablaufen soll."

Panos ist hörbar erleichtert. Wir legen ein Codewort fest, für den Fall, dass ich eine Unterbrechung möchte und befristen die Zeit des Wrestling auf 30 Minuten. Den Termin vereinbaren wir für den kommenden Samstag um 20 Uhr.

Dirk schießt mir immer wieder durch den Kopf. Ich habe ihm gesagt, dass ich ihn heute Abend anrufe, wenn ich Feierabend im Pub habe. Doch mein schlechtes Gewissen wegen all der Lügen, die ich ihm wieder auftischen werde, lässt weder Vorfreude auf ein Telefonat mit ihm noch auf ein Treffen aufkommen. Und das, obwohl ich mich nach ihm verzehre!

Ich versuche mir vorzustellen, ich wäre ihm nie begegnet. Doch mein Oberstübchen lacht mich nur aus und sagt: ,Bist du aber!'

Ich lege Musik auf und versuche vergeblich, fröhlich zu sein. Ich sehe durch meinen Kleiderschrank, probiere einige schicke Outfits an und hoffe, mich damit abzulenken. Auch das klappt nicht. Nervös tigere ich von der Küche übers Wohnzimmer auf den Balkon und wieder zurück. Das einzige was ich spüre, ist Unruhe.

Als mein Telefon klingelt und es wieder der Chinese ist, dem ich zu teuer war, lasse ich mich voller Verzweiflung auf ein Honorar von 80 € ein und sage dem Termin zu. Alles ist besser, als alleine mit meinen Gedanken und Gefühlen in meiner Wohnung zu sein und zehn Minuten später sitze ich im Auto und fahre nach Piräus.

Mein Navi dirigiert mich in die Nähe des Hafens, wo Luan ein Geschäft betreibt. Es ist einer dieser über ganz Griechenland verteilten China-Läden mit Kleidung, Haushaltssachen und Krimskrams, das am Sonntag geschlossen ist. Da er sich die Kosten fürs Hotel sparen will, möchte er mich dort für den Sex treffen.

Auch hier in Piräus ist es leicht, einen Parkplatz zu finden und als ich an die Schaufensterscheibe des Geschäfts klopfe, erscheint Luan wie ein Geist an der Eingangstüre und lässt mich schnell in seinen düsteren Laden. Luan ist einen Kopf kleiner als ich, bebrillt, bleich und runzelig. Ich habe ihn am Telefon nicht nach seinem Alter gefragt, schätzen kann ich es auch nicht. Er erscheint mir einfach uralt. Mit seinem lispelnden Dialekt lädt er mich ein, ihm in den hinteren Teil seines Geschäfts zu folgen. Dort steht, neben einer Umkleidekabine, ein kleiner Tisch mit einem Notebook darauf und auf diesem spielt ein chinesischer Sexfilm.

„Luan, hast du hier ein Badezimmer?"

Er verneint mit vielen Worten, die sich wie ein einziger Singsang anhören und zeigt mir eine Toilette mit Waschbecken. Das muss dann reichen… Ich mache mich frisch, ziehe giftgrüne Dessous an, weil ich glaube, Asiaten stehen auf knallige, leuchtende Farben und kehre zurück in den Verkaufsraum. Luan hat den Vorhang der Umkleidekabine geöffnet. Er zeigt auf einen Kleiderbügel, der an der Wand hängt und sagt:

„Häng deine Sachen da auf. Ich will, dass du das hier anziehst."

Dabei öffnet er die durchsichtige Plastikverpackung eines Bodysuits aus seinem Laden, der aus wenig schwarzem Netz und künstlichem Lackleder mit Perlenstring besteht. Auf einem Stück Pappe, die ebenfalls in der Verpackung steckt, ist eine blonde Weiße abgebildet, die ihn trägt und sexy posiert. Es ist ein verführerisches Outfit! Ich schließe den Vorhang und wechsele die Wäsche. Dabei achte ich darauf, dass die Perlenschnur meine Schamlippen aufreizend teilt. Ebenfalls sexy posierend betrachte ich mich im Spiegel. Als ich den Vorhang wieder öffne, hat Luan seine Hosen ausgezogen und starrt mich an. Das führt dazu, dass sein kleiner Schniegel immerhin zu etwas mehr als daumendicker Größe anschwillt. Ich drehe mich langsam im Uhrzeigersinn, streichele den Stoff über meinem Busen und bin gespannt, was Luan mit mir im Sinn hat. Es gibt kein Bett oder Sofa, nur einen einfachen Küchenstuhl vor seinem Tisch.

„Stell dich vor den Spiegel, so kann ich dich von vorne und hinten sehen.", bittet er mich, setzt sich breitbeinig auf den Stuhl, nimmt seinen Schniegel in die Hand und spielt mit ihm.

„Ist es so recht?", frage ich und füge hinzu: „Falls du es brauchst, ich habe ein Kondom neben dein Notebook gelegt."

„Ja, so ist es gut. Beweg dich ein bisschen. Ich will das Outfit von allen Seiten an dir sehen."

„Gerne."

Vor dem Spiegel fällt es mir besonders leicht, von einer sexy Pose in die nächste überzugehen.

„Gut so!", kommentiert er.

Ich hole meine Brüste unter dem weichen Netzstoff hervor und spiele mit meinen Nippeln.

„Warte, bleib so stehen. Ich will sie anfassen!", sagt Luan, steht auf und stellt sich vor mich hin. Ungeschickt spielt er mit meinen Brüsten, drückt sie zusammen, lässt sie hüpfen und lächelt dabei verschmitzt.

„Du darfst an meinen Nippeln lutschen, wenn du magst.", biete ich ihm an.

Das lässt Luan sich nicht zweimal sagen. Da er so viel kleiner ist als ich, braucht er sich kaum zu bücken, um sie bequem in den Mund zu nehmen. Er saugt ungewöhnlich feste und ein paarmal zucke ich vor Schmerz zusammen. Doch irgendwie fällt es mir schwer, ihm zu sagen, er soll sanfter an meinen Nippeln saugen. Vielleicht weil er so klein und alt ist und dadurch schutzbedürftig wirkt? – Ich weiß es nicht! – Jedenfalls nimmt seine Erregung stetig zu und es dauert nicht lange bis er von meinem Busen ablässt und nach dem Kondom greift, in das er seinen kleinen Bolzen verschwinden lässt.

„Wo sollen wir es machen?", fragt er mich.

‚Was weiß ich denn! – Ohne Bett oder Sofa gibt's nicht viele Möglichkeiten! ', denke ich und bin erstaunt, dass er sich darüber vorher keine Gedanken gemacht hat.

Schnell sehe ich mich um und überlege. In dem Regal hinter ihm liegen in Plastiktaschen verpackte Decken.

„Pack eine dieser Decken aus und leg sie auf den Boden. Dann gehe ich in die Hündchen-Stellung und du kniest dich hinter mich!"

„Die Decken sind neu. Die wollen wir verkaufen."

„Dann lass dir etwas anderes einfallen.", entgegne ich etwas verärgert, weil ich befürchte, dass sein kleiner Freund bei all diesen Überlegungen wieder schlapp wird.

„Ach was soll's! – Nehmen wir die Decke.", entscheidet er sich zum Glück und ich helfe ihm, sie auszupacken und dreifach auf den Boden zu legen.

„Komm, mein Starker! Zeig mir, wie du eine Frau ficken kannst, bis sie aufheult vor Lust!"

Luan lächelt geschmeichelt, überprüft das Kondom und kniet sich hinter mich.

Sein Schwanz verschwindet in meiner Muschi und ich spüre seine kurzen, heftigen, gleichmäßigen Stöße, bis er jaulend zum Höhepunkt kommt. Anschließend sinkt er vornüber auf meinen Rücken und bleibt dort wie ein Baby liegen, bis er wieder zu Kräften gekommen ist.

Nachdem ich mich am Waschbecken des Toilettenraums gewaschen habe, ziehe ich mich an und gehe zurück in den dunklen Verkaufsraum. Dort nehme ich 80 € entgegen und Luan ist so nett und schenkt mir den Bodysuit dazu.

Das stimmt mich fröhlich und glücklich lächelnd verlasse ich sein Geschäft, steige in mein Auto und fahre nach Hause.

36

Um 23 Uhr rufe ich Violet an, doch sie geht nicht ran. Meine Unruhe ist zurückgekehrt und ich weiß nicht, wie ich sie bekämpfen soll. Um mich einigermaßen abzulenken, surfe ich im Internet, bis ich nicht mehr weiß, was ich noch googlen soll. Kurz vor Mitternacht klingelt mein Telefon. Es ist Violet. „Hallo Darling, ich habe gesehen, du hast versucht, mich zu erreichen. Wie geht es dir, wie war dein Tag?"

„Mein Tag war Himmel und Hölle! Ich bin so schrecklich verliebt in Dirk, ich schmelze dahin, wenn er mich ansieht oder wenn ich seine Stimme höre, aber es zerreißt mich innerlich, dass ich ihn ständig belüge und keine Erlösung in Sicht ist! – Ich kann ihn doch nicht einfach anrufen und sagen: ‚Wir müssen uns treffen, ich habe dir etwas ganz Wichtiges mitzuteilen!' "

„Warum kannst du das nicht, Anika? Es liegt doch mittlerweile auf der Hand, dass das Warten auf einen günstigen Augenblick dich nur noch mehr von deinem Ziel entfernt. – Sag es ihm! – Sag es ihm, wenn ihr euch das nächste Mal trefft! Rede nicht drumherum. Falle mit der Tür ins Haus. Das bist du ihm schuldig! Du darfst ihn nicht länger hinhalten. Das ist unfair. Er ist genauso verknallt in dich, wie du in ihn. Was glaubst du, wie weh du ihm tust, mit jedem Tag, an dem du deine Show weiter spielst!"

Violet holt Luft, anscheinend um ihre Moralpredigt fortzusetzen, doch ich unterbreche sie, weil ich die Wahrheit nicht länger ertrage und sage:

„Stopp! – Hör bitte auf, Violet! Ich will nichts mehr hören. Ich weiß es doch! Ich könnte vor Scham im Erdboden verschwinden, glaub mir das! Aus Scham, weil ich zögere, ihm die Wahrheit zu sagen, nicht aus Scham vor meinem Beruf. Lass uns jetzt entweder das Thema wechseln oder aufhören zu sprechen. – Bitte!"

„Dann lass uns das Telefonat beenden. – Ich kann nämlich nichts anderes tun, als ehrlich mit dir zu sein, Anika. – Mir ist jetzt nicht danach, von den Erlebnissen meines Tages zu sprechen... Schau, dass du dein Problem löst! Du schaffst das! Los, geh an die Arbeit. Dirk aufzuklären, hat jetzt höchste Priorität. Danach reden wir wieder!"

„Ich weiß. – Danke! Auch wenn deine Worte wie Nadelstiche pieken, ich weiß, du meinst es lieb mit mir."

„Natürlich! – Und jetzt mach dir einen Plan und führe ihn aus. Warte nicht länger auf Gelegenheiten! – Wenn's welche gab, sind sie verstrichen."

„Okay. Gute Nacht! Ich melde mich wieder, wenn ich es hinter mich gebracht habe."

„Das ist ein Wort! Du schaffst das schon. – Du wirst sehen!"

Aus irgendeinem Grund fühle ich mich besser. Vielleicht, weil Violet glaubt, dass ich es schaffe und weil ich zumindest ein ganz kleines bisschen Hoffnung in mir habe, dass alles gut werden kann. – Diese Zuversicht in mir spürend, wähle ich Dirks Nummer.

„Hallo Süße! Hast du Feierabend? – Ich warte schon sehnsüchtig auf deinen Anruf. Weißt du, irgendwie hast du mir total den Kopf verdreht und ich denke den ganzen Tag nur noch an dich."

„Hallo Dirk. Mir geht's irgendwie auch so. Können wir uns sehen? Kannst du zu mir kommen? Ich muss dir etwas sagen."

„Nichts lieber als das. Ich bin in zehn Minuten bei dir! – Aber sag mal, du klingst ein bisschen seltsam. Geht's dir gut oder ist etwas passiert?"

„Alles ist gut. Komm einfach! – Komm!"

Meine Magengrube fühlt sich an, als sei sie mit Beton gefüllt. Er wird in zehn Minuten hier sein und dann... und dann?

Als es klingelt und ich die Türe öffne, steht Dirk vor mir und strahlt mich an. Er tritt ein, nimmt mich in den Arm, drückt mich an sich und sagt leise:

„Sag nichts, ich will dich nur spüren, küssen, mit dir verschmelzen... – Mein Gott, was ist bloß los mit mir?"

Ich schlucke und weil ich nichts erwidern kann, bete ich innerlich:

,Bitte, bitte, bitte, lieber Gott, liebes Universum, große Kraft, – wer oder was du auch bist, falls es dich gibt und wenn du kannst, stehe mir bei! '

Dirk dirigiert mich zwischen Küssen, Liebkosungen und Umarmungen rückwärts in mein Schlafzimmer, streift mir das Kleid über den Kopf, drückt mich sanft aufs Bett, lächelt mich glückstrahlend an und fragt:

„Meinst du wir können auf das Kondom verzichten?"

„Dirk!"

„Ja? – Ich meine, du brauchst keine Angst zu haben. Ich bin gesund und ich ziehe ihn raus, bevor ich komme. – Was sagst du?"

„Dirk, ich muss dir etwas sagen."

„Was denn? Was ist los? Stimmt etwas nicht? Du schaust so ängstlich..."

„Dirk, bitte lass uns einen Moment Luft holen. – Bitte, leg dich aufs Bett. Ich lege mich zu dir und dann sage ich dir etwas, was mir nicht besonders leicht fällt. – Bitte!"

Dirk lässt mich los und sieht mich stutzig und fragend an. Er ist noch vollständig angekleidet, wogegen ich nur noch meine Unterwäsche trage. Ich fühle mich wie in einem Traum oder in einem Film, so als wenn ich gar nicht wirklich ich bin, sondern nur eine Figur, die ich bewege. Ich stehe auf, schließe die Balkontüre und stelle die Klimaanlage auf 22 Grad. Dann sehe ich mich im Schlafzimmer um, dimme das Licht und als ich nichts weiter zu tun finde, lege ich mich aufs Bett in meine Kissen und sage:

„Komm, leg dich zu mir!"

„Darf ich das ablegen?", fragt er skeptisch und zeigt auf seine Kleidung.

„Natürlich! Mach es dir bequem. Ich will, dass wir uns wohlfühlen."

„Ist jemand gestorben? Hast du etwas Furchtbares erlebt?"

„Nein, eigentlich ist alles gut. – Komm, leg dich zu mir. Und dann erzähle ich es dir."

Auf dem Rücken liegend und mit angewinkelten Knien, habe ich mich in Dirks Armbeuge gekuschelt, sehe an die Decke und hole tief Luft:

„Dirk, ich habe dich belogen. Ich arbeite nicht in einem englischen Pub."

„Ach so!?"

„Genau. Ich arbeite hier in Athen als selbstständiges Callgirl."

Dirk sagt nichts. Einfach nichts!

„Ich hätte es dir gerne früher gesagt, aber ich habe es nicht geschafft… Ich war einfach zu feige. Und ich hatte selbstverständlich auch Angst davor, dass du dich auf dem Absatz herumdrehst und gehst."

„Mh… Und jetzt hast du davor keine Angst mehr?"

„Doch – und wie! Aber ich kann dich nicht länger anlügen. Ich liebe dich! – Oder zumindest bin ich total verschossen in dich… Du bedeutest mir einfach so viel. – Bitte sag etwas dazu!"

Nach einer gefühlten Ewigkeit entgegnet er:

„Tja, – das ist jetzt nicht so einfach. Ich hätte viele Fragen. Aber vordergründig bin ich verwirrt. Ziemlich verwirrt… Ich denke, ich brauche Zeit, um mir das richtig vor Augen zu führen."

„Das verstehe ich! Soll ich dir etwas mehr über meinen Job erzählen? Würde das helfen?"

„Nein, ich kann mir sehr gut vorstellen, was du in deinem Job machst. Ich bin nicht blöde!"

Uff, das hat wehgetan!

Jetzt bloß nicht heulen, Ilona! – Fang jetzt bloß nicht an zu heulen!!! – Dann denkt er, du willst Mitleid und das ist es nicht, was du willst. Du willst IHN und du willst deinen JOB. Und wenn er dich nicht mit dem Job will, dann ist das nun mal so und es ist aus! – Damit musstest du rechnen. Die Angst davor hat dir die ganze Zeit im Nacken gesessen… Jetzt hast du es zumindest gesagt. Es ist raus! – Es liegt jetzt nicht mehr in deiner Hand, was als nächstes geschieht. Bleib einfach ruhig, ganz ruhig!

„Anika, ich mag dich sehr gerne. Was du mir jetzt gesagt hast, ändert meine Gefühle für dich nicht. Ich bin nur total durcheinander und muss mich erst sortieren. Vorher macht es keinen Sinn, weiter darüber zu reden. – Ich fahre jetzt heim…oder besser, ich fahre in eine Bar und lasse mich volllaufen! – Ich weiß es noch nicht. Jedenfalls muss ich jetzt alleine sein. – Ich schätze es, dass du mir reinen Wein eingeschenkt hast. – Ja, das tue ich wirklich! Es kommt vielleicht etwas spät. Aber egal wie, ich muss jetzt gehen. Ich rufe dich in den nächsten Tagen an. Ich will dir nicht versprechen, dass ich dich morgen schon anrufe. Aber innerhalb der nächsten Tage melde ich mich definitiv wieder."

Dirk hat behutsam seinen Arm unter meinem Nacken weggezogen und sich aufgerichtet. Langsam und nachdenklich zieht er seine beigen Shorts und sein hellblaues Poloshirt an, sieht zu mir rüber und sagt:

„Gute Nacht, Anika."

„Gute Nacht, Dirk.", bringe ich mit leiser, unterdrückter Stimme hervor. Der Kloß in meinem Hals droht, mich zu ersticken!

Kaum fällt die Eingangstüre ins Schloss, drehe ich mich auf den Bauch und beginne hemmungslos zu weinen. Gedanken schießen wie Pistolenkugeln durch meinen Kopf, zerstören sich gegenseitig und richten Chaos in meinem Oberstübchen an. Mein Kopf dröhnt! – Erst nachdem meine Tränendrüsen anscheinend vollständig ausgetrocknet sind und die Revolver alle Kugeln verschossen haben, fühle ich Dumpfheit. Nichts als Dumpfheit und Leere.

Es ist mitten in der Nacht und ich stehe auf, um ein Glas Wasser zu trinken. Die Klimaanlage weiterlaufen lassend, öffne ich die Balkontüre und setze mich draußen in einen Sessel. Noch vor kurzem war mein Leben perfekt, wenn ich hier abends oder nachts gesessen habe. Ich war glücklich. Es hat mir an nichts gefehlt und jetzt zweifele ich daran, dass mein Leben überhaupt noch einen Sinn hat. Sinn macht es für mich nur noch, wenn ich mit Dirk zusammen sein kann... Was für eine Wende!

Ich denke an mich in früheren Jahren, in denen ich Liebeskummer hatte und an all die anderen Menschen, die jetzt zur gleichen Zeit wie ich ebenfalls Liebeskummer haben. Ich sage mir:

,Es geht vorbei. ' Doch das ist kein Trost. Es lindert den Schmerz nicht!

Ich fühle, ich muss nachdenken. Ernsthaft nachdenken. Und so mache ich etwas, was ich noch nie in meinem Leben gemacht habe, ich koche mir nachts um 4 Uhr einen Kaffee.

Ich muss mein Leben betrachten. Nein, ich muss es analysieren. Ich muss wissen, wo ich stehe…. Eigentlich weiß ich noch nicht mal, was ich muss.

Irgendwomit muss ich jedenfalls einen Anfang machen: Ich bin 44 Jahre alt. Ich arbeite als Callgirl und verdiene viel Geld. Mein Job macht mir Spaß und ich bin gut darin. Es gibt keinen Grund ihn aufzugeben.

Aber was bedeutet das für Dirk oder überhaupt für einen Mann? Ich habe noch nie einen danach gefragt, geschweige denn mir Gedanken darüber gemacht.

Deshalb drehe ich die Sache herum und versuche mir vorzustellen, Dirk würde als Callboy arbeiten und ich sei eine Geschäftsfrau, die schon oft im Leben für Sex und Unterhaltung bezahlt hat. Würde es mich stören, dass sein schöner Körper mit dem einer fremden Frau verschmilzt? – Nein! Es geht schließlich nur um Sex und Geld. Gefühle spielen keine Rolle. Sie bleiben oberflächlich.

Wenn Dirk nach Hause käme, würde ich vielleicht sagen: ‚Na, noch fit genug um auch mir ein bisschen Spaß zu bereiten?‘ Und wenn er dazu keine Lust hätte, würde das für mich nur bedeuten, dass er müde ist und nicht, dass er Spaß mit der anderen hatte. – Oder rede ich mir das ein, dass ich es so locker nehmen würde? – Vielleicht…Wahrscheinlich…

Ich drehe die Sache noch einmal und versuche, sie aus Dirks Sicht zu betrachten: Sollte er sich hauptsächlich Sorgen um mich machen, weil der Job neben dem vielen Geld auch seine Gefahren birgt, weil er vielleicht Angst hat, einer meiner Kunden könnte mir etwas antun, dann hat das nichts mit Besitzansprüchen und Eifersucht zu tun, sondern entspringt einer fürsorglichen Liebe. Womit ich wiederum leben könnte. – Viel mehr kann ich heute Nacht nicht denken.

Kurz nach 5 Uhr bin ich trotz Kaffee müde und erschöpft und gehe zu Bett.

Ich streichele mein Kopfkissen, drücke es an mich, und hoffe inständig, dass Dirks Gefühle für mich größer sind, als seine Ängste.

37

Montagmorgen wache ich wie gerädert gegen 9 Uhr auf. Ich rufe bei der Sonnenbank an und sage meinen Termin ab. Dann gehe ich ins Bad und mache mir anschließend Frühstück. Wie es Dirk wohl heute Morgen geht? Wahrscheinlich fühlt er sich auch nicht gerade wie neu geboren… Ich versuche wieder, mich in ihn einzufühlen. Durch mein Geständnis habe ich ihm das schöne Bild zerstört, in das er sich verknallt hat. – Es muss eine große Enttäuschung für ihn gewesen sein. Auf der anderen Seite hat er mich kennengelernt, wie ich bin. – Ich habe mich nicht verstellt. Ich bin immer noch die Frau, die ihm die Blues Bar gezeigt hat, die mit ihm essen war, die ihn leidenschaftlich geküsst und geliebt hat. – Das war alles echt! Ich hoffe, das fällt ihm auf… Ich hoffe, er ruft mich an und sagt, dass wir reden können. Ich hoffe so sehr, dass wir zusammenbleiben!

Nach dem Frühstück setze ich mich diszipliniert an meinen Schreibtisch und checke den ADuLT Account und meinen Terminkalender. Heute Nachmittag steht Natascha mit einem Kunden auf dem Plan und am Abend treffe ich Voula und Stefanos. Ich lege mir Dessous für beide Termine zurecht, packe meine Taschen und setze mich mit einer Tasse Kaffee auf den Balkon. Noch gibt die Markise mir reichlich Schatten und ich versuche diesen Tag so zu genießen, wie ich es vor Dirk konnte.

Vor Dirk, mit Dirk… ich hoffe inständig, es gibt kein *nach* Dirk! – Aber ob es *mit* Dirk wieder so unbeschwert sein kann, wie es vorher war? – Ich weiß es nicht…

Mein Magen fühlt sich flau an, mein Kopf nach wie vor leer und ich habe das Gefühl, ich halte mich nur so gerade auf den Beinen.

,Einfach wieder ins Bett legen, die Decke über den Kopf ziehen und darauf warten, dass der Spuk vorübergeht, ' rät mir eine leise Stimme aus meinem Innern.

,Ruf doch erstmal Violet an, ', rät mir eine andere und diesem Rat folge ich.

„Guten Morgen, Violet! Ich habe es ihm gesagt.", fange ich unser Telefonat an.

„Oh, mein Gott! Wie geht es dir? Wie hat er reagiert? Bist du okay?"

„Ich bin okay. Etwas kraftlos vielleicht, weil ich nicht viel geschlafen aber umso mehr nachgedacht habe. Aber es geht schon."

„Und? Was hat er gesagt?"

„Eigentlich nichts. Außer, dass er nachdenken muss."

Ich erzähle Violet den ganzen Ablauf unseres Gespräches und die Gedanken, die ich dazu in der Nacht hatte.

„Wenn Dirk wirklich ein Mann ist, der wegen Eifersucht nicht damit zurechtkommt, kannst du nicht mit ihm glücklich werden. Dann hat er Besitzansprüche an etwas, was ihm nicht gehört, – nämlich dein Körper. Und wenn er erst mal glaubt, dein Körper gehört alleine ihm, dann denkt er wahrscheinlich, dass du ihm als Persönlichkeit ebenfalls gehörst."

„Das stimmt, aber ich weiß nicht, ob Dirk wirklich so ist… Es könnte doch auch sein, dass er sich einfach um mich sorgt. Das würde doch dann von Liebe zeugen oder etwa nicht? "

„Anika, du versuchst, dir Dirk so vorzustellen, wie du ihn gerne hättest. Du musst es abwarten. Sei einfach auf alles gefasst! Und gib ihm Zeit. – Ich denke, es ist für einen Mann keine einfache Entscheidung, mit einer Prostituierten liiert zu sein. Bedenke auch die gesellschaftliche Seite. Wir sind zu feige, es unseren Familien und Freunden mitzuteilen, dass wir als Callgirls arbeiten. Wie soll er damit umgehen? – Soll er einfach nur stillhalten an deiner Seite? Dirk scheint ein intelligenter Mann mit viel Lebenserfahrung zu sein. Doch diese Sache ist mit Sicherheit eine große Herausforderung für ihn. – Gib ihm einfach Zeit und sei ein wenig verständnisvoll. Das versuche ich bei Jack auch immer wieder. Jack ist eifersüchtig, das weiß ich. Und deshalb ist er auch noch mein Kunde und ich nehme Geld von ihm. In dem Moment, wo Jack sagen würde: ,Violet, mach was du willst mit deinem Leben und mit deinem Körper, ich freue mich über jede Minute, die ich mit dir zusammen sein kann. ' … Von diesem Moment an würde ich kein Geld mehr von ihm nehmen."

Ich schlucke. Violet hat mehr für Jack übrig, als ich dachte. Mir fällt kaum noch etwas ein, das ich sagen oder fragen könnte. Im Grunde genommen muss ich abwarten, wie es weitergeht. Deshalb sage ich:

„Du hast dir schon viel mehr Gedanken darüber gemacht, wie es wäre, eine Beziehung zu haben. Da bist du mir voraus. – Ich denke, das Beste ist, ich gehe heute einfach meiner Arbeit nach und warte ab, bis Dirk sich bei mir meldet. – Danke für all deine Hinweise und Tipps! Ich werde nochmal in Ruhe darüber nachdenken."

„Tu das, Anika und Kopf hoch. Ich drücke dir die Daumen, dass alles gut wird!"

Nach unserem Telefonat mache ich mich an den Haushalt, schreibe eine Einkaufsliste und wenn Natascha mich mittags anruft, bin ich bereit, mich mit ihr zu treffen.

38

Das 6 X Hotel in Glyfada ist weniger als einen Kilometer von meiner Wohnung entfernt. Trotzdem fahre ich wegen der großen Hitze mit dem Auto dorthin. In einer Seitenstraße des Hotels verlasse ich meinen Wagen und steige, wie besprochen, zu Natascha ins Auto. Wir begrüßen uns mit Küsschen und sie fragt:

„Ist alles okay mit dir, Babitschka?"

„Ja, alles bestens, ich hatte nur eine lange Nacht. Sieht man mir das an?"

„Nur ich, weil ich dich kenne. Keine Sorge. Achilles wird nichts bemerken. Er schaut uns sowieso nur auf die Titten! Er ist total verrückt danach."

„Gibt es sonst noch etwas, was ich über ihn wissen sollte?"

„Er grabscht nach den Brüsten. Das heißt, er fasst sie nicht immer sanft an, auch mal etwas grober. Wenn er es übertreibt, musst du ihm das einfach sagen. Dann reißt er sich zusammen. Außerdem wird er wahrscheinlich zweimal zum Orgasmus kommen wollen, da er zwei Frauen bezahlt..."

„Okay. – Und wie kommt er gewöhnlich?"

„Zwischen meinen Titten. Heute nimmt er wahrscheinlich deine. Es ist das erste Mal, dass er nach einer anderen Puttana gefragt hat. Vielleicht hat er auch ganz anderes im Sinn. Wer weiß das schon bei einem Freier?"

„Kaum jemand. Lassen wir uns überraschen!"

„Immerhin ist er gut aussehend und sauber. Er besitzt ein Autohaus. Wenn wir nach dem Sex reden, will er mir immer wieder einen neuen Wagen aufschwatzen. Aber glaube nicht, dass ich einen guten Preis bekommen würde! Ich habe seine Angebote mit anderen Autohäusern verglichen. Woanders wäre ich vielleicht sogar besser dran. Also mach dir keine Hoffnung, wenn er dich darauf anspricht."

Natascha zwinkert mir zu. – Vor unserem Termin hatte sie mich telefonisch gebeten, einen Minirock und ein Oberteil zu tragen, das viel nackten Busen zeigt. Das habe ich gemacht, auch wenn ich mich zu alt für so ein Teenager-Outfit fühle. Natascha trägt ebenfalls einen Supermini und ein Top mit V-Ausschnitt, der fast bis zu ihrem Bauchnabel geht. Sie sieht verdammt heiß aus!

Ihr Handy klingelt und Achilles teilt uns mit, dass er in Zimmer Nummer 28 auf uns wartet.

„Ich kenne das Zimmer.", sagt Natascha, „Es hat ein Jacuzzi. Dann wissen wir, was er vorhat! – Er will nasse Titten."

Wir steigen aus dem Wagen und ich hoffe, bei der Mittagshitze sind nicht viele Leute unterwegs, die uns aufreizend gekleidete Frauen sehen. Zu zweit fallen wir im wahrsten Sinne des Wortes doppelt auf.

Nur mit einem Handtuch um die Hüfte geschlungen, öffnet Achilles die Türe des in dunkelroten Tönen dekorierten Zimmers, das mit einem flauschigen Teppich ausgelegt ist und er begrüßt uns mit Küsschen rechts, links und wieder rechts. Dabei legt er seine Hände auf unsere Schultern. Für Griechen ist dieses Ritual untypisch, aber um Frauen nahe zu kommen, definitiv eine gesellschaftsfähige Form der Begrüßung.

Natascha stellt mich ihm vor und wieder legt Achilles mir die Hände auf die Schultern, sieht mir in die Augen, lässt seinen Blick runter auf meine Brüste gleiten, wo er hängenbleibt und sagt:

„Schön, dass du mitgekommen bist, Anika!"

„Ich freue mich auch, dich kennenzulernen, Achilles."

„Mädels kommt und nehmt Platz! Ich habe uns etwas kühles, Prickelndes bestellt und dachte, wir genehmigen uns als erstes ein Gläschen."

Wahrhaftig stehen auf der Bar schon drei Sektgläser für uns bereit. Achilles öffnet die Minibar und zieht eine gekühlte Flasche Prosecco heraus. Ich nehme ein Kondom aus der Handtasche und stecke es in die Gesäßtasche meines Minirocks. Einfach in der Hoffnung, dass wir den ersten Teil unserer Arbeit schon hier an der Bar absolvieren können. Auf Sex im Jacuzzi bin ich nämlich nicht scharf!

Ich ziehe mein T-Shirt etwas weiter herunter, so dass die Rundungen meines Busens besser zu sehen sind und setze mich mit geradem Rücken und elegant übereinandergeschlagenen Beinen neben Natascha auf einen Barhocker.

Auf Barhockern fühle ich mich wohl! – Privat wie beruflich. Egal, ob ein Mann daneben steht oder sitzt, man kann wunderbar vor ihm posieren. Achilles kommt hinter dem Tresen hervor und gesellt sich zu uns. Wir nehmen unsere Gläser, stoßen an und nach dem ersten Schluck spreizt Natascha frech ihre Beine und sagt:

„Ups, - ich habe mein Höschen zuhause vergessen!"

„Du böses Mädchen!", feixt Achilles und ich sehe, wie sein Schwanz unter dem Badetuch wächst.

„Hast du Lust uns zu zeigen, was sich da Schönes unter deinem Tuch bewegt?", frage ich ihn und er entgegnet mit hochgezogenen Augenbrauen:

„Ich mag es, wie ihr zur Sache geht, meine feurigen Blondinen! – Dann passt mal auf, was ich für euch habe!"

Er dreht uns den Rücken zu, entfernt sich anderthalb Meter von uns, lässt das Handtuch bis unter seinen Po gleiten, wedelt damit hin und her und führt uns eine Art Nackttanz vor.

„Wow, was für ein strammer Po!", kommentiere ich mit Begeisterung in der Stimme und Natascha fügt hinzu:

„Wie ein knackiger Apfel, – ich würde gerne in ihn hineinbeißen!"

„Ihr könnt mit ihm machen was ihr wollt, Ladies. – Aber seht mal, was ich noch für euch habe!"

Schon dreht er sich wieder zu uns herum und wahrhaftig: Sein Penis steht gerade, groß, dick und stramm von ihm ab. Es ist einer, wie man ihn bei vielen Pornodarstellern sieht. Zudem ist er beschnitten und seine Eichel ist tatsächlich ein Prachtstück für sich. Natascha holt die Brüste aus dem V-Ausschnitt, wackelt damit und stöhnt:

„Meine Busenfreundinnen können es nicht erwarten, ihn zu massieren. Ich liebe deinen großen Bolzen, Agapi!"

Achilles, der sein Handtuch längst auf den Boden geworfen hat, geht auf Natascha zu und wie sie mir erzählt hat, fackelt er nicht lange, sondern grabscht nach ihren großen Brüsten und knetet sie. Ich nehme das Kondom aus meiner Gesäßtasche, öffne es, stehe auf und gehe zwischen Natascha und Achilles in die Hocke. Sehr schnell und geschickt rolle ich das Gummi über seinen Riesen und stecke ihn mir in den Mund. Achilles schaut zu mir runter und sagt:

„Nimmst du dir immer einfach, was du willst?", und meinen Blowjob kurz unterbrechend, antworte ich:

„Und zwar ohne lange zu fackeln!"

„Du gefällst mir! – Pack deine Titten aus. Ich will sie nackt sehen."

Meinen Blowjob erneut unterbrechend, schiebe ich mein Top nach unten, öffne den BH, lasse ihn auf den Boden fallen und schiebe mir seinen Schwanz wieder tief in den Mund. Natascha seufzt und spricht zu Achilles auf Griechisch. Ich schätze, es ist Dirty Talk, mit dem sie unseren Busenfetischisten weiter anheizt. Der schaut von Nataschas Brüsten zu meinen und wieder zurück. Dabei hechelt er. Ich beschleunige das Tempo meines Blowjobs und drücke gleichzeitig Achilles Eier feste zusammen. Er ist an seinen Genitalien komplett rasiert, was mir sehr angenehm ist. Privat kenne ich das nicht, aber ich bin froh, dass Dirk seinen starken Haarwuchs in der Schamgegend zumindest gut getrimmt hat. – ,Dirk!' – An ihn sollte ich jetzt nicht denken!'

Schnell konzentriere ich mich wieder auf meine Arbeit und überlege, wie wir Achilles den ersten Höhepunkt entlocken können. Auf den Blowjob setzend, gebe ich mir große Mühe, was den Druck und das Tempo angeht. Natascha zieht Achilles näher zu sich heran und fordert ihn auf, sie zu küssen. Dabei rücken die beiden so nah zusammen, dass ich kaum noch Platz zwischen ihnen habe. Was sich oberhalb von mir abspielt, kann ich jetzt nicht mehr beobachten, jedoch wird Achilles aus der Hüfte heraus aktiv und fickt meinen Mund, bis er schließlich stöhnend innehält und ich spüre, wie das Kondom sich mit heißem Sperma füllt.

Dieser Akt war kurz und ich bin zufrieden. Der Abstand zwischen Natascha und Achilles wird wieder größer und gibt mir Platz, mich zwischen beiden heraus zu pulen. Etwas steif in den Beinen von der langen Haltung in der Kniebeuge, setze ich mich wieder auf den Barhocker und genieße nach dem Gummigeschmack des Kondoms den Prosecco.

Natascha spricht leise mit Achilles, der sich das Kondom abgezogen und auf den Boden geworfen hat. Er sieht mich an und sagt:

„Gut geblasen, Deutsche! Gleich fick ich deine Titten."

Mehr als ein höflich aufgesetztes Lächeln habe ich in diesem Moment nicht für ihn übrig. Ich weiß zwar, dass es für einige Griechen reizvoll ist, eine Deutsche zu bumsen, aber mir ist nicht klar, wieso die Nationalität beim Sex eine Rolle spielt.

Achilles geht hinter die Bar, zieht die Flasche Prosecco aus dem Kühlschrank, füllt unsere Gläser auf, zündet sich eine Zigarette an und hält danach auch mir seine geöffnete Schachtel hin. Ich verneine dankend. Selbstverständlich fällt mir auf, dass er unhöflich handelt. Aber er ist nun mal kein Gentleman und Manieren sind auch nicht das, was ich bei Kunden als selbstverständlich voraussetze. Ich schätze sie nur sehr.

„Komm mit ins Bad!", fordert Natascha mich auf und ich hebe meinen BH vom Boden auf, nehme meine Tasche und folge ihr. Unser Blick fällt als erstes auf das Jacuzzi und wir stellen erleichtert fest, dass kein Wasser darin ist. Dieser Kelch, eines gemeinsamen Bades, geht zum Glück an uns vorüber!

„Das vorhin war gut.", flüstert Natascha. „Das zweite Mal will er sicher auch bei dir kommen, jedoch zwischen deinen Titten. – Ich warne dich vor, er fickt sehr schnell, Anika-Mou … und dabei kann er auch grob werden. Ich hoffe, du hältst das aus!"

„Das werde ich sehen. Wenn er mir tatsächlich weh tut, werde ich etwas sagen. Du kennst mich. Wenn ich bereit bin, Schmerzen zu erleiden, muss man mich sehr, sehr gut dafür bezahlen. – Sonst geht gar nichts in der Richtung!"

„Ich weiß! Du bist da stärker als ich. Ich nehme viel zu oft Unannehmlichkeiten und auch Schmerzen in Kauf, weil ich denke, wenn ich nicht durchhalte, geht er zu einer anderen Puttana und ich verliere den Kunden…"

„Natascha, du bist einzigartig! – Keine kann dich ersetzen. – Ob sie Schmerzen aushält oder nicht. Und manchmal ist es gut, den Männern zu sagen: ,So geht es nicht! ' Dann wächst ihre Achtung vor uns. Einer Frau, die alles mit sich machen lässt, ohne es selbst zu wollen, wird kein Respekt gezollt."

„Ich weiß, Babitschka. All meine Kunden, die dich kennen, schätzen dich. Du hast Recht. Man muss den Respekt selbst einfordern. Von alleine kommt er nicht."

„Du schaffst das schon! – Denk einfach nur immer daran, dass du einmalig bist und die Kunden dich um deinetwillen anrufen, nicht nur wegen deines wunderschönen, großen Busens und auch nicht, weil du gefügig bist. – Es ist das Komplettpaket, das ihnen gefällt!"

Während wir reden, haben wir uns frisch gemacht und in Dessous für den nächsten Part gekleidet. Auch dieses Outfit haben wir vorher telefonisch besprochen und tragen bügellose, knappe Stretch-BHs aus Spitze mit dazu passenden, winzigen Tangas. Natascha in Schwarz, ich in Rot.

„Jetzt ist das Bad für dich frei.", sagt Natascha, als wir zurück ins Zimmer kommen und Achilles nimmt sein Handtuch und geht, um seinen prächtigen Bolzen zu reinigen. Während er im Bad ist, krabbeln wir auf das große Bett, stellen Öl und Gleitmittel auf den Nachtisch und legen für alle Fälle Kondome bereit. Als er frisch geduscht und gut riechend aus dem Bad kommt, nehmen wir ihn in unsere Mitte. Ich träufele etwas Öl auf seinen Schwanz und verteile es über seine Genitalien. Natascha kommt mit ihrer Hand dazu und während ich Hoden und Damm massiere, nimmt sie sich seines Rohres an und schafft es, ihn wieder aufrecht und hart zu reiben.

Dann beugt sie sich seitlich zu Achilles rüber, so dass sie sich küssen können und ich übernehme den Genitalbereich alleine.

„Komm, knie dich über mich, Natascha! Ich will deine großen Glocken in meinem Gesicht spüren und in ihre Nippel beißen. – Anika, steck meinen Schwanz zwischen deine Titten und besorg es ihm!"

Wir befolgen seinen Wunsch. – Während Natascha sich breitbeinig über seinen Brustkorb hockt, sich herunterbeugt und ihm ihre Brüste anbietet, knie ich mich breitbeinig über seine Beine, beuge mich vor, klemme seinen Ständer zwischen meine Brüste und den weichen Spitzen-BH und bewege mich so, dass sein Prachtstück gleichmäßig massiert wird. Mit tief gesenktem Kopf gelingt es mir, währenddessen immer wieder mit meiner Zunge seine Eichel zu lecken. Manchmal schaffe ich es, sie für Sekundenbruchteile komplett in den Mund zu nehmen und kombiniere so Französisch und Spanisch.

Als ich meinen Kopf anhebe, sehe ich, dass Achilles beide Hände auf Nataschas Po gelegt und einen Finger in ihren A-nus gesteckt hat. Sie stöhnt zu seinem Wohlgefallen und ich spüre an Achilles Hüftbewegungen, dass seine Erregung von Minute zu Minute zunimmt. Da ich seine Eichel immer wieder vollständig in den Mund nehme, wird mir auf einmal bange, er könnte gerade in solch einem Moment abspritzen. – Erst jetzt wird mir bewusst, dass ich meine eigene Regel *Blowjob nur mit Kondom* nicht einhalte, nur um ihn schnell zum Ab-spritzen zu bringen!

Plötzlich kreischt Natascha laut vor Schmerzen auf und als ich aufblicke, sehe ich, dass Achilles seine Hände von ihrem Gesäß genommen hat und damit nun ihre Brüste bearbeitet. Doch noch bevor ich es richtig schnalle, spüre ich heftiges Zucken unter mir und schon ergießt sich Achilles' heiße Sup-pe in meinen BH und zwischen meine Titten. – Das war's!

Natascha steigt von ihm ab und vermeidet es, mir in die Augen zu schauen. Sie wischt sich Tränen fort und ich sehe, dass ihre Brüste rote Flecken vom derben Zugriff Achilles haben. Wut steigt in mir auf! – Brauchte er diesen brutalen

Akt, nur um einen Orgasmus zu erleben?! – Ich bin entsetzt und würde ihn am liebsten anschreien und ohrfeigen. Und ich bin davon überzeugt, dass ich es tun würde, hätte er mich so grob angefasst!

„Lass uns ins Bad gehen!", sage ich knapp zu Natascha, stehe auf und nehme meine Sachen. Sie folgt mir, während Achilles' dreist grinst, sich eine Zigarette ansteckt und hinter uns her ruft:

„Ihr seid spitze! – Das müssen wir wiederholen!"

„Anika, bitte sage nichts!", flüstert Natascha, als wir die Badezimmertüre hinter uns geschlossen haben.

„Nein. – Ich sage nichts. Sieh einfach selbst in den Spiegel und sag mir, wie es dir geht."

„Oh, mein Gott! Wie sieht mein Busen aus? – Er ist ja überall rot!"

Sie sieht mich voller Bestürzung an und fährt fort:

„Er hat so feste zugegriffen, wie noch nie. Ich dachte, er macht sie kaputt! – Weißt du, ich muss aufpassen mit meinen Implantaten. Ich habe Angst, sie verrutschen oder gehen kaputt… Mein Gott, was hat er nur mit mir gemacht?"

Ich nehme Natascha in den Arm und sich an mich klammernd, lässt sie einfach ihre Tränen laufen. Dabei denke ich die ganze Zeit:

‚Dieser vermaledeite Schweinehund! – Umbringen könnte ich ihn!‘

„Hey, geh heute noch zum Arzt und lass sie untersuchen! Dann bekommst du Sicherheit."

„Das kann ich nicht. Er wird fragen, wer das gemacht hat und ich kann ihm nicht die Wahrheit sagen und auch nicht, dass es mein Freund war. Der Arzt würde sonst wollen, dass ich ihn anzeige…"

„Nein. – Sag einfach, ein betrunkener Fremder hat dich in einer Fußgänger-Unterführung der Syngrou Avenue angegrabscht und verletzt. – In diesen Unterführungen begegnet man sehr selten anderen. Das klingt glaubwürdig. So beschuldigst du niemanden, der existiert."

„Sie tun so weh, Anika! Ich glaube, ich sollte wirklich zum Arzt gehen. Zu Petros, der mich operiert hat."

„Bitte mach das. Soll ich dich hinfahren?"

„Nein, das kann ich schon alleine. Helf mir nur bitte, den stützenden BH anzuziehen, den ich in meiner Tasche habe."

Sie gibt ihn mir und während sie ihre Brüste vorsichtig in die großen Körbchen packt, verschließe ich ihn am Rücken.

„Mensch Natascha! Dir ist klar, dass ich diesen Kunden nie mehr wiedersehen werde!"

„Ich werde ihn auch nie. nie, nie mehr wiedersehen, Anika!"

„Das hoffe ich!"

„Ganz bestimmt! Er würde es nämlich sicher wieder tun, dieser böse Mensch!"

Nachdem wir fertig angekleidet sind und unsere Taschen gepackt haben, legt Natascha eine extra Portion Make-Up auf, damit Achilles nicht sieht, dass sie geweint hat.

„Da sind ja meine Hübschen! – Ihr habt lange im Bad gebraucht. Für mich wird es jetzt auch Zeit, zur Arbeit zurückzukehren! – Ich muss noch Autos verkaufen. – Anika, beim nächsten Mal mache ich dir ein Traumangebot für einen Wagen! Ich habe die schicksten Modelle auf dem Hof und eine Klassefrau wie du, muss einen entsprechenden Untersatz haben."

Er redet so, als wenn nichts geschehen wäre.

„Gib uns bitte unser Geld, Achilles. Wir müssen sofort los."

„Ja, ja! Wartet. Hier ist es, ich habe es schon bereit!"

„Danke.", sage ich kalt und nehme meine 80 € entgegen.

Als Natascha ihre Scheine nehmen will, zieht Achilles das Geld nochmal zurück, um sie zu necken. Da bricht es aus Natascha heraus! – Auf Russisch schimpft und flucht sie und beginnt ihn in die Rippen zu boxen. Schnell greife ich ein und beruhige sie.

„Ist gut, Liebes! Ist gut, komm wir gehen. Beruhige dich, er wird dir nichts mehr tun!"

Ich ziehe sie von ihm fort, bücke mich, hebe die heruntergefallenen Geldscheine auf und sage ruhig zum sprachlos dastehenden Achilles:

„Du hast ihr heute sehr wehgetan! – Das solltest du wissen. Sie ist nicht zum Scherzen aufgelegt."

Natascha steckt die Scheine, die ich ihr hinhalte, ein. Dann drehen wir uns um und gehen zur Tür raus.

Bei unseren Autos angekommen, sage ich:

„Fahr zu Petros und ruf mich danach an. Okay?"

„Das mach ich, Babitschka. Danke für deine Hilfe."

„Tipota!", gebe ich auf Griechisch zurück, was so viel heißt wie *Nichts* oder *Selbstverständlich*.

39

Zuhause angekommen hat sich meine Wut in Nachdenklichkeit verwandelt. Ist es wirklich ein Traumjob, den ich ausübe? – Wenn alles gut läuft, die Freier sich korrekt verhalten und meinen geforderten Preis zahlen, sage ich: *Ja!* – Aber für jemand wie Natascha, die körperlich misshandelt wurde und nicht zur Polizei gehen kann, weil sie das Gesetz nicht auf ihrer Seite hat, für so jemanden kann der Job zum Alptraum werden.

Noch völlig unter dem Einfluss des Erlebten, rufe ich Violet an.

„Hallo Violet! Ich muss mit dir sprechen."

„Was ist los? Hat Dirk gesagt, er kann das nicht? – Hat er Schluss gemacht?"

„Nein, es geht nicht um Dirk, es geht um einen Termin, den ich gerade mit Natascha hatte und der für sie ein böses Ende genommen hat."

„Oh mein Gott! Was ist passiert?"

Ich erzähle Violet die ganze Geschichte und höre, wie sie zwischendurch seufzt.

Als ich fertig bin, sagt sie:

„Es ist so traurig, Anika! Männer trauen sich nur, so etwas zu machen, weil wir in der Illegalität arbeiten und uns der Staat damit zu Kriminellen macht. Und leider, leider gibt es Freier, die das ausnutzen. – Von Jack weiß ich, es gibt Freier-Foren. In denen tauschen sich Männer in abfälligster Weise über Prostituierte aus! – Jack hat mir daraus vorgelesen. Es war widerlich, wie manche über uns reden. Die Körper der Frauen spielen nur als Löcher und Befriedigungsobjekte eine Rolle. Eine Frau wird weiterempfohlen, weil sie für nur 5 €

ganz gut bläst, eine andere, weil sie ohne zu mucken Sperma schluckt oder Anal ohne Aufpreis macht. Sie machen Frauen auch schlecht und schreiben z.B. *Die Fotze hatte Null Ahnung vom Blasen* oder *Die Schlampe kann man nur im Dunkeln ficken, sonst wird einem übel.* – Es ist absolut grausig! – Ich habe zu Jack gesagt: ‚Hör auf, ich will das nicht hören!' Doch er antwortete: ‚Violet, das ist auch eine Seite der Prostitution! – Es gibt Männer, für die seid ihr keine Menschen, die Achtung verdienen, – für die seid ihr einfach nur Dreck. – Ihr werdet von einem großen Teil der Gesellschaft als unmoralische Geschöpfe angesehen. Als Schmutz! – Frauen glauben, ihr verführt ihre Männer und zieht ihnen nur das Geld aus der Tasche und manche Männer glauben, sie haben das Recht, euch schlecht zu behandeln, weil die Gesellschaft euch ebenfalls keinen Respekt zollt.' Ich weiß, dass Jack Recht hat, aber ich führe es mir nicht gerne vor Augen, Anika."

„Oh mein Gott, ich auch nicht! Ich wusste gar nichts von diesen Foren!"

„Es gibt sie bestimmt auch in Deutschland. Google es mal! Jack hat sich registriert, um zu sehen, was darin los ist. Ich weiß nicht, ob man als Gast die Unterhaltungen zwischen den Forenmitgliedern lesen kann. Jedenfalls waren die Beiträge erschütternd respektlos! – Doch nochmal zurück zu uns: Wir arbeiten selbstständig, wir sind vorsichtig, wir haben alleine wegen unseres höheren Honorars ein Klientel, dass sich von dem absetzt, das um 5 € feilscht und es nötig hat, sexuelle Dienste zu subjektiv zu beurteilen. – Unsere Kundschaft besteht wirklich zum größten Teil aus Männern mit Niveau. Und ich habe es in all den Jahren nicht erlebt, dass ein Mann auch nur versucht hätte, mir dermaßen weh zu tun! – Das ist skandalös!"

„Genau! Große Wut war es auch, die ich vorhin als erstes gespürt habe. – Ich hoffe, Nataschas Brüste sind bis auf die Hämatome okay und sie trifft sich nie wieder mit diesem Arschloch!"

„Das hoffe ich auch für sie. – Aber Darling, jetzt muss ich dich etwas fragen: Würdest du diese Geschichte Dirk erzählen, wenn er sich dafür entscheiden sollte, mit dir zusammen zu bleiben?"

„Nein, ich glaube nicht. . – So etwas würde ich ihm nicht erzählen.", gebe ich verlegen zurück.

„Aber es ist möglich, dass er möchte, dass du ehrlich mit ihm über deine Arbeit sprichst. – Damit musst du rechnen. Die Sache zwischen euch ist nicht mit einem *Ja, ich will* oder *Nein, ich will nicht* erledigt. – Weder für ihn, noch für dich! – Mach dir jetzt schon Gedanken darüber, wie genau eure Beziehung aussehen soll, falls er sich tatsächlich dafür entscheidet, mit dir zusammenzubleiben."

Violet hat mal wieder Recht. Das sollte ich machen. Irgendwie denkt sie immer ein Stück weiter als ich und ich bin wieder mal heilfroh, dass ich solch eine Freundin habe!

„Anika, ich habe in einer Stunde einen Termin mit Jerry im Hilton. Ich muss mich jetzt fertig machen. Lass uns heute Abend nochmal sprechen."

Wir verabschieden uns. Ich trinke einen kalten Kaffee, esse ein paar Vollkornkekse und denke an Dirk, an Dirk und mich, an mich und meine Arbeit, an meine Arbeit und Dirk und so drehen sich meine Gedanken im Kreis, bis es Zeit wird, mich auf den Termin mit Stefanos und Voula vorzubereiten.

Noch bevor ich mich gegen 19 Uhr auf den Weg zum X-Dream Hotel in Piräus mache, das die beiden für unser Treffen vorgeschlagen haben, erreicht mich eine SMS von Natascha.

Sie schreibt, ihre Implantate seien okay, aber sie könne wegen der Hämatome ein paar Tage nicht arbeiten.

40

In der Nähe des X-Dream Hotels gibt es einen Parkplatz mit Wächter und ich überlasse ihm mein Auto mit steckendem Schlüssel. Stefanos hat mir eine SMS geschrieben. Voula und er warten auf Zimmer Nummer 12. Ich mag dieses modern eingerichtete Hotel. Die Zimmer sind sehr geschmackvoll gestaltet und haben große, helle Badezimmer. An der Rezeption steht ein in weißem Hemd und schwarzer Stoffhose gekleideter junger Mann und fragt mich, was er für mich tun könne. Ich antworte ihm, dass ich mit Freunden auf Zimmer Nummer 12 verabredet sei und, als sei das ganz selbstverständlich, weist er mir den Weg zum Aufzug.

Als der Lift anhält, fühle ich, wie mein Herz pocht und ich realisiere: Sex mit einem Pärchen ist immer noch ein heikles Thema für mich. Ich hoffe inständig, dass alles bei diesem Treffen gut läuft!

Nach meinem Klopfen öffnet Stefanos mir die Türe. Er trägt nichts weiter als einen schwarzen Slip.

„Aleksandra! – Schön, dich zu treffen, komm herein!"

Wir begrüßen uns mit Küsschen. Das Zimmer ist gleichmäßig abgedunkelt. Eine große Spiegelwand verdoppelt seine Größe und als ich tiefer in den L-förmigen Raum eintrete, entdecke ich Voula, die nackt auf dem Bett liegt. Sie hat lange, schwarze, geglättete Haare, die sie offen trägt und eine traumhafte schöne Figur.

„Hallo Voula, ich bin Aleksandra. – Wenn es für euch okay ist, gehe ich ins Bad und bin gleich wieder bei euch."

„Hallo Aleksandra! Schön, dich kennenzulernen.", antwortet Voula, steht auf und kommt in ihrem Evakostüm auf mich zu, um mir die Hand zu geben. Wir sehen uns in die Augen und lächeln uns offen an. Das gibt mir ein gutes Gefühl. Im Bad mache ich mich wie gewöhnlich frisch, tausche mein hübsches Jeanskleid gegen einen Leoparden-Bodysuit, richte meine Löwenmähne und überprüfe mein Make-Up mit den Smokey Eyes. Auf hohen Lackpumps und in Netzstrümpfen, die gut zu meinem Outfit passen, gehe ich zurück ins Zimmer.

Stefanos hat seinen Slip ausgezogen und liegt nun nackt neben Voula auf dem Bett. Zärtlich streichelt er ihren Bauch und spricht leise mit ihr.

Voula hat ausgesprochen lange, gerade Beine, einen straffen Busen und einen gepflegten Schambereich. Stefanos ist groß und schlank und hat dunkelbraunes, dichtes Haupthaar. Brust und Arme sind ebenfalls stark behaart, nur seine Hände sind gewachst. Das sieht man oft bei griechischen Männern, vor allem dann, wenn sie während ihrer Arbeit mit Publikumsverkehr zu tun haben. – Die beiden sind ein sehr attraktives Paar!

„Ich geselle mich zu euch, wenn's recht ist.", sage ich, lege mich an die andere Seite neben Voula aufs Bett und beginne ihren Busen zu streicheln. Beide sehen mich an und Stefanos fragt:

„Du trägst ein heißes Outfit, aber wir sind lieber nackt. – Würde es dir etwas ausmachen, dich auszuziehen, Aleksandra?"

„Gerne, wenn ihr möchtet… Ich habe nichts dagegen.", entgegne ich, mich cool gebend, obwohl ich mich nackt meist nicht so richtig wohlfühle. Nichtsdestotrotz stehe ich auf, gehe zurück ins Bad und entledige mich meiner hübschen Dessous. Dann betrachte ich mich von vorne und hinten kritisch im Spiegel und beruhige mich mit dem Gedanken, dass ich streifenlos gebräunt bin und eine gute Figur habe. Zwei Pluspunkte, die meine alternde Haut gut ausgleichen.

350

Wieder zurück im Zimmer, durchschreite ich es betont langsam und sexy, so wie auf einem Laufsteg. Ich möchte imponieren. Voula und Stefanos sehen mir dabei zu und ich fühle mich wie ihr bestelltes Spielzeug, das sich ihnen gerade präsentiert.

„Lassen wir es einfach fließen. Ich glaube wir kommen ganz gut miteinander zurecht.", sagt Stefanos, als ich wieder neben Voula auf dem Bett liege.

„Das glaube ich auch.", gebe ich zurück und flüstere zu Voula gewandt:

„Dein Anblick macht mich heiß! Du bist eine wunderschöne Frau."

Für dieses Kompliment ernte ich ein freundliches Lächeln von ihr. Sie streckt ihre Arme hinter den Kopf, verschränkt sie und räkelt sich verführerisch.

Ohne einen Plan, sondern konzentriert auf den Gedanken, es fließen zu lassen, beuge ich mich runter zu ihrem schönen Busen und beginne ihre Nippel zu lecken. Stefanos schaut mir aufmerksam zu. Ohne ihm Beachtung zu schenken, mache ich weiter und streichele mit meiner rechten Hand langsam über ihren weichen Körper bis hin zu ihrem Venushügel, liebkose ihn und lasse meine Hand schließlich zwischen ihre leicht geöffneten Beine gleiten. Dort lasse ich sie an ihrem Schenkel ruhen. Ich will nichts überstürzen, sondern lieber abwarten, ob Voula mir Zeichen gibt, etwas zu tun oder zu lassen.

Stefanos schiebt ebenfalls eine Hand zwischen Voulas Beine, doch beginnt er sofort an ihrer Muschi zu reiben. Scheinbar macht er das nicht gerade gefühlvoll, denn Voula zuckt zusammen, sagt etwas auf Griechisch zu ihm und nimmt seine Hand fort. Dann sieht sie mich an, nimmt auch meine Hand zwischen ihren Schenkeln fort und ehe ich mich versehe, dreht sie mich auf den Rücken und ist über mir. Mit einer gekonnten

Kopfbewegung schleudert sie ihr langes, glattes Haar auf eine Seite, so dass es meinen Sichtkontakt zu Stefanos unterbricht. ‚Was geht jetzt hier ab?‘, frage ich mich. Die Antwort darauf lässt nicht lange auf sich warten. – Voula will mich!

Mit einem verheißungsvollen Lächeln senkt sie ihren Kopf und küsst sanft meine Stirn, meinen Mund, meinen Hals und meine Brust. Sie nimmt ihre Zunge hinzu und verweilt an meinem Busen, leckt und küsst anschließend meinen Bauch und meine Hüfte, öffnet meine Schenkel, wirft ihr Haar nach hinten und versenkt ihren Kopf zwischen meine Beine. Sie macht das sehr gekonnt und mir kommt der Verdacht, dass es nicht das erste Mal ist, dass sie Sex mit einer Frau hat. Stefanos kniet derweil breitbeinig neben uns und massiert gleichmäßig seinen Schwanz. Ich kann nicht einschätzen, ob er über Voulas Absicht unterrichtet war und ich habe jetzt auch keine Zeit, darüber nachzudenken.

Ihre Zunge umkreist meinen Kitzler, leckt und neckt ihn zärtlich und weckt so Verlangen in mir. Verlangen nach mehr! – Sie spürt das, teilt mit ihrer Zunge meine Schamlippen, leckt sie von innen und außen, kehrt wieder zu meiner Klitoris zurück und gibt mir auf diese Art eine langsame, sehr erotische Muschi-Massage. Unter anderen Umständen hätte ich mich fallen lassen und mir während der Arbeit einen Orgasmus gegönnt, doch danach ist mir überhaupt nicht zumute! – Und das liegt ganz einfach an meinen Gefühlen für Dirk.

Nichtsdestotrotz liefere ich Voula und Stefanos gut gespielte sexuelle Erregung, die in einem ekstatischen Höhepunkt endet.

Seltsamerweise schaut Voula danach nicht mich an, sondern Stefanos. Mir kommt der Verdacht, dass sie unser Treffen benutzt, um ihm vorzuführen, wie man eine Frau durch Cunnilingus sexuell erregt und befriedigt. Vielleicht braucht er eine Lektion. Er wäre nicht der erste Mann, dem ein wenig Nachhilfeunterricht guttun würde. Als Voula mich ansieht, lächele ich sie glücklich verklärt an und sage:

„Du weißt, wie du eine Frau in den Wahnsinn treiben kannst! – Das war ausgesprochen gut."

„Dann bist du jetzt dran.", gibt sie zurück und rollt sich von mir herunter.

Ich nehme ein Fläschchen Öl, knie mich neben sie und sage: „Dreh dich auf den Bauch! Ich fange mit einer Rückenmassage an."

„Gibt es für mich auch etwas zu tun, oder bleibe ich immer noch Zuschauer?", fragt Stefanos.

„Schau nur gut zu! – Um dich kümmern wir uns später, Agapi!", antwortet Voula und legt den Kopf entspannt auf ihre verschränkten Arme.

Ich lasse Öl in meine Hände träufeln, verteile es in den Handinnenflächen und danach auf Voulas Rücken und Po. Mit langsam kreisenden Bewegungen streichele und massiere ich entlang ihrer Wirbelsäule, knete vorsichtig ihre Schultern und bewege meine Hände wieder nach unten in Richtung Po. Jedes Mal wenn ich dort ankomme, beziehe ich ihn länger in die Massage ein. Als sie ihn keck in die Höhe reckt, ist das für mich die Aufforderung mit meiner frisch eingeölten Hand zwischen ihre Schenkel zu gleiten. Sehnsüchtig spreizt sie ihre Beine und ich beginne, ihre Genitalien zu liebkosen. Voula stöhnt das erste Mal auf.

„Gib mir auch von dem Öl!", sagt Stefanos, der mir gegenüber an der anderen Seite Voulas kniet. Ich reiche ihm das Fläschchen, er öffnet es fieberhaft und lässt reichlich davon in seine Hand fließen. Dann rückt er näher an uns heran und legt wieder Hand an seinen harten Bolzen. Wir beide schauen auf Voulas runden, sich langsam, rhythmisch auf und ab bewegenden Po und ich spüre ihre sich steigernde Lust. Stefanos hat seinen Ständer fest im Griff, wichst ihn immer schneller und schneller und ich ahne, was gleich geschieht. Voula windet sich und gibt wohlige, langgezogene Laute der Begierde von sich. Ich spüre die Erregung der beiden und schaue von Voulas Hinterteil zu Stefanos Schwanz und hoch in sein Gesicht. Das ist angespannt und sein Blick ist fixiert auf die gespreizten Beine seiner Frau und die glänzenden Rundungen ihres hübschen Pos.

„Panajia-Mou!", ächzt Stefanos kurz darauf mit hochrotem Kopf, als er sein heißes Sperma über meine Hand und zwischen Voulas Schenkel spritzt. Während ich den klebrigen Saft ihres Ehemannes über ihre Möse verteile, kommt auch Voula ihrem Orgasmus näher. Um sich von der Qual des Verlangens zu befreien, klemmt sie meine Hand zwischen ihre Beine und mit kurzen, heftigen Kontraktionen erreicht sie ihren Höhepunkt.

Nach dem Abklingen entspannt und spreizt sie ihre Beine, ich ziehe meine Hand fort und Voula rollt sich auf den Rücken. Sie atmet erschöpft und befriedigt.

„Wow, das war geil!", sagt Stefanos, „Zuschauen hat definitiv auch etwas!"

„Und du hast etwas gesehen, was du demnächst mal mit mir machen kannst!", entgegnet Voula ihm augenzwinkernd.

„Zugegeben, das war sehr inspirierend!", gibt er schmunzelnd zurück.

„Danke Aleksandra! Dieses Treffen wird unser Sexualleben in Zukunft bereichern, stimmt's, Agapi?!", fährt Voula fort und er bestätigt:

„Ganz bestimmt, Matja-Mou! – Und vielen Dank Aleksandra!"

Wenn sich beide bei mir bedanken, dann war es das anscheinend und ich habe Feierabend. Glücklich darüber stehe ich auf, gehe ins Bad, dusche und freue mich, dass unser Treffens so positiv verlaufen ist. Nachdem ich fertig angekleidet aus dem Bad zurückkomme, verkündet Stefanos:

„Wir gehen auch Duschen und danach sollten wir gemeinsam noch etwas trinken."

„Schau in den Kühlschrank und nimm dir schon, was du möchtest!", fügt Voula hinzu und lächelt mir über die Schulter hinweg zu.

In der Minibar stehen kleine Fläschchen Sekt, Cola, Wasser, Limo und Bier. Ich habe Lust auf ein Bier. Und da ich heute Abend wahrscheinlich keine Kundschaft mehr bekomme, öffne ich mir eine Flasche, schenke mir ein Glas voll ein und genieße den ersten langen Schluck.

Als die beiden zurück sind, überreicht Stefanos mir einen Briefumschlag, den er schon auf dem Couchtisch deponiert hatte. Sie bedanken sich aufrichtig für meine Gesellschaft und Voula sagt:

„Es ist nicht gut, wenn man mit dem Sex in seiner Ehe nicht zufrieden ist. – Hast du keine Möglichkeit, deinen Mann zu neuen Abenteuern zu bewegen, um mehr Spaß mit ihm gemeinsam zu haben?"

Schnell schalte ich in meinen Kopf von Callgirl auf Ehefrau und zucke traurig mit den Schultern.

„Mein Mann ist sehr eifersüchtig! Ein Dreier in dieser Art wäre unmöglich mit ihm. Leider. Aber wenn ich hin und wieder so etwas wie mit euch erlebe, vermisse ich beim Sex mit ihm nichts. – Dann finde ich dort auch Befriedigung. Also, keine Sorge!"

„Na gut. Sonst hätten wir dir gerne angeboten, dass du uns mal mit ihm zuhause besuchst. Wir könnten zu Abend essen und danach auf der Wohnlandschaft zum gemütlichen Teil übergehen. Wir sind sauber und tolerant. Genau wie du. Ein Vierer mit einem Pärchen, das ebenso Spaß am Sex hat, kann sehr aufregend sein!"

„Oh, das glaube ich euch! – Aber wie gesagt, mein Mann würde mir wahrscheinlich danach eine Szene machen, wenn ich deinen Mann auch nur zu lange ansehen würde."

„Schade!", sagt Voula und Stefanos schweigt. Da es nichts weiter zu reden gibt, leere ich mein Glas, stecke den Briefumschlag mit dem Geld in meine Handtasche, erhebe mich und sage:

„Ich mach mich dann auf den Weg! – Es war sehr schön, euch kennenzulernen und ich werde diesen Abend nie vergessen!"

„Wir auch nicht! –Mach's gut Aleksandra. Wer weiß, vielleicht sehen wir uns ja nochmal!"

Stefanos öffnet mir die Türe, ich winke Voula nochmal zu und kurz darauf sitze ich in meinem Auto und schalte mein Smartphone auf Laut.

Mit 250 € mehr in der Tasche, lasse ich den Motor an und fahre nach Hause.

41

Noch während der Fahrt drehen sich meine Gedanken wieder nur um Dirk. Ich weiß, dass ich abwarten muss, bis er sich meldet, aber das fällt mir ausgesprochen schwer und hält mich in einer unruhigen Stimmung.

Als ich meine Wohnungstüre öffne, ist mir danach, mich zu betrinken! Ich sehe in den Kühlschrank und mein Blick bleibt an einer Flasche Ouzo hängen. Kurzentschlossen nehme ich das schlanke Longdrink Glas, das ich als Beigabe zur Flasche bekommen habe, gieße ein Drittel Ouzo hinein und fülle es mit Eiswürfeln und Wasser auf. Da zum Ouzo unbedingt ein sogenanntes ‚Meze' gehört, zerstückele ich eine Tomate, eine viertel Gurke, schneide einige Stückchen griechischen Kefalotiri Käse hinzu, gebe einen Esslöffel Olivenöl darüber und salze und pfeffere den kleinen Snack. – Schon alleine der Gedanke daran, mich zu betrinken, lässt mich ruhiger werden.

Noch bevor ich den ersten Schluck nehme, piepst mein Smartphone. Ich denke nur: ‚Hoffentlich keine Arbeit! – Ich bin überhaupt nicht mehr dazu aufgelegt!'

Doch, und es lässt mich am ganzen Körper zittern, es ist eine Nachricht von Dirk! Bevor ich sie öffne, setze ich mich auf den Balkon und lese nur die erste Zeile, die mein Smartphone mir als Vorschau zeigt.

Darin steht: ‚Liebe Anika, entschuldige, dass ich mich so spät... '

Um den Rest zu lesen, muss ich die Nachricht öffnen. Ich zögere. Mein Herz pocht bis hoch in meine Ohren und ich nehme einen großen Schluck Ouzo. Was ist, wenn darin steht, er kann unter diesen Umständen nicht mit mir zusammen sein? Was dann? Trinke ich dann die ganze Flasche, um mich von dem einen Elend vorübergehend in ein anderes zu stürzen?

Mit zitternden Fingern drücke ich die Taste, die mir ermöglicht, die ganze Nachricht zu lesen.

‚Liebe Anika, entschuldige, dass ich mich so spät noch melde, aber ich denke ständig an dich. Wie sieht es aus? Hast du Lust, morgen früh um 8 Uhr mit mir zum Schwimmen zu fahren? Ich denke, wir sollten uns sehen. Gute Nacht und liebe Grüße, Dirk.'

Uff, ich weiß nicht, was das bedeuten soll. Es ist weder ein Ja noch ein Nein zu unserer Beziehung. Aber habe ich das wirklich erwartet? Dass ich es aus einer einzigen Nachricht herauslesen kann? Nach all dem, was zwischen uns war oder immer noch ist, – was ich nicht weiß und was ich einfach nur inständig hoffe…?

Gefangen in meinen Gedanken, die wild durch mein Hirn schießen, atme ich auf einmal von selbst tief ein und aus und das bringt mich wieder in eine ruhigere Bahn. Ich muss ihm antworten. Er wartet darauf. Mir fällt nicht viel ein, was ich schreiben könnte und so tippe ich einfach:

‚Gerne Dirk! Ich werde um 8 Uhr fertig sein und auf dich warten. Dir auch eine gute Nacht, liebe Grüße, Anika.“

Ich drücke auf Senden und lehne mich zurück. Betrinken brauche ich mich heute Nacht nicht mehr. Besser nehme ich nach Ouzo und Meze eine halbe Schlaftablette, um zur Ruhe zu kommen und zumindest ein paar Stunden schlafen zu können.

Mein Wecker klingelt um 6.30 Uhr, doch ich bin schon längst aufgestanden, habe geduscht, meine Buchführung gemacht und meine Badetasche gepackt. Jetzt bin ich bereit, in Ruhe ein kleines Frühstück zu mir zu nehmen. Mantramäßig wiederhole ich mal laut und leise:

‚So wie es kommt, ist es richtig für mich. ‘

Natürlich glaube ich nicht daran! – Natürlich glaube ich, dass es nur einen einzigen Weg gibt, der mich glücklich machen kann und zwar der Weg zusammen mit Dirk *und* mit meiner Arbeit. – Zum Glück habe ich meinen ersten Termin heute erst um 19 Uhr und obwohl ich mir sonst immer so viel Arbeit wie irgendwie möglich wünsche, bin ich momentan froh, dass ich den Nachmittag noch frei habe. Meinen derzeitigen Gefühlszustand kann ich selbst kaum erklären. Er besteht aus einer Portion Angst, einer Portion Zuversicht und aus ganz viel Nervosität.

Nach dem Frühstück lege ich die Sachen zurecht, die ich heute Abend beim Termin mit Jim brauche. Das sind ein kurzes Latexkleid, Latexstiefel mit Plateau-Absätzen, eine Lackmaske, die an Catwoman erinnert und fingerlose, oberarmlange Lackhandschuhe. Als weiteres Accessoire wünscht Jim sich stets künstliche, lange Fingernägel. Alles in Rot. Außerdem gehören zu unserem Spiel Gleitmittel, Öl und knallroter Lippenstift.

Kurz vor 8 Uhr sprühe ich mir Deo unter die Achseln, weil ich glaube, sonst in Angstschweiß zu zerfließen und ich ziehe das gleiche Kleid an, das ich bei unserem ersten Bootsausflug anhatte, einfach in der Hoffnung, es bringt mir Glück.

Dirk klingelt nicht an meiner Wohnungstüre, stattdessen ruft er mich an und als ich ans Telefon gehe, sagt er:

„Guten Morgen. Ich stehe vor deiner Haustür und warte im Auto auf dich.“

Herzklopfen ist nichts gegen das, was ich in meiner Brust spüre, als ich antworte:

„Okay, ich bin fertig, ich komme runter.“

Als ich auf seinen Golf zugehe, lehnt er sich zur Beifahrertüre rüber und stößt sie auf.

„Entschuldige, dass ich nicht aussteige. Ich habe ein Auto hinter mir. Wir müssen sofort losfahren."

Schnell steige ich ein, schließe die Türe, schnalle mich an und sehe zu Dirk rüber. Doch der hat nur Augen für den Verehr. Erst auf der geraden Strecke nach Vouliagmeni sagt er schließlich:

„Ich war heute Morgen schon auf der ‚Panda'. Das Beiboot ist fertig und wir haben 1 ½ Stunden. Danach kann ich dich zurückfahren, aber ich werde keine Zeit mehr haben auf einen Kaffee. Um 10 Uhr erwarte ich Handwerker an Bord."

‚Was soll ich dazu sagen? – So knapp war er noch nie. – Was bedeutet das?'

„Okay.", gebe ich leise zurück und Tränen schießen mir in die Augen.

‚Jetzt bloß nicht heulen! – Hör auf, Ilona, damit machst du alles nur schlimmer!'

Ich sehe zum Fenster raus, konzentriere mich darauf, ganz normal zu atmen und meine Tränen zu unterdrücken. Irgendwie klappt es. Wir reden nichts mehr, bis wir in die Marina einbiegen und das Auto abstellen.

„Geh schon mal rüber zum Tender. Du kennst dich aus. Ich muss noch kurz an Bord, komme aber in zwei Minuten."

Mit aller Stärke, die ich aufbringen kann, antworte ich laut und deutlich:

„Okay!" und steige aus.

An dem liebgewonnenen *Monte Carlo Offshorer 32*, ziehe ich meine goldenen Sandaletten aus, stecke sie in die Badetasche und klettere an Bord. Ich stelle meine Tasche in die Frontkabine, schließe die Türe und setze mich an den Steuerstand. In einer Minute wird Dirk hier sein, den Motor anlassen, die Leinen losmachen und ablegen. Ich denke zurück an mein Jauchzen und an die Freude, die ich jedes Mal empfunden habe, wenn wir mit dem Boot losgedüst sind. Jetzt spüre ich nur Trauer und Angst. Alle Hoffnung auf einen guten Ausgang unserer Geschichte ist dahin. Für Dirk ist es einfach am praktischsten, mir seinen Entschluss so früh wie möglich mitzuteilen und mich auf eine zeitliche Begrenzung unseres Gesprächs vorzubereiten.

‚Ganz schön clever.‘ , denke ich, *‚Aber auch eiskalt!‘*

Warum steige ich nicht schon aus und wenn er kommt, sage ich ihm:

‚Ich verstehe. Es ist vorbei. – Mach dir keine Mühe mehr, mir irgendetwas zu erklären. Alles ist gut. Ich nehme jetzt ein Taxi und weg bin ich aus deinem Leben. ‘

Damit würde ich mein Gesicht wahren. Nachdem er mir erstmal eine Absage erteilt hat, wird es schwer für mich sein, die Fassung zu wahren und meinen Job als das zu präsentieren, was er mir bedeutet. Doch dazu ist es zu spät. Dirk kommt mit forschem Schritt auf das Beiboot zu. Wir sehen uns das erste Mal an und beim Einsteigen sagt er augenzwinkernd:

„Nichts wie weg hier, bevor sie noch etwas von mir wollen.“

Er startet den Motor und kurz darauf legen wir ab. Als wir langsam aus der Marina fahren, sieht er wieder zu mir rüber und sagt:

„Jetzt bin ich echt froh, dich zu sehen! – Wie geht es dir?“

Ich schüttele nur den Kopf, lächele erleichtert und spüre, wie ein Hauch Freude in mir aufsteigt. Vielleicht haben wir doch noch eine Chance!?

„Gib einfach Gas!“, sage ich, als wir die Marina verlassen und Dirk schiebt den Steuerhebel nach vorne.

Wir fliegen übers Wasser und ein paar Minuten später nähern wir uns der Insel Fleves. Dirk steuert unsere Bucht an. Ja, *unsere Bucht* nenne ich sie! – Und das soll auch bitte, bitte, bitte so bleiben! – Nachdem er geankert hat, zieht Dirk sich wie beim ersten Mal wieder nackt aus und verschwindet mit einem Kopfsprung im Wasser. Ich ziehe mich ebenfalls aus und nehme wie gewöhnlich die Treppe hinab ins Meer. Langsam umrunde ich das Boot und halte Ausschau nach Dirk. Heute Morgen geht es mir bei unserem Ausflug nicht ums Schwimmen. Es geht mir um unser Gespräch. Zu erfahren, was er über uns und über meine Arbeit denkt, brennt mir auf der Seele!

Als ich sehe, wie er kraulend zum Boot zurückkehrt, halte ich mich an der Ankerkette fest und warte dort auf ihn.

„Ah, das hat wahnsinnig gutgetan!", schnieft er atemlos, als er bei mir ankommt und sich ebenfalls an der Kette festhält.

„Das Meer hilft mir, meine Gedanken zu sortieren. Komm, lass uns an Deck gehen. Wir haben nicht viel Zeit."

Nachdem wir uns abgeduscht und in Badetücher gehüllt haben, legen wir uns auf das Sonnenbett. Dieses Mal halten wir Abstand. Dirk verschränkt seine Arme hinter dem Kopf, schließt die Augen und schweigt…

„Sprich mit mir, Dirk. Ich muss wissen, woran ich bin. – Bitte!"

„Ich weiß. – Es ist immer noch nicht einfach für mich, weißt du. Ich habe nichts gegen deinen Beruf. Ich habe etwas gegen Lügen. Woher weiß ich, dass der Job nur ein Job für dich ist und nicht mehr?"

Violet sagte mir, ich solle mich vorbereiten auf einige Fragen. Aber mit dieser hat er mich kalt erwischt und jetzt habe ich den Salat!

„Weil du mir vertrauen kannst.", bringe ich schließlich Kleinlaut hervor.

„Mein Vertrauen zu dir ist gerade erschüttert, Anika! – Verstehst du das nicht?"

„Doch, und es tut mir auch wahnsinnig leid, dass ich so lange damit gewartet habe, dir die Wahrheit zu sagen. – Ehrlich!"

„Ja, das glaube ich dir. Das glaube ich dir wirklich! – Bitte gib mir Zeit. Ich möchte eigentlich so oft wie möglich mit dir zusammen sein, weil ich mich so wohl mit dir fühle. Ich hab dich so verdammt lieb gewonnen! – Aber ich kann dir hier und heute nicht versprechen, dass ich damit zurechtkomme."

Obwohl unser Gespräch positiv verläuft, bin ich schon wieder den Tränen nahe und ringe um Worte.

„Ich gebe dir alle Zeit der Welt. Ich will auch einfach nur mit dir zusammen sein. – Und ich werde von nun an absolut ehrlich sein! – Das musst du mir glauben! Dieser Job ist wirklich nur eine Arbeit für mich. Damit verdiene ich meinen Lebensunterhalt und lege etwas zur Seite."

„Stopp!", fällt Dirk mir laut ins Wort. „Hör auf Anika! – Du musst mir nichts erklären und du musst dich nicht rechtfertigen! Es geht hierbei um mich. Ich muss selbst die Erfahrung machen, wie es ist, mit einer Frau zusammen zu sein, die diese Arbeit macht! Ich muss das Vertrauen in mir finden. – Es geht hierbei nicht mehr um dich. Lass mir einfach Zeit und lass uns sehen, wie es läuft und… lass uns ganz oft beisammen sein! – Außerdem möchte ich, das du mich über jeden Termin informierst: Wann er ist, wo er ist und mit wem du ihn hast, und du musst mir versprechen mich jedes Mal danach anzurufen oder mir eine Nachricht zu schicken! – Sonst werde ich verrückt aus Sorge um dich! – Kannst du mir darauf dein Wort geben?"

„Ja! Ganz bestimmt Das tue ich!"

Jetzt kann ich meine Tränen nicht länger zurückhalten und fange an zu weinen. Doch diesmal ist es aus Freude, Erleichterung und Rührung!

„Komm her, komm in meinen Arm. Du musst nicht weinen. Ich weiß, dass es auch für dich nicht leicht ist. Und ich will es dir nicht noch schwerer machen, als es sicher schon ist."

Ich rücke rüber in seine Armbeuge und versuche meine Tränen erneut zu stoppen. ‚Atmen, Ilona! Atmen! ‘, befehle ich mir. – Und dann fällt mir ein, dass er glaubt, mein Name ist Anika. – Ich muss ihm sagen, dass ich Ilona heiße…. Aber wann? Gerade jetzt? Nein. Das ist so unwichtig wie nur irgendwas. Jetzt genieße ich nur diesen Augenblick. Seinen starken, warmen Arm, mit dem er mich hält, meine Hand auf seiner leicht behaarten Brust und das Pochen seines Herzschlags an meinem Ohr. Diesen Augenblick werde ich nie mehr in meinem Leben vergessen, das weiß ich!

42

Eine Stunde später setzt Dirk mich vor meiner Haustüre ab. Wir küssen uns nur flüchtig auf den Mund und verabreden uns für 14.30 Uhr zu einem kleinen Mittagessen in Glyfada. Ruhe ist in mir eingekehrt. Eine Ruhe, die ich spüre wie einen schweren Teppich, der auf mir liegt. Keine Schmetterlinge mehr. Kein Herzklopfen, keine Nervosität, nur lähmendes Nichts.

,*Es ist einfach Erschöpfung.* ', sage ich mir, lege mich aufs Bett und schließe die Augen. Mein Telefon lasse ich auf Laut gestellt und als es mich zwei Stunden später aus dem Schlaf reißt, erschrecke ich. Verdattert schaue ich auf das Display und sehe, Harris, mein neuer Kunde von letzter Woche, ruft mich an.

„Hallo Anika, wie geht es dir?", fragt er, als ich das Gespräch annehme.

„Danke mir geht's gut. Dir auch?"

„Ja, bestens. Ich bin immer noch in dem kleinen Hotel. Hast du Zeit, heute am frühen Abend zu kommen?"

„Leider nicht, Harris, ich habe um 20 Uhr einen Termin. Ich könnte entweder zwei Stunden vorher oder erst am sehr späten Abend kommen... oder morgen. – Passt da was?"

„Hm... dann lieber morgen um 19 Uhr, so wie beim letzten Mal. Kann ich mich darauf verlassen, dass du kommst oder soll ich dich nochmal anrufen?"

„Wenn es die gleiche Zimmernummer ist wie letzte Woche, rechne damit, dass ich morgen gegen 19 Uhr an deine Tür klopfe."

„Prima! Zieh dir bitte etwas Heißes an, okay?!"

„Das mache ich gerne! Also bis morgen Abend."

„Bis morgen!"

Wunderbar! – Wie versprochen, hat Harris sich wieder gemeldet. Ich stehe auf, schreibe den Termin in meinen Kalender und gehe anschließend ins Bad. Nach einer langen Dusche bin ich erfrischt und der schwere Teppich der Ruhe hat sich von meinem Gemüt erhoben. Leichtigkeit und Freude machen sich ganz leise wieder in mir breit. Dirk will es versuchen! – Er gibt uns nicht einfach auf, wegen meines außergewöhnlichen Berufes. – Was will ich mehr? An mir liegt es jetzt allerdings, sensibel und einfühlsam ihm gegenüber zu sein. Gerade als ich Violet anrufen will, um ihr die frohe Botschaft zu überbringen, klingelt mein Telefon wieder und diesmal ist es Dimitri. Der Dimitri, den ich mal in der Marina Alimos auf seiner Motoryacht gefischt habe, der mir nur 75 € bezahlt aber ein treuer Stammkunde geworden ist, genauso wie Richard.

„Hallo Darling, schön von dir zu hören. Wie geht es dir?", frage ich ihn fröhlich.

„Agapi, ich habe dicke Eier und schätze, du musst mir helfen.", sagt er scherzend in seinem holprigen Englisch.

„Aber gerne doch! Wo bist du?"

„Ich bin in Piräus. Können wir uns in zwei Stunden im Minos Hotel treffen? Schaffst du das? Bis dahin habe ich noch im Büro zu tun."

Ich sehe auf die Uhr und mir ist klar, dass mit diesem Termin mein gemeinsames Mittagessen mit Dirk ins Wasser fällt. Ein kurzer Stich durchfährt mich, weil ich mich sehr auf unser Essen gefreut habe, doch ganz geschäftsmäßig antworte ich Dimitri:

„Gerne, mein Schatz! Ruf mich an, wenn du auf dem Zimmer bist. Ich werde pünktlich sein und mich liebend gerne um deine dicken Eier kümmern!"

Wir lachen beide und verabschieden uns.

Jetzt muss ich Dirk das erste Mal von einem Termin berichten, der genauso plötzlich kommt, wie viele andere. In einer SMS teile ich ihm mit:

‚Hallo Dirk, leider fällt unser gemeinsames Mittagessen heute aus. Ich habe um 15 Uhr einen Termin in Piräus, im Minos Hotel. Dort treffe ich Dimitri, einen alten Stammkunden. Ich rufe dich nach dem Termin an. Bussi.‘

Gerade als ich mit Anika unterschreiben will, zuckt mein Finger zurück. Ich heiße doch Ilona. – Und das muss ich ihm noch sagen… Aber Anika ist mir mittlerweile so geläufig und ich identifiziere mich mit diesem Namen. ‚Ilona‘ ist so weit weg. – Irgendwo in Deutschland. Irgendwo in meiner Vergangenheit... Bin ich das überhaupt noch? – Jedenfalls hatte ich mir vorgenommen, es Dirk heute noch zu sagen und das werde ich auch tun!

Violet geht nach dem ersten Klingelton ans Telefon.

„Hallo Violet! Dirk hat mich kontaktiert und wir haben gesprochen.“

„Oh mein Gott, bin ich froh für dich, dass er sich früh gemeldet hat. Das rechne ich ihm hoch an, denn jemanden in solch einer Situation unnötig warten zu lassen, ist Folter! – Ich habe ständig an dich denken müssen, Liebes. Und, wie sieht es jetzt aus mit euch beiden?“

„Er will es versuchen! Seine Gefühle für mich sind anscheinend genauso ehrlich wie meine für ihn. Ich bin so unendlich froh, sage ich dir!“

„Selbstverständlich!“

Ich erzähle ihr von gestern Abend und heute früh, und auch, dass ich gleich meinen ersten Termin habe, über den ich ihn informiert habe.

„Wie ist das für dich?“

„Das ist okay! Es gibt mir das Gefühl, wir haben eine Basis gefunden, auf der wir meinen Job in unsere Beziehung integrieren können."

„Irgendwie muss er wieder Vertrauen zu dir fassen. Ich sehe das auch als einen guten Weg. Du musst jetzt weiterhin geduldig sein, Liebes! – Er verdient es."

„Ich weiß, er ist so verständnis -, und liebevoll."

Wir reden noch eine zeitlang über alles Mögliche und sind der Meinung, wenn es mit Dirk eine Weile gut läuft, sollten Violet und er sich kennenlernen. Beide sind doch jetzt Teil meines Lebens!

Glücklich über diese Aussicht, mache ich mich fertig für meinen Termin mit Dimitri und spüre wieder Schmetterlinge im Bauch.

43

Das Minos Hotel liegt am Hafen von Piräus und ist aus den frühen sechziger Jahren. Damals wie heute checken Seefahrer hier ein, die entweder auf ein Schiff auf- oder von ihm absteigen. Wie viele Hotels in dieser Gegend, in der es von Seemanns Spelunken und Rotlichtbars wimmelt, vermietet es seine Zimmer stundenweise. Die Gegend erinnert mich immer wieder an den berühmten Film: ‚Sonntags… nie!‘ mit Melina Mercouri und Jules Dassin. Eine Liebesgeschichte und ein Hurenaufstand in den Sechzigern. – Ob die Griechen damals wirklich der Prostitution gegenüber so aufgeschlossen waren, wie in dem Oscar prämierten Film? – Jedenfalls wurde er Kult!

Dimitri ist auf Zimmer Nummer 33. Als ich an die Tür klopfe und er mir öffnet, hat er nur noch ein Handtuch um die Hüfte geschlungen. Ich trage ein hellblaues Minikleid mit einem Reißverschluss vorne, den ich beim Eintritt ins Zimmer komplett öffne. Darunter trage ich BH und Slip aus hellblauer Spitze.

„Wow!", sagt Dimitri, als ich mich ihm so keck präsentiere.

„Wo sind die dicken Eier?", frage ich frech und ziehe ihm das Badetuch von der Hüfte.

„Ah, da sind sie ja! Ich habe mich während der ganzen Fahrt hierher auf sie gefreut. – Los, leg dich hin, ich will mich auf sie stürzen!"

Dimitri gefällt, wenn ich so mit ihm rede und grinsend legt er sich auf das Doppelbett. Ich streife mein Kleid ab, lege es zu meiner Handtasche auf einen Sessel, nehme noch schnell ein Kondom und als ich aufs Bett gehe, schiebe ich Dimitri zwei dicke Kissen unter den Po.

„So komme ich besser an deine besten Freunde!", erkläre ich ihm, lege mich zwischen seine gespreizten, angewinkelten Beine und fahre mit der Zunge über seine Hoden. „Nimm du deinen Bolzen in die Hand und kümmere dich gut um ihn. Er wird gleich in Ekstase geraten!", sage ich, wohl wissend, dass Dimitri seinen kleinen Schniegel sehr gut selbst wichsen kann. Dadurch, dass er mit dem Po erhöht liegt, ist es tatsächlich einfacher für mich, seine Eier mit dem Mund zu bearbeiten. Ein weiterer Vorteil ist, er wichst in Richtung Bauch und wenn er abspritzt, brauche ich keine Bange haben, dass sein Sperma in meinen Haaren landet. Da er selbst sagt, er habe dicke Eier, heißt das für mich, er ist geil wie Nachbars Lumpi und wird schnell kommen.

Ich beginne, seine Hoden und seinen Damm zu lecken und spiele mit einem angefeuchteten Finger an seinem Anus. Als ich spüre und höre, dass er seinem Höhepunkt näher kommt, nehme ich einen seiner Bälle in den Mund und sauge ihn. Mit vielen, schnell hintereinander gesprochenen ‚Gamotto' und ‚Panajia-Mou', die ‚Ich ficke' und ‚Maria Muttergottes' bedeuten, spritzt er schließlich die heiße, milchige Suppe auf seinen Bauch und bleibt danach ermattet und bewegungslos liegen.

Ich gratuliere mir zu dem schnellen Nümmerchen, stehe auf und gehe ins Bad.

Dimitri sitzt glücklich strahlend auf dem Bett und raucht, als ich zurück ins Zimmer komme.

„Das hatte ich nötig!", sagt er.

„Aber das war's doch wohl noch nicht?", frage ich und tue so, als wenn ich mehr erwarte.

„Nein, keine Bange! Gib mir ein paar Minuten, dann gehe ich duschen und wenn du magst, vögele ich dich danach."

„Das will ich hoffen!", gebe ich zufrieden zurück und setze mich neben ihn aufs Bett.

Dimitri ist Architekt. Zurzeit arbeitet er an einer zweiten Ferienanlage in den Bergen. Seine erste, im Parnitha Gebirge, nördlich von Athen, ist letztes Jahr fertig geworden und er hat eins der Appartements selbst gekauft und vermietet es jetzt. Im letzten Winter hat er mich übers Wochenende dahin eingeladen. Es lag Schnee auf den Bergen und war eiskalt. Das Wochenende war langweilig. Wir haben griechisches Fernsehen geschaut, Essen ins Appartement liefern lassen, weil er nicht Auto fahren wollte und wir haben versucht, so oft wie möglich Sex zu haben. Oft schafft Dimitri es, innerhalb einer Stunde 3-mal zu kommen. Aber das kann er nicht an zwei Tagen hintereinander. Und das war dann ein Problem... Vor allen Dingen für mich! – Es war kurz nach meiner Verhaftung, nach der ich vorsichtshalber nur Kundschaft angenommen habe, die ich kannte und ich hatte mich auf 500 € für ein ganzes Wochenende eingelassen. Viel zu wenig für mich und viel zu viel für ihn! Darüber waren wir beide uns einig und haben es trotzdem gemacht.

„Deine Unterwäsche gefällt mir, Anika. Dir steht hellblau sehr gut. Das passt zu deinen blauen Augen und deinem blonden Haar. Behältst du sie bitte an, wenn wir gleich Sex haben? Ich schiebe dir einfach das Höschen zur Seite und fick dich, bis du kommst."

„Gerne und danke für dein Kompliment. Aber jetzt geh ins Bad und schau, dass du bald wieder bei mir bist!"

Lachend steht Dimitri auf und als ich höre, wie die Dusche läuft, mache ich den Fernseher an und schalte auf einen Pornokanal. Den haben alle Hotels standardgemäß, die stundenweise Zimmer vermieten und ich weiß, dass Dimitri auf Pornos steht.

Ich lege ein Kondom bereit und drehe mich mit dem Gesicht zum TV. Als Dimitri aus dem Bad kommt, schaut er zu mir und dann auf den laufenden Fernseher.

„Heute bist du also auch rattenscharf! – Geilst dich schon an anderen Schwänzen auf, du unartiges Mädchen!"

„Ja, ich will, dass du es mir so richtig besorgst, Dimi! – Ich triefe vor Geilheit!"

Natürlich stimmt das nicht, aber das macht nichts! – Ich gehe in die Hündchen-Stellung und reiche ihm das Kondom. Dimitris Schwanz hat sich wieder aufgerichtet und er kniet sich zwischen meine weit gespreizten Beine. Dann schiebt er den weichen Stoff meines Spitzentangas zur Seite und steckt mir seinen Ständer in die Muschi. Ich beginne sofort zu stöhnen.

„Mach es mir schnell, Dimi! – Ich will, dass du mich rammelst wie ein wilder Hase! Schnell und feste!"

„Ich weiß, was mein Püppchen mag! Schau mal, wie der Typ seinen dicken Schwanz in den Arsch seiner Freundin steckt! Das mache ich mit dir ebenfalls, wenn du schön brav bist! Sie es dir an! Er pfählt sie mit seinem dicken, glänzenden Schaft."

„Rede weiter, Dimitri! Das mag ich! Rede weiter auf Griechisch. Du weißt, wie heiß mich das macht!", bitte ich ihn unter Stöhnen.

Während ich mich jetzt nur darauf konzentriere, was in meiner Muschi passiert, um den richtigen Moment für meinen gespielten Orgasmus zu erwischen, steigert Dimitri mit sich redend und den Porno schauend in Ekstase und steuert auf seinen nächsten Höhepunkt zu.

Als ich der Meinung bin, es braucht nur noch einen letzten kleinen Kick dazu, täusche ich ihm einen Sinnesrausch der Spitzenklasse vor und bewirke damit, dass er mit einem langgezogenen ‚Aaaaah! ‚, gefolgt von einer Reihe ‚Gamotto' und ‚Panajia-Mou! ‚, abspritzt. – Die zweite Runde ist geschafft!

Damit sich das Kondom nicht von Dimitris schrumpfendem, kleinen Schwanz löst und ich eventuell Sperma in meine Muschi kriege, halte ich es festgedrückt auf seinem Schniegel, während er ihn aus mir rauszieht.

Schwer atmend sinkt er aufs Bett und streckt alle Viere von sich. Ich tue es ihm gleich und schwer atmend sage ich:

„Du bist der Hammer, Dimitri! Ich kenne keinen der so schnell und gut rammelt!"

Obwohl er kaum Luft bekommt, zündet er sich eine Zigarette an und fragt:

„Möchtest du etwas trinken? Ein Wasser?"

„Sehr gerne. Haben wir welches auf dem Zimmer?"

„Nein, ich bestelle zwei Fläschchen."

Damit greift er zum Telefonhörer und gibt seinen Wunsch an die Rezeption durch.

„Ich habe dich noch nie in den Arsch gefickt, weißt du das, Anika?"

„Das weiß ich."

„Soll ich es machen, wenn mein Johnny wieder groß und stark ist?"

„Es kommt drauf an… Für Anal nehme ich 50 € extra. Wenn du gewillt bist, das zu bezahlen, können wir es gerne tun."

„Was? – 50 € extra?!"

„Das ist mein Preis."

„Das klingt unangemessen, Anika."

„Vielleicht für dich, aber nicht für mich. – Das will ich dafür haben und daran gibt's nichts zu rütteln, Dimi!"

Es klopft an der Türe und eine Frauenstimme sagt irgendwas auf Griechisch. Dimitri erwidert, sie soll die Flaschen einfach hinstellen und wieder gehen,

Kopfschüttelnd steht er auf, öffnet die Türe einen Spalt und als er sieht, niemand ist mehr dort, holt er das Tablett mit den eisgekühlten Wasserfläschchen und Gläsern herein. Ich stehe auf und gehe ins Bad, um mich für die dritte Runde frisch zu machen. Als ich zurückkehre, sage ich:

„Mach dir keine Gedanken wegen des Analficks. Wir haben doch auch so Spaß und du kommst jedes Mal auf deine Kosten. – Wenn es dir zu teuer ist, lassen wir es!"

„Na ja, ich hatte noch nie wirklich Lust darauf. Aber heute würde ich es tun. Der Film hat mich animiert. Er hat mich richtiggehend heiß darauf gemacht! – Ich will dir auch mal in dein Loch sehen und meinen harten Adonis darin verschwinden lassen."

Ich erwidere nichts mehr. Es ist alles gesagt. Dimitri öffnet die Wasserflaschen und schenkt uns ein. Dann steckt er sich eine neue Zigarette an. Nach einer Weile sagt er:

„Gibt es da noch etwas am Preis zu drehen? Sagen wir, ich gebe dir 20 € und du sagst zu?"

„Nein!"

„Sei doch nicht so, Anika!"

„Dimitri, du weißt, dass ich normalerweise 150 € für eine Stunde Sex nehme. Du bist der einzige, der nur die Hälfte bezahlt.", lüge ich und fahre fort: „Ich gebe dir keine weiteren Rabatte. Dabei würde ich mir ausgebeutet vorkommen. Verstehst du das? Es geht auch um meine Ehre!"

„Na ja, die Ehre…"

„Ganz genau! Du bist doch ein Gentleman. Werde jetzt bitte nicht zu einem Straßenhändler!"

„Nein! Gott bewahre! – Anika, so darfst du das nicht sehen. Ich zahle dir die 50 €. – Heute mache ich eine Ausnahme und gönne mir das."

„In Ordnung. Du bist ein wohlhabender Mann, Dimitri und hast es wirklich nicht nötig jeden Euro herumzudrehen. – Ich freue mich, dass du wieder deine Gentleman-Seite zeigst. Die steht dir viel besser! – Geh und wasch dich, – danach werde ich deinen Hasen stimulieren."

„Oh ja!", entgegnet er begeistert, drückt seine Zigarette im Aschenbecher aus und geht ins Bad.

Ich lege mein Badetuch, in das ich noch gehüllt bin, zur Seite und schaue in meine Arbeitstasche. Zwei Outfits habe ich darin. Ein schwarzes aus Spitze und ein sehr freizügiges weißes aus Lack. Da beide nicht optimal für Analverkehr sind und es darauf hinausläuft, dass ich sie eh ausziehe, entscheide ich, nackt zu bleiben. Dimitris kleiner Penis hat es mir leicht gemacht, dem Arschfick, wie er in der Vulgärsprache genannt wird, zuzustimmen. – Kondome, Latexhandschuhe und Gleitmittel liegen bereit und ich stelle mich an das Fußende des Bettes und stütze mich an dessen Brüstung ab.

Als Dimitri ins Zimmer eintritt, beuge ich mich leicht nach vorne und ziehe mit beiden Händen meine Pobacken weit auseinander. Von meinem Spiegelbild her weiß ich, was er jetzt sieht. Meinen gleichmäßig von der Sonnenbank gebräunten Hintern und die weiß gebliebene Poritze, die meine rosafarbene Rosette betont.

„Oh mein Gott, ist das ein geiler Anblick!", bringt er hervor und tritt von hinten an mich heran.

„Zieh dir einen Latexhandschuh an, dann nimm das Gleitmittel und verteile ein wenig davon auf meinen Anus.", fordere ich ihn auf. „Massiere es sanft ein und dann steck mir ganz langsam deinen Daumen in den Po."

„Meinen Daumen?"

„Ja. Wir müssen meine Rosette langsam weiten. Sie muss gut auf deinen großen Hasen vorbereitet sein. – Steht er schon stramm?"

„Und wie! Ich würde ihn am liebsten sofort reinstecken. Dieser Anblick törnt mich an! – Panajia-Mou, sieht das scharf aus."

Damit er nicht wild mit einem seiner Finger in mir herumstochert, habe ich gesagt, er soll den Daumen nehmen. Dabei ist die Handstellung anders und es ist wahrscheinlich, dass er ihn nicht schnell in meinen After rein- und rausstoßen kann. Genauso ist es dann auch. Ich könnte behaupten, er macht es mit Gefühl, will mich aber nicht darauf festlegen, dass es tatsächlich Gefühl ist.

„Gut so, Dimi! Das fühlt sich großartig an. Mach weiter so. Schön langsam, rein und raus. – Spürst du, wie meine Rosette sich weitet? Bald will sie mehr. Bald lechzt sie nach etwas dickerem. Bald ist dein Hase an der Reihe. – Nimm schon mal ein Kondom und ziehe es ihm über. Und dann schau auf meine Rosette, ob sie schon ein wenig geöffnet bleibt, wenn du deinen Daumen herausziehst. So wie du es im Porno vorhin gesehen hast."

„Okay. Kann ich meinen Schwanz direkt reinstecken, wenn das Kondom sitzt oder muss ich noch warten?"

„Du kannst deinen Hasen sofort reinstecken, – nur bitte geh es ganz langsam an... ganz, ganz langsam! – Sonst könnte es sein, dass meine Darmmuskeln sich verkrampfen und dann wäre es vorerst aus mit dem Fick und wir müssten warten, bis sie wieder entspannt sind."

„Ich gehe kein Risiko ein, keine Sorge! Vielleicht will ich es irgendwann nochmal..."

„Vielleicht."

Dimitri hat seinen Daumen aus meinem Anus gezogen und sagt:

„Deine Rosette bleibt nicht sehr weit offen. Das liegt wohl am Umfang meines Daumens."

„So wird es wohl sein.", gebe ich zurück und verfolge über meine Schulter hinweg aufmerksam, was er hinter mir macht. Mittlerweile halte ich mich mit einer Hand am Bettgestell fest und mit der anderen ziehe ich meine Pobacken auseinander.

„Ich bin wieder soweit." verkündet Dimitri.

„Nimm vorher wieder etwas von dem Gleitmittel.", weise ich ihn an und fühle mich, als gäbe ich einen Kursus für Analverkehr.

Dimitri befolgt meine Anweisungen und sagt aufgeregt:

„Ich habe Angst, ich spritze sofort ab…", entgegnet er aufgeregt, als er seinen Schwanz vorsichtig in meinen After schiebt."

Ich sage nichts, sondern konzentriere mich nur darauf, entspannt zu bleiben.

Seinem: „Panajia-Mou, ist das eng!", folgt ein: „Gamotto!"

Danach höre ich eine Weile nur Schnaufen und fühle, wie er seinen Schwanz Stück für Stück tiefer in mich hineinschiebt. Als ich spüre, er ist bis zum Anschlag in mir drin und meine Muskeln sind immer noch entspannt, erlaube ich ihm, schneller zuzustoßen. Sofort erhöht er sein Tempo und ich steigere die Laute meiner angeblichen Lust. Als er sein normales Rammler-Tempo erreicht hat, muss ich all meine Muskelkraft aufbringen, um die Stellung am Bettende zu halten und nicht über die Kante gestoßen zu werden.

„Ich mach es wie im Porno!", stößt Dimitri plötzlich keuchend hervor und während ich noch überlege, was er meint, zieht er seinen Schwanz abrupt aus meinem Anus, zieht das Kondom ab, wirft es auf den Boden und spritzt mir seine heiße Suppe über den Po. – Jetzt weiß ich, was er meinte! – Laut stöhnend wichst er seinen Schwanz, bis der letzte Tropfen Sperma herausgedrückt ist.

„Leg dich hin, ich bin gleich wieder bei dir!", sage ich und gehe schnell ins Bad, um die klebrige Samenflüssigkeit von mir abzuduschen. Das war's dann für diesmal!

Zurück im Zimmer raucht Dimitri eine Zigarette und sagt: „Im Porno war das Poloch größer!"

Ich sage ihm nicht, dass das daran lag, dass der Schwanz des Mannes doppelt so dick war wie seiner, sondern erwidere einfach:

„Ein Porno ist auch nur ein Film, Dimi. – Mach dir nichts draus. Du warst wirklich klasse!"

„Danke! Freut mich, dass du das sagst. Es war mein erstes Mal, weißt du!"

Wir lächeln uns an, ich trinke mein Wasser aus und kleide mich an. Ohne zu zögern oder erneut zu feilschen, zieht Dimitri Geld aus seinem Portemonnaie und überreicht mir 120 €.

Als ich im Auto sitze, rufe ich mit Herzklopfen Dirk an:

„Ich bin's, Anika, ich wollte dir nur sagen, dass ich in Piräus fertig bin und jetzt irgendwo einen Happen esse, bevor ich nach Hause fahre."

„Gut Anika. Ich bin froh, deine Stimme zu hören. Ich habe wirklich seit zwei Stunden immer wieder an dich und deinen Job denken müssen... Ich bin ebenfalls in Piräus. Aber ich habe keine Zeit, sonst hätte ich mich gerne irgendwo mit dir zu einem Snack getroffen. – Steht der Kundentermin für heute Abend noch, von dem du mir erzählt hast?"

„Ja, er geht von 20 Uhr bis ca. 21.30 Uhr. Ich schicke dir die Adresse des Hotels und melde mich danach."

„Bitte! – Und noch etwas: Wenn du danach frei haben solltest, – lass uns reden. Mir kommen stündlich neue Fragen in den Kopf und ich fürchte, die musst du mir alle beantworten."

„Sicher, Dirk! – Ich bin froh, dass wir darüber reden können! Mir ist es auch ein Bedürfnis. Ich werde nach dem nächsten Termin keinen weiteren mehr annehmen. Wo sollen wir uns treffen? Hast du Lust, zu mir nach Hause zu kommen? Wir könnten uns auf den Balkon setzen."

„Das klingt gut. Lass uns das machen. Soll ich etwas zu trinken mitbringen? Oder etwas zu essen?"

„Nein, ich habe alles da."

„Okay! Hab einen schönen Nachmittag und bitte pass gut auf dich auf!"

Nach dem Telefonat hat sich mein nervöses Herzklopfen in fröhliches Hüpfen verwandelt, und ich singe im Auto lauthals den Soundtrack aus dem Film ‚Sonntags… nie!‘:

‚Ein Schiff wird kommen - und das bringt mir den einen, - den ich so lieb wie keinen - und der mich glücklich macht…‘

44

Auf dem Weg nach Hause halte ich bei meiner Eisdiele und verputze mit Schmetterlingen im Bauch einen Amarena-Becher. – Die Welt ist schön! – Das Leben ist schön! – Ich sehe Dirk heute Abend und bin davon überzeugt: Alles wird gut!

In meinem Appartement angekommen, packe ich die Sachen für die Latex-Session mit Jim und lege mir ein Set lange, künstliche, rote Fingernägel zum Ankleben bereit. Das Prozedere, sie mit doppelseitigem Klebeband auf meine eigenen Nägel aufzukleben, dauert mindestens eine halbe Stunde. – Eine halbe Stunde, für die ich natürlich nicht bezahlt werde…

Als mein Telefon klingelt, ist es Violet:

„Ich fliege morgen nach Lesbos!", platzt sie heraus, holt Luft und fährt fort:

„Larry hat mich eingeladen. – Natürlich bezahlt er alles und pro Tag bekomme ich 300 €. – Ich kenne die Insel und das Hotel, das er gebucht hat. Wir waren vor vier Jahren schon mal zusammen dort. – Was sagst du?"

„Wow! – Du scheinst dich richtig zu freuen!"

„Das stimmt! Überlege mal, wann fahre ich schon in den Urlaub? Nie! – Ein paar Tage mit einem gut bekannten Kunden in einem schicken Hotel, das wird mir guttun! Aber ich lege mich nur im Schatten an den Pool. Du weißt, ich habe sehr empfindliche, helle Haut! Larry kann alleine ans Meer gehen. Ich mag kein Salzwasser und keine Sandstände. Kaum kommt ein leichter Windstoß und schon hat man den Sand überall: In den Haaren, in den Ohren, in der Handtasche… einfach überall! – Furchtbar! Wieso sind alle so verrückt nach Sandstränden? – Ich habe einen Sonnenhut mit sehr großem Rand. Den werde ich die ganze Zeit tragen. Auch beim Bummeln durch die engen Gassen der Stadt. Larry liebt es, da shoppen zu gehen. Im Hotel werde ich mein eigenes Zimmer haben und in seins gehe ich nur zum Arbeiten. Alles ist so geregelt, dass ich mich wohlfühle. – Sag, wie geht es dir?"

Ich erzähle Violet von meinem nächsten Termin mit Jim und meinem bevorstehenden Gespräch mit Dirk.

„Liebes, denke daran, dass Dirk manche Dinge aus einem anderen Blickwinkel betrachtet, als wir das tun. Sei einfühlsam und geduldig. Es wird heute nicht euer letztes Gespräch sein, das ihr wegen deines Berufes haben werdet. Schlag dir das aus dem Kopf!"

Diese Bemerkung dämpft kurzzeitig meine Euphorie, doch fasse ich mich schnell wieder, als wir das Thema wechseln und nur noch über die besten Outfits für den Pool, das Dinner und den Stadtbummel reden. Und erst, als uns der Gesprächsstoff ausgeht, verabschieden wir uns mit guten Wünschen und Küsschen.

Ein Blick auf die Uhr bestätigt mir, dass ich noch Zeit habe, meine Buchführung zu machen. Bis zum 19ten diesen Monats habe ich 5.585 € eingenommen. Das ist mehr, als ich erwartet hatte!

Sehr zufrieden logge ich mich danach in den ADuLT Account ein, beantworte die Nachrichten einiger Mitglieder und mache mir Notizen zu neuen Interessenten.

Gegen 18 Uhr klingelt mein Telefon.

„Anika, ich bin Christos, vielleicht erinnerst du dich. Wir haben uns Anfang des Monats schon mal im Medusa Hotel getroffen. – Kann ich dich wieder buchen?"

Selbstverständlich weiß ich, welcher Christos von den 50 anderen Christossen er ist, die ich in meinem Adressbuch gespeichert habe. Als sein Anruf auf meinem Display erscheint, sehe ich nicht nur das Foto des besagten Hotels, in dem wir uns getroffen hatten, sondern auch folgenden Eintrag: ‚Christos – Medusa – August'.

Nach ein paar Höflichkeitsfloskeln verabreden wir ein Treffen für übermorgen um 20 Uhr und ich verspreche ihm, wieder heiße Dessous anzuziehen. Als das Gespräch beendet ist, gehe ich duschen und mache mich für den Termin mit Jim fertig. Mit unangenehm langen, falschen Fingernägeln, nehme ich die fertig gepackte Tasche und verlasse meine Wohnung in der Hoffnung, dass mich keiner meiner Nachbarn mit diesen künstlichen Krallen sieht.

Der Soundtrack von ‚*Sonntags nie!*' hat sich den Tag über als Ohrwurm in meinem Kopf festgesetzt und ich singe und summe immer wieder leise vor mich hin: ‚*Ein Schiff wird kommen - und das bringt mir den einen, - den ich so lieb wie keinen - und der mich glücklich macht...*'

Erlöst davon werde ich von Jim's Anruf, während ich wartend, nur zwei Gehminuten vom 6 X Hotel entfernt, in meinem Auto sitze.

„Aleksandra, – Landung sicher vollzogen!", spaßt er und nennt mir seine Zimmernummer.

„Okay, bin auf dem Weg, Käpt'n.", scherze ich zurück.

Sehr vorsichtig nehme ich meine Tasche und steige aus dem Wagen. Dabei achte ich auf jede Bewegung, die ich mit den Händen mache. Irgendwie sind die überlangen Fingernägel mit allem in meiner Umgebung auf Kollisionskurs.

Der Dame an der Rezeption sage ich:

„Mein Freund wartet in Zimmer Nummer 21 auf mich."

Sie nickt wissend, um was für einen Freund es sich handelt und ich gehe zum Aufzug.

Die Türe von Zimmer Nummer 21 ist nur leicht angelehnt. Ich klopfe an, stoße sie auf und trete ein.

„Ich bin's! Aleksandra.", rufe ich in den Raum hinein.

„Komm herein. Ich ziehe mich gerade um.", ruft Jim mir aus dem Badezimmer zu. Als ich einen Blick durch die offenstehende Tür werfe, lächele ich ihn an und er sagt:

„Du kannst gleich rein. Ich ziehe nur noch meine Stiefel an, dann bin ich fertig."

„Lass dir Zeit!", entgegne ich.

Das Zimmer erstrahlt in pinken Farbtönen und hat großflächige Spiegel an den Wänden. Ich frage mich, ob die Möbel tatsächlich pink sind, oder ob es wegen der Beleuchtung nur so scheint. Dann stelle ich meine Tasche aufs Bett und öffne vorsichtig den Reißverschluss an der Vorderseite meines Kleides. Mich mit drei cm langen, spitzen Fingernägeln umzuziehen, stellt den schwierigsten Teil dieser Arbeit dar. Ich habe mir angewöhnt, möglichst alles nur mit Daumen und Zeigefingern zu machen und so zu tun, als ob meine anderen sechs Finger nicht existieren. Gerade nachdem ich es mit viel Geschick geschafft habe, das rote Latexkleid überzuziehen, kommt Jim aus dem Badezimmer.

Ein 1,85 m großer, schlanker Mann, mit Kajal umrandeten Augen, der von oben bis unten in schwarzes Latex gekleidet ist, lange, schwarze, mit Strasssteinen besetzte Fingernägel trägt und auf 10 cm hohen Plateau-Stiefeln versucht, nicht zu schwanken, ist eine äußerst eindrucksvolle Erscheinung!

„Das Bad ist frei.", sagt er und ich denke, jemand der so aussieht, sollte nicht so banale Dinge sagen.

Ohne etwas zu erwidern, nehme ich meine Sachen und gehe ins Badezimmer. Dort binde ich meine Haare am Hinterkopf zu einem Zopf zusammen, umrande meine Augen ebenfalls mit schwarzem Kajal und zwänge mich sehr vorsichtig in Overknee-Stiefel aus rotem Latex. Als nächstes ziehe ich fingerlose, oberarmlange Lackhandschuhe an und als ich die rote Maske mit den Katzenöhrchen aufsetze, bin ich fertig. Ich schaue noch einmal in den Spiegel und bin der Meinung, das Kostüm steht mir recht gut! Ich könnte es zu einer Karnevalsveranstaltung oder zu einer Comic Convention tragen und wäre auf beiden Veranstaltungen erstklassig gekleidet. Was als nächstes kommt, ähnelt unseren bisherigen Treffen. Als ich ins Zimmer eintrete sitzt Jim aufrecht und breitbeinig in einem Sessel und seine Arme liegen majestätisch auf den Lehnen. Er ist der große schwarze Fürst und ich die Dienerin seiner Lust. Über einen Lautsprecher, den er mitgebracht hat, erklingt dezente New/Age Popmusik. Jim sieht mich an, steht auf und kommt langsam schreitend auf mich zu. Er streckt seine Hände nach mir aus und ich lege meine in seine. Wir bleiben uns gegenüber stehen und betrachten uns. Sein Blick bleibt schließlich an unseren langen, künstlichen Fingernägeln hängen. Er hebt meine linke Hand an seinen Mund und haucht mir einen zarten Kuss auf den Handrücken. Daraufhin führt er meine Hände zu seinem Gesicht und fährt mit seiner Zungenspitze an jedem einzelnen Finger entlang, steckt ihn tief in seinen Mund und saugt sanft daran. Jim lässt sich Zeit. Er leitet das Spiel und ich brauche nichts weiter tun, als auf ihn zu reagieren. Das ist ganz einfache Arbeit für mich. Kurze Zeit später nimmt er mich in den Arm und wir tanzen mal eng umschlungen oder uns auf Abstand an den Händen haltend und bewegen uns, jeder auf seine eigene Art, kreativ zur Musik. – Wir sind Fantasiefiguren, gekleidet in Lack und Latex, in einer Welt aus pinkem Licht und entspannt dahinplätschernder Musik mit warmem Sprechgesang. Eine Fantasiewelt, die Jim für sich erschafft, um seine Sinne mit Erotik zu fluten.

Eng umschlungen tanzend, streichelt er meinen Latex-Rücken und Latex-Po, während ich meine Arme um seinen Hals lege und seinen Nacken zart mit meinen Fingernägeln kraule. Gelegentlich betrachten wir uns in den großen Spiegeln. – Wir könnten einem Film entsprungen sein.

Schließlich bittet Jim mich aufs Bett. Ich lege mich auf den Rücken und spreize meine Beine. Er selbst kniet sich neben mich, schiebt mein Kleid hoch und blickt erregt auf meine nackte, glattrasierte Scham. Dann öffnet er den Reißverschluss im Intimbereich seines Ganzkörperlatexanzugs und holt seinen erigierten Penis heraus. Ich nehme ihn fest in meine linke Hand und schiebe seine Vorhaut rhythmisch hoch und runter, während Jim fasziniert auf meine Fingernägel schaut.

Mit meiner rechten Hand massiere ich aufreizend meine Muschi.

„Mach weiter so!", sagt Jim mit heiser erregter Stimme. „Mein Gott, macht mich das scharf!"

„Möchte mein Fürst auch Hand anlegen?", frage ich einladend.

„Vielleicht später. Jetzt schau ich lieber zu."

Sein Blick ist zwischen meine Beine geheftet und als ich den langen Nagel meines Mittelfingers langsam durch meinen Schlitz ziehe und ihn leicht öffne, sagt er:

„Geil! Ich stehe auf diese Nägel!"

Als nächstes lasse ich den Finger tief zwischen meinen Schamlippen verschwinden und als ich ihn wieder hervorhole, strecke ich ihn Jim entgegen und sage:

„Rieche und schmecke. Der Saft meiner Geilheit umhüllt ihn."

Jim beugt sich runter zu meiner Hand, nimmt sie und leckt den schleimigen Finger ab. Dann saugt er an ihm und sagt:

„Steck ihn wieder zurück! Nimm deine andere Hand auch dazu und zeig mir, wie du dich mit den Fingernägeln befriedigst."

Da ich das niemals tun würde, ist schauspielerisches Geschick gefordert. Ich beginne damit, mir besagten Mittelfinger in den Mund zu stecken und ihn mit Speichel zu befeuchten. Mit dem Zeige- und Mittelfinger meiner linken Hand spreize ich meine Schamlippen und lege den angefeuchteten Finger in deren Mitte. Langsam fahre ich damit durch die Spalte meiner Muschi und stöhne auf.

Jim hat seinen Fürsten selbst in die Hand genommen und hält ihn so bei der Stange. Bei dem Anblick, der sich ihm zwischen meinen Beinen bietet, fällt ihm das leicht. Ich hebe mein Gesäß, schiebe meinen Mittelfinger langsam weiter nach unten, über meinen Damm hinweg bis zu meinem Poloch und massiere es.

Ich bin in der Show angekommen. Dass es eine Show ist, weiß Jim. Es kommt bei dieser Session nicht auf Echtheit an. Nichts an uns ist echt. Es kommt lediglich darauf an, was für Nahrung wir unseren Köpfen bieten. Diese hier ist geil! Das ist alles, was zählt.

Ich lasse den Finger wieder zurück zu meinen Schamlippen gleiten und schiebe ihn anschließend tief in meine Muschi. Gleichzeitig lege ich mit den gespreizten Fingern der linken Hand meine Klitoris frei und als ich den Finger wieder aus meiner Muschi ziehe, reibe ich sanft mit seiner feuchten Fingerkuppe über das empfindliche Häutchen.

„Oh ja, das ist es!", sage ich und bäume mich auf.

Meinen Kitzler sanft und zärtlich liebkosend, gebe ich Laute des Entzückens von mir. Um Jim in die Show einzubeziehen, sehe ich ihn sehnsüchtig an und sage:

„Ich will es nicht alleine zu Ende bringen, ich will, dass dein Fürst daran teilhat. Ich bin so scharf auf ihn und auf dich in diesem heißen, enganliegenden Anzug. – Bitte, mach etwas!"

„Ich verstehe. Dann beginnen wir damit, dass du meinen Fürsten tief in den Mund nimmst und ihm einen guten Blowjob gibst."

„Super gerne. – Willst du dich dafür hinlegen oder in den Sessel setzen?"

„Ich lege mich hin.", gibt er zurück und ich nehme vom Nachttisch ein schwarzes Kondom, das optisch zu seinem Latexanzug passt und rolle es über seinen Penis. Ich habe mein Kleidchen wieder heruntergezogen und meine Scham bedeckt. Doch als ich seitlich neben Jim knie, schiebt er das Kleid wieder hoch bis über meinen Po und beginnt, mit seinen künstlichen Fingernägeln an meiner Muschi zu spielen. Das spitze und harte Plastik fühlt sich unangenehm an. Mehr nicht. Ich konzentriere mich auf den Fürsten, nehme ihn zum Beginn des Blowjobs einmal ganz tief in den Mund, halte ihn dort und presse meine Lippen fest um seinen Schaft. Anschließend bearbeite ihn in allen möglichen Varianten von Lecken und Knabbern bis hin zu rhythmischem Blasen. Jim bäumt sich immer wieder unter mir auf und stöhnt lustvoll bei den verschiedenen Blowjob Techniken. Mit der Gewissheit, dass ich meine Arbeit gut mache, frage ich:

„Hätte der Fürst die Güte, mich von innen zu beehren? – Ich lechze danach, von deinem Prachtstück gefickt zu werden, um aufs Köstlichste zu kommen."

„Dein Lechzen gefällt mir! – Dann los, dreh dich um und zeige mir deine geile Muni. Ich werde ihr mit Freude einen Besuch abstatten!"

Schnell überprüfe ich das Kondom, befinde es für sicher und begebe mich in die Hündchen-Stellung.

„Das Gummi ist okay. Komm und besorg es mir, mein Fürst!", versichere ich ihm und als Jim in mich eindringt, schaue ich uns im Spiegel zu. Wir sehen in unseren Kostümen und so, wie wir jetzt zusammenstecken, sensationell aus! Davon würde ich mir ein Foto wünschen. Aber diesen Wunsch äußere ich natürlich nicht. Stattdessen genieße ich das Spiegelkino, begleitet von schöner New/Age Popmusik in unserem pink beleuchteten Zimmer.

Fasziniert gehen meine Gedanken auf Wanderschaft und tauchen tief in diese Wunderwelt ein. Erst als Jim mich von hinten fragt:

„Ist es gut so? Oder soll ich schneller?", bin ich innerhalb eines Augenaufschlags wieder zurück bei der Arbeit und antworte:

„Es ist fantastisch. Ich bin die ganze Zeit kurz vor einer Eruption. Ein paar feste, tiefe Stöße und es gibt kein Halten mehr für mich."

„Dann lassen wir es krachen! Ich bin auf dem gleichen Level wie du.", gibt er schnaufend zurück, erhöht gleichzeitig sein Bums-Tempo und hämmert seinen Unterleib feste gegen mein Gesäß.

Zeitgleich mit seinem Orgasmus setze ich meinen gespielten Höhepunkt ein und betrachte die Szene im Spiegel. Ich sehe, wie Jim seinen Kopf in den Nacken wirft, seinen Unterleib fest gegen mein Gesäß drückt, – wie sein Körper zuckt und er nach den letzten Wellen seines Orgasmus' leicht in sich zusammensackt.

„Das war fantastisch! Du schaffst es tatsächlich jedes Mal, mich zu befriedigen.", bringe ich unter gespieltem Stöhnen hervor.

Jim lässt sich entkräftet neben mich aufs Bett fallen und keucht befriedigt. Ich ziehe ihm das Kondom ab, stehe auf und gehe damit ins Bad, um es zu entsorgen. Noch bleibe ich in meinem Kostüm. Zurück im Zimmer frage ich:

„Soll ich dir helfen, die Stiefel auszuziehen?"

„Ja bitte! In die Sachen reinzukommen, schaffe ich zum Glück, aber nach unserem Sex kleben sie mir immer wie eine zweite Haut am Körper und wollen nicht runter."

Wie bei allen anderen Malen helfe ich Jim aus seinen Stiefeln, aus dem Anzug und beim Entfernen der falschen Fingernägel, die er dafür in einer Aceton Lösung einweicht.

Erst als Jim wieder aussieht wie ein ganz normaler Erdenbürger, geht er ins Bad. Ich schaue in der Zwischenzeit auf die Uhr meines Smartphones und mein Herz schlägt einen Takt schneller, als ich sehe, schon innerhalb der nächsten Stunde sehe ich Dirk!

Nachdem Jim all seine Sachen in einer Sporttasche verstaut hat, schultert er sie, überreicht mir 300 €, bedankt sich und verlässt das Zimmer.

45

Ohne die künstlichen Fingernägel, die ich im Hotelzimmer schon abgelöst habe, setze ich mich ins Auto und schicke Dirk eine Nachricht.

Umgehend erhalte ich Antwort:

‚Ich habe schon auf heißen Kohlen gesessen und darauf gewartet, dass du dich meldest. Schön, dass alles okay ist. Ich fahre jetzt los und bringe etwas zu trinken mit. '

Für heute Abend habe ich ein knielanges, ärmelloses, hellblaues Etuikleid gewählt. Ich will Dirk begegnen wie eine Geschäftsfrau. Denn so fühle ich mich und das ist es, was ich bin. – Meine eigene Chefin in meiner eigenen Ich-AG. – Nur gelassen bin ich nicht. Es ist nicht nur mein klopfendes Herz, das mich aus dem Häuschen bringt und nervös macht, sondern auch, dass ich schlagartig Lust auf Sex bekomme und feucht werde, wenn ich nur intensiv an Dirk denke. – Dabei werden wir ernsthaft über meinen Beruf sprechen und nicht die Laken durchwühlen... Aber meine Hormone machen zurzeit, was sie wollen und ich bekomme sie nicht unter Kontrolle!

Als ich den Wagen in der Nähe meiner Wohnung abstelle, sehe ich Dirk, wie er gerade aus seinem Auto steigt und sich umsieht. Als er mich entdeckt, kommt er mir entgegen. Ich hätte niemals gedacht, dass mein Herz so laut und so schnell schlagen kann, ohne in größter Gefahr zu sein und ich spüre, wie meine Knie weich werden und mir schwindelig wird.

‚Reiß dich zusammen, Ilona! ', befehle ich mir in strengem Ton und gehe langsam auf ihn zu.

Als wir uns gegenüberstehen, bin ich mir nicht sicher, ob ich die nächsten Minuten überlebe, wenn er mich nicht sofort in den Arm nimmt.

„Hi Süße, schön dich zu sehen. Du siehst super hübsch aus in diesem Kleid.", sagt er freundlich, nimmt mich in den Arm und gibt mir einen Kuss auf die Stirn. Ich bringe nur ein leises ‚Danke' hervor und nestele verlegen an meinem Schlüsselbund.

„Ich habe eine Flasche Prosecco mitgebracht, weil ich weiß, dass du den magst. Er ist gekühlt, wir können ihn gleich öffnen, wenn du magst."

Ich reiße mich zusammen und sage mit aller Kraft in der Stimme, die ich aufbringen kann:

„Das ist schön, danke! Du bist sehr aufmerksam."

Mir ist jetzt klar, dass meine ganze Aufgeregtheit nicht nur von meiner Verliebtheit herrührt, sondern dass ich plötzlich auch Angst vor dem bevorstehenden Gespräch habe.

Als wir mit unseren Gläsern Prosecco auf dem Balkon sitzen, beginnt Dirk:

„Anika, ich kann mir vorstellen, dass es dir unangenehm ist, mit mir über deine Arbeit zu sprechen. – Aber für mich muss das sein. – Ich brauche Antworten auf die Fragen, die mir immer und immer wieder durch den Kopf schießen. Bitte verstehe das nicht falsch, – ich achte deinen Beruf und ich will dich auch nicht unnötig in Verlegenheit bringen. Aber ich brauche die Chance, offen mit dir auch über das Intimste in deinem Job zu sprechen und ich bezweifele, dass ich dir ansonsten ein glücklicher Partner sein kann."

Jetzt steht mein Herz fast still und ich fühle mich, wie durch eine dicke Decke von der Außenwelt abgeschnitten. Es gibt nur noch Dirks Stimme und mich. Irgendwie schaffe ich es, ihm zu antworten:

„Das ist okay, Dirk. Ich verstehe dich. Und bevor du mich gleich etwas fragst, möchte ich dir versichern, dass, egal was es ist, du eine ehrliche Antwort von mir bekommst. – Die wirst du immer von mir bekommen!"

„Das ist gut zu wissen. Gerade in unserer Situation sollten Lügen tabu sein."

Er hält kurz inne und fährt fort:

„Wie du merkst, fällt es mir schwer, einen Anfang zu machen."

„Stelle einfach die erste Frage, die dir durch den Kopf schießt!", ermutige ich ihn.

„Okay, – was verstehst du unter Safer Sex in deinem Job?"

„Dass ich beim Geschlechtsverkehr Kondome benutze und nichts mache, was meine Gesundheit gefährden könnte."

„Gehört Oralverkehr dazu oder machst du den ungeschützt?"

Die zweite Frage ist schon eine, die mir unangenehm ist und ich zögere kurz, bevor ich antworte:

„Ich habe angefangen, beim Blowjob Kondome zu benutzen, auch wenn es vielen Kunden lieber wäre, wenn ich das nicht täte. – Und es gibt noch einige, ganz wenige, deren Penis ich ungeschützt in den Mund nehme, bei denen ich noch daran arbeite, sie ans Kondom zu gewöhnen... Aber niemand ist jemals ungeschützt in meinem Mund gekommen! Darauf achte ich sehr. Und alle Kunden haben sich vorher gewaschen und ich mache es auch nur ohne Kondom, wenn ich mir sicher bin, der Kunde hat keinen ständigen Partnerwechsel. Zum Beispiel bei einigen verheirateten Männern."

Dirk sieht mich nachdenklich an, zieht ein Zigarillo aus der Packung und zündet es an.

„Ehrlich gesagt, gefällt mir das nicht. – Solange wir sexuell miteinander verkehren, möchte ich, dass du beim Oralverkehr

Kondome benutzt. Da darf es keinerlei Ausnahmen mehr geben."

Ich schlucke, auch wenn ich damit gerechnet habe, dass er so etwas fordern könnte. Erneut schießt mir die Frage durch den Kopf:

‚Was will ich?‘ und abermals ist die Antwort ‚Ich will Dirk!‘.

Was mir einen Stich in den Magen versetzt hat, waren die Worte: ‚…solange wir sexuell miteinander verkehren‘.

Das klang so nüchtern… Die Schmetterlinge in meinem Bauch machen keinen einzigen Flügelschlag mehr. Wenn es sie überhaupt noch gibt, liegen sie bewusstlos in einer Nische.

Da ich schon viel zu lange mit einer Antwort gezögert habe, fragt Dirk:

„Verlange ich da etwas Unmögliches?"

„Nein, das kann ich dir versprechen!", sage ich schnell, auch wenn mir der Gedanke durch den Kopf schießt, dass ich den einen oder anderen Kunden deshalb verlieren werde.

„Ich fühle mich miserabel!", sagt Dirk, den Blick in den Himmel gerichtet und den Rauch des Zigarillo mit geschürzten Lippen nachdenklich hinterher pustend.

„Brauchst du nicht. Frag einfach weiter. Mir geht es gut damit.", behaupte ich, obwohl das nicht stimmt. Aber in diesem Fall zähle ich meine Behauptung nicht zu Lügen. Es ist eine kleine Flunkerei, die dem Erfolg unseres Gespräches dient.

„Okay, wie sieht es mit Küssen aus? Küsst du deine Kunden?"

„Hin und wieder. Manche Männer brauchen es zur Stimulation oder um den Höhepunkt zu erreichen. – Ich kann das in Zukunft unterlassen."

„Anika, das musst du selbst entscheiden. Ich will dir nicht einfach irgendetwas vorschreiben. Darum geht es mir nicht!

Ich meine, wo ist der Unterschied zwischen Küssen und Fingern? Oder zwischen Küssen und Streicheln? – Ich wäre gerne der einzige Mann, den du küsst und streichelst und der dich nackt überall anfasst… Die Vorstellung, dass andere Männer dich überall berühren und alles Mögliche mit dir tun und dass du alles Mögliche mit ihnen tust, die ist nicht so einfach zu ertragen. – Ich weiß nur, wenn ich mit dir zusammen sein will, muss ich lernen, damit zu umzugehen. – Wenigstens fürs erste…"

Dirk sieht mich verlegen und fast flehend an und er erweckt mein tiefes, herzliches Mitgefühl. – Nein, es ist nicht einfach für ihn! Und jetzt fühle ich mich miserabel.

Wir sitzen an dem kleinen, runden Tisch eng beieinander und ich atme tief durch, sehe ihn gerührt an und lege meine Hand tröstend auf seinen Oberschenkel. Sofort legt er seine Hand auf meine, streichelt sie und wir sehen uns lange und forschend in die Augen. Alles steht in den Augen geschrieben: Die Liebe, die Wahrheit und die Sehnsucht.

Ich denke über den Funken Hoffnung nach, der in seinen letzten Worten liegt. Doch so sehr ich innerlich mit mir ringe, ich kann ihm kein baldiges Ende meiner Arbeit in Aussicht stellen.

Immer noch bewegt, lösen wir unsere Blicke voneinander und greifen nach den Gläsern.

„Auf uns!", sagt er und versucht ein Lächeln. „Wir werden es irgendwie schaffen. – Bitte verstehe, ich bin nur strikt gegen alles, was deine oder meine Gesundheit gefährden könnte."

„Du hast mein Ehrenwort, dass ich sie schützen werde!"

Nach einer kurzen Pause, in der wir beide unseren Gedanken nachhängen und in den sommerlichen Abendhimmel Athens schauen, sagt Dirk:

„Ich muss dich leider noch mehr fragen: Außer dem ge-wöhnlichen Geschlechts- und Oralverkehr, – was für Service bietest du deinen Kunden an?"

Erleichtert darüber, dass unser Gespräch weitergeht, zähle ich alles auf und erwähne in diesem Zusammenhang auch Sachen, die für mich tabu sind: So zum Beispiel die Rolle der Sub, extremes BDSM und alles was mit Blut oder Stuhlgang zu tun hat. Dirk hört sehr aufmerksam zu und schaut über-rascht, als ich ihm von der ADuLT Plattform erzähle, auf der ich mich als verheiratete Frau ausgebe, die sexuelle Abenteuer sucht und auf diese Weise Kunden für Rollenspiele angle. Es ist das erste Mal, dass er schmunzelt und um diesen Funken Leichtigkeit nicht ungenutzt verstreichen zu lassen, schmun-zele ich ebenfalls und sage:

„Ganz schön clevere Methode, was?!"

„Auf jeden Fall gibst du dir Mühe und bist erfinderisch, was deine Arbeit betrifft. Das hat definitiv meine Anerken-nung."

Er schaut wieder ernst und fährt fort:

„Etwas ganz Wichtiges, was mich ständig umtreibt, muss ich dich noch wissen: Lebst du in deinem Job deine Sexualität aus? – Findest du dort Befriedigung?"

„Nein! – Er ist für mich ganz klar nur die Quelle meines Einkommens. Mehr nicht!", gebe ich aufrichtig zurück.

Dass ich hin und wieder mal einen Orgasmus abgestaubt oder mich absichtlich habe stimulieren lassen, verschweige ich. Diese Orgasmen sortiere ich unter ‚Selbstbefriedigung mit Hinzunahme eines Fremden' ein. So als würde ich ein Sex-spielzeug benutzen. Sie haben keinerlei Bedeutung!

„Das habe ich gehofft und ich versuche es… zu glauben. Wie gesagt, ich stecke es nicht so einfach weg, dass du Sex mit anderen Männern hast. – Anika, ich denke, ich muss unser

Gespräch jetzt erst mal sacken lassen. Lass uns jetzt einfach den Abend noch ein bisschen genießen. Übrigens ist Prosecco nicht mein Ding. Wie wäre es, wenn wir noch einen kleinen Spaziergang machen und bei einer Bar einkehren?"

Glücklich, dass unser Gespräch hier vorläufig ein gutes Ende genommen hat, stimme ich seinem Vorschlag zu und frage: „Wirst du heute Abend bei mir schlafen? Das fände ich sehr, sehr schön!"

„Ich fände es auch schön. Aber was passiert, wenn dein Telefon klingelt und dich jemand sprechen will?"

„Ich bin meine eigene Chefin. Ich schalte es für heute Nacht aus."

Damit entlocke ich Dirk ein weiteres Lächeln und ein Stein fällt mir vom Herzen!

46

Wie an jedem Sommerabend bummeln die Menschen scharenweise über die Metaxa Straße. Sie bleiben vor den hell erleuchteten und verlockend dekorierten Schaufenstern stehen und tauschen sich über die ausgestellten Waren aus. Wir haben uns unter sie gemischt, spazieren Hand in Hand und ich bete innerlich:

'Hoffentlich bleibt das ganz, ganz lange so! – Am besten für den Rest meines Lebens.'

Der Weg zur Bar führt uns durch eine ruhige Seitenstraße mit nur wenigen Menschen und hier gebe ich meinem Drang nach, bleibe stehen und umarme Dirk innig. Er erwidert meine Umarmung und hält mich fest.

„Das ist es.", sage ich. „Das ist das Verlangen. Und genau das spüre ich nur bei dir und bei keinem anderen Mann! – Die anderen Männer sind im Gegensatz dazu Androide für mich, sie verhalten sich wie Menschen, können Gefühle entwickeln, die sie gerne befriedigt haben möchten. Und das mache ich. Ich befriedige sie. – Irgendwie sind sie eine andere Spezies. In meinem Kopf stelle ich sie manchmal ATM Maschinen gleich, weil sie meine Bargeldquelle sind."

Dirk schweigt einen Augenblick, dann drückt er sein Gesicht in meine Haare und flüstert:

„Ich glaube es dir. Ja, ich glaube es dir!"

Ich weiß nicht, wie lange wir so eng umschlungen stehen bleiben, nichts mehr reden, uns nur noch spüren und einfach glückselig sind. Die Welt um uns steht still. Wir haben sie angehalten.

Als wir uns wieder behutsam voneinander lösen, haben sich unsere Herzen von einer Last befreit. Das spüre ich. Wir nehmen uns wieder bei den Händen und gehen weiter, bis wir unser Ziel, die Cocktail Bar, erreicht haben. Dort setzen wir uns im Außenbereich zwischen bunt beleuchteten Palmen an eine Theke mit Barhockern. Dirk bestellt sich einen Whisky Sour und ich bleibe beim Prosecco. Die Musik ist laut und dies ist kein Ort, an dem man sich über wichtige Dinge unterhält. Nachdem wir uns zugeprostet haben, erzählt Dirk mir von den Arbeiten, die an der ‚Panda‘ vorgenommen werden und mir schießt zwischendurch immer wieder der Gedanke durch den Kopf und zwar, dass er glaubt, ich heiße Anika.

‚Wann soll ich ihm sagen, dass ich Ilona heiße? Wenn er mir das nächste Mal Fragen bezüglich meines Jobs stellt oder einfach heute Abend, sobald sich ein Themenwechsel ergibt? ‘

Nachdem ich entschieden habe, das heute noch aufzuklären, entspanne ich und konzentriere mich ganz auf das, was Dirk erzählt. Er erzählt gerne. Sehr gerne. Und ich bin davon überzeugt, er genießt es, in mir jemanden gefunden zu haben, der ihm zuhört. Erst als er mit seinem Bericht fertig ist, trinkt er aus und auf mein Glas blickend, fragt er:

„Trinken wir noch einen? Oder bist du schon müde?"

„Lass uns noch ein Glas nehmen. Ich bin hellwach und finde es wunderschön, hier mit dir zu sitzen!"

Mein Smartphone ist auf Lautlos gestellt und obwohl Dirk jetzt weiß, was ich beruflich mache, möchte ich heute Abend auf gar keinen Fall mein Telefon klingeln hören. Dieser Abend und diese Nacht sollen nur uns beiden gehören. Ich spüre, ich muss hin und wieder von meiner Business-Spur abschwenken und etwas tun, was unserer Beziehung zugutekommt. Das wird notwendig sein. Nicht nur Dirk ist herausgefordert, sich neu zu orientieren, ich auch!

Als die Kellnerin unsere Getränke bringt, sage ich zu Dirk:

„Ich muss dir noch etwas erzählen, aber keine Bange, es ist nichts Tragisches. Es ist nur, ich heiße Ilona und nicht Anika."

Dirk schaut mich fassungslos an.

„Ilona?", fragt er.

„Ja, Ilona. Anika ist mein Künstlername. So nennen mich nur Violet und meine Kunden. Ich habe den Namen allerdings so verinnerlicht, dass ich mich mit ihm identifiziere."

„Heißt das, ich soll dich von nun an Ilona nennen?"

„Na ja, so heiße ich. So nennen mich all meine Verwandten, Bekannten und Freunde. So steht es in meinem Ausweis… und ich dachte, ich setze dich diesbezüglich ins Bild."

Dirk gibt einen Seufzer von sich, den er selbst gar nicht bemerkt hat und ich denke: *Ihm gefällt der Name Ilona nicht!*

Und weil ich mir dessen ziemlich sicher bin, fahre ich schnell fort:

„Wenn du allerdings magst, nenne mich weiterhin Anika! – Das ist für mich okay. – Tatsächlich hat der Name mehr Pepp als Ilona. Deshalb habe ich ihn ausgewählt."

„Danke, dass du es mir gesagt hast, – aber ich bin etwas verdattert und ehrlich gesagt, gefällt mir der Name Anika sehr gut und ich würde dich gerne weiter so nennen… wenn dir das recht ist."

„Mach das! – Noch begegnen wir keiner Verwandtschaft oder Freunden von mir. Ich finde nur, du solltest es wissen und vorbereitet sein."

Dirk schüttelt den Kopf, zieht an seiner Zigarre, die er sich zum zweiten Whisky Sour angezündet hat und sieht mir danach in die Augen:

„Ilona!", sagt er. „Der Name ist sehr schön, nur passt er irgendwie überhaupt nicht zu dir. Aber ich werde mich im Hinterkopf an ihn gewöhnen."

Ich schmunzele in mich hinein und denke, dass ich nicht 36 sondern 44 Jahre alt bin, erzähle ich ihm ein andermal. – Das wäre für heute zu viel!

Wir verbringen den restlichen Abend mit lockeren Gesprächen, Lachen, vielen Berührungen und Küssen. Wir sind das erste Mal wieder so entspannt wie ‚Vorher' und mir wird gerade klar, dass wir es fürs Erste ins ‚Nachher' geschafft haben und diese Tatsache macht mich unglaublich glücklich.

Als wir in meiner Wohnung sind, gebe ich Dirk eine Zahnbürste und wir beschließen, dass jeder von uns einen Kulturbeutel in der Wohnung des anderen haben sollte. Ich erinnere mich, dass es für meine Freundin Lisa ein besonderes Ereignis war, als sie ihre Zahnbürste in Tims Badezimmer stehen lassen durfte. Ich fand das reichlich albern und jetzt beglückt mich unser Kulturbeutel-Entschluss genauso und ich verstehe Lisa.

In dieser Nacht haben wir keinen Sex. Wir kuscheln uns nur aneinander und genießen die Nähe des anderen. Schlafen kann ich nur wenig. Diesmal nicht, weil ich das Bett mit einer weiteren Person teile, sondern, weil es so schön ist, wach da zu liegen und jeden einzelnen Augenblick zu genießen, in dem ich Dirk an meiner Seite spüre.

Am nächsten Morgen nehme ich mein Smartphone mit ins Badezimmer und checke, was sich am Abend und in der Nacht getan hat. Eine SMS von einem dänischen Kunden ist eingegangen, der fragt, ob ich ihm nächste Woche zur Verfügung stehen würde. Ich antworte ihm und denke, er drückt es richtig aus: Ich werde ihm zur Verfügung stehen. – In dem Maße, wie es für mich akzeptabel ist. Und er wird mich dafür in bar bezahlen. Es ist eine geschäftliche Beziehung, die wir pflegen und von der wir beide profitieren. Ich überlege, ob ich das Telefon jetzt schon wieder auf Laut stellen soll. Dirk ist wach, liegt aber noch im Bett. Er wird wahrscheinlich aufstehen, wenn ich aus dem Bad komme.

,Soll ich oder soll ich nicht...? ', frage ich mich und plötzlich finde ich es lächerlich, mir wegen so einer Lappalie Gedanken zu machen. Ich stelle es auf Laut. Fertig! – Dirk muss in meine Arbeit mit einbezogen werden. Ich kann nicht weiterhin so tun, als ob es sie nicht gäbe.

Beim Frühstück fragt er mich: „Was hast du heute für ein Programm?"

„Ich habe einen Termin um 19 Uhr mit einem mir bekannten Kunden. Ob sich am Tage noch etwas ergibt, wird sich zeigen. Ich werde es dir auf jeden Fall mitteilen. – Und was sind deine Pläne?"

„Ich fahre gleich an Bord, schaue nach dem Rechten und muss vor Mittag noch in Piräus beim Schiffshändler sein. Danach habe ich einen Termin mit dem Segelmacher. – Wenn du mittags frei bist, könnten wir eine Kleinigkeit zusammen essen gehen. Was hältst du davon?"

„Wir können es festhalten. Ruf mich einfach an und dann sehen wir, ob es passt. Ich hätte jedenfalls große Lust dazu."

„Weißt du Anika, ich verstehe, dass du deinen Tag nicht selbst planst, sondern es jeden Tag so kommt, wie es kommt und du praktisch ständig in Bereitschaft bist. – Wenn ich mit der ,Panda' unterwegs bin, ist es ähnlich. Aber hier, wo das Schiff nur im Hafen liegt, habe ich am Wochenende frei. Und irgendwie fände ich es schön, wenn es einmal in der Woche oder wenigstens hin und wieder einen ganzen Tag geben würde, der nur für uns beide da wäre... – Du brauchst jetzt nichts zu sagen. Lass mich einfach träumen!"

Ich schlucke. Zuerst ist es ein Tag, dann sind es zwei Tage, dann werden es die Nächte und irgendwann will er vielleicht mit mir in den Urlaub fahren und es werden Wochen, in denen ich nichts verdiene. Eine Alarmglocke klingelt in meinem Oberstübchen.

„Ich muss jetzt los, Süße.", unterbricht Dirk meine Gedankengänge und steht auf. „Bitte mach dir keine Sorgen über das, was ich gesagt habe. Ich weiß, du denkst, dass ein freier Tag dein Einkommen schmälert. – Wenn ich wüsste, ich würde dich damit nicht beleidigen, würde ich dir sogar gerne einen freien Tag bezahlen. Das wäre er mir wert."

„Sag so etwas nie wieder!", gebe ich entrüstet zurück und stehe ebenfalls auf.

„Dann vergiss es wieder. – Ich würde deshalb nicht denken, dass ich dich gebucht habe! So war das nicht gemeint. – Mist! Ich hätte den Mund halten sollen! – Es tut mir leid, Anika. Vielleicht mache ich zu Anfang Fehler. Bitte kreide sie mir nicht zu hoch an. Ich verspreche dir, ich werde mir Mühe geben, dich in allem zu verstehen und dich bei allem, was für dich wichtig ist, zu unterstützen. Und noch etwas: Du brauchst nie, nie, niemals Angst davor zu haben, dass ich dir deinen Job mal zum Vorwurf mache, oder dich wegen deines Jobs bei irgendwem oder irgendwo bloßstelle. Darauf gebe ich dir mein Ehrenwort!"

Besänftigt durch seine berührenden Worte, sehe ich ihn an. Wir nehmen uns in die Arme, halten uns fest und seufzen. Ich spüre, ich habe ein neues Kapitel in meinem Leben aufgeschlagen.

47

Nachdem Dirk fort ist, räume ich den Balkontisch ab und die Wohnung auf. Ich putze das Bad, die Küche und die Fenster. Ich möchte, dass meine Wohnung perfekt ist, wenn Dirk von nun an öfter kommt und auch mal bei mir übernachtet. Wir haben beschlossen, dass ich bevorzugterweise dann bei ihm schlafe, wenn wir am nächsten Morgen Baden fahren. Weil das schon morgen früh ist, packe ich meinen Kulturbeutel und für den Fall, dass ich spät abends oder nachts noch Arbeit habe, suche ich mir Unterwäsche, Arbeitswäsche und ein Kleid zum Wechseln heraus und lege die Sachen auf mein Bett. Dazu Bikinis, Sonnenmilch, Badeschuhe und einen Sonnenhut.

Als ich glaube, ich habe alles Nötige zurechtgelegt, gehe ich ins Bad und mache mich so fertig, dass ich jederzeit meine Tasche nehmen und zu einem Kunden fahren kann. Danach setze ich mich an den Schreibtisch, öffne mein Notebook und lade die ADuLT Plattform

Ein neuer Interessent mit Namen ,Kompressor' schreibt mir:

,Schöne Frau, ich würde Sie gerne kennenlernen und bei Sympathie mit Vergnügen regelmäßig treffen. '

Da das nach einem möglichen Stammkunden klingt, schreibe ich zurück:

,Ihre Fotos gefallen mir. Besonders das, auf dem Sie geknebelt sind. Ich würde Ihnen den Knebel gerne selbst anlegen und nur noch Ihr Stöhnen hören, wenn ich Sie danach, auf die mir liebste Art, berühre. '

Das langt für den ersten Kontakt. Einem anderen Interessenten, der schreibt, dass er an Rollenspielen interessiert ist, antworte ich folgendes:

‚Ich habe eine blühende Fantasie und nachdem ich deine Fotos gesehen habe, frage ich einfach mal: Hättest du Interesse daran, mein Gynäkologe zu sein? Das stelle ich mir wahnsinnig erotisch vor. Du strahlst von Natur aus diesen „Doktor Typen" aus. '

Die anderen Anfragen sind uninteressant. Ich meine, weshalb soll ich jemandem antworten, der intime Fotos mit mir austauschen will oder jemandem, der über eine Webcam synchron einen Pornofilm mit mir anschauen möchte, um zeitgleich dazu zu masturbieren?

Noch während ich am Notebook sitze, klingelt mein Telefon. Es ist Dirk.

„Hallo Süße, wie sieht es aus? Es ist gleich 14 Uhr und ich könnte gut ein paar leckere, gegrillte Garnelen verputzen. Hast du Zeit und Lust, mich zu begleiten und weißt du vielleicht, wo es in Glyfada ein Fischrestaurant gibt?"

Ein Restaurantbesuch in Dirks Gesellschaft, – etwas Schöneres kann ich mir momentan nicht vorstellen! Also sage ich erfreut zu und mache den Vorschlag, dass wir uns in einem bestimmten Lokal am Strand treffen. Schnell packe ich meine Kleider und den Kulturbeutel in einen kleinen Koffer und rolle ihn in den Flur, um ihn am Abend mit zu Dirk zu nehmen.

Die Küste Athens ist nur fünf Gehminuten von meiner Wohnung entfernt. Zwischen zwei Marinas für kleine Fischerboote und Privatjachten liegt ein langer Sandstrand mit Promenade, an der ein paar hübsche Lokale liegen. Eines davon ist ein traditionelles Fischrestaurant und in diesem sind wir verabredet.

Auf dem Weg dorthin klingelt mein Telefon und wieder ist es Dirk:

„Ich bin schon da und habe einen Tisch für uns ergattert. Das Restaurant ist proppenvoll. Kann ich für dich auch einen Weißwein bestellen?"

„Nein danke. Während der Arbeitszeit trinke ich gewöhnlich keinen Alkohol. – Bestell mir bitte nur kaltes Wasser."

Als ich ein paar Minuten später mit ihm am Tisch sitze, reicht er mir die Speisekarte und ich entscheide mich für eine Portion Saganaki Shrimps. Dirk nimmt Garnelen und überredet mich, zusätzlich eine Portion Pommes mit ihm zu teilen. Gutes Essen und guter Wein sind ihm sehr wichtig. Noch weiß er nicht, dass ich nicht kochen kann und es auch nicht lernen möchte… und ich frage mich, ob sich das dauerhaft negativ auf unsere Beziehung auswirken könnte. – Und dann fällt mir brütend heiß ein, dass ich als Callgirl arbeite und Sex mit anderen Männern habe und ich bin mir sicher, wegen solch einer Lappalie werden wir keine Beziehungsprobleme bekommen!

Dirk ist gut gelaunt und erzählt mir von seinen Besuchen beim Schiffshändler und dem Segelmacher. Als er mich fragt, wie ich den Morgen verbracht habe, erzähle ich ihm von meinem Schriftverkehr auf der ADuLT Plattform und frage ihn, ob er sich mein Profil dort mal ansehen möchte.

„Nein Danke, so tief möchte ich auch wieder nicht in deinen Job eintauchen. –Weißt du, ich versuche gerade, meine Vorstellungskraft bezüglich deiner Tätigkeit etwas einzudämmen. Ich habe nämlich bemerkt, dass es mir nicht gut tut, mir vorzustellen, was sich zwischen dir und deinen Kunden abspielt… – Eins will ich dir jedoch versichern: Solltest du in irgendeiner Art Schwierigkeiten haben, bin ich für dich da! Du kannst mit jedem Problem zu mir kommen. – Hörst Du?!"

„Das ist sehr lieb. – Danke!", gebe ich gerührt zurück.

Wir schweigen beide verlegen und ich frage mich das erste Mal, ob *ich* dazu bereit bin, eine Beziehung zu führen, in der es wegen meines Jobs immer wieder zu Spannungen kommen kann. – Diese Frage kann ich mir im Augenblick selbst nicht beantworten.

‚Kann es jemals für Dirk normal sein, dass seine Partnerin Sex als Dienstleistung anbietet? ‘*,* ist die nächste Frage, die ich mir stelle. Und auch diese bleibt unbeantwortet.

‚Wir sind jetzt hier. ‘*,* denke ich, *‚Wir habe es bis hierher geschafft. Aufzugeben ist keine Option! – Nicht von meiner Seite her.‘*

Der Kellner kommt und deckt den Tisch ein. Dazu breitet er eine weiße Papiertischdecke aus, auf der Griechenlands Landkarte in blauen Linien aufgedruckt ist. Anschließend stellt er ein Körbchen mit Papierservietten, Besteck, Salz, Pfeffer, Olivenöl und Essig darauf und wir stellen unsere Getränke zurück.

Dirk und ich sehen uns wieder an und ich würde gerne wissen, was er gerade eben gedacht hat. Doch die Frage: „Woran denkst du?", habe ich noch nie gemocht und stelle sie deshalb auch keiner anderen Person. Wer will redet darüber, wer es nicht will, lässt es bleiben. Das gehört für mich zur persönlichen Freiheit.

Wir greifen gleichzeitig zu unseren Getränken und lächeln uns zärtlich aber immer noch etwas verlegen an.

‚Wir werden uns daran gewöhnen, dass es diese Situationen gibt. Und mit der Zeit werden wir besser mit ihnen umgehen können. ‘*,* denke ich.

In anderen Beziehungen gibt es andere Probleme. Zum Beispiel weil die Frau nicht kochen kann und es auch nicht lernen will. – Dieser Gedanke amüsiert mich und weil Dirk mich jetzt fragend anschaut, sage ich:

„Ich bin sehr glücklich mit dir."

„Und ich mit dir!"

Er legt seine Hand mit der Innenfläche nach oben auf den Tisch, schiebt seinen Unterarm rüber zu mir und ich lege meine Hand in seine.

Ja, ich bin verdammt glücklich!

48

Mein Telefon bleibt an diesem Nachmittag ruhig. Noch nicht mal Violet ruft mich aus Lesbos an. Ich schicke ihr eine SMS und sie antwortet, alles sei bestens, sie werde sich am frühen Abend telefonisch melden. Das beruhigt mich und ich verbringe die Zeit bis kurz vor 18 Uhr damit, entspannt auf dem Sofa zu sitzen und in der Vogue zu lesen. Dann vergewissere ich mich mit einem Anruf im Daros Hotel, dass Harris auf seinem Zimmer ist und mache mich fertig für meine Arbeit.

Noch bevor ich losfahre, schicke ich Dirk eine Whatsapp mit den Details meines Termins. Er bedankt sich, schreibt zurück, ich soll auf mich aufpassen und dass er sich darauf freut, mich am Abend zu sehen.

Bei unserem ersten Treffen hat es Harris angetörnt, mir Angst einzujagen und mich sexuell zu beherrschen. Ein Vergewaltigungsspiel ist ein sehr delikates Rollenspiel, das auch Rape-Play genannt wird und die Fantasie von Frauen wie Männern gleichermaßen sexuell stark anregen kann. Für das Opfer ist die Vorstellung reizvoll, zum Sex gezwungen zu werden, wobei auf diese Art oftmals geheime Wünsche befriedigt werden. Für den Täter liegt der Anreiz hauptsächlich darin, Macht auszuüben. Rücksichtslos kann er das Objekt seiner Begierde beherrschen und mit ihm tun, was er will. Zu einem professionell geplanten Spiel, das in Innenräumen, einem Auto, einem Park oder sonst wo stattfinden kann, gehört ein Codewort dazu, das vereinbart werden kann, um eine Grenze aufzuzeigen und um das Spiel gegebenenfalls zu stoppen.

Die Dame an der Rezeption des Daros Hotels schaut nur kurz von ihrem Tablet auf, würdigt mich jedoch keines Wortes. Ich kann einfach so zum Aufzug gehen und einsteigen. Als ich an Zimmer Nummer 33 anklopfe, öffnet Harris mir augenblicklich. Er ist frisch geduscht und hat nur noch ein Handtuch um die Hüfte geschlungen.

„Komm herein, ‚Pretty Woman'! Der Name passt zu dir, weil du Charme hast. Ich habe oft an dich gedacht."

„Hallo Harris! Schön, dich wieder zu treffen. Ich habe mir ein wenig Gedanken über unser Spiel von letzter Woche gemacht und möchte dir etwas vorschlagen."

„Oh, jetzt machst du mich neugierig! Heraus mit der Sprache!"

Was ich mir ausgedacht habe, ist ganz einfach und Harris gefällt der Plan meines Rape-Plays.

Im Badezimmer ziehe ich einen preiswerten Minitanga aus dehnbarer Spitze an, darüber eine 15 Den schwarze Strumpfhose und einen alten, schwarzen BH. Darüber eine pinke Bluse, die ich nicht mehr trage und einen Minirock, der mir nichts bedeutet. Meine Plateau High Heels sind nicht die Besten, passen aber gut zu dem Outfit. Obwohl ich nicht für ein Rollenspiel bezahlt werde, habe ich mir vorgenommen, eine Frau zu spielen, die er betrunken gemacht hat, um sie zum Sex zu verführen. Als ich fertig gekleidet in den Spiegel sehe, verwische ich die Schminke um meine Augen herum, zerzause mein Haar ein wenig und trage leuchtend rosa Long-Stay Lippenstift auf. Der soll während des ganzen Spiels halten. Rosa Lippen sind mir wichtig. Sie wirken unschuldig, zart und verletzlich. Zufrieden mit meinem Spiegelbild, übe ich einen schwankenden Gang und öffne die Badezimmertüre.

Mein Faible für perfekte Verkleidungen stammt aus dem Karneval. Ich habe mich zum Fasching immer sehr gerne kostümiert und mir Mühe gegeben, voll in die Rolle meiner jeweiligen Kostümierung einzutauchen und sie bestmöglich zu verkörpern. Als Radarschirm habe ich mal fast einen ganzen Abend nur dagestanden und mich langsam um meine eigene Achse gedreht und mit gespielter Computerstimme auf empfangene Signale reagiert. Das war wohl das schrägste Kostüm in meinem Leben.

Harris hat sich wieder seine eng sitzende Jeans angezogen. Sein muskulöser Oberkörper ist nackt und strahlt Kraft aus.

Ich lehne mich an den Türrahmen, sehe mit halb geschlossenen Augen in den Raum und sage schwerfällig:

„Ich glaube, ich habe zu viel getrunken. Irgendwie ist mir schwindelig."

„Nein, mach dir keine Sorgen. Komm her! Setz dich zu mir, – gleich geht es dir besser. Und hier: Nimm noch einen Schluck, wir stoßen nochmal an und dann knutschen wir."

„Okay, ja… du bist ein guter Küsser und der Drink, den du gemixt hast, der ist super lecker!"

Ich baue leichtes Lallen in meine Stimme ein und mit unregelmäßig großen und kleinen Trippelschritten nähere ich mich Harris, der sich mittlerweile in einen Sessel gesetzt hat. Er streckt mir seine Hand entgegen, ich nehme sie und lasse mich, bis zwischen seine weit gespreizten Beine, zu ihm heranziehen.

„Setz dich auf meinen Schenkel und leg deinen Arm um meine Schulter. Die gibt dir Halt. Du siehst sehr sexy aus, Kleines."

Ich lache unnatürlich auf und entgegne:

„Du kannst mir so viele Komplimente machen, wie du willst, aber ins Bett gehe ich nicht mit dir! Ich bin keine Frau für einen One-Night-Stand. Nur damit du das weißt. Mehr als Küssen und Schmusen ist nicht drin."

„Vielleicht gefällt dir, was ich gleich mit dir mache und du willst auf einmal doch mehr und bettelst sogar darum."

„Nein, nein, nein! – Küssen ist okay und ein bisschen Schmusen. Mehr nicht. Ich bin eine anständige Frau!"

„Hier trink!", sagt Harris und reicht mir ein Glas Wasser, so wie wir es abgesprochen hatten.

Ich trinke, gebe ihm das Glas zurück und sage:

„Verdammt gut das Zeug! Sehr süffig. Gib mir noch einen Schluck."

„Bitteschön!", grinst Harris und reicht mir das Glas wieder.

Als er es zurück auf den Tisch gestellt hat, greift er mit einer Hand grob zwischen meine Beine und kneift mir in den Schenkel. Gleichzeitig drückt er seinen Kopf an meinen Busen und beißt durch den Stoff meiner Bluse in meinen BH. Zum Glück ist der aus festem Stoff, sonst hätte das sehr weh tun können.

„Hey!", sage ich entsetzt. „Was wird das denn?"

„Ich habe dich zum Fressen gerne, heißt das."

„Komm, küss mich lieber!"

„Vielleicht später. Es gibt andere Sachen, die mich momentan mehr reizen."

Wieder nimmt er das Glas, hält es mir hin und als ich einen großen Schluck getrunken habe, stellt er es wieder fort. Anschließend greift er mir wieder unter den Rock und zwickt mir durch die Strumpfhose in meine Schamlippen. Ich schreie auf.

„Aua, das tut weh! – Spinnst Du?", keife ich ihn an.

„Hey, rede nicht so mit mir! Du sitzt schließlich in meinem Zimmer, auf meinem Schoß und trinkst meinen Gin Tonic Special. – Aber auch ich möchte mich vergnügen."

„Okay, okay… War ja nicht böse gemeint. Es war einfach nur sehr unangenehm. Du musst vorsichtiger sein!"

„Nimm nochmal einen kräftigen Schluck. Danach gehen wir aufs Bett."

Wieder reicht er mir das Glas, aber ich gebe vor, nichts mehr trinken zu wollen und sage:

„Ich glaube, ich habe genug... Ich will nichts mehr."

„Komm, noch einen großen Schluck. – Bitte!"

„Nein, mir ist schwindelig!"

„Los, mach den Mund auf. Den Rest des Glases noch auf Ex trinken und dann legst du dich einfach aufs Bett und ruhst dich ein wenig aus. Ich passe auf dich auf, falls du einschläfst. Das verspreche ich dir. – Also los! Nur noch diesen einen letzten Schluck!"

Mit gespieltem Widerwillen nehme ich ihm das Glas aus der Hand und leere es.

„Braves Mädchen!", lobt Harris, bugsiert mich aufs Bett und legt mich auf den Rücken. Mit schwacher Stimme lalle ich:

„Liegen tut gut. – Ich bin tatsächlich betrunken, weißt du das? Aber bilde dir nicht ein, deshalb könntest du Sex mit mir haben... Das kommt nicht in Frage!"

„Das werden wir gleich sehen, Kleine!"

Harris schiebt mir den Minirock hoch und spreizt meine Beine. Dann greift er nach der Strumpfhose in meinem Schritt, dehnt und zieht an ihr, bis sie reißt und ein großes Loch entsteht. Er steckt seine Hand unter das Nylon und schiebt den leichten Stoff meines elastischen Slips zur Seite, um mir ohne Vorwarnung zwei Finger in die Muschi zu schieben. Das tut weh! Und ich bekunde es mit einem entsetzten Aufschrei und plärre ihn an:

„Bist du verrückt? Was machst du da?"

„Halts Maul, sonst kriegst du eine rein!", gibt er laut und energisch zurück und mir wird schlagartig mulmig vor Angst!

‚Was war das gerade? – Habe ich ihn falsch eingeschätzt? Ist dies hier nicht einfach nur ein Spiel für ihn? – Oder ist es für ihn nur reizvoll, wenn es einen ernsten Touch hat? – Soll ich das Codewort benutzen? – Würde er überhaupt darauf reagieren? '

Gedanken schießen mir blitzschnell durch den Kopf, während Harris mit einer Hand meinen Brustkorb fest auf das Bett niederdrückt und mit zwei Fingern seiner anderen Hand grob meine Vagina weitet. Das alles tut weh.

Ich weiß jetzt, dieses Spiel ist ein sehr grenzwertiges. Und ich habe es selbst angezettelt und mit inszeniert.

‚Du Idiotin! ', schimpfe ich mit mir und kann meine Naivität nicht begreifen. Jetzt bleibt mir nur eins: Ich muss alle Sinne beisammen halten, um so schnell und gefahrlos wie möglich da wieder raus zu kommen. Vielleicht glaubt Harris, mich würde es tatsächlich reizen, eine Vergewaltigung über mich ergehen zu lassen? Was weiß ich schon, was in seinem Kopf vorgeht?!

Mein Grübeln darüber ist schlagartig beendet, als er seine Finger aus meiner Scheide zieht und mit beiden Händen feste an meiner Bluse reißt. Sein Gesicht ist vor Erregung gerötet. Mit aller Kraft zerrt er an ihr, bis ihre Knöpfe abreißen und sie durch die Luft fliegen.

Ich habe nur noch einen Gedanken und der ist:

‚Stell dich schlafend und lass es einfach über dich ergehen! '

Und dann habe ich doch noch einen zweiten Gedanken:

‚Und lass dir das um Himmels Willen eine Lehre sein! '

Es widerstrebt mir, meine Augen ganz zu schließen und so blinzele ich, um auch neben der unangenehmen, körperlichen Erfahrung visuell mitzukriegen, was Harris treibt.

Momentan findet er Gefallen an der Zerstörung meiner Kleidungstücke. Nachdem er meine Bluse aufgerissen hat, zerrt er an den Trägern meines BHs, bis die Befestigungen an deren Enden abreißen und er ihn runter in meine Taille schieben kann. Mit beiden Händen fasst er meine Brüste, knetet sie einzeln, drückt sie zusammen und zieht an meinen Nippeln.

„Schläfst du jetzt etwa?", fragt er, während er mir als nächstes den Rock nach unten abstreift.

„Ah... was ist los?", gebe ich leise zurück.

„Du wehrst dich ja gar nicht. – Kann ich jetzt mit dir machen, was ich will?"

„Was machst du denn?", frage ich mit einer Stimme, die von einer halb Bewusstlosen kommen könnte.

„Ich ficke dich jetzt gleich. Und zwar von vorne und von hinten!"

Schnell überlege ich, ob und wie ich diese Ankündigung deuten soll. Abgesprochen war, dass Analverkehr nicht mit ins Spiel gehört. Vielleicht törnt es ihn nur an, darüber zu reden? Worauf ich auf jeden Fall achten muss ist, dass er sich ein Kondom überzieht. Das war ebenfalls abgesprochen. Da ich nicht weiter reagiere, nimmt Harris mich bei den Schultern und schüttelt mich. Erschrocken reiße ich meine Augen auf und sage:

„Was?"

„Ich habe gesagt, ich ficke dich. Und zwar von vorne und von hinten!"

„Oh, nein! Tu das nicht! Lass uns nur schmusen. Das reicht doch fürs erste Date..."

Ich schließe meine Augen wieder und Harris murmelt vor sich hin:

„Wie du meinst..."

Dann zieht er mir Pumps, Strumpfhose und Slip aus und rollt mich auf den Bauch. Ich stelle mich weiterhin schlafend und fühle, dass er den Verschluss meines BHs öffnet und wie er ihn anschließend mit einem Ruck unter mir herauszieht. –

414

Ich hasse mich momentan dafür, dass ich ihm dieses Rape-Play vorgeschlagen habe! – Mit meiner Kleidung ist Harris jetzt fertig. Die ist zerstört und ich bin nackt. Er gibt mir einen Klaps auf den Hintern, spreizt meine Pobacken mit festem Griff, lässt sie wieder los, gibt ihnen erneut ein paar Klapse und lässt sie wackeln wie Pudding. Dann dreht er mich auf den Rücken.

Ich lege meinen Kopf zur Seite und blinzele wieder. Harris ist aufgestanden und zieht sich seine Jeans aus. Darunter ist er nackt und sein Schwanz ist hart. Wie bei jedem Kunden ist dies ein guter und befriedigender Anblick für mich, denn jetzt kommt es nur noch darauf an, ihm einen Orgasmus zu entlocken. Seinen ersehne ich!

Kondome liegen auf dem Bett und Harris weiß das. Noch greift er jedoch nicht danach, sondern nimmt meine Arme und legt sie über meinen Kopf. Er betrachtet mich kritisch, so wie ein Künstler seine Arbeit. Dann spreizt er meine Beine soweit es geht, kniet sich zwischen meine Schenkel und lässt sich mit dem Gesäß auf seine Waden nieder.

,Wenn er mich doch endlich ficken und abspritzen würde! ', denke ich.

Doch Harris nimmt seinen Schwanz in die Hand und beginnt zu masturbieren. Er steckt einen Finger in meinen Schlitz, feuchtet ihn mit meinem Pussyschleim an und verreibt ihn anschließend über seine Eichel. Harris hockt dort, als hätte er alle Zeit der Welt und ich werde nervös und ungeduldig. Wieder steckt er einen Finger in meine Muschi und diesmal hält er ihn mir anschließend unter die Nase.

,Soll ich darauf reagieren? So tun, als würde ich aufwachen und entsetzt sein, dass er mich ausgezogen hat? – Das wäre eine Provokation. Wir könnten streiten, er könnte mich gewaltsam nehmen und später würde er als Sieger dastehen. '

Also gähne ich, lecke verschlafen meine Lippen und öffne die Augen.

„Aha, da wird sie ja endlich wieder wach, die Kleine!", kommentiert er sofort und ich bin froh, dass es weitergeht. Wie, ist mir jetzt schon fast egal!

„Was hast du gemacht? Ich bin ja ganz nackt! Wo sind meine Kleider?"

„Du hast dich selbst ausgezogen und wir haben gefickt. Ich habe dich von hinten penetriert. Kannst du dich etwa nicht erinnern?"

„Was? Stimmt das?", schreie ich entsetzt auf und versuche, mich aufzusetzen. Doch Harris drückt meine Oberschenkel runter und verhindert damit, dass ich mich mühelos aufrichten kann. Meinen einzigen Versuch unterbindet er, indem er mir ganz schnell einen Stoß gegen den Brustkorb gibt, der mich wieder zurück aufs Bett befördert. Ich habe Kraft und könnte mich wehren, doch überlege ich, dass es besser ist, diese Nummer als hilflose Betrunkene weiter zu spielen. Und so bleibe ich liegen und jammere.

„Das kommt davon, wenn man so viel trinkt und den Hals nicht voll bekommt.", kommentiert er meine Reaktion, beugt sich vor, nimmt ein Kondom und rollt es über seinen Ständer. Froh, dass er sich an die Regel hält, bleibe ich seufzend und jammernd liegen und bettele:

„Bitte, mach das nicht! Lass mich einfach liegen und rühr mich nicht weiter an."

„Von wegen! Mein Adonis ist geil wie Lumpi und ich werde ihn jetzt tief in dich reinstecken und zuhören, wie du schluchzt."

Noch während er redet, beugt er sich über mich, stützt sich mit einer Hand aufs Bett und steckt mit der anderen Hand seinen Schwanz in mich rein. Ich gebe vor, alles zu geben, um mich dagegen aufzulehnen und wiederhole:

„Nein! – Nein, lass das! – Tu das nicht! Du tust mir weh, hör auf!"

Genau das ist es anscheinend, was Harris hören will. Dass ich Schmerzen habe. Dass er mir etwas antut. Kaum steckt sein Adonis in mir drin, packt er meine Arme, winkelt sie ab und drückt meine Handgelenke aufs Bett runter. Jetzt bekomme ich tatsächlich Panik, weil ich Angst davor habe, rote Male auf der Haut zurück zu behalten. Was soll ich Dirk dann sagen, woher die sind? Ich hatte nicht vor, ihm von diesem Vergewaltigungsszenario zu erzählen. Er weiß von Rollenspielen und Domination, aber er glaubt auch, dass ich mich nicht als Sub anbiete.

Was habe ich mir nur dabei gedacht, diesem Treffen zuzustimmen, wo Harris mich letzte Woche schon in Angst versetzt hat und ich später froh war, alles gut und heile überstanden zu haben?

,War es die Gier nach Geld? ', frage ich mich, ,War es falscher Ehrgeiz, was die Rollenspiele betrifft? – Jedenfalls war es eine saudumme Idee, Ilona! '

Ich schluchze, bitte ihn immer wieder aufzuhören und hoffe dabei inständig, ihn damit so aufheizen zu können, dass er endlich zum Höhepunkt kommt. Um alle Mittel einzusetzen, die ich habe, wehre ich mich mit meinem ganzen Körper, so gut man es sich bei einer Betrunkenen vorstellen kann.

„Hey, du wirst wieder kräftig!", stöhnt er, mich schnell und tief rammelnd. „Das gefällt mir, nur wird es dir nichts nutzen. – Aus der Nummer kommst du nicht mehr raus."

„Bitte hör auf! Du tust mir sehr weh.", flenne ich und beobachte, wie er auf den Hinweis reagiert. Tatsächlich fühlt er sich durch meine Abneigung und Gegenwehr angefeuert, mich noch mehr zu quälen und kommt dabei an den Punkt, wo es für ihn kein Halten mehr gibt und er explodiert.

Ich warte auf den Augenblick, an dem er mich loslässt. Und als es endlich soweit ist und er sich zwischen meinen Beinen aufrichtet und verschnauft, versuche ich als erstes, meine Finger langsam zu bewegen. Es geht, doch sogar meine Ellbogen und Schultern schmerzen, als ich sie bewege und mich aufrichten will. Beim Blick auf meine Handgelenke wird mir fast übel. Sie sind rot. Harris gegenüber lasse ich mir nichts von meinem Ärger anmerken. Er zieht das Kondom ab, geht ins Bad und als er zurückkommt, lässt er sich rücklings aufs Bett fallen.

„Du warst fantastisch! – Sei ehrlich, du hast dir sowas gewünscht, dass ein Mann sich einfach mal nimmt, was er will und keine Rücksicht auf dich nimmt. – Das ist deine heimliche Schwäche."

„Nein, ist es nicht, aber das spielt keine Rolle. – Hauptsache, dich hat es angetörnt."

„Das hat es. Von mir aus, können wir solche Spiele wiederholen. Lass dir einfach wieder etwas einfallen!"

Darauf gehe ich nicht ein, sondern entgegne nur:

„Ich gehe ins Bad."

„Sicher. Nimm dir, was du brauchst!"

Im Bad drehe ich den Kaltwasserhahn voll auf und halte meine geröteten Handgelenke unter den Strahl. Wenn ich zuhause bin, werde ich sie mit Arnikatinktur einreiben und mit viel Glück, ist ihnen später nichts mehr anzusehen. Mein Gott, ist mir dieses Rollenspiel eine Lehre gewesen!

Als ich fertig angezogen und wieder ordentlich gekämmt und geschminkt bin, gehe ich zurück ins Schlafzimmer und sammele die Überreste meiner Kleidung ein.

Harris hat den Fernseher eingeschaltet.

„Neben deiner Handtasche liegt dein Geld, Anika. Vielen Dank für deinen Besuch. Ich rufe dich wieder an."

Ich nehme die Geldscheine, bedanke mich, reiße mich zusammen und wünsche ihm, mit all dem Charme, den man von einer „Pretty Women" erwartet, einen guten Abend.

Harris sieht zu mir rüber, lächelt mich an und sagt:

„Dir auch einen schönen Abend, hübsche Frau!"

49

Als ich wieder im Auto sitze, tröste ich mich damit, dass ich 170 € reicher bin und eine Lektion dazu gelernt habe. Ich schreibe Dirk, dass alles gut war und ich mich auf den Weg nach Hause mache. Er bedankt sich umgehend für die Nachricht.

Danach lasse ich Violet per SMS wissen, dass ich jetzt frei bin zum Telefonieren.

Noch bevor ich den Motor meines Autos starten und wegfahren kann, ruft sie mich an.

„Hallo Violet, wie geht es dir?", frage ich.

„Anika, ich kann nur ganz kurz mit dir sprechen. Mir geht es fantastisch! Ob du es glaubst oder nicht, Larry hat mich gefragt, ob ich insgesamt eine Woche mit ihm auf Lesbos verbringen kann und ich habe zugesagt! – Weißt du, wir hatten heute sofort Sex, nachdem ich angekommen war. Er war wie ausgehungert und jetzt ist er gesättigt. Und er weiß genau, dass er ein paar Tage braucht, bevor seine Libido wieder erwacht. – Er ist schließlich keine zwanzig mehr! – Bei seinem Angebot geht es ihm nicht nur um den Sex, sondern um meine Gesellschaft. Er sagt, ich wäre die perfekte Reisebegleitung für ihn. Mein Alter, mein Aussehen, mein Stil und mein gutes Oxford Englisch geben ihm das Gefühl, eine Lady an seiner Seite zu haben. – Ich bin gerade dabei, mich in Schale zu werfen, weil er in einer halben Stunde an meine Zimmertür klopft, um mich zum Dinner auszuführen. Ich werde dafür sorgen, dass sich alle im Restaurant nach uns umdrehen. Ich werde so bezaubernd aussehen wie eh und je. – Weißt du, das ist „Easy Money", was ich hier verdiene! Ich könnte glatt ganz umsteigen, auf den ganzen Sex verzichten und nur noch als Gesellschafterin arbeiten. – Wenn ich zurück in Athen bin, werde ich meine Annonce in der ‚Athens World' das erste Mal seit über zwanzig Jahren ändern und ganz gezielt nach älteren Gentlemen suchen, die eine charmante, gut aussehende Begleitung wünschen. – Ich bin es leid, nur noch Geld mit Sex zu verdienen! – Und jetzt erzähle: Wie läuft es mit dir und Dirk?"

„Was für Neuigkeiten von dir! Ehrlich gesagt, bin ich ganz baff! – Aber natürlich verstehe ich dich. – Weißt du, ich habe auch das Gefühl, dass ich mein Tätigkeitsfeld umstellen sollte. Die Rollenspiele sind auf einmal nicht mehr meins... Für die paar Euro, die sie mir, – *wenn überhaupt,* – mehr einbringen, als die 40 Minuten Normalsex mit einem Kunden, ist der Aufwand viel zu groß. Ich behalte die Kandidaten, die ich gut kenne und bei denen ich weiß, wie eine Session abläuft, aber ich nehme keine Neuen mehr hinzu. Ich werde meinen ADuLT Account löschen und auch am Wochenende den Wrestling Termin absagen... Ich meine, stell dir vor, was dabei passieren könnte!"

Ich erzähle Violet nichts von meinen geröteten Handgelenken und von der Art und Weise, wie ich meine letzten 170 € verdient habe. Auf ihre darauffolgende Gardinenpredigt verzichte ich gerne!

„Mit Dirk und mir läuft es... den Umständen entsprechend, – gut! – Weißt du, ich habe festgestellt, nicht nur er muss an sich arbeiten und seine Denkmuster verändern, damit unsere Beziehung eine Chance auf Leichtigkeit bekommt, ich muss ihm dabei helfen. – Und ich muss bereit sein, Veränderungen in meinem Leben zuzulassen, damit ich meine Arbeit als Callgirl *und* eine glückliche Partnerschaft unter einen Hut bekomme."

„So sehe ich das auch, Anika. – Weißt du, was dabei hilft?"

„Was?"

„Liebe!"

Ich entgegne nichts mehr. In Sekundenschnelle hat sich ein riesiger Kloß in meinem Hals gebildet und Tränen schießen mir in die Augen. Das Rezept ist so einfach! – Und Liebe ist die wichtigste Zutat...

Nach kurzem Schweigen fährt Violet fort:

„Ich melde mich morgen wieder! Jetzt wird es Zeit, mich herauszuputzen."

Wir verabschieden uns und ich bleibe im Auto sitzen und lasse unser Gespräch nochmal Revue passieren. Nicht nur Violet hat mich mit ihrem Wunsch nach Wandel innerhalb ihres Tätigkeitsfeldes überrascht, auch ich habe mich überrascht: Den ADuLT Account kündigen, keine neuen Rollenspiele mehr annehmen und den Wrestling Termin für Samstagabend absagen... Ich horche in mich hinein und das einzige, was echot, ist Zustimmung. – 100 % Zustimmung! Ich starte den Motor und fahre los.

Zuhause angekommen, stecke ich die zerrissene Kleidung in die Mülltonne und fühle Erleichterung. Ich habe Dirk versprochen, ehrlich zu sein und dieses Versprechen will und muss ich einhalten. Ihm das Vergewaltigungsspiel zu verheimlichen, stufe ich nicht als Lüge ein, weil sich dieser Fall nicht wiederholen wird, – auch wenn ich mir eingestehen muss, dass ich mich, wie schon bei Violet vorhin, selbst damit vor Unannehmlichkeiten schützen will.

Wie um mich von dem letzten Schmutz, der diesem von mir selbst inszenierten Rape-Play noch anheftet, zu säubern, gehe ich unter die Dusche, wasche auch meine Haare, creme mich anschließend mit einer wohlriechenden Lotion ein und warte darauf, dass mein schlechtes Gewissen sich in Luft auflöst. Doch das tut es nicht. Wahrscheinlich hätte ich die Lektion nicht wirklich gelernt, wenn das so schnell geschehen würde.

Ich betrachte mich nackt im Spiegel und denke:

,Du hast einen so schönen, gesunden Körper, du darfst nie, nie, niemals zulassen, dass ihm Schaden zugefügt wird! – Auch nicht für Geld!'

Mein Telefon bleibt weiterhin ruhig und gegen 22 Uhr nehme ich Handtasche und Koffer und mache mich auf den Weg zu Dirk. Ich kann es kaum erwarten, ihn zu sehen!

„Da bist du ja schon!", ruft er erfreut, als er sieht, wie ich auf die offenstehende Türe seines kleinen Häuschens zukomme.

„Warte ich helfe dir! Du hättest mich doch anrufen können, dann hätte ich den Koffer genommen!", fährt er fort und eilt mir entgegen.

Das einzige, was ich tun kann, ist, ihm in die Arme zu fallen. Der Koffer ist unwichtig. Ob ich an diesem Abend oder in der Nacht noch Arbeit haben werde, ist ebenfalls unwichtig. Wichtig sind nur noch er und ich.

Erst als wir beide nach minutenlangem Knutschen Luft schnappen, sage ich:

„Ich freue mich so, dich zu sehen!"

„Und ich erst! – Wie sieht es aus? Möchtest du etwas essen? Ich habe vorausschauend einen Snack für uns hergerichtet. Wir können auf der Terrasse sitzen. Was sagst du?"

Dirk ist so rührend fürsorglich.

„Ich würde gerne zuerst meine Sachen irgendwo unterbringen und dann einfach nur ein paar Minuten sitzen und abschalten. Aber später etwas zu knabbern, – diese Aussicht gefällt mir sehr gut!"

„Das habe ich mir gedacht. Was möchtest du trinken? Ich glaube, ich habe alles da, was dein Herz begehrt."

„Wenn das so ist, nehme ich einen Prosecco. Ich denke, heute Abend werde ich eine Ausnahme machen und nicht mehr arbeiten. Nur mein Telefon lasse ich eingeschaltet."

„Bist du dir sicher? Ich will nicht, dass du dir später Vorwürfe machst, weil du einen Termin sausen lässt. Bitte entscheide das ganz nach deinem Gutdünken und nimm keinerlei Rücksicht dabei auf mich!"

„Keine Bange. Heute gönne ich mir das einfach mal!"

„Das freut mich natürlich. – Komm, ich zeige dir, wo für deine Sachen Platz ist."

Eine halbe Stunde später sitzen wir auf der Terrasse des kleinen Häuschens und ich schaue auf große Kakteen, blühende Oleanderbüsche, einen Feigenbaum und ein paar junge Olivenbäume. Dieser Garten ist eine Oase in der großen, lauten Stadt Athen und seine Wirkung auf mich ist beruhigend und wohltuend. Selten spüre ich diese Ruhe, die sich gerade in mir breit macht und ich denke: ,Mein Leben als Callgirl in dieser Stadt war und ist großartig, - aber seit ich Dirk kennengelernt habe, hat es Glanz bekommen. '

Als Dirk aufgestanden ist, um die Snacks aus der Küche zu holen, klingelt mein Telefon.

Ich seufze, gehe aber ran.

„Guten Abend, spreche ich mit der „Pretty Woman", fragt der Anrufer mich auf Deutsch.

„Ja, das tun Sie. Mein Name ist Anika. Wie kann ich Ihnen helfen?"

„Hallo Anika, ich bin Adam und komme aus der Schweiz. Wir können uns gerne duzen. Könntest du mir bitte etwas mehr Information über dein Alter, dein Aussehen, deine Arbeitszeiten und dein Honorar geben?"

„Selbstverständlich gerne.", entgegne ich und erzähle ihm, was er wissen muss. Bei meinen Arbeitszeiten halte ich kurz inne, weil ich spüre, dass sich in meinem Inneren etwas regt, als ich das Wort „täglich" ausspreche.

„Das passt alles wunderbar für mich, Anika. Ich komme Ende der Woche nach Athen und werde im Interkontinental Hotel wohnen. Kann ich dich für Sonntagabend buchen?"

Mir wird gleichzeitig heiß und kalt und ich weiß nicht, woher es kommt... In meinem Kopf tanzen Bilder aus dem Film „*Sonntags nie!*" und ich sehe Melina Mercouri singen, tanzen und feiern. – Gleichzeitig höre ich das Lied: ‚*Ein Schiff wird kommen – und das bringt mir den einen, – den ich so lieb wie keinen – und der mich glücklich macht...*', - und dann höre ich mich plötzlich laut sagen:

„Am Sonntag geht es nicht."

„Wie bitte?"

„Am Sonntag arbeite ich nicht."

„Nur an diesem Wochenende?"

„Nein, tut mir leid, Sonntags nie!", erwidere ich und verabschiede mich von dem Interessenten.

Weil ich ein Geräusch hinter mir höre, drehe ich mich um und sehe Dirk im Türrahmen stehen. Als unsere Blicke sich treffen, sagt er:

„Danke Anika, danke!"

***

425

Epilog

Anika und Dirk sind sechs Monate später in eine gemeinsame Wohnung gezogen und haben 1 ½ Jahre später geheiratet.

Sie hat noch weitere fünf Jahre als Callgirl gearbeitet und er als Kapitän.

Danach haben sie Athen verlassen und wenn keiner von ihnen gestorben ist, sind sie auch heute noch glücklich miteinander verheiratet.

Über die Autorin

Maria van Daarten ist im Rheinland geboren und aufgewachsen. Weil sie sich von jeher zu einem wärmeren Klima und dem Meer hingezogen fühlte, ist sie als Erwachsene viele Jahre durch Südeuropa gereist und hat immer wieder andere Jobs angenommen, um sich einen Lebensstil mit viel Freizeit zu ermöglichen. Freizeit u.a. für ihre Leidenschaften: Lesen und Schreiben.

Die Idee zu ihren Büchern entstand, als sie in Athen selbstständig als Callgirl gearbeitet hat. Das war für sie eine aufregende, tolle und spannende Zeit und mit ihren Büchern gibt sie einen Teil der außergewöhnlichen Erfahrungen, die sie dort gemacht hat, an andere Menschen weiter.

Mittlerweile hat sie ihren dritten Roman fertiggestellt. Er ist die Fortsetzung ihrer beiden ersten Bücher und beschäftigt sich wie diese auf unterhaltsame und unbekümmert leichte Art mit dem heiklen Thema Prostitution.

Heute wohnt sie Aachen, verbringt jedoch immer noch gerne Zeit in südlichen Gefilden.